—Con el responsable de lo ocurrido. Todos conocemos ese detalle, inspector jefe, pero, bien, gracias por aclararlo.

Los demás asintieron con solidaridad, comprendiendo perfectamente la delicada situación en la que se encontraba Beauvoir.

Se dio cuenta con cierta sorpresa de que lo estaban invitando a distanciarse de Gamache.

Le sería más fácil distanciarse de sus manos y sus pies. Su postura no era en absoluto claudicante; de hecho, era bien firme: estaba de parte de Armand Gamache.

Pero un mal presentimiento empezaba a encogerle las entrañas.

—Ninguno de los dos somos culpables, *mon vieux* —le había dicho Gamache meses atrás, en los comienzos de la inevitable investigación—, y tú lo sabes muy bien. Sólo se trata de cuestiones que es obligatorio plantear después de lo ocurrido. No debes preocuparte por nada.

No eran culpables, había dicho su suegro. No había dicho que eran inocentes porque eso no habría sido exacto.

Él fue absuelto de todos los cargos y aceptó el puesto de jefe de Homicidios en funciones.

Pero el comisario Gamache seguía suspendido.

Aunque había confiado en que eso se resolvería también.

—Una última reunión y tu padre será absuelto —le había dicho a su mujer aquella mañana mientras le daban el desayuno a su hijo.

—Mmm —murmuró Annie.

—¿Qué?

Conocía bien a su mujer. Pese a ser abogada, era difícil encontrar a una persona menos desconfiada, y sin embargo, él se dio cuenta de sus dudas.

—Ya ha tardado demasiado. Me preocupa que se haya convertido en un asunto político, que necesiten un chivo expiatorio. Al fin y al cabo, papá dejó que se le escapara de las manos una tonelada de opioides, un montón de drogas que podría haber confiscado. Alguien tiene que cargar con la culpa.

—Pero ha recuperado la mayor parte, y no tuvo elección. —Se levantó y la besó—. Además, no era exactamente una tonelada.

Un puñado de papilla de avena lanzado por Honoré se estrelló en la mejilla de Jean-Guy y acabó cayéndole en la coronilla a Annie.

Jean-Guy le quitó el grumo del pelo, lo miró un instante y acabó metiéndoselo en la boca.

—Habrías sido un gorila estupendo —comentó ella.

Él empezó a hurgarle el pelo como si fuera un gorila acicalando a su compañera, y ella se echó a reír mientras Honoré arrojaba más papilla.

Jean-Guy sabía que Annie quizá no sería jamás la más guapa de la fiesta. Probablemente alguien que no la conociera ni siquiera la miraría, pero, si lo hiciera, a lo mejor acabaría descubriendo algo que a él le había costado años y un matrimonio fracasado llegar a ver: lo hermosa que era la felicidad, y Annie irradiaba felicidad.

Siempre sería, como él sabía bien, no sólo la más inteligente de la fiesta, sino también la más bella, y si alguien no se daba cuenta, peor para él.

Sacó a Honoré de su sillita y se dirigió a la puerta llevándolo en brazos. Annie los acompañó.

—Que os divirtáis hoy —dijo él, y los besó a ambos.

—Un momento... —pidió Annie. Le quitó el babero, le limpió la cara y añadió—: Ten cuidado. Creo que todo esto puede acabar convirtiéndose en una letrina de dos agujeros.

—¿Quieres decir en una mierda de las gordas? —Negó con la cabeza—. No, estoy seguro de que todo esto va a acabarse muy pronto. Sólo tienen que dejar claro que se ha llevado a cabo una concienzuda investigación; algo que, por otro lado, es cierto. Pero, créeme, una vez examinados los hechos, le agradecerán a tu padre lo que hizo: entenderán que se enfrentó a una decisión de mierda e hizo lo que tenía que hacer.

—Deja de repetir palabrotas delante del niño: no te gustaría que su primera palabra fuera «mierda» —repuso ella—. Pero estoy de acuerdo: papá no tuvo elección. Sin embargo, es posible que ellos no lo vean así.

—Estarían ciegos.

—Son humanos —corrigió Annie cogiendo a Honoré—, y los humanos siempre necesitamos un lugar donde escondernos. En este caso, creo que se esconden detrás de papá y que están dispuestos a arrojarlo a las fieras si hace falta.

Él se dirigió a buen paso hacia el metro, convencido de que aquél sería el último interrogatorio de Asuntos Internos antes de que todo volviera a la normalidad.

Caminaba con la cabeza gacha, mirando la acera y la suave y ligera capa de nieve que ocultaba el hielo debajo.

Un paso en falso y ocurriría algo malo: un tobillo torcido, una muñeca rota al intentar amortiguar la caída, una fractura de cráneo...

Lo que te hacía más daño era siempre lo que no podías ver.

Y en ese momento, sentado en la sala de entrevistas, Jean-Guy Beauvoir se preguntaba si Annie tendría razón y en efecto había pasado algo por alto.

4

—¿Quién es usted? —preguntó Gamache inclinándose para mirar fijamente al hombre que ocupaba la cabecera de la mesa.

—Ya lo sabemos, ¿no? —intervino Benedict.

Lo dijo despacio, como si se armara de paciencia. Myrna tuvo que agachar la cabeza para ocultar que se le escapaba la risa.

—Es un notario. —Añadió el joven, que a punto estuvo de darle a Gamache unas palmaditas en la mano.

—*Oui, merci* —contestó Gamache—. Digamos que a eso ya llego, pero resulta que Laurence Mercier murió hace seis meses, de modo que, ¿quién es usted?

—Lo pone ahí mismo —respondió Mercier señalando la firma ilegible—: Lucien Mercier. Laurence era mi padre.

—¿Y también era notario?

—En efecto: me he hecho cargo de su despacho.

Gamache sabía que en Quebec los notarios eran más abogados que funcionarios: hacían de todo, desde transacciones inmobiliarias hasta contratos matrimoniales.

—¿Y por qué usa su papel de carta y sus sobres? —preguntó Myrna—. Es engañoso.

—También es económico y ecológico. Odio el despilfarro. Uso el membrete de mi padre cuando hago gestiones que eran de su notaría, resulta menos confuso para los clientes.

—Yo no lo tengo tan claro —murmuró Myrna.

Mercier sacó cuatro carpetas de su maletín y las repartió.

—Están ustedes aquí porque figuran en el testamento de Bertha Baumgartner.

Se hizo un silencio mientras encajaban aquello. Benedict fue el primero en reaccionar:

—¿En serio?

Casi al mismo tiempo, Gamache y Myrna preguntaron:

—¿De quién?

—De Bertha Baumgartner —repitió el notario, y pronunció el nombre por tercera vez cuando notó que los dos invitados mayores seguían con cara de desconcierto.

—Nunca he oído hablar de ella —dijo Myrna—, ¿tú sí?

Gamache reflexionó unos instantes. Conocía a mucha gente. Hizo un esfuerzo por ubicar aquel nombre, pero no, no había manera: para él no significaba absolutamente nada.

Él y Myrna se volvieron hacia Benedict, cuyo apuesto rostro expresaba curiosidad, pero nada más.

—¿Usted sí? —preguntó Myrna.

El joven negó con la cabeza.

—Pero... ¿nos ha dejado dinero?

A Gamache no le pareció que Benedict lo dijera con avaricia, sino más bien con asombro. Y sí, quizá también con cierta esperanza.

—No —anunció alegremente Mercier, y se llevó un disgusto al comprobar que el joven no parecía en absoluto decepcionado.

—Entonces, ¿qué hacemos aquí? —preguntó Myrna.

—Son los testamentarios de su herencia.

—¿Qué? No hablará en serio.

—¿«Testamentarios»? —preguntó Benedict.

—Mucha gente lo llama «albaceas» —puntualizó Mercier.

Como Benedict seguía pareciendo perplejo, Gamache se lo explicó:

—Significa que Bertha Baumgartner nos mencionó en su testamento porque quería que nos aseguráramos de que se cumplieran sus deseos.

—Ah... ¿entonces está muerta? —soltó Benedict.

Gamache estaba a punto de contestar que sí, evidentemente, pero tenían delante a alguien cuya muerte era todo menos evidente, así que quizá madame Baumgartner...

Se volvió hacia el notario en busca de confirmación.

—*Oui*, murió hace poco más de un mes.

—¿Y hasta entonces vivió aquí? —preguntó Myrna observando el techo abombado y calculando cuánto tiempo tardaría en salir por la puerta si la cosa acababa en derrumbe. Aunque tal vez sería mejor optar por la ventana...

Entre la nieve recién caída y la consistencia de su propio corpachón, el aterrizaje probablemente sería suave.

—No, estaba en una residencia de ancianos —contestó Mercier.

—Así que todo esto es como ser miembro de un jurado, ¿no? —quiso saber Benedict.

—¿Perdón? —preguntó el notario.

—Ya sabe, que la señora nos eligió sin más y debemos aceptar porque es un deber cívico o algo así.

—No —dijo Mercier—: ella los eligió específicamente a ustedes.

—Pero ¿por qué a nosotros? —preguntó Gamache—. Ni siquiera la conocíamos.

—No tengo ni idea, y por desgracia ya no podemos preguntárselo... —respondió Mercier, que no parecía en absoluto apenado.

—¿Su padre no le contó nada? —quiso saber Myrna.

—Nunca hablaba de sus clientes.

Gamache miró el fajo de papeles que tenía ante sí y reparó en el sello rojo en la esquina superior izquierda. Estaba familiarizado con los testamentos: no era común llegar a los cincuenta y largos sin haber leído unos cuantos, y él, en efecto, había leído un buen puñado, incluido el suyo.

Se trataba de un testamento legítimo y registrado.

Examinó rápidamente la primera página y se fijó en que se había redactado dos años atrás.

—Pase a la página dos, por favor —pidió el notario—. Verá sus nombres en la sección cuarta.

—Pero... espere un momento —dijo Myrna—. ¿Quién era Bertha Baumgartner? Tiene que saber algo de ella.

—Lo único que sé es que murió, que mi padre se ocupaba de su testamento y ahora me ocupo yo, y que ustedes aparecen como testamentarios. Página dos, por favor.

Y efectivamente, ahí estaban: Myrna Landers, Three Pines, Quebec; Armand Gamache, Three Pines, Quebec; Benedict Pouliot, rue Taillon, 267, Montreal, Quebec.

—¿Son ustedes los sujetos en cuestión? —les preguntó Mercier, y esperó a que asintieran. Luego se aclaró la garganta y se dispuso a leer.

—Un momento —insistió Myrna—. Esto es una locura: ¿una desconocida nos elige al azar y nos designa como... testamentarios? ¿Es normal?

—Oh, sí —repuso el notario—: uno puede nombrar al papa si quiere.

—¿En serio? Pues no está mal —comentó Benedict dándole vueltas a las posibilidades que eso entrañaba.

Gamache dudaba que aquello hubiera sido al azar. Volvió a mirar el testamento de Bertha Baumgartner y comprobó que sus nombres estaban ahí, claramente escritos. Y estaban ahí por una razón, según sospechaba, aunque esa razón no estaba nada clara.

Un policía, una librera, un albañil. Dos hombres y una mujer de diferentes edades. Dos vivían en el campo, uno en la ciudad...

No había ningún patrón. No tenían nada en común, lo único que los unía era que sus nombres estaban en aquel documento y que ninguno de ellos conocía a Bertha Baumgartner.

Myrna seguía planteando sus dudas:

—¿Y la persona a quien se nombra como testamentaria debe asumirlo sin más? ¿Estamos obligados a aceptar?

—Por supuesto que no —contestó Mercier—. ¿Se imaginan al santo padre actuando de testamentario de un patrimonio como éste?

Gamache y Myrna intentaron imaginárselo, pero sólo Benedict pareció conseguirlo, a juzgar por su sonrisa.

—Entonces podemos negarnos —insistió Myrna.

—*Oui*. ¿Es eso lo que quieren?

—Bueno, no lo sé... la verdad es que no he tenido tiempo de pensarlo: no tenía ni idea de para qué me había convocado aquí.

—¿Para qué creía que era? —preguntó Mercier.

Myrna volvió a sentarse y trató de recordar.

La mañana anterior, cuando había llegado el correo, estaba en su librería.

Se había servido una taza de té bien fuerte y se había sentado en su cómoda y deformada butaca, que se adaptaba a su cuerpo como un molde.

La estufa de leña estaba encendida y al otro lado de la ventana lucía un radiante día de invierno. El cielo era de un azul intenso y el sol arrancaba destellos al césped pintado de blanco, a la carretera, a la pista de patinaje y a los muñecos de nieve de la plaza ajardinada. El pueblo entero resplandecía.

Era la clase de día que te empujaba a salir, aunque supieras que más valía no hacerlo porque, una vez fuera, el frío te agarraba, atravesaba tus fosas nasales con cada respiración, se te metía en los pulmones, te hacía lagrimear y te congelaba las pestañas hasta tal punto que tenías que abrirte los párpados con los dedos.

Y aun así, aunque te faltara el aliento, seguías allí; sólo un poco más, para ser parte de un día como ése antes de volver a la chimenea y al chocolate caliente, el té, el café con leche...

...y el correo.

Leyó y releyó la carta y luego llamó al número que aparecía allí para preguntar por qué quería verla aquel notario.

Y al ver que no obtenía respuesta, se llevó la carta al *bistrot*, donde había quedado para almorzar con sus amigos y vecinos Clara Morrow y Gabri Dubeau.

Y mientras ellos hablaban sobre el tema de las esculturas de nieve, sobre el torneo de hockey con pelota, el concurso de gorros y los refrigerios para el carnaval de invierno que se avecinaba, ella se distrajo pensando en la carta.

—Hola, ¿hay alguien en casa? —le preguntó burlonamente Gabri.

—¿Eh?

—Necesitamos tu ayuda para la carrera con raquetas de nieve —dijo Clara—. ¿Debería consistir en una vuelta a la plaza del pueblo o dos?

—Una para los menores de ocho años —contestó Myrna—, una y media para los menores de doce, y dos para el resto.

—Vaya, a eso se le llama ser resolutiva —comentó Gabri—. Ahora toca formar equipos para la batalla de bolas de nieve...

Myrna volvió a desconectar. Vio vagamente que Gabri se levantaba y echaba más troncos en las dos chimeneas situadas a cada lado de la sala del *bistrot*, y que hacía una pausa para charlar con unos clientes que entraron frotándose las manos y pisando con fuerza para quitarse el frío y la nieve de las botas. Una vez dentro, les daban la bienvenida el calor, el humo oloroso a madera de arce, los *tourtières* recién salidos del horno y el permanente olor a café que impregnaba las vigas y los tablones del suelo.

—Tengo algo que enseñarte —le susurró a su amiga mientras Gabri estaba ocupado.

—¿Por qué hablas en susurros? —preguntó Clara también bajando la voz—. ¿Es algo obsceno?

—Por supuesto que no.

—«Por supuesto» —repitió Clara arqueando las cejas—. Te conozco demasiado bien como para tragarme ese «por supuesto».

Myrna se echó a reír: clara la conocía bien, en efecto, pero ella también conocía a Clara.

Su amiga llevaba el cabello un poco revuelto y de punta, como si se hubiera llevado un susto. Se parecía un poco a un Sputnik de mediana edad, algo que también podría explicar el peculiar estilo de sus obras de arte.

Las pinturas de Clara Morrow eran de otro mundo y, sin embargo, también eran profunda y dolorosamente humanas.

Aparentemente pintaba retratos, pero sólo lo eran en la superficie. La piel bellamente representada, tersa o llena de arrugas, de algún modo dejaba traslucir las heridas y las victorias, las pérdidas y los instantes de pura exultación. Clara pintaba la paz y la desesperación, todo en un mismo retrato.

Y, mediante el pincel, el lienzo y el óleo, conseguía capturar y al mismo tiempo liberar a su modelo.

Pero también se las arreglaba para acabar llena de pintura: en las mejillas, en el pelo, bajo las uñas... Ella misma era una obra en curso.

—Te lo enseñaré más tarde —dijo Myrna cuando Gabri volvió a la mesa.

—Más vale que sea algo francamente obsceno, después de tanta intriga —soltó Clara.

—¿Obsceno? —repitió Gabri—. Cuenta, cuenta...

—Myrna cree que los adultos deberían hacer la carrera de raquetas desnudos.

—¿Desnudos? —exclamó Gabri mirando a Myrna—. No es que sea un mojigato, pero los niños...

—Por el amor de Dios —repuso Myrna—, yo no he dicho eso en absoluto. Clara se lo ha inventado.

—Aunque... si la celebramos por la noche, cuando los niños duerman... —prosiguió Gabri—. Podríamos poner antorchas en el perímetro de la plaza. Y no dudo que en esas condiciones alguien batiera algún récord de velocidad.

Myrna fulminó a Clara con la mirada: Gabri, el presidente del *Carnaval d'hiver*, se lo estaba tomando en serio.

—Aunque, en lugar de ir desnudos —continuó Gabri paseando la vista por la clientela del *bistrot* e imaginando a la gente sin ropa—, quizá sería mejor que llevaran bañador.

Clara frunció el ceño, pero no en señal de desaprobación, sino de sorpresa. Lo cierto es que no era mala idea, sobre todo teniendo en cuenta que la mayor parte de las conversaciones en el *bistrot* durante el larguísimo y oscuro invierno quebequés versaban sobre escaparse al sol y tenderse en alguna playa a tostarse un poco.

—Podemos ponerle como título «Huida al Caribe» —sugirió.

Myrna dejó escapar un largo suspiro.

• • •

En el otro extremo del restaurante, Ruth Zardo creyó que el gesto de Myrna iba dirigido a ella.

Le devolvió una mirada altiva.

Myrna se dio cuenta y pensó que la naturaleza era injusta, pues la vieja poeta se había hecho vieja sin volverse sabia.

Aunque algunas veces podía captarse en ella cierta sabiduría... si una conseguía otear entre la bruma del whisky.

Ruth volvió a concentrarse en su almuerzo a base de alcohol y patatas fritas. Su cuaderno, que estaba sobre la mesa, no contenía rimas ni sentido común, pero sí tenía la capacidad de producir un nudo en la garganta.

Miró por la ventana y luego escribió:

> *Cortantes como el hielo fino, los gritos*
> *cristalinos de los niños hienden el cielo...*

En el sofá junto a Ruth, *Rosa* murmuró: «Caca, caca, caca», o tal vez: «Oca, oca, oca», aunque parecía un poco tonto que una pata dijera eso. Y quienes conocían a *Rosa* sabían que era mucho más probable que se decantara por «caca».

Rosa inclinó su largo cuello y cogió delicadamente una patata frita del cuenco mientras Ruth observaba a los niños que se deslizaban en trineo desde la capilla hasta la plaza del pueblo. La vieja poeta garabateó:

> *O arrodillados al fin en la iglesia de pueblo*
> *cubierta de nieve, para rezar*
> *por lo que no pudimos tener.*

Llegó la comida. Olivier había preparado lenguado con granos de mostaza, hojas de curri y tomates a la parrilla para Clara y Myrna, y para Gabri, su pareja, urogallo con higos asados y puré de coliflor.

—El primer ministro podría inaugurar el carnaval —comentó Gabri—. Voy a invitarlo.

Invitaba a Justin Trudeau todos los años, aunque nunca había obtenido respuesta.

—A lo mejor, incluso podría participar en la carrera, ¿no? —comentó Clara.

Gabri abrió los ojos de par en par.

Justin Trudeau corriendo por la plaza ajardinada del pueblo con un bañador de licra...

A partir de ahí, la conversación fue cuesta abajo.

Myrna no tenía cabeza para esas cosas, si bien se había detenido un instante en la imagen de Trudeau antes de volver a pensar en la carta que llevaba doblada en el bolsillo.

¿Y si no se presentaba?

Fuera, el sol teñía la nieve de rosa y azul. Se oían los gritos de los niños, excitados por una embriagadora mezcla de diversión y miedo cuando sus trineos se deslizaban a toda velocidad ladera abajo.

Todo parecía idílico, pero...

Pero si el azar o el destino querían que te encontraras demasiado lejos de casa cuando se cernieran las nubes y las suaves ráfagas de viento se convirtieran en ventisca, entonces podía ocurrir cualquier cosa.

Un invierno quebequés alegre y tranquilo podía volverse de repente contra ti, podía llegar a matar, y cada año lo hacía: hombres, mujeres y niños que en otoño estaban vivos se veían sorprendidos por la tormenta de nieve y ya no llegaban a la primavera.

En aquellos bosques, el invierno era un asesino magnífico, espléndido y luminoso.

Los quebequeses con canas y arrugas llegaban a esa fase de la vida habiéndose tornado lo bastante sabios, sensatos y prudentes como para quedarse en casa y contemplar la ventisca arrimados a un alegre fuego con un chocolate caliente, o una copa de vino, y un buen libro.

Hay pocas cosas más aterradoras que estar a la intemperie en medio de una ventisca, y pocas más reconfortantes que estar bajo techo.

Como en tantas otras cosas de la vida, Myrna sabía que la diferencia entre prevenir y curar, entre estar a salvo o no, era cuestión de centímetros.

Mientras Gabri y Clara debatían sobre las ventajas de los hoteles con todo incluido frente a los complejos vacacionales y los cruceros, Myrna pensaba en la carta. Decidió dejar el asunto en manos del destino.

Si nevaba, se quedaría en casa; si estaba despejado, iría.

Y llegado el día, sentada en aquella cocina extraña, con su extraña mesa, junto a aquel notario tan raro y el estrafalario y joven albañil, Myrna observaba cómo nevaba cada vez más fuerte y pensaba: «El puñetero destino ha vuelto a engañarme.»

—Myrna tiene razón —dijo Gamache poniendo la mano sobre el testamento—. Debemos decidir si queremos aceptar el encargo. —Se volvió hacia los otros dos—. ¿Qué os parece?

—¿Podemos leer el testamento primero y decidir después? —preguntó Benedict dando unas palmaditas sobre el documento.

—No —zanjó el notario.

Myrna se levantó.

—Creo que deberíamos hablarlo en privado.

Gamache rodeó la mesa, se inclinó hacia Benedict, que seguía sentado, y le susurró:

—Si quieres unirte a nosotros, bienvenido.

—Estupendo, sí. Buena idea.

5

Antes de cruzar el umbral entre la cocina y el comedor, Gamache se detuvo a observar el marco de la puerta y sus marcas.

Al acercarse más, distinguió unos nombres muy tenues junto a las rayas.

Anthony, a los tres, cuatro y cinco años, y así sucesivamente, madera arriba.

Caroline, a los tres, cuatro, cinco...

Y luego Hugo, también a los tres, cuatro, cinco, etcétera, aunque sus rayas quedaban más apretadas entre sí, como los anillos de un viejo roble que no creciera muy deprisa ni muy alto.

Hugo estaba muy por detrás de su hermano y su hermana a las mismas edades, pero junto a su nombre, en cada línea ya tenue, había una pegatina: un caballo, un perro, un osito de peluche... Así pues, pese a no ser muy alto, el pequeño Hugo sí destacaba en algo.

Miró de nuevo hacia la cocina desnuda y luego se volvió hacia el comedor vacío y con manchas de humedad en el papel pintado.

«¿Qué habrá ocurrido aquí?», se preguntó.

¿Qué había pasado en la vida de madame Baumgartner para que se viera obligada a recurrir a desconocidos en su testamento? ¿Dónde estaban Anthony, Caroline y Hugo?

—El tejado tiene goteras —comentó Benedict poniendo la mano sobre una mancha en la pared del comedor—. El agua se filtra en las paredes: se están pudriendo. Qué pena. Mirad estos suelos...

Gamache y Myrna siguieron su mirada. El suelo era de madera de pino y estaba maltrecho y alabeado.

Benedict se paseó de aquí para allá inspeccionando la habitación y mirando hacia el techo.

Al bajarse la cremallera del abrigo, había dejado a la vista un jersey que alternaba retales lanudos con otros de punto muy prieto y una amplia sección que parecía hecha con estropajo de aluminio.

Myrna pensó que no debía de ser muy cómodo, y dedujo que también lo había confeccionado su novia.

«Debe de quererla mucho», pensó. Y ella a él. Cuando la muchacha creaba algo, lo hacía para Benedict. El hecho de que fueran cosas horribles no le quitaba mérito; a menos, por supuesto, que lo hiciera a propósito, y no sólo para dejarlo en ridículo, sino para causarle verdadero dolor, porque esa parte del jersey elaborada con estropajo metálico sin duda irritaba y arañaba la joven piel que había debajo.

O quería mucho a Benedict o lo despreciaba verdaderamente.

En cuanto a él, o era incapaz de verlo o bien se sentía atraído por el dolor y el maltrato, como les pasaba a algunos.

—Bueno —dijo ella mirando al muchacho—, ¿quieres ser testamentario o no?

—¿Qué supone eso? —quiso saber Benedict—. ¿Qué tenemos que hacer?

—Si el testamento es simple, no mucho —contestó Gamache—. Sólo asegurarnos de que se paguen los impuestos y las facturas y de que el legado llegue a las personas adecuadas. Y luego hay que liquidar la herencia. El notario echa una mano con eso. Los testamentarios suelen ser familiares y amigos, gente de confianza.

Se miraron unos a otros: ellos no eran nada parecido para Bertha Baumgartner y, sin embargo, ahí estaban.

Gamache examinó la estancia en busca de algo que pudiera revelarles quién era Bertha Baumgartner: una fotografía olvidada en algún rincón, un retrato que hubiera caído al suelo desde una de aquellas paredes con manchas de humedad... pero no había nada, sólo las marcas tenues en la puerta y el potro, el perrito y el osito de peluche.

—Bueno, pues no suena tan mal, ¿no? —opinó Benedict.

—Eso si el testamento es simple —insistió Armand—. Si no lo es, podría llevar bastante tiempo, incluso muchísimo tiempo.

—¿Quieres decir... días? —preguntó Benedict, y al ver que Gamache no respondía, añadió—: ¿Semanas? ¿Meses?

—Años —contestó Armand—: algunos testamentos requieren años, sobre todo si los herederos se pelean y no se ponen de acuerdo.

—Algo que suele ocurrir —intervino Myrna volviéndose hacia ellos—: la codicia tiene ese efecto. Pero por lo visto ya han desplumado este sitio; imagino que no queda gran cosa por repartir.

A su lado, Gamache soltó una especie de gruñido.

Ella lo miró y asintió.

—Sí, ya lo sé. Es posible que a nosotros no nos parezca gran cosa, pero a quienes tienen poco, un poco más puede parecerles una fortuna.

Gamache guardó silencio.

No estaba pensando en eso exactamente. Un testamento, un legado, podía consistir en algo más que dinero, propiedades o posesiones; podía interpretarse que el más querido era aquel a quien se le dejaba más. Había diferentes clases de codicia y de necesidad.

Y los testamentos se utilizaban a veces a modo de afrenta definitiva: un último insulto de labios de un fantasma.

—¿Van a pagarnos algo? —quiso saber Benedict.

—Tal vez, pero normalmente se hace como un favor —respondió Gamache.

Benedict asintió.

—¿Y cómo sabemos si éste es un caso simple?

—No podemos saberlo hasta que leamos el testamento —repuso Myrna.

—Pero no podemos leer el testamento hasta que hayamos tomado una decisión —puntualizó Benedict.

—La pescadilla que se muerde la cola... —dijo Gamache, y ante la cara de perplejidad del joven, añadió—: Creo que debemos suponer lo peor y decidir si aun así queremos hacerlo.

—¿Y si no lo hacemos, qué pasará? —preguntó Myrna.

—Los tribunales nombrarán a otros albaceas.

—Pero ella nos quería a nosotros —repuso Benedict—. Me pregunto por qué. Debía de tener algún motivo, ¿no?

Se detuvo, sumido en sus pensamientos; Gamache y Myrna casi pudieron oír el sonido de los engranajes al girar. Finalmente, negó con la cabeza:

—Pero no se me ocurre cuál podría ser, la verdad... Vosotros os conocéis, ¿no?

—Somos vecinos —contestó Myrna—. Vivimos en el mismo pueblo, a unos veinte minutos de aquí.

—Yo vivo en Montreal con mi novia. Nunca había venido por aquí. Quizá se refería a otro Benedict Pouliot.

—¿Vives en el 267 de la calle Taillon de Montreal? —preguntó Armand. Y cuando el joven asintió, añadió—: Pues se refería a ti.

Benedict miró fijamente a Gamache, como si lo viera por primera vez. Se llevó la mano a la sien y señaló un punto con el dedo.

—Qué mala pinta tiene eso. ¿Cómo te lo hiciste? ¿Un accidente?

Gamache se acarició el surco de la cicatriz.

—No. Me hirieron en una ocasión.

«En más de una», pensó Myrna, pero no dijo nada.

—Fue hace tiempo —añadió Gamache—, ahora estoy bien.

—Tuvo que dolerte mucho.

—Pues sí, pero creo que les dolió más a los otros.

«Es evidente que no tiene ni idea de quién es Gamache», se dijo Myrna, y advirtió que él no tenía intención de decírselo.

—En cualquier caso, deberíamos tomar una decisión —concluyó ella acercándose a la ventana—. La nevada es cada vez más intensa.

—Tienes razón —convino Gamache—. Tenemos que ponernos en marcha lo antes posible, así que, ¿qué opináis, vamos a formar parte de esto o no?

—¿Tú qué vas a hacer? —le preguntó Myrna.

Gamache ya tenía una respuesta. La sabía desde el momento en que el notario les había explicado por qué estaban allí.

—No tengo ni idea de por qué nos eligió madame Baumgartner, pero lo hizo. No veo ninguna razón para negarme. Yo me apunto. Además —sonrió mirando a Myrna— soy un hombre curioso, ya lo sabes.

—Es verdad —confirmó ella. Luego miró a Benedict—. ¿Y tú?

—¿Años, has dicho? —preguntó él.

—En el peor de los casos —respondió Gamache—, *oui*.

—De modo que la cosa podría llevar años y no van a pagarnos... —recapituló Benedict—. Bueno, qué demonios... yo también me apunto. Tan malo no puede ser, ¿no?

Myrna miró al apuesto joven con el horrible corte de pelo y el jersey de estropajo de aluminio. Si podía aguantar eso, pensó, sería capaz de aguantar que unos irritantes desconocidos se pelearan por una miseria.

—¿Y tú? —le preguntó Gamache a Myrna.

—Estaba dispuesta a apuntarme desde el principio... —contestó ella sonriendo.

Justo en ese momento se oyó una sacudida y el traqueteo de las ventanas cuando una ráfaga de viento arremetió contra la casa. Siguió un crujido y luego un chirrido agudo y lastimero. Myrna sintió una oleada de pánico: en aquella casa no estaban a salvo, pero fuera tampoco.

Y aún tenían por delante el trayecto hasta Three Pines.

—Tenemos que salir de aquí.

Volvieron a toda prisa a la cocina y Myrna fue a mirar por la ventana. Apenas veía su coche, ahora enterrado en la nieve que se arremolinaba bajo las ráfagas de viento.

—Aceptamos —le dijo a Mercier—, y ahora nos vamos de aquí.

—¿Qué? —preguntó el otro levantándose.

—Que nos vamos —repitió Gamache—. Y usted también debería hacerlo. ¿Dónde tiene su oficina?

—En Sherbrooke.

Estaba como mínimo a una hora de trayecto en coche.

No se habían quitado ni los abrigos ni las botas, así que cogieron los guantes y los gorros y se encaminaron a la puerta trasera.

—Esperen —dijo Mercier sentándose de nuevo—, tenemos que leer el testamento. Madame Baumgartner estipuló que se hiciera aquí...

—Madame Baumgartner está muerta —le cortó Myrna—, y yo tengo intención de seguir viva al final del día.

Se caló el gorro y siguió a Benedict hacia el exterior de la casa.

—Bueno, monsieur —dijo Gamache—. Nos vamos, y usted viene con nosotros.

Benedict y Myrna ya se abrían paso entre la nieve, que en algunos sitios les llegaba hasta las rodillas. Los dos se encaminaron hacia el coche de ella, y el joven, que había recuperado una pala de debajo de un montón de nieve, empezó a desenterrar el vehículo.

Mercier se arrellanó en su silla y se cruzó de brazos.

—Arriba —ordenó Gamache, y al ver que no se movía lo agarró del brazo y lo puso en pie de un tirón—. Póngase los guantes y el gorro.

El otro se lo quedó mirando. Parecía muy sorprendido, pero le hizo caso.

Gamache comprobó su iPhone. No había cobertura: la tormenta los había aislado del mundo. Observó la ventisca en el exterior y luego miró la casa torcida que crujía sobre sus cabezas.

Tenían que salir de allí.

Volvió a meter los documentos en el maletín y se los entregó al notario.

—Vamos.

Cuando Gamache abrió la puerta, la ventisca le aporreó la cara dejándolo sin aliento. Cerró los ojos e hizo una mueca de dolor ante los perdigones de hielo que casi lo cegaban.

El ruido era ensordecedor.

Aullidos, golpetazos, furia desatada... La tormenta arremetía en tromba contra ellos y se arremolinaba por encima de sus cabezas. El mundo se venía abajo y los había pillado allí, en medio de la nada.

Con los copos de nieve estrellándose en su rostro, Gamache miró hacia donde estaban Myrna y el joven Benedict. El muchacho trataba de liberar el coche de Myrna y daba furiosas paletadas a los grandes montones que se habían formado a su alrededor, pero en cuanto conseguía cavar una sección, el viento levantaba la nieve y volvía a llenarla.

La única nota de color en el blanco paisaje era el gorro de Benedict: las rayas rojas de su larga cola parecían regueros de sangre sobre la nieve.

Myrna limpiaba el parabrisas con las manos enguantadas. La camioneta de Benedict, aparcada un poco más allá, ya casi no se distinguía, y el coche del notario había desaparecido por completo.

Cuando llegó junto a los demás, Gamache notó que la nieve le estaba entrando en las botas, el cuello, mangas arriba y bajo el gorro.

Myrna intentaba abrir la puerta del coche, pero la nieve amontonada se lo impedía.

—¡Hay demasiada, déjalo! —le gritó Gamache al oído. Luego se dirigió hacia la parte trasera del coche y agarró del brazo a Benedict impidiéndole que siguiera paleando—. ¡Aunque pudiéramos desenterrar todos los coches, las carreteras deben de ser intransitables ahora mismo! ¡Tenemos que permanecer juntos! ¡Es probable que tu camioneta sea la mejor opción...!

Benedict miró hacia su vehículo y de nuevo a Gamache.

—¿Qué pasa? —exclamó intuyendo que algo iba mal.

—¡No llevo neumáticos de nieve!

—¡Cómo que no llevas neum...! —Gamache se interrumpió. Cuando una casa empezaba a arder, era mejor dejar las recriminaciones para más tarde—. ¡De acuerdo!

—Se volvió hacia Myrna y Mercier—. ¡Mi coche está más

o menos protegido por el de Myrna, que le ha hecho de cortavientos! ¡Es probable que entre todos podamos sacarlo!

—¡Pero... yo tengo que volver a Sherbrooke! —protestó Mercier señalando a sus espaldas su propio vehículo, que a esas alturas tan sólo era un bulto más en el jardín.

—¡Y lo hará! —exclamó Myrna—. ¡Aunque no hoy!

—¡Pero...!

—¡Empiece a cavar! —lo interrumpió Myrna empujándolo hacia el Volvo de Gamache.

—¿Y con qué quiere que cave?

Gamache señaló el maletín.

—¡No! —repuso el notario aferrándolo como si fuera un osito de peluche.

—Como quiera —dijo Myrna.

Se lo arrancó del pecho y se puso manos a la obra utilizando el maletín para quitar la nieve de alrededor de las puertas, mientras Benedict le daba a la pala y Gamache arrancaba tablones de madera de los escalones delanteros de la casa para insertarlos bajo las ruedas traseras y luego fijarlos a puntapiés.

Mercier se había quedado plantado observándolos.

Poco después, por fin consiguieron abrir las puertas.

Myrna metió al notario casi a la fuerza en el asiento trasero y luego se sentó junto a él.

—¡Ponte tú al volante! —le gritó Benedict a Gamache señalando el asiento del conductor—. ¡Yo empujaré!

—*Non!* ¡Cuando nos pongamos en marcha no podremos parar o nos hundiremos de nuevo! ¡Si alguien empuja, se quedará atrás!

Benedict se quedó pensando.

«Dios mío —se dijo Gamache—. Está planteándoselo en serio...»

—¡Adentro! —ordenó.

El joven se quedó mirando sin decidirse a aquel hombre mayor que le daba órdenes.

—Esto funcionará... —insistió Gamache, esta vez en un tono menos imperativo, mientras la nieve se amontonaba de nuevo a su alrededor y dejaban escapar unos instantes preciosos—. Sube.

Benedict se acercó hacia la puerta del conductor, pero Gamache lo detuvo.

—Ahí —dijo con una sonrisa señalando el lado del acompañante.

Myrna comprobó que llevaba puesto el cinturón de seguridad, cerró los ojos, respiró profundamente... y empezó a rezar.

Gamache pisó suavemente el acelerador y el Volvo retrocedió poco a poco.

Hubo un momento de titubeo cuando los neumáticos encontraron la resistencia de los tablones...

...pero finalmente se afianzaron y remontaron los dos o tres centímetros que separaban la nieve y el hielo de la madera.

Ya con tracción, el coche se movió unos centímetros, un palmo, medio metro...

Benedict dejó de contener el aliento, Myrna dejó de contener el aliento, el notario hiperventilaba.

Entonces, Gamache aceleró un poco más y giró suavemente el volante dirigiéndose hacia la pista que se adentraba entre los pinos y daba a la carretera.

—Ay, *merde...* —soltó Benedict.

Myrna se inclinó hacia adelante entre los asientos y vio lo mismo que él.

Un muro de nieve les bloqueaba el paso, y era tan alto que no dejaba ver la carretera más allá.

—No hay problema... —dijo Gamache—. Significa que ha pasado la quitanieves, y eso es bueno.

—¿Bueno? —preguntó Benedict.

—Miren lo que ha hecho... —susurró el notario recuperando su voz... o la de algún otro, porque sonaba extrañamente aguda y entrecortada—. No podremos atravesar eso.

La quitanieves había empujado la nieve hasta la boca del camino formando una barrera cuyo grosor no tenían manera de averiguar, ni si se había compactado, y tampoco podían ver qué había al otro lado...

Pero no tenían elección: sólo había una forma de salir de allí.

—Sujetaos bien —dijo Gamache y pisó el acelerador.

—¿Estás seguro? —exclamó Benedict cuando iban derechos hacia el muro de nieve.

—¡Mierda! —soltó Myrna preparándose para el impacto.

Y arremetieron contra el parapeto de nieve, que estalló ante ellos y cayó sobre el parabrisas cegándolos por completo mientras el coche daba una violenta sacudida hacia un lado y el otro.

Y entonces, para espanto de Benedict, Gamache, que hasta ese momento aferraba el volante, se reclinó en el asiento.

—¡Pisa el freno! —gritó el joven cuando vio que no desaceleraba.

Asió el volante, pero Gamache le agarró la muñeca con tanta fuerza que lo hizo encogerse.

Un compacto bloque de nieve salió volando del parabrisas y lograron ver el bosque de nuevo: árboles, troncos que se precipitaban hacia ellos...

Benedict soltó un grito ahogado y apoyó las manos en el salpicadero mientras Gamache seguía con la vista fija al frente, esperando... esperando... hasta que, cuando ya parecía demasiado tarde, pisó con suavidad el freno.

El coche redujo la marcha y finalmente se detuvo. El morro rozó el terraplén en el arcén contrario.

Se hizo un silencio absoluto, seguido de largas exhalaciones.

Estaban atravesados en la carretera, bloqueándola. Gamache miró rápidamente a derecha e izquierda para comprobar si venía algún coche, pero la carretera parecía desierta.

Sólo un idiota saldría en medio de aquella tormenta de nieve.

Se oyeron risas apagadas.

—Ay, mierda... —susurró Myrna.

Armand echó marcha atrás y maniobró para que el coche quedara orientado en dirección a Three Pines. Puso los intermitentes de emergencia y se apeó para inspeccionar los daños.

—¿Qué coño ha sido eso? —preguntó Benedict rodeando el coche para enfrentarse a él—. ¡Te has lanzado a la nada! ¡Casi nos matas!

Gamache señaló el coche con ambas manos.

—¡Ya, pero ha sido pura chiripa! —exclamó Benedict.

—Sí, algo de eso ha habido. De haber aparecido otro vehículo o regresado la quitanieves...

—¡Te has quedado bloqueado! —exclamó Benedict cuando Gamache empezó a quitar la nieve de la parrilla del coche—. ¡Te he visto!

—Lo que he hecho y lo que has visto parecen ser dos cosas distintas. A veces, lo mejor que uno puede hacer es no hacer nada.

—¿Qué clase de chorrada zen es ésa?

La nieve formaba remolinos en torno al joven, que miraba fijamente a Gamache con los puños cerrados.

—¿Quieres saber por qué lo he hecho?

—¡Te has dejado llevar por el pánico!

—¿Acaso nadie te ha enseñado nunca a conducir en la nieve? —exclamó Gamache en medio de la ventisca.

—¡Por lo visto puedo hacerlo mejor que tú!

—¡Pues puedes darme una clase cuando quieras, pero no hoy!

Subieron de nuevo al coche y Gamache arrancó.

—Y para que lo sepas... —dijo concentrándose en la carretera—, yo nunca me dejo llevar por el pánico.

—¿Adónde vamos? —preguntó Mercier desde el asiento trasero.

—A casa —contestó Myrna.

6

—¿Ya hemos llegado? —preguntó el notario una vez más.

—*Oui*.

La respuesta fue tan inesperada que lo dejó sin habla. Limpió el vaho de la ventanilla con la manga, escudriñó el exterior... y no vio nada en absoluto.

—¿En serio? —preguntó al fin.

Y entonces la nieve, arrastrada por el viento, cambió momentáneamente de dirección y, durante una fracción de segundo, distinguió una casa a través de una grieta abierta en la ventisca.

Era de piedra y tenía ventanas con parteluz por las que asomaba un tenue resplandor.

Y luego desapareció de nuevo engullida por la tormenta. La visión fue tan breve que se preguntó si la desesperanza y la imaginación habrían hecho aparecer una casita de cuento de hadas ante sus ojos.

—¿Está seguro?

—Bastante.

Menos de una hora después, Gamache y sus invitados se habían duchado y vestido con ropa limpia y seca; excepto Mercier, que había rechazado el ofrecimiento.

Se habían sentado a la larga mesa de pino de la cocina con la estufa de leña caldeando la habitación desde el otro extremo. La nieve se amontonaba en los marcos de las ventanas situadas a ambos lados de la chimenea, dificultando la visión del exterior.

Benedict llevaba una camiseta, un jersey y unos pantalones prestados. Parecía más calmado que en el trayecto hasta allí: la ducha caliente y la perspectiva de una buena comida lo habían apaciguado.

Miró a su alrededor.

Aquella vivienda no se estremecía... y las ventanas no vibraban pese a la furia desatada de la tormenta. La habían construido para durar. Supuso que tendría más de cien años, tal vez incluso doscientos.

Dudaba que él pudiera construir una casa tan sólida aunque lo intentara, aunque pusiera todo su empeño.

Miró hacia el otro extremo de la mesa, donde madame Gamache servía sopa y su marido cortaba pan. De vez en cuando se consultaban algo el uno al otro... sus cuerpos se rozaban en un gesto que resultaba a la vez íntimo y despreocupado.

Se preguntó si, con el tiempo y poniendo todo su empeño, alguna vez sería capaz de construir una relación tan sólida como aquélla.

Se rascó el pecho e hizo una mueca de dolor.

Unos minutos antes, bajo el chorro caliente de la ducha, Gamache le había preguntado a Reine-Marie:

—¿Te dice algo el nombre de Bertha Baumgartner?

—¿No era un personaje de *Lorenzo y Pepita*, o la mala en *Doonesbury*?

Gamache cerró la ducha y salió, aceptando la toalla que ella le tendía.

—*Merci*... —Mientras se secaba el pelo la miró divertido, pero advirtió que hablaba en serio—. No, era vecina nuestra; más o menos, vaya.

Se puso unos pantalones de pana, una camisa limpia y un jersey y le contó a su mujer por qué los habían citado en aquella remota casa de labranza.

—¿Y te ha nombrado testamentario? Pero... tuviste que conocerla, Armand. ¿Por qué si no iba a elegirte a ti?

—No tengo ni idea.

—¿Y Myrna tampoco se acuerda de ella?

—No, ni tampoco el joven Benedict.

—¿Y cómo lo explicas?

—No puedo explicarlo.

—Vaya —dijo Reine-Marie.

En cuanto tuvieron a punto la sopa, los sándwiches y las cervezas, Reine-Marie dejó a los demás en la mesa de la cocina y se llevó su propia comida a la sala de estar.

Sentada junto a la chimenea con *Gracie*, su pequeña huérfana, se quedó mirando fijamente las llamas y repitió para sí:

—Bertha Baumgartner, Bertha Baumgartner...

Aquel nombre no significaba nada para ella.

—Vamos a ver —dijo Mercier ajustándose las gafas—. Los tres han aceptado ser testamentarios de la herencia de Bertha Baumgartner, ¿correcto?

Benedict pronunció algo que pretendía ser un «sí» pero, como tenía la boca llena de sándwich de rosbif, sonó a ladrido ahogado.

Henri, tumbado a los pies de Gamache, levantó las orejas y meneó un poco la cola.

—Correcto —contestó Myrna imitando el tono del notario, aunque él no pareció darse cuenta.

La silla crujió cuando volvió a sentarse con una taza caliente de sopa de guisantes en las manos. Le apetecía mucho una cerveza, pero la taza le resultaba tan reconfortante que no quería soltarla.

Gamache la había dejado ante la puerta del *bistrot* (la parte delantera de su librería seguía sitiada por la nieve) para que pudiera darse una ducha y cambiarse antes de reunirse de nuevo con los demás.

—¡Gracias a Dios! —exclamó Clara mientras abrazaba a su amiga—. Estábamos muy preocupados.

—Yo, no —repuso Gabri, aunque también la abrazó muy fuerte—. ¿Estás bien? —preguntó—. Tienes un aspecto horrible.

—Podría ser peor.

—¿Dónde estabas? —quiso saber Olivier.

Myrna consideró que no había razón alguna para ocultarlo.

—¿Bertha Baumgartner? —repitió Gabri—. ¿En serio había alguien aquí cerca que se llamaba Bertha Baumgartner y yo no la conocía? ¿Quién era?

—Si vosotros no lo sabéis... —dijo Myrna. Gabri y Olivier conocían a todo el mundo.

—¿Tú tampoco? —preguntó Clara siguiéndola hasta la puerta que comunicaba el *bistrot* con la librería.

—No, ni idea.

Myrna se detuvo y observó sus caras de asombro.

—¿Y dices que Armand también es testamentario? —comentó Olivier—. Pues debe de conocerla...

—No, ninguno la conocía, ni siquiera el notario.

—¿Y dices que vivía aquí cerca? —preguntó Clara.

—Bueno, a unos veinte minutos. ¿Seguro que el nombre no os suena?

—Bertha Baumgartner... —repitió Gabri. No cabía duda de que le encantaba el sonido de ese nombre.

—Ni se te ocurra —le advirtió Olivier. Luego se volvió hacia Clara y Myrna y añadió—: Lleva días buscando otro nombre con el que firmar la carta de invitación al primer ministro Trudeau para el carnaval. Sospechamos que el de Gabri Dubeau está en la lista de «derechos a la papelera».

—He de reconocer que le he enviado unas cuantas cartas... y un par de fotos —admitió Gabri.

—Y algo más, ¿no? —insistió Olivier.

—Un mechón de pelo... pero en mi defensa debo decir que era de Olivier —repuso Gabri.

—¿Qué? Serás cabrón... —Olivier se llevó una mano a la cabeza, donde el cabello ya empezaba a escasear y cada mechón de pelo rubio era precioso.

Cuando Myrna bajó de su buhardilla veinte minutos después con ropa seca y calentita, descubrió que Gabri y Olivier estaban fuera despejando senderos de entrada a las casas.

—No estarán desenterrando a Ruth, ¿no? —le preguntó a Clara.

—Era como liberar a una quimera: no es algo que uno deba hacer sin pensárselo dos veces... Una vez fuera, cuesta lo suyo devolverla a su guarida.

—Me temo que sí, y también alimentándola: le han llevado sopa en una botella de whisky, confiando en que no note la diferencia.

—Ruth puede que no, pero *Rosa*...

Rosa era una pata muy exigente.

—¿Adónde vas? —preguntó Clara siguiendo a Myrna hasta la puerta.

—A casa de Armand: vamos a leer el testamento.

—¿Puedo ir contigo?

—¿Quieres?

—Sí, prefiero mil veces internarme en una ventisca que sentarme junto al fuego con mi libro y un whisky.

—Ya me parecía a mí... —dijo Myrna antes de abrir la puerta de un tirón.

El viento se abalanzó contra ella de inmediato. Se encorvó y echó a andar a través de la espesa capa de nieve. No conocía a Bertha Baumgartner, pero empezaba a caerle mal, muy mal.

Gamache estaba en el estudio con el teléfono pegado a la oreja y, a través de los remolinos de nieve, vislumbró a Myrna rodeando la plaza del pueblo en dirección a su casa.

Reine-Marie le había dicho que el teléfono no funcionaba y quería comprobar si la línea se había restablecido.

No era así.

Consultó su reloj: apenas la una y media de la tarde, pero parecía medianoche.

Habían pasado tres horas y media desde que había recibido la llamada mientras estaba sentado en su coche ante la casa de Bertha Baumgartner. Tres horas y media desde el airado intercambio de palabras.

Al pensar en ello, se acordó del olor a lana húmeda y del sonido de la nieve repiqueteando en su coche.

Había dicho que volvería a llamarlos. Los hizo prometer que no harían nada hasta tener noticias suyas. Y ahora eso.

Reine-Marie saludó a Myrna y Gamache colgó el teléfono, que en esos momentos no era más que un trasto inservible, y se reunió con los demás en la cálida cocina para tomar sopa, sándwiches y cerveza y proceder a la lectura del testamento.

—He oído en la radio que la tormenta de nieve se extiende por todo el sur de Quebec —comentó Myrna mientras trataba de reparar la copa de su sombrero—, pero debería amainar en algún momento de la noche.

—¿Tanto va a durar? —preguntó Gamache.

Reine-Marie le examinó el rostro: en lugar de preocupación, parecía sentir alivio.

Las luces del apartamento de Annie y Jean-Guy en el *quartier* de Plateau, en Montreal, parpadearon.

Los dos interrumpieron lo que estaban haciendo para mirar la luz del techo. Parpadeó, y un segundo después volvió a parpadear.

Luego se quedó fija.

Annie y Jean-Guy intercambiaron una mirada y enarcaron las cejas, y acto seguido volvieron a su conversación. Jean-Guy le estaba contando su reunión de aquella mañana con los investigadores.

—¿Te han pedido que firmaras algo? —preguntó Annie.

—¿Cómo sabías que iban a hacerlo?

—¿Así que lo han hecho?

Él asintió.

—¿Y has firmado?

—No.

—Bien.

Jean-Guy vio una vez más las hojas de papel que sus colegas empujaban hacia él a través de la mesa con rostros expectantes.

—Tenías razón: han urdido un plan. Creo que tu padre podría enfrentarse a algo más que la suspensión o incluso el despido.

—¿A qué?

—No lo sé, la verdad. No lo han acusado de nada, pero no paraban de referirse a la remesa de drogas que él dejó que cruzara la frontera.

—Ya sabían que ocurriría —le recordó Annie—. Además, él se lo dijo enseguida. Alertó a policías de todo el país y de Estados Unidos. La DEA recuperó la mercancía, ¿no?

—Sí, con la ayuda de tu padre.

—Y la tuya.

—*Oui*. Pero aún falta un montón: kilos, y están aquí, en algún lugar de Montreal. Hemos pasado meses buscando, recurriendo a todos nuestros informantes, y nada de nada. Cuando esa mierda salga a la calle... —Dejó la frase en suspenso sin saber cómo terminarla—. Es algo terrible, Annie.

—Lo sé.

Él negó con la cabeza.

—Crees saberlo, pero no es así. Piensa en lo peor, en el peor panorama posible.

Ella asintió.

—Pues eso sería lo mejor que podría pasar —añadió él.

Annie sonrió pensando que lo decía en broma, que estaba exagerando. Pero entonces su sonrisa se desvaneció.

Así que las cosas estaban mal hasta ese punto.

—Creo que son conscientes de que va a haber un verdadero linchamiento en los medios una vez que la mercancía llegue a las calles: necesitan a alguien a quien culpar.

—¿Quiénes?

—Ellos. —Jean-Guy levantó las manos—. No lo sé, no se me dan bien estas gilipolleces de la política. Era tu padre quien se ocupaba de eso.

—Pero ¿es una cuestión política?

—Creo que sí. Nadie parece muy preocupado por los pobres cabrones que van a meterse la droga, lo único que les preocupa es cubrirse el culo.

—¿Lo sabe papá?

—Creo que lo sospecha, pero sigue tratando de recuperar la mercancía: no está mirando en esa dirección. Francamente, cuando he entrado allí esta mañana creía que iban a decirme que daban por concluida la investigación y que reincorporaban a tu padre.

—¿Y ahora qué? —preguntó Annie.

—No lo sé. —Jean-Guy se reclinó en su asiento—. Estoy cansado de todo esto, Annie; estoy harto.

—Lo sé, todo esto apesta. Gracias por apoyar a papá.

Jean-Guy asintió, pero no dijo nada.

Volvió a oír la voz de Marie, que pretendía tranquilizarlo: «Todo esto llegará a su fin, inspector jefe. Una vez que hayas firmado podrás seguir con tu vida.»

7

Benedict, Myrna y Gamache miraban fijamente la página que tenían delante.

Luego levantaron la vista y se miraron unos a otros, y entonces, todos a una, se volvieron hacia Mercier.

—Es una broma, ¿verdad? —preguntó Myrna mientras, a su lado, Gamache se quitaba las gafas de lectura y observaba al notario.

—No lo entiendo —añadió Benedict.

—Pues está todo muy claro —repuso Mercier.

—Pero no tiene sentido —dijo Myrna—, es absurdo.

Gamache volvió a mirar el documento que tenía delante. Por fin habían llegado a la octava sección, después de que el notario hubiera leído cada sección anterior, cada cláusula y cada palabra con voz clara y sonora. Estaban agotados y apenas podían mantenerse despiertos. El estrés de aquella mañana, sumado a la comida que acababan de tomar, al calor de la estufa de leña y la monótona lectura de Mercier, estaba haciendo mella en ellos.

Gamache había advertido más de una vez que Benedict, con los párpados temblorosos, daba cabezadas. Luego abría mucho los ojos, luchando por no quedarse dormido, y acto seguido los volvía a cerrar lentamente.

Pero ahora estaba bien despierto, todos lo estaban.

—Aquí dice —siguió Myrna, que volvió a coger el documento y, resiguiendo la línea con el dedo, leyó—: «Lego la suma de cinco millones de dólares canadienses a cada uno de mis hijos.»

Volvió a mirar a Mercier.

—Cinco millones de dólares... —repitió—. ¿Eso tiene sentido para usted?

—A cada uno —puntualizó Benedict—. Eso son... quince millones.

—Cinco millones, quince millones, cien millones, da igual —dijo Myrna—: todo esto no tiene ni pies ni cabeza.

—Quizá se refería a dinero en cupones de descuento del supermercado, o a billetes del Monopoly —sugirió Benedict tratando de ser útil.

No resultó.

—¿Qué se supone que debemos hacer con esto? —preguntó Myrna señalando el testamento. Luego se volvió hacia Gamache, que miró al notario enarcando las cejas.

—¿Ella disponía de ese dinero? —preguntó.

—¿Bertha Baumgartner? —repuso Myrna—. ¿Acaso no hemos estado en la misma casa esta mañana? Es evidente que esa mujer, por muy sobrada que estuviera de imaginación, no era precisamente multimillonaria.

—Podría haber sido una... ¿cómo se dice? —intervino Benedict.

—¿Avara? —sugirió Armand.

—Lunática —puntualizó el joven.

—Aún no hemos terminado —repuso Mercier.

La voz del notario siguió con su cantinela, pero ahora los tres estaban totalmente alertas y no se perdían una sola palabra mientras oían la lista de bienes legados.

La casa de la finada en Suiza debía venderse, al igual que el edificio de Viena. Los beneficios se repartirían entre sus hijos y nietos. Un millón de dólares se destinaría a la protectora de animales de la zona...

—Eso está muy bien —comentó Benedict.

«Sección 8», pensó Armand mientras escudriñaba las cifras en la página. En el ejército de Estados Unidos, ésa era la sección para los enfermos mentales; era muy posible que Benedict hubiera dado con el término preciso para definir a la difunta.

—«El título, por supuesto...» —leyó el notario— «pasará a mi hijo mayor, Anthony...».

—¿Eh? —dijo Myrna.

Ya no le quedaban palabras, tan sólo podía emitir sonidos.

—¿Título? —repitió Benedict—. ¿A qué se refiere con eso?

—Tal vez al título de la propiedad... —sugirió Gamache.

Las luces de la cocina parpadearon.

Guardaron silencio mientras miraban la araña de luces sobre la mesa de pino deseando que permaneciera encendida.

Pero, como ya empezaban a descubrir, en los asuntos que concernían a madame Baumgartner raras veces sucedía lo que uno deseaba.

Las luces volvieron a parpadear y luego brillaron de nuevo con plena intensidad. Se miraron unos a otros y respiraron aliviados...

Y entonces las luces se apagaron de golpe.

Simplemente se fue la luz, y con ella todos los sonidos: no se oía ni el zumbido de la nevera, ni el ruido de la caldera, ni el tictac del reloj... Los cuatro permanecieron sentados a la mesa de la cocina en silencio.

La luz del día aún trataba de abrirse paso a través de las ventanas de la cocina, pero era una luz mortecina, una luz que tenía que luchar para llegar hasta allí.

Y que se iba apagando poco a poco.

Armand prendió una cerilla y encendió las lámparas de queroseno que había a ambos extremos de la mesa mientras Myrna hacía otro tanto con las velas sobre la isla de la cocina. Estaban ahí por si acaso.

Gamache se dirigió a la puerta que separaba la cocina de la sala de estar.

—¿Estás bien? —preguntó.

Vio el fuego en la chimenea y un farolillo ya encendido.

—No te preocupes —contestó Reine-Marie—. Además, tampoco es ninguna sorpresa, ¿no?

—Ya casi hemos terminado. Estaré contigo dentro de unos minutos.

Cogió dos troncos pequeños del ordenado montón de la cocina y los metió en la estufa de leña, que ahora era su principal fuente de calor. Por el momento no se trataba de una emergencia, pero si el apagón duraba muchas horas, o días, y la temperatura seguía bajando y el fuego se apagaba...

—Bueno, así tampoco se está mal... —comentó Benedict mirando los círculos de luz que lo rodeaban.

—Será mejor que demos la jornada por concluida —dijo Gamache.

Cuando Mercier protestó, Myrna se levantó de la silla y se limitó a alejarse llevándose la cerveza a la sala de estar para reunirse con Reine-Marie.

Benedict la siguió.

Gamache extendió el brazo invitando al notario a unirse a ellos. Tras dudar unos instantes, éste se levantó a regañadientes.

Una vez sentados, Myrna preguntó:

—¿Cómo vamos a liquidar un testamento que no tiene sentido? No podemos entregar un dinero que no existe...

Reine-Marie se la quedó mirando.

—¿Crees que madame Baumgartner sobreestimó su patrimonio?

—En unos veinte millones —contestó Myrna.

Su amiga hizo una mueca.

—Eso es pasarse de la raya.

—Todos damos por hecho que no tiene ese dinero —intervino Mercier—, pero tal vez lo tenga.

—¿Eso cree? —preguntó Gamache.

—Piense en Conrad Cantzen.

—¿En quién?

—En Conrad Cantzen —repitió el notario—. Mi padre me habló de él. Monsieur Cantzen era un actor de Broadway en los años veinte. Había llegado a mendigar dinero y a hurgar en la basura en busca de comida pero, cuando murió, dejó un cuarto de millón de dólares. Hoy en día es mucho dinero, en aquel entonces era una fortuna.

Todos guardaron silencio, asimilando aquellas palabras.

—Nunca se sabe —concluyó Mercier.

8

—Armand, ¿estás despierto?

—Ajá.

Él se dio la vuelta para ponerse de cara a su mujer. El aire era gélido, pero el edredón estaba caliente. Tanteó para buscar la mano de ella bajo las sábanas.

Habían bajado el colchón a la cocina y acampado junto a la estufa de leña, así podrían levantarse durante la noche y mantenerla encendida.

—Esta tarde, cuando te has enterado de que la ventisca cubría la mayor parte de Quebec, parecías contento.

—Más bien aliviado —admitió él.

—¿Por qué?

«Eso es más difícil de explicar», pensó Gamache.

Henri y *Gracie*, acurrucados en el suelo junto a ellos, se removieron, pero unos segundos después, tras unas palmaditas tranquilizadoras de Gamache y Reine-Marie, volvieron a dormirse.

—Por la tarde tenía que ir a la Academia de la Sûreté: me habían citado para una reunión —susurró Armand—. Les he dicho que no hicieran nada hasta que yo llegara. Entonces se ha desatado la tormenta, los teléfonos han dejado de funcionar y me preocupaba que siguieran adelante sin mí... Pero esta tormenta es de las fuertes, y cuando me he dado cuenta de que era así, he sabido que no podrían hacer nada: ellos también estarían atrapados.

Sabía que, durante las siguientes horas, mientras la ventisca siguiera azotando el sur de Canadá, el mundo quedaría en suspenso, congelado.

Y se relajó.

Cuando uno se ve apartado del ritmo ajetreado y a menudo frenético de la vida, la imposibilidad de hacer nada proporciona cierta paz. Sin internet, sin teléfono, sin televisión, sin luz, la vida se volvía simple, primitiva: calor, agua, comida, compañía.

Salió a rastras de la cama y, en cuanto dejó atrás el calor del edredón, el frío se abalanzó sobre él.

Pasó por encima del otro colchón que habían instalado en el suelo de la cocina y echó un par de troncos más al fuego.

Antes de volver a la cama caliente que lo esperaba, contempló la oscuridad a través de las ventanas con parteluz, luego se agachó y arropó a Reine-Marie.

Mientras lo hacía, una voz áspera e inesperada le llegó desde la penumbra.

La noche anterior, quienes no estaban aislados por la nieve habían liberado a los que sí lo estaban, despejando los caminos desde las casas hasta la calle.

A Gabri y a Olivier los habían invitado a casa de los Gamache al terminar, pero habían declinado el ofrecimiento.

—¡Queremos mantener abierto el *bistrot*! —gritó Olivier a través de la ventisca.

—Y tenemos huéspedes inesperados en la fonda —añadió Gabri—. No pueden sacar sus coches para volver a casa.

—De hecho, ni siquiera consiguen encontrarlos.

Olivier señaló con su pala los túmulos funerarios que rodeaban la explanada del pueblo.

—¿Crees que podemos hacer que se ocupen los niños, convencerlos de que es un juego? —le gritó Gabri a Olivier—. «¡El primero que desentierre un coche gana un premio!»

—¡El premio tendría que ser un cerebro! —repuso Olivier.

Habían abierto camino a golpe de pala hasta la casa de Ruth, y Reine-Marie había llamado a la puerta, pero la anciana se negaba a abrir.

—¡Ven a cenar a nuestra casa! —gritó Reine-Marie desde fuera—. Puedes traer a *Rosa*, ¡tenemos comida de sobra!

—¿Y bebida?

—Sí.

—No, no quiero salir.

—Ruth, por favor. No deberías estar sola. Ven, ¡tenemos whisky!

—No sé... la última botella que probé tenía un sabor raro.

Reine-Marie podía captar el miedo en su voz. Una anciana abandonando su casa para aventurarse en una ventisca... Todo le decía a gritos que no lo hiciera y, aunque no tuviera mucho instinto de supervivencia, se las había apañado para pasar de los ochenta.

Y no precisamente internándose en tormentas de nieve.

En el transcurso de aquella tarde, todos, uno por uno, habían pasado por casa de Ruth mientras despejaban de nieve el camino a golpe de pala.

Y uno por uno se habían visto rechazados.

—Vale, ya es suficiente —declaró Gamache levantándose.

Al dirigirse hacia la puerta, cogió una mantita de lana a rayas.

—¿Qué vas a hacer? —preguntó Reine-Marie.

—Voy a traer a Ruth aunque tenga que echar su puerta abajo.

—¿Vas a secuestrarla? —preguntó Myrna.

—¿Eso no va contra la ley? —preguntó Reine-Marie.

—Pues sí —confirmó Mercier, que no solía captar el sarcasmo—. ¿Quién es esa Ruth? ¿Y por qué es tan importante?

—Es... una persona —contestó Gamache mientras se calzaba las botas ya con el abrigo puesto.

—¿Ah, sí? —dijo Myrna mirando a Reine-Marie.

—Ya sabes que, si la secuestras, nadie pagará el rescate —repuso ésta—. Tendremos que quedárnosla.

—Ruth no está tan mal como parece —intervino Myrna—, la que me preocupa es la pata.

—¿La pata? —repitió Mercier.

—Iré contigo, *patron* —se ofreció Benedict.

—¿No crees que vaya a poder con ella yo solo? —preguntó Gamache con una sonrisa.

—Con ella, sí —respondió Benedict—, pero ¿y la pata?

Armand se lo quedó mirando y luego se echó a reír. A diferencia de Mercier, Benedict se había adaptado sin problemas al flujo de la conversación: comprendía qué era broma y qué era importante.

Se puso el chaquetón, las botas, el gorro y los guantes; luego, Gamache abrió la puerta...

Pero sólo para dar un paso atrás, sorprendido.

Ruth estaba ahí de pie, cubierta de nieve. Dentro de su pesado abrigo de invierno se adivinaba un gran bulto que se retorcía.

—Me han dicho que hay whisky... —dijo la anciana cruzando el vestíbulo como si ellos fueran los invitados y ella la dueña de la casa.

Mientras andaba, iba tirando al suelo el gorro, las manoplas, el abrigo... Sus enormes botas dejaban charcos de nieve.

—¿Quiénes son? —preguntó utilizando a *Rosa* para señalar a Mercier y a Benedict.

Reine-Marie se los presentó.

—No beben whisky —añadió suponiendo con razón que era cuanto Ruth quería saber, en realidad.

Sobre la mesa del comedor, en el extremo opuesto de la sala de estar y a la luz de las lámparas de querosano y las velas, habían dispuesto un bufet a base de pan, queso, pollo frío, rosbif y pastitas saladas.

—¿Te dice algo el nombre de Bertha Baumgartner? —le preguntó Armand a Ruth mientras le tendía un plato que había preparado para ella y se sentaba a su lado en el sofá.

—No —respondió Ruth.

Myrna se apartó por un instante de la mesa del bufet y se acercó a Armand.

—A menos que se trate de Johnnie Walker o Glenfiddich, no le interesa —le susurró al oído—. Observa y aprende. —Volvió a la mesa, se sirvió en el plato un muslo de pollo, un poco de camembert y una rebanada de *baguette* y, como si no fuera con ella, añadió—: ¿Bertha Baumgartner? Olivier acaba de recibir una caja entera: veinticinco años, envejecido lentamente en barrica de roble y muy suave.

—¿Bertha Baumgartner es un licor? —preguntó Ruth volviendo a la conversación.

—No, no lo es, vieja borracha —contestó Myrna—, pero queríamos tu atención, por inconstante que sea.

—Eres una mujer cruel —le soltó Ruth.

—Somos albaceas de su patrimonio —explicó Gamache—, pero nunca la conocimos. Vivía cerca de aquí.

—En una vieja casa de labranza en Mansonville —puntualizó Myrna.

—¿Bertha Baumgartner? No, no me suena... —repuso Ruth—. ¿Y tú eres el notario?

—¿Yo? —preguntó Benedict, al que habían pillado una vez más con la boca llena de pan.

—No, tú no... —Ruth se lo quedó mirando y se fijó en su pelo—. Veo que a Gabri le ha salido un competidor como tonto del pueblo. Me refería a él.

—¿A mí? —preguntó Mercier.

—Sí, a ti. Conocí a un tal Laurence Mercier: vino a redactar mi testamento. ¿Era tu padre?

—Sí.

—Ya veo el parecido —comentó Ruth, y no sonó precisamente a piropo.

—¿Has hecho testamento? —preguntó Reine-Marie llevándose el plato de vuelta a su sitio junto a la chimenea.

—No —dijo Ruth—. Al final decidí no hacerlo porque no hay nada que legar, pero sí he dejado instrucciones para mi funeral: las flores, la música, el desfile... los discursos de homenaje de los dignatarios, el diseño del sello de correos, lo habitual.

—¿Y la fecha? —preguntó Myrna.

—Sólo por eso a lo mejor no me muero —repuso Ruth.

—A menos que encontremos una estaca de madera o una bala de plata.

—Eso no son más que rumores. —Ruth se volvió hacia Gamache—. Así que esa tal Bertha os ha hecho sus testamentarios y ni siquiera la conocíais... Parece cosa de una chiflada. Ojalá la hubiera conocido.

—Tampoco sería la primera persona que deja algo extraño en un testamento —comentó Reine-Marie—. ¿No había algo de eso en el de Shakespeare?

—*Oui* —respondió Mercier por fin en terreno conocido—. Era bastante corriente, excepto al final, donde escribió: «A mi esposa, le dejo mi segunda mejor cama.»

Eso provocó risas y luego un silencio mientras todos intentaban averiguar, como habían hecho los estudiosos durante siglos y siglos, qué diantres significaba aquello.

—¿Y Howard Hughes? —intervino Myrna—. ¿No murió sin haber hecho testamento?

—Sí, bueno... él sí que estaba realmente chiflado —dijo Ruth.

—Mi frase favorita de Hughes es: «No soy un millonario paranoico y loco. ¡Maldita sea, soy multimillonario y punto!» —comentó Reine-Marie.

—Eso sí me suena —repuso Ruth.

—Su herencia no fue fácil de repartir —observó Mercier.

—No —contestó Ruth—, la cosa tardó unos treinta años.

—¡Joder! —exclamó Benedict volviéndose hacia Gamache—. Espero que nosotros no tardemos tanto.

—Bueno, probablemente a mí no me llevará tanto —dijo él haciendo cálculos.

Con la habitación cada vez más fría, todos se acercaron más al fuego y escucharon a Lucien Mercier, que les habló del hombre que había dejado un penique a cada niño que asistiera a su funeral y de los maridos que castigaban a esposas e hijos desde la tumba.

—«Bien que te joden tus papis. / Aunque no adrede, lo hacen» —citó Ruth.

—Conozco ese poema —dijo Benedict, y todas las miradas se volvieron hacia él—, pero no va así.

—¿Ah, no? —terció Ruth—. ¿Acaso eres un experto en poesía?

—La verdad es que no, pero ése me lo sé —respondió él.

Si no era verdad que captaba los sarcasmos, al menos parecía bastante inmune a ellos. «Un rasgo útil», pensó Gamache.

—Entonces, ¿cómo crees tú que va? —preguntó Reine-Marie.

—«Bien que te cuidan tus papis» —recitó el joven de un tirón—. «Te leen Perico el Conejo...»

Alrededor de la chimenea se enarcaron varias cejas.

—«Te llenan con sus defectos...» —continuó Ruth cuadrándose ante Benedict como una duelista— «más algunos especiales».

—«Te llenan con sus virtudes...» —replicó el joven— «más algunas especiales».

Ruth lo fulminó con la mirada mientras los demás los observaban fijamente sin disimular su asombro.

—Continúa —pidió Reine-Marie.

Ruth tomó la delantera:

> *Heredamos la miseria*
> *como zócalo marino.*
> *Escapa lo antes que puedas*
> *y no busques tener más hijos.*

Sus ojos volvieron a clavarse en Benedict.

> *Heredamos la felicidad*
> *como zócalo marino.*
> *Ama a tus padres todo lo que puedas*
> *Y busca tener más hijos.*

—¿Este tío habla en serio? —preguntó Ruth dando un trago a su whisky.

El fuego susurraba en el hogar, el viento aullaba tras las ventanas y la tormenta se cernía sobre Three Pines atrapando a todo el mundo en sus casas.

Y Gamache pensó que era una buena pregunta. ¿Hablaba en serio Benedict Pouliot?

Habían decidido que Mercier, Myrna y Benedict pasaran allí la noche, al igual que Ruth. A ella y a *Rosa* las instalaron en el colchón más cercano a la estufa de leña de la cocina.

De madrugada, tras haber avivado el fuego, Gamache se agachó y arropó bien a Reine-Marie con el edredón.

> *Heredamos la felicidad*
> *como zócalo marino.*

Por curioso que pudiera parecer, la versión de Benedict del famoso poema había desplazado al original en su mente.

Entonces oyó un movimiento en otro colchón, y una voz le llegó desde la penumbra:

—Creo que sé quién era Bertha Baumgartner —dijo Ruth.

9

Reine-Marie, con los ojos entornados y a medio camino entre el sueño y la vigilia, deslizó la mano por la sábana hacia su marido palpando las redondeadas protuberancias del colchón hinchable.

Pero ese lado de la cama estaba frío. No es que estuviera enfriándose, sino frío del todo.

Abrió los ojos y vio la tenue luz de primera hora de la mañana a través de las ventanas.

En la estufa de leña crepitaban las llamas: alguien había avivado el fuego hacía poco.

Se incorporó sobre un codo. La cocina había quedado desierta. Ruth y *Rosa* ya no estaban, ni tampoco *Henri* y *Gracie*.

Se puso la bata y las zapatillas y accionó el interruptor de la luz. Aún no había electricidad. Entonces vio una nota en la mesa de pino de la cocina:

Ma chère:
    Ruth, *Rosa*, *Henri*, *Gracie* y yo nos hemos ido al *bistrot* a hablar con Olivier y Gabri. Ven si puedes.
    Te quiero,
                                    Armand (6.50 h de la mañana)

Echó un vistazo al reloj, eran las 7.12 h.

Se acercó a la ventana. La nieve la cubría ya hasta la mitad, bloqueando la mayor parte de la luz y casi toda la vista, pero pudo ver que la ventisca había amainado dejando en su estela, como suele suceder con las peores tormentas, un día luminoso.

Aunque era una ilusión, como todo buen quebequés sabía, el sol hacía destellar sus colmillos.

—Dios mío... —jadeó cuando la envolvió el calor del *bistrot*—. ¿Por qué vivimos aquí?

Tenía las mejillas de un rojo encendido, y sus ojos llorosos tardaron en adaptarse a la tenue luz. En el corto trayecto hasta el *bistrot*, el sol radiante que incidía en la nieve casi la había cegado. No bastaba con que el crudo invierno quisiera matarlos, primero tenía que dejarlos ciegos.

—Treinta y cinco bajo cero —anunció Olivier con orgullo, como si él mismo se hubiera encargado de fijar aquella temperatura.

—Pero es un frío seco —intervino Gabri—, y no hace viento.

Era la típica cantinela a la que siempre recurrían para consolarse cuando el día era tan invitante como brutal.

—Aquí huele a algo... —dijo Reine-Marie tras haberse quitado el abrigo, el gorro y los guantes.

—No soy yo —repuso Ruth. *Rosa*, por su parte, parecía un poco avergonzada, pero los patos suelen tener esa expresión.

—Me preguntaba por qué habíais desafiado el frío para venir hasta aquí —dijo Reine-Marie siguiendo el rastro del aroma hasta la mesa y los platos vacíos embadurnados de sirope de arce.

Gamache se encogió de hombros exagerando el gesto al estilo francés.

—Hay algunas cosas por las que merece la pena arriesgar la vida.

Olivier salió de la cocina con un plato de crêpes de arándanos, salchichas, sirope de arce y un café con leche.

—Hemos guardado algunas cosillas para ti —dijo Gabri.

—Gamache nos ha obligado —apostilló Ruth.

—¡Qué maravilla! —exclamó ella sentándose y rodeando la taza con las manos—. *Merci.* —Entonces pareció caer en la cuenta de que allí había algo raro—. ¿Tenéis electricidad?

—*Non*, un generador.

—¿Donde conectas la cafetera...?

—Y el horno y el frigorífico —añadió Gabri.

—¿Pero no la luz?

—Hay prioridades —dijo Olivier—. ¿Alguna queja?

—No, *mon Dieu* —repuso ella.

Su mirada fue a posarse en su esposo. Pese a las bromas, sabía que no expondría a una anciana a ese frío tan terrible sin una buena razón.

—Has traído a Ruth por algo más que unas crêpes.

—*Oui* —respondió él—: Ruth sabe quién era Bertha Baumgartner.

—¿Y por qué no nos lo dijiste anoche? —preguntó Reine-Marie volviéndose hacia a la anciana poeta.

—Porque no lo he recordado hasta esta mañana, aunque tampoco estaba muy segura.

Reine-Marie enarcó las cejas: no era nada propio de Ruth dudar de sí misma. Si acaso, dudaba de los demás.

—Necesitaba hablar con Gabri y Olivier para ver qué opinaban ellos —añadió Ruth.

—¿Y?

—¿Has oído hablar de la Baronesa? —intervino Gabri.

Reine-Marie reflexionó un momento. El mote le sonaba vagamente, pero era como el recuerdo de un recuerdo, algo tan remoto que sabía que nunca lo recuperaría, así que negó con la cabeza.

—La conocimos hace años, cuando nos mudamos aquí —dijo Olivier—. Nos la presentó Timmer Hadley.

—La propietaria de la antigua casa Hadley... —Reine-Marie señaló en dirección a la bonita casa que dominaba el pueblecito desde la colina y donde antiguamente vivía la familia «rica» que, un siglo atrás, trataba con prepotencia al populacho de abajo.

—Conocí a la Baronesa en casa de Timmer —dijo Ruth.

—Y solía venir por aquí cuando abrimos la fonda —añadió Gabri.

—¿Era una cliente habitual o una amiga? —preguntó Reine-Marie.

—Era la señora de la limpieza.

—¡Date prisa! —exclamó Myrna tirando del brazo de Benedict.

Mercier iba unos pasos por delante, pero Benedict se había detenido y Myrna tuvo que retroceder para llegar hasta él.

Aquello era como volver corriendo a un edificio en llamas.

Myrna tenía la piel de la cara tan helada que le ardía. Se veía obligada a entrecerrar los ojos bajo la luz cegadora del sol y el frío incluso había atravesado sus gruesas manoplas y le mordía los dedos.

Pero Benedict, en lugar de apresurarse hacia el *bistrot* como haría cualquier quebequés sensato, se había detenido. De espaldas a las tiendas, con la cola de su enorme gorro rojo y blanco arrastrándose por el suelo, miraba fijamente los tres grandes pinos cargados de nieve y las casitas que rodeaban la plaza ajardinada del pueblo.

—Esto es precioso...

Sus palabras salieron enmarcadas por una nube de aliento, como el bocadillo de un diálogo en una tira cómica.

—Sí, sí, precioso, precioso —resopló Myrna tirando de su brazo—, y ahora apresúrate antes de que te dé una patada donde más duele.

Habían llegado en plena tormenta, de modo que era la primera vez que Benedict veía Three Pines: el círculo de casas, las volutas de humo que se elevaban de las chimeneas, las colinas y los bosques...

Y se había quedado ahí plantado, contemplando un panorama que llevaba siglos sin cambiar.

Hasta que Myrna se lo llevó a rastras.

Unos minutos más tarde, tras haber acercado otra mesa a la chimenea, ellos también disfrutaban del desayuno y del café en el *bistrot*.

Clara, que había visto pasar corriendo a todos los demás, se había unido a ellos.

—Como haga este frío en carnaval, no pienso quitarme la ropa —comentó frotándose los brazos.

—¿Cómo dices? —inquirió Gamache.

—Nada, nada —intervino Gabri—. No le hagas caso.

—¿De qué hablabais cuando he entrado? —preguntó Clara aceptando una taza de café caliente—. Parecíais todos muy sorprendidos.

—Ruth ha descubierto quién era Bertha Baumgartner —explicó Gamache.

—¿Quién?

—¿Te acuerdas de la Baronesa? —preguntó Gabri.

—Ah, sí. ¿Quién podría olvidarla?

Clara bajó el tenedor y miró a Ruth a los ojos.

Luego recorrió el *bistrot* con la mirada hasta que sus ojos toparon con las ventanas, pero no vio el sol que incidía en los cristales escarchados, ni el pueblo bajo el profundo manto de nieve ni el cielo despejado y de un azul increíble.

Vio a una mujer mayor y regordeta con ojos pequeños y gran sonrisa sujetando una fregona como si fuera un explorador del Polo Norte a punto de plantar una bandera.

—¿Se llamaba Bertha Baumgartner? —preguntó Clara.

—Bueno, no creerías que era realmente una baronesa, ¿verdad? —le soltó Ruth.

Clara frunció el ceño. La verdad es que no le había dado muchas vueltas.

—¿Sabéis por qué la llamaban así? —preguntó Gamache.

Todos miraron a Ruth.

—¿Y yo por qué narices iba a saberlo? Nunca trabajó para mí. —Se volvió hacia Myrna—. Tú eres la única señora de la limpieza que he tenido.

—Yo no soy... —empezó Myrna, y luego añadió—: Mejor dejarlo correr.

—Entonces ¿por qué crees que esa tal Bertha y la Baronesa son la misma persona? —quiso saber Gamache.

—¿No has dicho que su casa estaba en la zona de Mansonville, en una vieja casa de labranza junto a la cañada? —preguntó Ruth.

Gamache asintió.

—*Oui*.

—Pues hace años llevé allí a la Baronesa un día que se le averió el coche —explicó Ruth—. Creo que era el mismo lugar.

—¿Cómo era? ¿Puedes recordarlo?

Ruth se acordaba de todo, por supuesto.

De cada comida, cada bebida, cada vista, cada desaire, ya fuera real o imaginario, de cada cumplido, de cada palabra, dicha y por decir. Lo retenía todo, y convertía esos recuerdos en sentimientos y los sentimientos en poesía.

Recé por ser buena, fuerte y sabia,
por mi pan cotidiano y por la condonación
de los pecados que, según ellos, arrastro desde la cuna,
y por una antigua culpa heredada.

Gamache no tuvo que darle muchas vueltas: sabía a la perfección por qué le había venido a la mente aquel oscuro poema de Ruth.

—Su casa no era muy grande y estaba un tanto destartalada, pero era acogedora —explicó Ruth—. Tenía jardineras con pensamientos en las ventanas, y barriles con flores a ambos lados de los peldaños del porche. También vi un gato tumbado al sol. Había varios vehículos y maquinaria agrícola de todo tipo en el patio, esas cosas que siempre se ven en las viejas casas de campo.

Una vez que Armand quitó mentalmente la nieve y enderezó la casa torcida, casi pudo verla. Vio cómo había sido en otro tiempo, en un cálido día de verano, con una Ruth más joven junto a la Baronesa.

—¿No la habéis visto recientemente? —preguntó.

—No, jamás volvimos a verla —respondió Gabri—. Dejó de trabajar y perdimos el contacto. No sabía que había muerto, ¿tú sí?

Clara negó con la cabeza y bajó la vista.

—Mi madre era señora de la limpieza —intervino Reine-Marie interpretando acertadamente los sentimientos de Clara—. Llegó a sentirse muy unida a las familias para las que trabajaba mientras fue su empleada, pero luego les perdió la pista. Seguro que muchos murieron sin que ella se enterara.

Clara asintió agradeciéndole que le señalara que la desconexión se producía en ambos sentidos.

—¿Creéis que si la baronesa Baumgartner le hubiera escrito a Justin Trudeau...? —empezó Gabri.

—Non —lo cortó Olivier.

—¿Cómo era? —preguntó Gamache.

—Tenía mucha personalidad —contestó Olivier—. Le encantaba hablar, sobre todo de sus hijos.

—Tenía dos hijos y una hija —añadió Gabri—. Los chicos más maravillosos sobre la faz de la tierra: guapos, inteligentes y amables. «Como su madre», solía decir ella, y luego se echaba a reír.

—Y siempre esperaba que dijéramos: «No te rías, es verdad» —comentó Olivier.

—¿Y lo hacíais? —preguntó Reine-Marie.

—Si queríamos que nos limpiara la casa, sí —dijo Gabri.

Mientras describían la personalidad de la Baronesa, Clara iba acordándose cada vez más vívidamente de ella: casi siempre con una sonrisa, a veces cálida y amable, a veces algo sarcástica, pero nunca maliciosa.

Costaría encontrar a una mujer menos parecida a una baronesa.

Y, sin embargo, también la recordaba afanándose de verdad con la escoba o la fregona, trabajando duro.

Y en eso había cierta nobleza.

Se preguntaba por qué nunca se le habría ocurrido pintarla. Con aquellos ojillos brillantes que tenía, a la vez amables y necesitados de afecto; con su expresión astuta, pero también reflexiva; con las manos ásperas y cara de cansancio.

Tenía un rostro extraordinario, lleno de generosidad y mal genio, de bondad y buen juicio.

—¿Por qué lo preguntas? —quiso saber Gabri—. ¿Es importante?

—En realidad, no —contestó Gamache—. Es sólo que ha dejado estipuladas algunas cosas un poco raras en su testamento.

—¡Me encantan las cosas raras! —dijo Gabri.

—Lo que te encanta son las mariconadas —intervino Ruth—. Detestas las cosas raras.

—Es verdad —admitió él—. Bueno, ¿y qué tenía de raro el testamento?

—El dinero —respondió Benedict.

—¿El dinero? —repitió Olivier inclinándose hacia adelante.

Mercier les habló de los legados.

El expresivo rostro de Olivier pasó de la estupefacción a la diversión y viceversa.

—¿Quince millones de dólares? —preguntó mirando a Gabri, que también estaba boquiabierto—. Deberíamos haber mantenido el contacto.

—*Oui* —dijo Mercier satisfecho con la reacción—, y una casa en Suiza.

—Y otra en Viena —añadió Myrna.

—Siempre estuvo un poco chiflada —dijo Gabri—, pero al final debió de perder la chaveta por completo.

—No: mi padre nunca le habría permitido firmar el testamento si no hubiera considerado que estaba en plena posesión de sus facultades.

—¡Venga ya! —intervino Ruth—. Incluso yo puedo ver que todo esto es una locura, y no sólo por el dinero, sino por elegir a tres personas que ni siquiera conocía para que fueran sus albaceas. ¿Por qué no optó por uno de nosotros?

Gamache miró a Gabri y a Olivier, a Ruth y a Clara. La habían conocido y al mismo tiempo no la habían conocido en absoluto.

Conocían a la Baronesa, pero no a Bertha Baumgartner, ¿ése había sido el motivo?

Myrna y él no tenían prejuicios: para ellos era una mujer, no una señora de la limpieza, y desde luego no una baronesa.

Pero ¿qué importancia podía tener algo así para ella?

Tal vez había considerado sus aptitudes en conjunto: él era policía, investigador, y Myrna era psicóloga: ambos podían interpretar las emociones de la gente. Pero, de nuevo, ¿qué importancia podía tener eso para madame Baumgartner a la hora de garantizar que se cumpliera lo estipulado en su testamento?

¿Y cómo sabía quiénes eran ellos, si ni siquiera la conocían? ¿Y qué pasaba con...? Se volvió hacia Benedict: ¿cómo se le iba a ocurrir que podría ser un buen albacea?

—¿Quiénes fueron los testigos? —preguntó inclinándose de nuevo hacia adelante.

—Unos vecinos —contestó Mercier—, aunque lo más probable es que no conocieran el contenido del testamento.

Gamache echó un vistazo a su reloj. Eran casi las ocho y media de la mañana. Aún no se había restablecido el suministro eléctrico, pero el diminuto pueblo de Three Pines solía ser uno de los últimos sitios de los que Hydro-Québec se acordaba.

—¿Tienes que irte? —le preguntó Reine-Marie recordando su conversación de la noche anterior.

—Me temo que sí.

—¿Y nosotros? —preguntó Mercier.

—Os llevaré a la casa de labranza. Desenterraremos los coches entre todos.

—Tengo que contactar con los herederos —dijo Mercier—. Intentaré organizar algo para esta tarde, no tiene sentido esperar.

—Me parece bien —comentó Benedict.

Gamache asintió.

—Ya me dirá usted cuándo y dónde.

«Una antigua culpa heredada», pensó mientras se dirigía a su coche haciendo crujir la nieve compacta con las botas.

¿Era eso lo que había en aquella casa de labranza en ruinas, culpa y pecados desde la cuna?

10

—Adelante, adelante —dijo la vecina invitándolos a pasar—. Entren, que hace frío.

Era joven, de unos treinta años, supuso Gamache, sólo un poco mayor que su propia hija Annie, y probablemente no debería haber permitido que unos desconocidos entraran en su casa.

Pero él sospechaba, por la forma en que lo había mirado al abrirle la puerta, que no era un desconocido para ella, algo que quedó confirmado unos instantes después. Se quitó los guantes y le tendió la mano mientras se apretujaban en el recibidor.

—*Désolé* —dijo—. Siento molestarla, sobre todo en un día como hoy. Me llamo Armand Gamache y vivo carretera abajo, en Three Pines.

—Sé quién es usted. Yo soy Patricia Houle.

Le estrechó la mano y se volvió hacia Myrna.

—Y a usted también la conozco: es la dueña de la librería.

—En efecto, y usted ha venido varias veces a por libros de jardinería, biografías...

—Exactamente.

Mercier se presentó también, y luego la mujer se volvió hacia Benedict.

—Benedict Pouliot, albañil y carpintero —dijo.

—Pasen, así se calentarán un poco.

La siguieron hasta el centro neurálgico de la casa: la cocina, donde una gran estufa de leña emitía oleadas de calor.

Ni la casa ni madame Houle eran pretenciosas en absoluto: ella parecía una de esas personas que no tienen la menor necesidad de impresionar y que, por eso mismo, impresionan; como su casa, resistente y sencilla.

—Tengo una tetera a punto. ¿Quieren que les sirva un poco de té?

—Para mí no, gracias —contestó Myrna, y los demás también declinaron el ofrecimiento.

—No le robaremos mucho tiempo —dijo Gamache—. Sólo queremos hacerle un par de preguntas.

—*Oui*?

—¿Conocía a la mujer de la casa de al lado? —preguntó Myrna.

—¿A la Baronesa? Sí, claro, aunque no muy bien. ¿Por qué?

Se había dado cuenta de que sus visitantes intercambiaban miradas, pero no podía saber hasta qué punto era relevante lo que había dicho: acababa de confirmar que Ruth tenía razón, que Bertha Baumgartner era la Baronesa.

—Por nada —repuso Myrna—. Continúe, por favor.

—¿Es porque la he llamado «la Baronesa»? —preguntó Patricia con cara de extrañeza—. Ese apodo no se lo pusimos nosotros; créanme, nunca habríamos elegido algo así: era ella misma quien se hacía llamar de ese modo.

—¿Desde cuándo la conocía? —intervino Mercier.

—Desde hace unos cuantos años. ¿Va todo bien? —preguntó mirando a Gamache—. Esto no es una visita oficial, ¿verdad?

—No en el sentido que usted piensa —respondió él—. Somos albaceas de su herencia.

—¿Ha muerto?

—Sí, murió poco antes de Navidad —contestó Mercier.

—No me había enterado —dijo Patricia—. Sabía que se había mudado a una residencia hace un par de años, pero no que hubiera fallecido. Lo siento mucho, habría asistido a su funeral.

—¿Actuó como testigo de su testamento? —preguntó Gamache, y, cuando ella asintió, añadió—: ¿Le pareció que estaba en sus cabales?

—Sí —respondió ella—. Estaba perfectamente lúcida. Era un poco rara, desde luego. Insistía en que la llamaran baronesa, pero todos tenemos nuestras excentricidades.

—Apuesto a que puedo adivinar la suya —comentó Myrna.

—Seguro que sí —dijo Patricia.

—Le gustan las plantas venenosas. Probablemente tiene un arriate entero.

—Pues sí —admitió Patricia riendo.

—¿Cómo lo has sabido? —preguntó Benedict.

—Por los libros que compró —respondió Myrna—. Uno de ellos era *El jardín envenenado*, si no recuerdo mal, y otro era... —Se quedó pensando.

—*Las plantas de jardín más mortíferas* —repuso Patricia. Miró a Gamache y ladeó la cabeza—. Menuda pista, ¿verdad?

Él sonrió.

—Fue así como conocí a la Baronesa: ella tenía muchas plantas venenosas en el jardín. Me las enseñó y me explicó, por ejemplo, que la dedalera es una *Digitalis*, una planta mortal. También tenía acónito, muguete y hortensias: todas tóxicas, entre otras plantas perennes, por supuesto. Pero, por extraño que parezca, las venenosas son las más bonitas.

Myrna asintió. Ella también era una gran aficionada a la jardinería, aunque nunca se le había ocurrido dedicar un arriate a plantas letales. Sin embargo, había tanta gente a la que sí que se habían escrito varios libros sobre el tema, y Patricia Houle tenía razón: las flores mortíferas figuraban entre las más bellas, y, por muy perverso que pueda parecer, entre las más longevas.

—¿De verdad hay flores que pueden matar a alguien? —preguntó Benedict.

—Se supone que sí —contestó Patricia—, aunque no sabría cómo sacarles el veneno. Probablemente uno tiene que ser todo un experto en química para hacerlo.

—Y desear hacerlo —añadió Gamache.

Su tono fue agradable, pero cuando miró con más atención a Patricia Houle, modificó su primera impresión: desprendía un aura no sólo de seguridad, sino de competencia.

Vio su coche aparcado fuera, completamente despejado. A su alrededor, las paladas de nieve habían dejado unos surcos nítidos y rectos.

Cuando Patricia hacía un trabajo, lo hacía bien y a conciencia.

Gamache sospechaba que, de ser necesario, sería muy capaz de averiguar cómo extraer veneno de un narciso.

Tras agradecerle su ayuda y hospitalidad, dejaron a madame Houle y se encaminaron hacia la casa de labranza de Bertha Baumgartner.

Ésta parecía inclinarse aún más bajo el peso de la nieve recién caída. Habría sido una locura acercarse. Gamache tomó nota mentalmente de que debía llamar al ayuntamiento para que colocaran una cinta de advertencia. Además, en cuanto fuera posible, tendrían que enviar una excavadora para acaban de despejar la salida a la carretera. Después de liberar los coches de Myrna y Mercier, tocó hacer lo propio con la camioneta de Benedict, pero Gamache le impidió que se pusiera al volante.

—No puedes conducir sin neumáticos de invierno.

—Pero tengo que hacerlo. No me pasará nada.

Gamache sabía que ésas eran las últimas palabras de muchos jóvenes.

—En efecto, no te pasará nada porque no irás a ninguna parte con ese trasto —dijo.

—Y si lo hago, ¿qué? —lo desafió Benedict—. ¿Llamarás a la policía?

—No le haría falta llamar —repuso Mercier, y cuando vio que Benedict seguía sin entender, añadió—: ¿De verdad no sabe quién es?

Benedict negó con la cabeza.

—Soy el jefe de la Sûreté du Québec.

—El superintendente jefe Gamache —añadió Mercier.

Benedict murmuró un «ay, mierda...» o un «no, mierda...»; en cualquier caso, hubo *merde* de por medio.

—¿En serio?

Gamache asintió.

—*C'est la vérité.*

Benedict miró por encima del hombro hacia su camioneta.

—Qué puta suerte la mía —susurró, o algo parecido.

Gamache sonrió: a la edad de Benedict, él también tenía esa clase de suerte, y tardó mucho en darse cuenta de que, en realidad, era buena suerte.

—Supongo que no tengo elección —concluyó.

—*Bon*. Llama a asistencia en carretera cuando vuelva a haber cobertura de teléfono, que remolquen tu camioneta hasta un taller y le pongan unos neumáticos de invierno decentes. Nada de baratijas, ¿de acuerdo?

—Entendido —murmuró Benedict con la vista fija en la nieve que cubría sus botas.

—No te preocupes —añadió Gamache en voz baja—, yo te pagaré los neumáticos.

—Te lo devolveré.

—Prueba que conduces como presumes sobre la nieve y quedaremos en paz.

—*Merci*.

—Bien. —Gamache se volvió hacia Mercier—. Avíseme de la reunión con los hijos de madame Baumgartner.

—Por supuesto —dijo Mercier.

Cuando se marchaba de regreso a Three Pines con Benedict a bordo, Myrna observó la gruesa capa de nieve en el jardín y pensó en las plantas venenosas enterradas allí. Estarían congeladas, pero no muertas; simplemente a la espera.

Aunque la verdadera amenaza, como ella sabía bien, no procedía de las flores venenosas: esas flores podías reconocerlas; además, por lo menos eran bonitas.

No. En un jardín, el verdadero peligro venía de las enredaderas invasoras que avanzaban bajo tierra y luego salían a la superficie y se afianzaban. Estrangulaban a las plantas sanas, una tras otra, hasta que las mataban lentamente.

Y sin razón aparente, aparte de que estaba en su naturaleza.

Y luego desaparecían bajo tierra otra vez.

Sí: el verdadero peligro siempre venía de las cosas que no podías ver.

11

—¿Cuál es el problema?

—¿Qué te hace pensar que hay algún problema? —preguntó Gamache.

—No te... estás... comiendo... tu *éclair*.

Isabelle Lacoste pronunciaba las palabras con tanta cautela que sonaban como si vinieran envueltas en algodones.

Y sus movimientos también eran meditados, deliberados, lentos, precisos.

Gamache la visitaba al menos una vez por semana en su casa de Montreal. Cuando hacía buen tiempo salían a dar un paseo, pero la mayoría de las veces, como ese día, se sentaban en la cocina y charlaban. Se había acostumbrado a comentar los acontecimientos con ella: le gustaba saber qué opinaba y solía seguir sus consejos.

Era una de sus agentes de mayor rango.

En ese momento, como siempre que iba a verla, buscaba cualquier indicio de mejoría. Prefería lo real, pero estaba dispuesto a conformarse con lo imaginado. Pensó que tal vez sus manos se veían más firmes, que hablaba con mayor claridad y con un vocabulario más rico.

Sí, sin duda. Tal vez.

—¿Es por la investigación interna? —preguntó ella, y le dio un mordisco al milhojas que él le había comprado en la panadería de Sarah sabiendo que era su favorito.

—No, eso está a punto de llegar a su fin.

—Aun así, se están tomando su tiempo, ¿no? ¿Cuál es el problema?

—Ambos sabemos cuál es el problema —repuso él.

—Sí, las drogas. ¿Y nada más?

Isabelle lo estudió en busca de cualquier indicio de mejoría, de alguna razón que permitiera esperar que todo aquello desaparecería pronto.

Parecía relajado, confiado; pero casi siempre lo parecía. Lo que la preocupaba era lo que solía ocultar.

Frunció el ceño en señal de concentración.

—Te estoy cansando, lo siento —dijo él, e hizo ademán de levantarse.

—No, no, por favor. —Isabelle le indicó con un gesto que volviera a acomodarse en la silla—. Necesito... otro tipo de estímulos. Los niños no han... ido al colegio por la tormenta y han decidido que tengo que aprender a contar hasta... cien. Hemos estado en ello toda la mañana hasta que... los he echado a patadas. Intentaba explicarles que sé contar, que sé hacerlo desde hace... meses, pero ellos no dejan de insistir. —Lo miró a los ojos—. Ayúdame.

Lo dijo con un tono tan patético y exagerado que casi resultó cómico, y aun así le rompió el corazón a Gamache.

—Hablo en broma, *patron* —añadió ella captando su pena, más que viéndola—. ¿Te apetece otro café?

—Por favor.

La siguió hasta la encimera. Caminaba a paso lento, prudente. Y aun así mucho mejor de lo que nadie, ni siquiera los médicos, se había atrevido a esperar.

Su hijo y su hija estaban fuera, construyendo fortalezas de nieve con los niños del vecindario. Los gritos de un «ejército» que atacaba al que defendía el fuerte se colaban a través de las ventanas.

Jugaban a los mismos juegos a los que él había jugado de niño; a los mismos que ella había jugado veinticinco años después: juegos de dominación y de guerra.

—Esperemos que nunca sepan... cómo es... de verdad —dijo Isabelle, de pie ante la ventana junto a su jefe y mentor.

Él asintió.

Las explosiones, el caos, el olor a pólvora, la arenilla que inundaba el aire al pulverizarse la piedra, el cemento o el ladrillo.

Los gritos que inundaban el aire.

El dolor.

Sus dedos se tensaron sobre la encimera cuando el recuerdo de ese dolor lo recorrió en oleadas vertiginosas, inundándolo, ahogándolo.

—¿Todavía te tiembla la mano? —preguntó ella en voz baja.

Gamache se recompuso y asintió.

—A veces, cuando estoy cansado o muy estresado, pero no tanto como antes.

—¿Y la cojera?

—Lo mismo: la noto sólo cuando me canso, el resto del tiempo no. Ocurrió hace años.

A diferencia de las heridas de Isabelle, de apenas unos meses atrás...

Era increíble: tenía la sensación de que había ocurrido el día anterior y, a la vez, siglos atrás.

—¿Piensas en eso a menudo? —preguntó Isabelle.

—¿En lo que pasó cuando te hirieron?

Se volvió para mirarla: ese rostro tan familiar; siempre allí, al otro lado de tantos cuerpos, de tantos escritorios y mesas de conferencias, de tantas salas de interrogatorios, improvisadas a toda prisa en sótanos, graneros y cabañas de todo Quebec mientras investigaban asesinatos junto con Jean-Guy.

Isabelle Lacoste había llegado a su departamento cuando era una agente de veinticinco años. Sus superiores la habían rechazado por no ser lo bastante brutal, cínica y dócil como para saber qué era lo correcto y hacer lo contrario.

Por aquel entonces él era jefe de Homicidios, y le ofreció un puesto en su departamento, el más prestigioso de la Sûreté du Québec. Los antiguos colegas de Isabelle no daban crédito.

Y ella había ido ascendiendo en el escalafón hasta acabar sustituyéndolo cuando se convirtió en director de la academia y luego en el mandamás de toda la Sûreté, su puesto actual.

Más o menos.

Ella había envejecido, por supuesto. Más rápido de lo debido, de lo que habría envejecido si él no la hubiera subido a bordo, si no la hubiera nombrado inspectora jefe y si aquella última operación contra los cárteles no hubiera tenido lugar tan sólo unos meses atrás.

—Sí —contestó finalmente—: pienso en eso.

Isabelle cayendo al suelo después de recibir un disparo en la cabeza. Lo que había parecido su último acto en este mundo les había dado una oportunidad; de hecho, los había salvado a todos...

Y aun así había sido una pesadilla sangrienta.

Se acordaba de eso: de la acción más reciente. Pero también recordaba, con la misma viveza, todas las redadas, las irrupciones, las detenciones, las investigaciones de todos aquellos años. A todas las víctimas...

Todos los ojos que miraban sin ver: de hombres, mujeres y niños cuyos asesinatos habían investigado a lo largo de los años, a cuyos asesinos habían dado caza.

Todos los agentes a los que había obligado a internarse en el humo de un tiroteo, a menudo siguiendo sus pasos.

Y esos momentos en que llamaba a una u otra puerta tomando el lugar de la mismísima parca, como si él mismo se dispusiera a cometer un asesinato. No físicamente, desde luego, pero daba lo mismo: veía a los padres, las madres, las esposas y los maridos que miraban con curiosidad a ese desconocido al que acababan de abrirle amablemente, y cómo cambiaban sus rostros cuando pronunciaba las fatídicas palabras y el mundo se derrumbaba dejándolos atrapados bajo los escombros, aplastados bajo un dolor tan profundo que la mayoría de ellos nunca conseguían liberarse. Y los que lo lograban emergían aturdidos a un mundo que había cambiado para siempre.

La persona que cada uno de ellos era antes de que él llamara a sus puertas acababa muriendo también, desaparecía para siempre: cuando ocurría un asesinato, no sólo moría la víctima.

Sí, lo recordaba bien.

—Pero trato de no darle demasiadas vueltas... —le dijo a Isabelle.

«Y de no vivir cargando con ello», pensó. Porque eso era mucho peor: recrear una y otra vez las tragedias, el dolor, la pena hasta acabar viviendo en un infierno.

Pero tomar distancia era difícil, especialmente cuando las víctimas eran sus agentes: hombres y mujeres que habían perdido la vida por seguir sus órdenes, por seguirlo a él. Durante mucho tiempo había sentido que no podía abandonar aquella morada de dolor, que tenía esa deuda con ellos: su obligación era hacerles compañía allí.

Sus amigos y terapeutas lo habían ayudado a reconocer que eso suponía hacerles un flaco favor: sus vidas no podían quedar definidas por sus muertes. No debían habitar en el dolor perpetuo, sino en la belleza de sus cortas vidas.

Su propia incapacidad para seguir adelante los dejaría atrapados para siempre en aquellos horribles momentos finales.

Vio que Isabelle bajaba con mucho cuidado la taza hasta la mesa de la cocina pero, cuando estaba a sólo dos dedos de la superficie, sus dedos vacilaron y derramó un poco de café. Apenas fueron unas gotas, pero él pudo captar su enfado, su frustración, su vergüenza.

Le ofreció su pañuelo, que ella aceptó. Lo usó para limpiar la mesa y, al terminar, él extendió la mano para recuperarlo, pero ella no quiso devolvérselo.

—*Merci* —dijo en un susurro—. Lo la... la... lavaré primero.

—Isabelle... —dijo él con voz tranquila pero firme—. Mírame.

Ella levantó la vista del pañuelo sucio y lo miró a los ojos.

—Yo también lo odiaba.

—¿Qué?

—Mi cuerpo. Lo odiaba por decepcionarme, por dejar que pasara esto. —Resiguió con el dedo la cicatriz de su sien—. Por no moverse lo suficientemente rápido, por no verlo venir, por estar en el suelo y no poder levantarme para proteger a mis agentes. Lo odiaba por no curarse lo bastante rápido. Odiaba tropezar y que Reine-Marie tuviera que sujetarme la mano para recuperar el equilibrio. Odiaba que la gente me mirara con lástima cuando cojeaba o trataba de articular una palabra.

Isabelle asintió.

—Quería recuperar mi antiguo cuerpo, volver a estar fuerte y sano.

—Volver a ser el de antes —dijo ella.

—Volver a ser el de antes —confirmó él.

Permanecieron sentados y en silencio. A lo lejos se oían las risas de los niños.

—Así me siento yo —admitió ella—: odio mi... cuerpo. Odio no poder coger en brazos a mis hijos y no poder... jugar con ellos porque, si me tumbo... en el suelo, por ejemplo, luego tienen que... ayudarme a levantarme. Lo detesto. Odio no poder... leerles hasta que se duerman... y cansarme con tanta facilidad y perder el hilo. Odio que algunos... días no sea capaz de sumar y otros no pueda... restar. Y algunos días...

Hizo una pausa y lo miró a los ojos.

—Se me olvidan sus nombres, *patron* —susurró—, los nombres de mis propios hijos.

Era inútil decirle que lo entendía, o que no pasaba nada: se había ganado el derecho a no tener una respuesta fácil.

—¿Y qué amas, Isabelle?

—*Pardon?*

Gamache cerró los ojos y volvió la cara al techo.

—«Tazas y platos blancos, limpios y relucientes, / con perfiles azules y un leve toque de polvo de hadas; / tejados húmedos bajo la luz de las farolas; la dura corteza / del pan amistoso.»

Abrió los ojos, miró a Isabelle y sonrió; en su rostro cansado se formaron profundas arrugas.

—Hay más, pero no seguiré. Es un poema de Rupert Brooke, que fue soldado en la Primera Guerra Mundial. Pensar en las cosas que amaba lo ayudaba a seguir adelante. A mí también me ayudó: hice listas mentales de las cosas que amo, de la gente a la que amo, hasta recuperar la cordura. Todavía las hago.

Pudo ver que Isabelle se quedaba pensativa.

Lo que Gamache estaba sugiriendo no era un remedio mágico para una bala en el cerebro. Le quedaba por delante una gran cantidad de trabajo, de sufrimiento tanto físico como emocional, pero ese esfuerzo podía llevarse a cabo bajo la luz del sol.

—Ahora me siento más fuerte y más sano que antes —dijo Gamache—. Física y emocionalmente. Porque he tenido que empeñarme en ello. Y tú también lo conseguirás.

—«Cuando las cosas se rompen, se hacen más fuertes» —recitó Isabelle—, eso decía el agente Morin.

«Cuando las cosas se rompen, se hacen más fuertes»: Gamache volvió a oír la voz imposible y eternamente joven de Paul Morin como si éste estuviera allí mismo, con ellos, en aquella soleada cocina.

Y Morin estaba en lo cierto; aunque, ¡ay!, cuán alto era el precio de ese fortalecimiento.

—En cierto modo... tengo suerte... —dijo Isabelle al cabo de unos instantes—. No soy capaz de recordar nada de aquel día. Nada... en absoluto. Y creo que eso ayuda.

—Sí, creo que sí.

—Mis hijos insisten en leerme... *Pinocho*. Por lo visto está relacionado de algún modo con lo que pasó, pero... qué demonios, ¡para mí eso no tiene ningún sentido! ¿*Pinocho* nada menos, *patron*?

—A veces que te peguen un tiro en la cabeza es una bendición.

Ella se echó a reír.

—¿Cómo se hace para...?

—¿Recordar?

—Para olvidar.

Gamache inspiró profundamente, bajó la cabeza y luego volvió a mirarla a los ojos.

—Una vez tuve un mentor... —empezó.

—Por Dios, no será el que te enseñó poemas —lo interrumpió ella con pánico fingido. Gamache parecía llevar el término «poesía» escrito en la frente en ese momento.

—No, pero ya que lo mencionas... —Se aclaró la garganta—. «El naufragio del *Hesperus*» —anunció.

Abrió la boca como si fuera a lanzarse a declamar el verso épico, pero en lugar de eso esbozó una sonrisa y vio que Isabelle sonreía a su vez, divertida.

—Lo que iba a decir es que mi mentor tenía la teoría de que nuestras vidas son como las casas comunales aborígenes: con una única y enorme estancia. —Extendió un brazo para ilustrar el tamaño—. Decía que, si nos creíamos capaces de compartimentar las cosas, nos engañábamos a nosotros mismos. Todas las personas que conocemos, cada palabra que pronunciamos, todo lo que hacemos o dejamos de hacer habitan en esa casa comunal. Están ahí, con nosotros, para siempre, y nunca podremos dejarlos encerrados ni expulsarlos de allí.

—Es una idea bastante aterradora —comentó Isabelle.

—*Absolument*. Mi mentor, mi primer inspector jefe, me dijo: «Armand, si no quieres que tu casa comunal apeste a *merde*, tienes que hacer dos cosas...»

—¿Impedir que entre Ruth Zardo? —sugirió Isabelle.

Gamache se echó a reír.

—Ya es tarde para eso, en tu caso y en el mío.

En una fracción de segundo estaba de nuevo allí: corriendo hacia la ambulancia, con Isabelle en la camilla, inconsciente. Las huesudas manos de la vieja poeta sujetaban las de Isabelle y su voz inquebrantable le susurraba una y otra vez lo único que importaba.

Que era amada.

Isabelle nunca lo recordaría, y él nunca podría olvidarlo.

—*Non*. Me dijo: «Ten mucho cuidado al decidir a quién dejas entrar en tu vida, y aprende a hacer las paces con las consecuencias. No puedes borrar el pasado porque ha quedado atrapado ahí, contigo, pero sí puedes hacer las paces con él. En caso contrario, estarás enzarzado en una guerra perpetua.» —Sonrió al recordarlo—. Creo que sabía con qué idiota estaba tratando: se percató de que me disponía a contarle mi propia teoría de la vida, a mis veintitrés años. Me enseñó la puerta pero, cuando ya me iba, añadió: «Y el enemigo contra el que vas a luchar eres tú mismo.»

Llevaba años sin rememorar aquel encuentro, pero a partir de ese momento siempre había pensado en su vida como una casa comunal.

Y en su casa, al volver la vista atrás, veía a todos los agentes jóvenes, a todos los hombres y mujeres, niños y niñas, en cuyas vidas había intervenido de algún modo.

También podía ver, allí de pie, a las personas que le habían hecho daño, mucho daño.

Que casi lo habían matado.

Todos ellos convivían ahí dentro.

Y aunque nunca llegaría a reconciliarse de verdad con muchos de esos recuerdos y con muchos de esos fantasmas, sí se había empeñado en hacer las paces con ellos, con lo que él había hecho y con lo que le habían hecho a él.

—¿Y los opioides están ahí dentro, jefe, en tu casa comunal?

La pregunta lo trajo bruscamente de vuelta a aquel confortable hogar.

—¿Los has encontrado? —añadió Isabelle.

—No, todos, *non*. La última partida ha desaparecido aquí mismo, en Montreal —admitió él.

—¿De cuánto hablamos?

—De lo suficiente para producir cientos de miles de dosis.

Isabelle guardó silencio. No dijo lo que él sabía mejor que nadie: que cada una de esas dosis podía matar a alguien.

—*Merde* —susurró ella finalmente, y se disculpó de inmediato—: *Désolé.*

Rara vez soltaba improperios y casi nunca delante del jefe. Pero ése se le escapó a lomos de la oleada de repulsión.

—Hay algo más —añadió mirando con detenimiento al hombre al que había llegado a conocer tan bien, mejor que a su propio padre—. Algo que te inquieta...

Más bien lo perturbaba, pero Isabelle no consiguió dar con esa palabra.

—*Oui*. Es algo relacionado con la academia.

—¿La Academia de la Sûreté?

—Sí. Hay un problema: quieren expulsar a una cadete.

—Suele pasar —repuso Isabelle—. Perdona, *patron*, pero ¿por qué es asunto tuyo?

—La persona por la que me ha llamado el comisario, y a la que quieren expulsar es Amelia Choquet.

Isabelle Lacoste se arrellanó en la silla y lo observó detenidamente.

—¿Y bien? ¿Por qué te llaman a ti para eso? Ya no diriges la academia.

—Cierto.

Se percató de que aquello no era simplemente un peso perturbador para Gamache. Era casi aplastante.

—¿Qué pasa, *patron*?

—Han encontrado opioides en su habitación.

—Hostia. —Esta vez no se disculpó—. ¿Cuántos?

—Por lo visto, demasiado para el consumo personal.

—¿Estaba traficando? ¿En la academia?

—Eso parece.

Isabelle se quedó callada absorbiendo la noticia, reflexionando. Gamache le dio tiempo.

—¿Es de tu envío? —preguntó Isabelle finalmente. No pretendía atribuirle la responsabilidad, pero le salió así. Y ambos sabían que él era el responsable, si no de la droga, al menos de la situación.

—Aún no han enviado las drogas al laboratorio, pero es probable, sí. —Se miró las manos, que estaban frotándose con fuerza—. Tengo que tomar una decisión.

—Sobre la cadete Choquet.

—*Oui*. Y, francamente, no sé qué hacer.

Ella deseó de todo corazón poder ayudarlo.

—Lo siento, jefe, pero está claro que eso depende del comisario, no de ti.

Observando al superintendente jefe Gamache, Isabelle no supo decir qué le pasaba por la cabeza: parecía estar pidiéndole ayuda y, sin embargo, también parecía estar ocultándole parte de la información.

—Hay algo que no me estás contando.

—Déjame hacerte una pregunta, Isabelle —dijo él ignorando sus palabras—. ¿Qué harías en mi lugar?

—¿Si hubieran encontrado a una cadete con drogas encima? Lo dejaría en manos del comandante de la academia. No es asunto tuyo, *patron*.

—Bueno, yo pienso lo contrario, Isabelle: si los opioides que tiene son de la partida que dejé pasar, yo soy en parte el responsable, como tú misma has dicho.

—¿De dónde sacó las drogas? —preguntó ella—. ¿Te lo ha dicho?

—El comisario general todavía no la ha interrogado. Por lo que él sabe, la cadete Choquet ni siquiera está al corriente de que la han descubierto. Voy ahora para allá. Pero si la expulsan, morirá. Eso sí lo sé.

Isabelle asintió: ella también lo sabía.

De lo que la mayoría de la gente no estaba al corriente era de por qué Gamache había dejado entrar a Amelia Choquet en la academia. ¿Por qué a aquella joven echada a perder, con un historial de drogas y prostitución, le habían dado una codiciada plaza en la escuela de la Sûreté?

Isabelle era una de las pocas personas que sabían la respuesta a esa pregunta, o al menos creía saberla.

Era la misma razón por la que Gamache había metido la mano para ofrecerle a ella misma un puesto en el Departamento de Homicidios.

La misma razón por la que había arrastrado a Jean-Guy hasta la superficie poco antes de que él mismo fuera despedido.

Y la misma razón por la que trataba de convencer al actual comisario de no expulsar a la cadete Choquet.

Era un hombre que creía profundamente en las segundas oportunidades.

Salvo que ésta no sería la segunda oportunidad para Amelia Choquet, sino la tercera.

Y eso, en su opinión, era excesivo.

Había gentileza en las segundas oportunidades y estupidez en las terceras, o quizá algo peor que estupidez.

Creer que una persona podía redimirse cuando había demostrado en dos ocasiones que no era capaz de hacerlo también entrañaba, o podía entrañar, un enorme peligro.

A Amelia Choquet no la habían pillado copiando en un examen o robándole una baratija a un compañero de la academia, sino en posesión de una droga tan potente, tan peligrosa, que acababa matando a casi todos los que la tomaban. Y ella lo sabía: sabía que traficaba con la muerte.

Miró al hombre que tenía delante: un hombre que estaba convencido de que todos tenían la posibilidad de salvarse, que él podía salvarlos.

Era, al mismo tiempo, la mayor virtud de Gamache y su punto flaco, y pocos sabían mejor que ella lo que eso significaba. Unas cosas podían ocurrir con la rapidez del rayo y otras se arrastraban lentamente, como caracoles, pero de un punto flaco nunca salía nada bueno.

De pronto se percató de que la mano derecha de Gamache ya no temblaba... pero la tenía cerrada en un puño.

12

—Siéntate.

Ni el comisario general de la Academia de la Sûreté ni el superintendente jefe Gamache se levantaron cuando la cadete Amelia Choquet entró en el despacho.

Ella se quedó plantada en la puerta, tan desafiante como siempre, pero luego cruzó la habitación, se dejó caer en la silla y cruzó los brazos enfurruñada.

Lucía tal como Gamache la recordaba, con el pelo negro azabache y de punta, aunque el corte quizá ya no era tan extremo.

Se preguntó si se habría ablandado con el tiempo. La notaba más madura, pero a lo mejor sólo era que él se había ido acostumbrando a su actitud.

Cursaba el último año de su formación, le faltaban sólo unos meses para graduarse.

Era menuda pero fuerte, no tanto por su constitución como por su mera presencia: irradiaba agresividad.

Las palabras «vete a la mierda» parecían emanar de ella como un aura afilada.

Hubo un tiempo, cuando la conoció, en que las decía en voz alta y a la cara de cualquiera, pero ahora se limitaba a pensarlas, aunque era tal la fuerza que desprendía que era como si las soltara a gritos.

Aun así, pensó Gamache, en cierto modo suponía un progreso.

Amelia le hizo un gesto con la cabeza.

«Vete a la mierda.»

Él no reaccionó, se limitó a observarla.

Los *piercings* seguían en su sitio: le atravesaban la ceja, la nariz y la mejilla, le recorrían las orejas como orugas.

¿Y...? Sí, ahí estaba el chasquido que producía el *piercing* de su lengua cuando lo hacía chocar contra los dientes.

En el póquer, eso se consideraría una «pista».

Clic, clic, clic... el código Morse inconsciente de Amelia.

Quizá algún día le hablaría de esa «pista» suya, pero por el momento prefería no hacerlo: en esos momentos, le resultaba bastante útil.

Clic, clic, clic...

Era una llamada de auxilio, un SOS.

«Las sábanas limpias —pensó Gamache—, el olor a humo de leña, notar la cabeza de *Henri* sobre mis zapatillas...» Fue repasando ese código privado de auxilio como si fuera una especie de rosario.

«*Croissants* hojaldrados...»

—¿Sabes por qué estás aquí? —le preguntó el comisario general.

Cuando Gamache había dejado la academia para asumir el cargo de superintendente jefe de la Sûreté, había mantenido largas conversaciones con su sucesor y, sobre todas las cosas, le había recomendado que les permitiera a los alumnos ser individuos. Amelia Choquet era desde luego un individuo, y por los cuatro costados.

—No, no sé por qué quería verme... —Hizo una pausa—... Señor.

El comisario cogió un sobre de su escritorio y sacó una bolsita del interior.

—¿Reconoces esto?

—No.

Había contestado demasiado rápido como para estar sorprendida: sabía muy bien por qué estaba allí, y también lo que había en aquella bolsita de plástico.

Gamache la conocía lo suficiente como para saber que se había preparado para ese encuentro. Tal vez demasiado: no exhibía la curiosidad natural, ni siquiera la perplejidad de los inocentes.

En vez de eso, parecía dar las respuestas ensayadas de los culpables.

Gamache miró al comisario para ver si había advertido lo mismo y comprobó que sí.

Notó que su corazón se aceleraba al comprender que se acercaban al punto de no retorno. Había tomado una decisión sobre lo que debía hacer, aunque daba la impresión de que, en el fondo, no estaba tan convencido.

En cualquier caso, sabía que tenía que llegar hasta el final del asunto.

La respiración de Amelia había cambiado: era más rápida y entrecortada. Ella también podía ver el punto de no retorno, justo ahí, en el horizonte. Y se estaba acercando deprisa.

El chasquido había cesado: estaba alerta. Era como un animal que, tras convivir con criaturas de menor tamaño, se encontraba de repente en un mundo de gigantes y descubría de pronto que era más pequeño de lo que pensaba, más vulnerable de lo que creía, y el peligro, mucho mayor de lo que esperaba.

Era una criatura que buscaba una vía de escape y sólo encontraba un acantilado.

—Estaba en tu habitación, debajo de tu colchón —explicó el comisario.

—¿Han registrado mi habitación?

Parecía indignada, y Gamache casi admiró su aplomo. Casi.

—Ése no es exactamente el quid de la cuestión, ¿no cree, cadete Choquet? —El comisario volvió a dejar la bolsita sobre su escritorio—. Esto es un narcótico, y hay suficiente cantidad como para traficar con él.

—No es mío. No tengo ni idea de dónde ha salido. Si quisiera hacer algo tan estúpido como tener mierda en la academia, encontraría un escondite mejor, como la habitación de otra persona, por ejemplo.

—¿Estás sugiriendo que alguien lo puso ahí? —intervino Gamache.

Ella se encogió de hombros.

—¿Crees que alguien intentaba tenderte una trampa o sólo sacarlo de su propia habitación?

—Elija usted mismo, yo sólo sé que no es mío.

—Se han tomado las huellas dactilares de la bolsa...

—Qué listos.

El comisario la miró fijamente.

Gamache sabía que Amelia tenía la rara habilidad de tocarle las narices a la gente; ¿con qué intención?, a saber.

—Y no tardaremos en tener los resultados. ¿De dónde has sacado la droga?

—No es mía.

El chasquido había comenzado de nuevo, ahora era un ra-ta-ta-ta-tá con el único propósito de molestar.

Gamache advirtió que el comisario estaba haciendo un gran esfuerzo para no saltar por encima del escritorio y estrangularla.

Y también que ella no hacía ningún esfuerzo por salvarse.

De hecho, parecía estar haciendo exactamente lo contrario: se estaba burlando de ellos. Se comportaba como una arrogante, una engreída... como si jugara con la posibilidad de mentir y quisiera que dudaran de ella, o algo peor.

Cualquier cadete inocente, al descubrirse una droga de esa potencia en su habitación, protestaría, declararía su inocencia e intentaría colaborar con ellos para averiguar de quién era.

Un cadete culpable al menos fingiría hacerlo.

Pero ella no hacía ni lo uno ni lo otro.

Había pasado de ser una criatura vulnerable, atrapada y asustada a convertirse en un ser agresivo que soltaba mentiras ridículas y obvias.

Era una cadete de último curso, había madurado hasta erigirse en una líder natural, no en la matona en la que Gamache temía que se convirtiera.

Era ingeniosa, despierta, alguien a quien los demás deseaban seguir de forma instintiva.

Y esas mismas cualidades la convertían en una traficante de estupefacientes realmente peligrosa.

No resultaba en absoluto increíble, teniendo en cuenta sus antecedentes.

Acercándose más a ella, oteó los tatuajes en sus muñecas y antebrazos, luego su astuta mirada se dirigió a su rostro y vio algo más: algo que podría explicar su falta de criterio, su comportamiento autodestructivo y errático en esa reunión.

Sus reacciones habían sido salvajes, impredecibles: las reacciones de una yonqui.

¿Sería posible que...?

Abrió mucho los ojos.

—Qué tonta, pero qué tonta eres... —Su voz fue prácticamente un gruñido. Se volvió hacia el comandante—. Hay que hacerle un análisis de sangre: está drogada.

—Que te jodan.

Gamache la fulminó con la mirada.

—¿Cuándo consumiste por última vez?

—No he tomado nada.

—Mírala —le dijo Gamache al comisario antes de volverse de nuevo hacia Amelia—. Tienes las pupilas dilatadas. ¿Crees que no sé lo que eso significa? —Y añadió—: Vuelve a registrar su habitación.

El comisario hizo una llamada.

—Tengo ganas de acabar con esto ahora mismo —dijo Gamache volviéndose de nuevo hacia Amelia.

—Ni se te ocurra: he llegado demasiado lejos. Estamos muy cerca, puedo hacerlo...

—No, no puedes. Lo has estropeado, has metido la pata. Has ido demasiado lejos.

—No: son gotas para los ojos, sólo gotas para los ojos... —Su tono era casi suplicante—. Parece que esté drogada, pero no lo estoy.

—Di a los agentes que van a registrar su habitación que busquen colirio —ordenó Gamache casi desesperado por creerle, por creer que no había tomado droga.

—No encontrarán nada —repuso Amelia—, lo he tirado todo.

Se hizo el silencio mientras él miraba fijamente las pupilas dilatadas de la cadete.

Al ver su expresión, ella volvió la cara y miró al comisario.

—Si crees que traficaría con esa mierda, se te da peor juzgar el carácter de las personas de lo que creía.

—Las drogas cambian a la gente —respondió el comisario—. La adicción cambia a la gente, creo que ya lo sabes.

—Llevo años sin tomar drogas —replicó ella—. No estoy drogada. Por el amor de Dios, ¿para qué coño iba a alistarme en la Sûreté si seguía siendo una yonqui?

Gamache se echó a reír.

—Estás de broma, ¿no? Te dan un arma y acceso a toda la droga que quieras. Casi todos los agentes enganchados tienen al menos la sensatez de esperar a graduarse y a estar ya en la calle antes de meterse nada. Aunque lo cierto es que la mayoría no llegan aquí siendo adictos...

—¡Nunca fui una adicta y tú lo sabes! —Casi le hablaba a gritos a esas alturas—. Consumía, sí, pero nunca fui una adicta. Lo dejé justo a tiempo...

Hizo una pausa tras pronunciar esas palabras, como si estuviese recordando cómo y por qué lo había dejado justo a tiempo.

Fue gracias a ese hombre, al hombre que le había proporcionado un hogar allí, que le había dado un propósito y un norte, una oportunidad.

—No estoy traficando —insistió bajando un poco la voz—, y tampoco estoy consumiendo.

Gamache la observó detenidamente. Había mucho en juego.

Cuando la admitió en la academia, había sido consciente de que, si lo lograba, tenía madera para convertirse en una extraordinaria agente de la Sûreté. Una chica de la calle, una yonqui transformada en policía.

Eso le habría dado una gran ventaja: sabía cosas que otros agentes siempre desconocerían, y las sabía no sólo de forma racional, sino en lo más profundo de sus entrañas. Tenía contactos, credibilidad; llevaba el lenguaje de las calles grabado en la mismísima piel. Podía llegar a lugares y personas a los que nadie más podría acceder.

Y conocía la desesperación de las calles, las muertes frías y solitarias de los adictos a los opioides.

Gamache había confiado en que acabaría compartiendo su profundo deseo de acabar con aquella plaga, pero a esas alturas se preguntaba si no la habría juzgado mal.

Aunque también tenía miedo de estar a punto de cometer un gran error.

Cuando estaba en la calle, Amelia Choquet había leído a los poetas, a los filósofos. Era una autodidacta que había aprendido por sus propios medios latín y griego, literatura, poesía...

Sí: si tenía éxito, llegaría lejos; en la Sûreté y en la vida.

Pero también sabía que, si fracasaba, el resultado sería igualmente espectacular.

Y daba la impresión de que, estando ya tan cerca de la meta, Amelia Choquet había fracasado, y de manera espectacular.

Cuando había entrado allí, ella ya sabía que habían encontrado las drogas. De eso él no tenía ninguna duda. Y tenerlas en la academia era un acto de autodestrucción.

Cerró los ojos. Tenía que tomar una decisión...

No, a esas alturas ya no se trataba de eso. La decisión estaba tomada: ahora tenía que llevarla a cabo, por desagradable que fuera.

Sentado en aquel despacho, le llegó el olor a lana mojada y el tamborileo de la nieve al caer sobre el parabrisas.

Abrió los ojos y se volvió hacia el comisario.

—Hace falta un análisis de sangre a modo de confirmación. Debemos reunir todas las pruebas posibles contra la cadete Choquet.

—Eh, dame otra oportunidad, ¿no? —saltó ella—. Ha sido una equivocación...

—¿Una equivocación? —repitió él—. ¿En serio lo crees? Una infracción de tráfico es una equivocación, esto es... —Buscó la palabra adecuada—... Un desastre. Has arruinado tu vida y esta vez no habrá más oportunidades: te detendrán y acusarán como a cualquier ciudadano.

—Por favor —insistió ella.

Gamache miró al comisario, que hizo un gesto sutil: la decisión dependía del superintendente jefe.

—¿De dónde has sacado la droga? —preguntó Gamache.

—Eso no puedo decírtelo.

—Yo creo que sí puedes, y lo harás ahora mismo. Dínoslo y es posible que seamos más benévolos contigo.

Se produjo una pausa durante la cual todo pendió de un hilo.

Y entonces Amelia Choquet inclinó la balanza.

—La he conseguido gracias a ti.

Hubo un leve destello de asombro en los ojos de Gamache cuando clavó en ella una mirada severa, una mirada que la advertía de que no siguiera por ese camino.

«El aroma a *croissants* recién hechos, estrechar a Reine-Marie en mis brazos, en la cama, una mañana lluviosa, cruzar al volante el puente de Champlain y ver los edificios de Montreal recortándose en el horizonte...»

—¿Qué has querido dec...? —empezó el comisario.

—Ni siquiera lo sabes, ¿no? —lo interrumpió ella dirigiéndose a Gamache—. No sabes si ésta es la mierda que dejaste entrar. Le has perdido la pista, ¿verdad? —Se inclinó más hacia él con las pupilas dilatadas—. ¿Qué coño creías que pasaría cuando tomaste esa decisión? ¿Por eso estás tan enfadado, por eso quieres castigarme, por tu propia equivocación?

—Esto no es un castigo, cadete, es una consecuencia. ¿Quiero encontrar las drogas? Por supuesto que sí. Pero nunca pensé que el punto de partida serías tú.

—Eso puedes ahorrártelo: sabías quién era cuando me aceptaste en la academia.

—Ah, entonces deberíamos pensar que ha sido una suerte que no le hayas prendido fuego a todo esto, ¿no?

—¿Y cómo sabes que no lo he hecho?

Sus palabras lo dejaron helado durante un instante.

—¿De dónde la has sacado? ¿Quién te la vendió? —insistió él con cierto tono de amenaza en la voz.

—Menudo papelón de mierda que has hecho como superintendente jefe.

—Cadete —dijo el comisario en tono de advertencia.

—¿Por qué se lo consultas siquiera? —le preguntó ella al comisario reconociendo por fin su presencia y señalando con el dedo a Gamache—. Está suspendido de empleo. Ahora no eres nadie, *patron*.

Escupió aquella última palabra y, en el silencio que siguió, se oyó de nuevo el chasquido de su *piercing*, esta vez lento como un metrónomo, señalando los segundos que pasaban mientras Gamache permanecía totalmente inmóvil.

—Si caigo, no haré más que seguir tus pasos —soltó Amelia inclinándose aún más hacia él—. Eres una ruina, viejo.

«Tiene que haberse vuelto loca», pensó el comisario. Estaba colocada. Era una suicida, una chiflada...

—¿Te sientes mejor? —preguntó Gamache sin que le vacilara la voz—. ¿Sacando la bilis, vomitándola sobre otra persona?

—Por lo menos he elegido a alguien de mi tamaño —replicó Amelia.

—Bien. Pues ahora ya podemos hablar con sensatez.

Aunque su voz sonaba tranquila, el comisario captó la fuerza de su personalidad, mucho más potente que la de la joven cadete. Tenía muy claro que, si quisiera, Gamache podría aplastarla sin inmutarse.

Pero lo que sintió brotar del superintendente jefe en vibrantes oleadas no fue lo que esperaba. Esperaba ira, rabia...

Y ciertamente, captaba algo de eso, pero había algo más, algo aún más poderoso.

Preocupación.

Lo que irradiaba Gamache, en mucha mayor medida que ira, era empatía.

«Dios mío —pensó el comisario—. Va a intentar hacer entrar en razón a una yonqui...»

Pero se equivocaba.

—Le haremos un análisis de sangre —anunció Gamache.

—No tienes mi permiso —replicó Amelia—, y a menos que estés dispuesto a atarme no me sacarás nada. Y voy a ponerte una demanda del copón.

Gamache asintió.

—Ya veo. —Se volvió hacia el comisario de la academia—. Sugiero que la cadete Choquet espere fuera, bajo supervisión, mientras hablamos.

Myrna dejó su *croissant* relleno de jamón cuando sonó el teléfono. Desde el desfondado asiento de la butaca de su librería, miró hacia el aparato.

Se levantó con un gruñido y se acercó al mostrador.

—*Oui, allô.*

—He hablado con el hijo mayor, Anthony Baumgartner. Ha quedado con su hermano y su hermana en que irán a su casa hoy a las tres.

—¿Con quién hablo? —preguntó Myrna con tono afable, aunque sabía perfectamente de quién se trataba.

—Con Lucien Mercier, el notario.

Desde el escaparate en saledizo de su tienda, Myrna Landers veía cómo las paletadas de nieve se elevaban y caían sobre los enormes muros que a esas alturas rodeaban la plaza ajardinada del pueblo. Eran tan altos que ya no alcanzaba a ver quién hacía el trabajo, sólo distinguía la reluciente pala roja y las nubes de nieve.

Se sentía como si la rodeara una cadena montañosa recién formada.

—Las tres —repitió Myrna anotándolo. Miró el reloj: era la una y media—. Deme la dirección. —También la apuntó—. Avisaré a Armand para que se reúna allí con nosotros.

Colgó el teléfono y se volvió de nuevo hacia la ventana para observar las pequeñas erupciones que se producían alrededor de la plaza del pueblo.

Le hizo una llamada rápida a Gamache para indicarle la hora y el lugar de la reunión con la familia de la Baronesa y luego, después de devorar lo que quedaba del *croissant*, volvió a salir.

—Me toca a mí —declaró cogiendo la pala de manos de Benedict, que sudaba y se estaba congelando al mismo tiempo.

—Madre mía —soltó Clara apoyándose en su pala y observando la cantidad de nieve que aún quedaba por despejar—. ¿Por qué vivimos aquí?

Hacía un día radiante, pero les goteaba la nariz y se les dormían los pies. La capa interior de ropa se pegaba a sus cuerpos sudorosos mientras la exterior se congelaba y se volvía quebradiza. Y entretanto, iban desenterrando el pueblo poco a poco.

A su lado, Myrna oía murmurar a Clara. Cada murmullo venía acompañado de una nubecilla de aliento y de una palada de nieve.

—Barbados.

—Santa Lucía —sugirió Myrna.

—Jamaica —replicó Clara.

—Antigua —dijeron ambas al unísono, inclinándose para seguir con su tarea.

Cuando se les acabaron las islas caribeñas, pasaron a la comida.

Milhojas... langosta... *mousse* de limón...

Les encantaban esas cosas.

Gamache colgó justo cuando el comisario de la academia volvía a su despacho.

—Está sentada en el banco de la sala de espera, mi ayudante se encarga de vigilarla.

—¿Tu ayudante tiene una táser?

El comisario soltó una breve carcajada y acercó una silla para sentarse frente a él.

—¿Qué vamos a hacer con ella?

—¿Qué sugieres? —preguntó Gamache—. Ésta es tu academia y es una de tus cadetes.

El comisario general hizo una pequeña pausa mientras observaba al superintendente jefe.

—¿Lo es, Armand? Parece más bien tuya.

Él sonrió.

—¿Crees que fue un error dejarla entrar?

—¿A una antigua prostituta yonqui que trafica con opioides en la academia? ¿Estás de broma? Si es un encanto...

Gamache soltó una risita, aunque la situación no era precisamente divertida.

—Y sin embargo, no todo el mundo la ve así —comentó antes de volver a ponerse serio.

—Lo cierto es que, antes de esto, la cadete Choquet destacaba entre los demás —dijo el comisario—. Es poco convencional y un verdadero incordio, pero también es brillante, y poco dada al engaño... o al menos eso creía yo.

Miró hacia la puerta e imaginó a la joven, hasta ahora tan prometedora, sentada al otro lado.

Una vez más, el destino de una persona joven e imprudente estaba en manos de unos hombres entrados en años que tomarían una decisión a puerta cerrada. «Aunque ninguno de los dos es viejo —pensó—, lo más probable es que Amalia no llegue ni siquiera a esta edad.»

Lo que Gamache había dicho era verdad: aquella chica no sólo había sido imprudente, sino que había hecho algo francamente deplorable y ruinoso. Pero las ruinas, con el esfuerzo necesario, podían restaurarse... aunque también derrumbarse por completo lastimando a todos los que trataban de ayudar.

Dejó de lado sus propios pensamientos cuando se dio cuenta de que Gamache también reflexionaba.

—¿Qué estás pensando? —le preguntó.

—¿Qué pasaría si la echamos a la calle?

—Si la expulsamos, querrás decir.

Ciertamente, ésa era una de las pocas opciones que tenían.

Consideró las demás.

Podían imponerle una amonestación y olvidarse de lo sucedido, barrerlo bajo la alfombra de la academia, ya bastante abultada. Los chicos cometen errores, y eso no debería perjudicarlos durante el resto de sus vidas, aunque en este caso parecía tratarse de algo bastante más grave que un «error».

O podían expulsarla de la academia.

O incluso arrestarla y juzgarla por tenencia ilícita y tráfico de drogas.

Estaba claro que el superintendente Gamache estaba considerando la opción intermedia: algo que, tratándose de cualquier otro cadete, sería un castigo razonable que no le arruinaría el resto de la vida.

Pero estaban hablando de Amelia Choquet: una joven con un historial de prostitución y abuso de drogas que había recaído en viejos hábitos.

—Habrá que investigar sobre programas de rehabilitación —le dijo a Gamache—. Sea lo que sea que decidamos, le hará falta, ¿no crees?

El superintendente jefe no respondió.

—Porque si no... —De pronto, la mente del comisario retrocedió hasta el lugar donde el camino se bifurcaba y tomó la otra senda. Imaginó el futuro de la cadete Choquet si...

—¿Harías algo así? —le preguntó en voz baja a Gamache—. ¿Ni siquiera le proporcionarías ayuda?

—Ya la ayudé una vez, y mira el resultado. Si quiere ayuda, tendrá que procurársela ella misma. Así es más eficaz, ambos lo sabemos.

—No, no lo sabemos. Lo único que está claro es que es una yonqui que ha recaído. Somos responsables de ella, Armand. Tenemos que ayudarla a salir de esto.

—No está preparada, ya lo has visto: supondría desperdiciar una valiosa plaza en un centro de rehabilitación, una plaza que podría ocupar otro joven más dispuesto a recuperarse.

—¿Me estás tomando el pelo? —preguntó el comisario, incapaz de morderse la lengua—. ¿Pretendes convencerme de que le estás haciendo un gran favor o más bien tratas de convencerte a ti mismo?

—Llevarla en andas no supone hacerle ningún favor.

—Me parece que a ti, cuando resultaste herido, te llevaron a un lugar seguro. Nadie esperaba que te arrastraras tú solo hasta urgencias.

Gamache se quedó inmóvil: aquella verdad le había dado de lleno. Sentía un hormigueo por todo el cuerpo.

Pero tenía que mantenerse firme, resolutivo.

—Está herida, Armand —continuó el comisario—, herida en lo más hondo de su ser. Es como si le hubieran pegado un tiro, necesita nuestra ayuda.

—Necesita saber que puede superarlo por sí misma. Si lo consigue, no habrá más recaídas: ésa es la ayuda que vamos a proporcionarle.

—Por el amor de Dios, Armand, si la dejas ir vas a matarla, sabes que es así.

—No: si la dejo ir le estaré permitiendo ser dueña de su propia vida. Puede hacerlo, sé que es capaz de salir adelante.

—Has llegado a esa conclusión tomándote un whisky junto a la chimenea, ¿no es así?

Se miraron. Lo que el comisario acababa de decir no estaba lejos de la verdad: lo había decidido sentado en su sala de estar con *Henri* a sus pies y Reine-Marie delante, leyendo documentos del archivo mientras fuera nevaba suavemente.

Había reflexionado sobre el destino de Amelia Choquet igual que lo había hecho antes, muchas veces, sobre el destino de otros jóvenes imprudentes.

Había sopesado las opciones ante la chimenea, sano y salvo, en un ambiente cálido, rodeado de amor.

Había considerado las opciones y la atrocidad que estaba a punto de cometer.

Veinte minutos más tarde se hallaban en el largo pasillo junto a la entrada (y la salida), de la Academia de la Sûreté.

Amelia Choquet, ya sin uniforme, se dirigía hacia ellos flanqueada por dos miembros del personal. Llevaba al hombro una gran mochila que, a la vista de los vértices puntiagudos que sobresalían de la lona, no estaba llena de ropa, sino de las únicas cosas que, en su opinión, merecía la pena conservar.

Libros.

Gamache la observó acercarse y pasar a su lado. Ninguno de los dos dijo una palabra.

Volvería a las calles, por supuesto; a las alcantarillas; a las drogas y a la prostitución, necesaria para pagarse la siguiente dosis.

Se detuvo a unos pasos de ellos, hurgó en la mochila y, en un solo movimiento, se dio la vuelta y les lanzó un objeto que giró en el aire a tal velocidad que el comisario, de pie junto a Gamache, apenas tuvo tiempo de encogerse para esquivarlo.

Pero los reflejos de Gamache eran más finos.

No se inmutó: levantó la mano derecha y atrapó el objeto antes de que lo golpeara en la cara.

Lo último que vio de Amelia Choquet fue una mueca de desdén, justo antes de darle la espalda y encaminarse hacia su nueva vida, su antigua vida, haciéndole una peineta.

Él se quedó contemplando el rectángulo vacío de luz hasta que la puerta se cerró y el lugar quedó sumido en la penumbra. Sólo entonces miró el volumen que tenía en la mano: era el librito que él le había ofrecido el primer día en la academia, una infinidad de tiempo atrás.

Un ejemplar de las *Meditaciones* de Marco Aurelio.

Ella lo había rechazado entonces, burlándose incluso, pero estaba claro que se había hecho con su propio ejemplar y acababa de arrojárselo a la cara.

—*Excusez-moi* —le dijo al comisario, que lo miraba con algo parecido al desprecio—. ¿Puedo usar un momento tu despacho? Necesito hacer una llamada privada.

—Por supuesto.

Hizo la llamada, pero sin cerrar del todo la puerta, así que el comisario pudo escuchar lo que decía.

—La chica ha salido. Síguela.

Entonces comprendió por fin las intenciones de Gamache y el plan que, casi con total certeza, estaba siguiendo desde el principio.

Estaba soltando a la joven en la jungla. ¿Y adónde iría? De vuelta a la cloaca, sin duda; y allí, entre la suciedad, buscaría más droga.

Los guiaría hasta el traficante y quizá hasta la remesa de opioides que él mismo, el superintendente jefe de la Sûreté, había dejado entrar en el país.

Así recuperaría la droga y salvaría muchas vidas, aunque para ello tendría que pasar sobre el cadáver de Amelia Choquet.

Mientras lo miraba salir de la academia, el comisario no sabía decir si lo admiraba más o menos que antes.

También albergaba un pensamiento incómodo que no conseguía sacarse de la cabeza por mucho que lo intentaba.

Se preguntaba si no habría sido el propio Gamache quien había colocado la droga en la habitación de Amelia Choquet sabiendo exactamente lo que ocurriría.

Ya en su coche, y antes de dirigirse a la cita con Myrna y los demás, Gamache se quitó los guantes, se puso las gafas de lectura y sostuvo el libro entre sus grandes manos.

Luego lo abrió y repasó los pasajes que le resultaban más familiares. Aquel libro era un viejo amigo.

Al hojear las páginas, encontró algunas frases que ella había subrayado.

«No es a la muerte a lo que debe temer un hombre, sino a no empezar nunca a vivir.»

Y pensó en el clic, clic, clic que había oído al cruzarse con Amelia en el pasillo: su pista.

Su llamada de auxilio.

13

—Ven, tienes que oír esto —le dijo Myrna en cuanto entró en la casa del hijo mayor de Bertha Baumgartner. Apenas le permitió quitarse el abrigo, el gorro, las manoplas y las botas y se lo llevó a rastras, y en calcetines, hasta la sala de estar, donde estaban reunidos los demás.

Una vez allí, Gamache echó un rápido vistazo a la habitación. La pared del fondo estaba cubierta de estanterías con libros, fotos enmarcadas y la clase de recuerdos que la gente acumula. En las demás paredes colgaban algunas obras de arte, nada vanguardista, pero sí algunas acuarelas decentes, varios óleos y unos cuantos grabados firmados y numerados. Las ventanas daban a un patio trasero con árboles adultos y el césped cubierto de una gruesa capa de nieve reluciente. En la chimenea ardía un buen fuego.

La habitación estaba decorada en tonos apagados y ligeramente masculinos que iban del beige al azul. Todo allí sugería comodidad y éxito.

Se presentó ante los tres hermanos Baumgartner:

—Armand Gamache. Mi más sentido pésame.

Y los tres lo miraron con la disimulada sorpresa de quien descubre que se halla delante de alguien a quien ha visto por televisión, sólo que de carne y hueso y en tres dimensiones.

Vivo y coleando.

Anthony y Caroline eran altos y de huesos finos, y tenían la tez saludable de la gente que come bien y se cuida.

Hugo no.

Por lo visto, era el más parecido a su madre; era bajo, rechoncho y rubicundo: un patito feo entre cisnes, aunque en realidad se asemejaba más a un sapo.

Anthony, que era el mayor, tenía cincuenta y dos años; lo seguía Caroline y por último Hugo. Sin embargo, éste se veía mucho más viejo que los demás: la piel de su cara parecía desgastada por los elementos, como si él mismo fuera una estatua de arenisca dejada demasiado tiempo a la intemperie. Tenía el pelo de un gris acerado, nada parecido al distinguido gris que lucía en las sienes su hermano Anthony o al suave rubio teñido de Caroline.

Fue Caroline quien se adelantó con la mano extendida.

—Bienvenido, superintendente jefe —dijo mencionando su rango, pese a que él mismo no lo había hecho. Su voz era cálida, casi musical—. No sabíamos que mi madre lo conocía: jamás lo mencionó.

—Algo bien extraño tratándose de ella —apostilló Hugo.

Su voz era inesperadamente grave y sonora: si una zanja en la tierra pudiera hablar, probablemente lo haría con esa misma voz.

—En realidad nunca llegamos a conocernos —repuso Gamache—. De hecho, ninguno de nosotros conocía a su madre.

—¿En serio? —preguntó Anthony sorprendido—. Entonces, ¿por qué los ha nombrado sus albaceas?

—Esperábamos que nos lo dijeran ustedes —dijo Myrna.

Los hermanos conferenciaron entre sí un tanto perplejos.

—Para serles sinceros —dijo Anthony—, pensábamos que los testamentarios éramos nosotros: la llamada del *maître* Mercier nos sorprendió bastante.

—Aun así, la Baronesa debía de tener sus buenas razones —añadió Caroline—. Siempre las tenía. Debe de haber alguna conexión.

—Madame Landers y yo vivimos en un pueblo llamado Three Pines —dijo Gamache—. Tengo entendido que su madre trabajaba allí.

—Así es —contestó Hugo—. Decía que era un curioso pueblecito oculto en una especie de hondonada.

Ahuecó una mano para dar forma a sus palabras.

Aunque lo de «especie» no sonaba muy atractivo, el gesto sí lo fue: aquella fuerte mano ahuecada daba la impresión de contener algo precioso: agua en una sequía, vino en una celebración... o quizá alguna criatura en vías de extinción que necesitaba ser protegida.

A Gamache le llamó la atención lo expresivo que era aquel hombre tosco: con un simple gesto, muy común por otra parte, había evocado todo un mundo de significado.

Entretanto, Myrna observaba atentamente a aquellos tres hermanos; no con recelo, sino con interés profesional en la dinámica de grupo, de familia, y en lo que ocurría cuando entraban extraños en su círculo.

Los tres parecían sentirse cómodos entre ellos, aunque había una jerarquía, con Anthony claramente en el estrato superior.

—¿Quieren tomar algo? —preguntó Caroline a sus invitados—. ¿Café? ¿Té? ¿Algo más fuerte?

—Creo que deberíamos empezar —intervino Mercier.

—Yo tomaré una cerveza —declaró Hugo dirigiéndose a la cocina.

—Un té estaría bien —dijo Myrna, y Gamache estuvo de acuerdo.

—Yo también tomaré una cerveza, ya que me la ofrecen —repuso Benedict.

Caroline y Anthony siguieron a Hugo a la cocina y Gamache aprovechó para hablar con Myrna, que se había acercado a las estanterías.

—Has dicho que tenía que oír algo... ¿de qué se trata?

—Es sobre la Baronesa, sobre por qué la llamaban así.

—¿Y bien?

Como respuesta, Myrna puso tal cara de aflicción que él pensó por un instante que le había dado un dolor agudo y repentino. Pero no era eso.

—No puedo decírtelo.

—¿Por qué no? Hace un momento me has dicho que tenía que oírlo.

—Pues sí, pero tienes que oírlo de ellos. —Señaló hacia la cocina—. Es increíble. Me pregunto si será verdad.

—Venga ya —dijo Gamache—. Sólo quieres fastidiarme.

—Lo siento, pero no te preocupes: aún no nos han contado toda la historia. —Volvió a mirar hacia la cocina—. ¿Qué opinas de ellos?

—¿De los Baumgartner? —Gamache también miró hacia allí—. Aún no me he formado una opinión. Parecen bastante agradables. ¿Y tú?

—Ya sabes que siempre ando en busca de posibles psicosis... —admitió Myrna—. Llevo demasiados años escarbando en el cerebro de la gente y sé que, si hurgas lo bastante y a suficiente profundidad, seguro que encuentras algo incluso en las personas más equilibradas.

Se lo quedó mirando y él sonrió.

—Me alegro de que ahora les toque a ellos. ¿Y bien? ¿Has desenterrado alguna psicosis en esta buena gente?

—Ninguna, lo cual me parece bastante inquietante...

Él se echó a reír.

—Yo no me preocuparía mucho por eso: si hay algo que puede sacar a la luz la locura de cualquiera es un testamento.

—Tienes razón —coincidió ella—. ¿Crees que les molesta que seamos los albaceas?

—No estoy seguro. Sin duda les ha sorprendido. Me pregunto por qué su madre no les dijo que los había reemplazado.

—Y yo me pregunto por qué los reemplazó —añadió Myrna mirando de nuevo hacia la cocina a través de la puerta abierta—. ¿Te parece que alguno de ellos puede estar... un poco chalado? —Se llevó un índice a la sien y lo hizo girar—. Quizá la Baronesa pensó que no podía dejarlo fuera por las buenas y decidió reemplazarlos a todos.

—¿Piensas en alguien en concreto? ¿En Hugo, tal vez?

—¿Porque encaja en la descripción? Pobre hombre, imagínate crecer junto a dos hermanos tan espléndidos; eso podría hacer mella en cualquiera, pero yo apostaría por Anthony.

Gamache observó cómo los tres Baumgartner preparaban los refrescos. Caroline y Anthony servían juntos el té y las galletas mientras que Hugo, solo al otro lado de la encimera, servía las cervezas.

Aparentemente se llevaban bien, pero apenas se dirigían la palabra.

—¿Por qué Anthony? —le preguntó a Mirna.

—Porque no lo parece: siempre desconfío de la gente que ofrece una imagen demasiado equilibrada.

—«A veces un puro no es más que un puro...» —dijo Gamache haciéndola reír.

Se fijó en un objeto que había detrás de ella en la estantería y alargó la mano para cogerlo.

Era una pequeña foto. El marco de plata estaba deslustrado y la imagen en blanco y negro se veía descolorida, pero él sabía quiénes eran los retratados y dónde se había tomado la instantánea.

Los tres niños Baumgartner, dos delgados y uno regordete, cada uno con un indolente brazo sobre los hombros de un hermano, posaban delante de la casa de labranza. Era verano y los tres llevaban trajes de baño un poco grandes y sonreían de oreja a oreja.

Detrás de ellos, en el jardín, Gamache reconoció altas espigas de dedalera y los tallos fácilmente identificables del acónito.

—¿Qué es eso? —preguntó señalando otra mata.

—Vaya —comentó Myrna—, no sabía que creciera bien por aquí. Supongo que la casa la protege del frío, aunque también puede ser que la Baronesa la haya cultivado como planta anual, de temporada. En todo caso, esa señora debía de ser toda una jardinera, porque es una planta de belladona.

Gamache volvió a colocar en su sitio la foto de esos tres niños que crecían como hierbajos entre plantas venenosas.

—Aquí tienen —dijo Caroline entrando con Anthony, que cargaba con una bandeja de té.

Hugo los seguía con las cervezas, y Gamache pensó que aquél parecía su sitio natural: unos pasos por detrás de sus hermanos; lo bastante cerca como para no poder ignorar su presencia, lo bastante lejos como para no ser incluido.

—¿Podemos continuar? —preguntó Mercier, que había rechazado el ofrecimiento de un refrigerio.

—Creo que deberíamos retroceder un poco ahora que Armand está aquí —dijo Myrna—. No ha oído lo que Caroline estaba diciendo justo antes de que llegara.

—Eso ahora no viene al caso —repuso Mercier—. Estamos aquí para leer el testamento, nada más...

—Nos estaba contando por qué a su madre le gustaba que la llamaran baronesa —insistió Myrna mirando a Caroline.

—¿Que le gustaba? —Anthony estaba echando otro tronco al fuego—. No necesariamente, pero insistía en ello.

Volvió a instalarse en su silla, junto a su hermana, y ésta se volvió hacia los invitados colocándose bien la falda. Tenía las rodillas juntas, los tobillos cruzados... parecía una gran dama recibiendo en su salón.

—Nuestra madre se hacía llamar baronesa sencillamente porque lo era.

Gamache se la quedó mirando y luego se volvió hacia los demás. No se quedó exactamente boquiabierto, pero sí con los ojos como platos.

Myrna le devolvió la mirada sonriendo de oreja a oreja. Si hubiera podido explotar de placer, sin duda lo habría hecho en ese momento. Lo que había empezado como un deber, al aceptar ser albacea del testamento de una desconocida, se estaba convirtiendo rápidamente no sólo en algo divertido, sino maravilloso.

«¿Baronesa?», decían sus ojos brillantes. Una mujer que provenía de la nobleza y había trabajado limpiando casas, ¿podía haber algo más interesante?

Al otro lado de la mesa, los hermanos Baumgartner mostraban cada uno una expresión distinta. Anthony parecía compartir la broma y enarcaba las cejas como si dijera: «Ya se sabe cómo son los padres, ¿qué le vamos a hacer?»

A Caroline se la veía serena, pero su tez la delataba: se había sonrojado ligeramente.

Y Hugo...

—A lo mejor era cierto —declaró—. No lo sabemos.

—Creo que sí lo sabemos —replicó Anthony mirando a su hermano—. Hay cosas que deben afrontarse por desagradables que sean, Hug.

Había pronunciado el nombre de su hermano con cierta sorna.

—Nunca había conocido a una baronesa de verdad —intervino Benedict—. Es una pasada.

—Pues sigues en las mismas —señaló Myrna.

—¿Y por qué se creía baronesa? —preguntó Gamache.

Anthony se volvió hacia él.

—Bueno, entre otras cosas, estaba el apellido...

—¿Baumgartner? —preguntó Benedict.

—No —contestó Caroline—. Ése era el apellido de nuestro padre. Su apellido de soltera era Bauer, pero su abuelo, nuestro bisabuelo, se apellidaba Kinderoth y estaba emparentado con los Roth.

Los miró atentamente, como si esperara su reacción.

—Los Roth... —repitió Hugo.

—Ya lo hemos oído —dijo Myrna—, pero no entiendo qué intentan decirnos.

Benedict tenía los ojos entornados y sus labios se movían a la vez que sus dedos. Era evidente que intentaba esclarecer la relación entre ambos apellidos: Kinderoth, Roth...

—Los Roths... child —murmuró finalmente.

—¿Los Rothschild? —repitió Gamache, y, después de una pausa, añadió—: ¿Están hablando de los Rothschild?

Hugo asintió con firmeza.

—Eso es ridículo —dijo Mercier soltando un bufido—. No estarán diciendo que Bertha Baumgartner era pariente de los Rothschild, ¿no?

Anthony se reclinó en su silla como si quisiera distanciarse de semejante afirmación.

Caroline parecía desafiarlos educadamente a rebatirla, y Hugo lucía una expresión triunfal.

—Sí.

—¿Los Rothschild? —preguntó Myrna—. ¿La familia de banqueros millonarios?

—Bueno, una rama de la familia —puntualizó Caroline—: la que llegó a Canadá en los años veinte y decidió invertirlo todo en la bolsa.

—Ellos fueron los afortunados —dijo Anthony—: al menos consiguieron librarse de los nazis.

—Pero de ese «todo» quedaba muy poco —corrigió Hugo—: vinieron a Canadá porque se lo habían robado casi todo. Nos lo habían robado casi todo.

—Basta —zanjó Anthony levantando la mano—. Hemos padecido esto toda la vida. Nuestros padres y nuestros abuelos tuvieron que cargar con ello. Casi los volvió locos de resentimiento. Dejémoslo ya.

—Anthony tiene razón —dijo Caroline—. Incluso si es verdad, no hay nada que podamos hacer al respecto.

—*Maman* decía que... —comenzó Hugo.

—*Maman* era una anciana amargada que se inventaba cosas para sentirse mejor mientras limpiaba retretes ajenos —soltó su hermana—. Nos crió con amor y bilis, y nos hizo prometer que continuaríamos la lucha, pero éramos unos niños cuando hicimos esa promesa.

—Eran *Kinder* —intervino Benedict.

Caroline lo miró con cierta irritación.

—¿Cómo conoces esa palabra? —preguntó Myrna.

—¿*Kinder*? —repitió Benedict—. La familia de mi novia es alemana. Además, cuando era pequeño iba a un kindergarten... como todos, ¿no? ¿Quién no ha ido a un jardín de infancia?

«Un jardín de infancia», pensó Gamache, y miró hacia la estantería donde estaba la foto con el marco deslucido: la foto de los niños en un jardín letal.

—Pero no somos alemanes —dijo Hugo—, sino austríacos.

—Como la familia Von Trapp —comentó Myrna, y, cuando Benedict la miró perplejo, añadió—: ¿Nunca has visto *Sonrisas y lágrimas*? ¿No te acuerdas de *Do, re, mi*? Ayúdame, Armand.

—Creo que lo estás haciendo muy bien.

A su izquierda, Gamache oyó una voz que entonaba débilmente:

—«Edelweiss, Edelweiss...»

Cuando miraron, Hugo tenía la cabeza gacha y parecía estar examinándose las manos.

—*Maman* nos la cantaba —explicó Anthony—. Debemos de haber visto esa película cientos de veces.

Gamache también la había visto con sus hijos tantas veces que ya ni llevaba la cuenta, y últimamente la veía con sus nietos, y les había cantado esa evocadora cancioncilla más de una vez para dormirlos.

«Edelweiss...», cantaba, y se les cerraban los párpados. «Edelweiss...»

—¿Podemos continuar? —preguntó Mercier.

Repartió tres copias del testamento de Bertha Baumgartner a sus hijos, mientras los albaceas sacaban las suyas.

—Por favor, vayan a la página quince. Repasaré los puntos más importantes. La difunta deja a cada uno de sus tres hijos cinco millones de dólares, así como edificios en Ginebra y Viena. El título es para el hijo mayor —añadió hablando con total seriedad, como si el título existiera realmente. Entonces miró a Anthony—. Para usted.

—*Merci* —dijo él.

Podría haberlo dicho con sarcasmo, pero sonó como si estuviera triste, y no era el único. Gamache miró a los demás: la tristeza de los tres era evidente.

La Baronesa podía tener delirios de grandeza, incluso era posible que estuviera resentida o amargada...

Pero quería a sus tres hijos y éstos la querían a ella.

Mercier leyó el resto del documento y, cuando llegó al final, levantó la vista.

—¿Alguna pregunta?

Benedict levantó la mano.

—Por parte de la familia —puntualizó Mercier.

—¿Cómo funciona esto si tenemos en cuenta que ninguna de esas propiedades y títulos existe de verdad? —preguntó Caroline.

—¿Y qué hay de lo que sí existe? —quiso saber Anthony—. Tenía algunas pequeñas inversiones, algún dinero en el banco y también la casa de labranza. No la vendimos en vida de nuestra madre por respeto: siempre tuvo la esperanza de volver.

—Me alegro de que haya mencionado la casa de labranza —dijo Gamache—. Ayer estuvimos allí. Se encuentra en muy mal estado y probablemente habría que derribarla.

—No —intervino Hugo—, estoy seguro de que se puede salvar.

Gamache negó con la cabeza.

—Es demasiado peligroso, sobre todo con el peso de la nieve que ha dejado la última tormenta. Me temo que voy a tener que hacer una llamada para que la inspeccionen y posiblemente la declaren en ruinas.

—Me parece bien —dijo Caroline—. Entonces podremos vender el terreno. Ya hacía un par de años que *maman* no vivía allí, no tengo ningún apego sentimental a esa casa.

—¿Se crió allí? —quiso saber Myrna. Era raro que los niños, tuvieran la edad que tuvieran, no sintieran apego alguno por la casa en la que pasaron la infancia... a menos que hubieran sido infelices allí—. Su padre... —empezó.

—¿Qué pasa con él? —la interrumpió Anthony.

—Su madre enviudó, lo dice el testamento.

—Sí, mi padre murió hace treinta años.

—Treinta y seis —corrigió Hugo.

—Sufrió un accidente en la casa de labranza —explicó Caroline—: lo atropelló la cosechadora de heno.

Myrna hizo una mueca de dolor y, aunque el rostro profesional de Gamache no se alteró, evocó mentalmente aquella imagen con toda su crudeza.

—Fue Tony quien lo encontró —contó Hugo—. Salió a buscarlo cuando vio que no llegaba a comer. Creemos que murió en el acto: es probable que no sintiera nada.

—Probablemente no —coincidió Gamache esperando que su tono no revelara lo que pensaba en realidad.

—Fue entonces cuando mi madre se puso a trabajar —explicó Caroline—: tenía que mantenernos.

—Yo conseguí un empleo embolsando comida en el supermercado IGA —recordó Anthony—. Y tú, Caroline, empezaste a hacer de canguro.

—¿Te acuerdas de aquella pareja que te contrató para cuidar de sus cabras? —comentó Hugo con una carcajada.

—Ay, Dios, sí —repuso Anthony también riendo—. Habías colgado un anuncio en el salón parroquial: pusiste que te encantaban los pequeñines y que estarías encantada de cuidarlos...

—Pues aquellos pequeñines se portaban mucho mejor que los humanos —bromeó Caroline arrellanándose en el asiento con una enorme sonrisa y los ojos brillantes.

—Excepto cuando te daban patadas —dijo Hugo—. Recuerdo haber ido contigo unas cuantas veces para ayudar.

Se frotó las espinillas.

—Eso era porque tú no les caías bien.

Gamache escuchaba mientras los tres hermanos volvían al terreno conocido de la liturgia familiar: las mismas historias contadas una y otra vez. Por unos instantes se parecieron a los niños de la fotografía.

Pero Gamache mantenía la mirada fija en Anthony Baumgartner.

Debía de tener dieciséis años cuando encontró a su padre en el campo.

Era una imagen que jamás podría borrar, un recuerdo que sin duda ocupaba más sitio del que le correspondía y que habría ido arrinconando los recuerdos más felices de la infancia.

Sus propios padres habían muerto en un accidente de coche cuando él era un niño, e incluso a su edad era capaz de evocar con claridad cada detalle del día en que la policía llamó a su puerta.

Ese día, ese momento, había afectado cada instante del resto de su vida.

Y él no había encontrado a sus padres, no había visto sus cuerpos. Recordaba que la casa olía a las galletas de mantequilla de cacahuete que estaban en el horno... y ese olor seguía dándole náuseas.

Pero Anthony conservaba el recuerdo del cuerpo despedazado de su padre.

—...creo que deberíamos intentar salvar la casa —estaba diciendo Hugo.

—¿Por qué no te quedas cuando termine la reunión y lo hablamos? —propuso Anthony.

—En cuanto al resto de los bienes —prosiguió Mercier—, haremos un inventario y todos ustedes podrán revisarlo y firmarlo.

—¿Tienen alguna fotografía de su madre? —preguntó Gamache.

Anthony lo llevó hasta la chimenea, donde había una foto enmarcada.

—¿Puedo?

Anthony asintió.

—Es de las Navidades pasadas —dijo Caroline, que se había unido a ellos.

Gamache reconoció la chimenea ante la que estaba en ese mismo momento. En la foto aparecía decorada con guirnaldas de pino y brillantes lazos rojos, y al fondo había un árbol de Navidad repleto de chucherías, ristras de palomitas y bastones de caramelo. Al pie del árbol se veían regalos con envoltorios de vivos colores, pero el foco de atención, la razón misma de la foto, era la anciana que ocupaba la gran butaca. Los niños se agolpaban a su alrededor y sus tres hijos estaban de pie detrás del respaldo. Todos sonreían, algunos incluso reían.

La Baronesa llevaba una corona de papel navideña y lucía una sonrisa radiante.

En esa foto se parecía mucho a Margaret Rutherford: cabello blanco, papada, ojos muy azules con párpados caídos como los de un sabueso, pecho y torso enormes, hechos para limpiarse las manos cubiertas de harina y abrazar a los nietos.

Al mirarla, casi pudo oler el extracto de vainilla.

Le tendió la fotografía a Myrna con una sonrisa.

—La gran duquesa Gloriana —dijo, y su amiga asintió con una sonrisa todavía más amplia.

—Sí, la de *El ratón en la luna*... —La expresión de Myrna se tornó melancólica mientras estudiaba la foto que ocupaba un lugar de honor en la sala de estar del hijo de aquella señora—. A mí me recuerda a *Harvey*, el amigo invisible de Elwood P. Dowd.

—Se los llevará, ¿verdad? —dijo Mercier unos minutos después, cuando estaban a punto de marcharse. —Era una afirmación, no una pregunta. Se refería a Myrna y a Benedict, a quienes trataba como si fueran paquetes de sal, pero menos útiles—. Tengo que repasar algunas cosas más con Anthony Baumgartner —añadió.

—*Oui* —contestó Gamache.

Caroline se iba con ellos, pero Hugo se había quedado con Anthony para hablar del futuro de la casa de labranza.

Poco después, Myrna, Benedict y Gamache estaban sentados con Reine-Marie junto al fuego del *bistrot*. Clara, Ruth y Gabri se unieron a ellos y pidieron bebidas.

Había vuelto la luz y los teléfonos ya funcionaban.

—No pueden venir hasta mañana por la tarde —informó Benedict, que volvía de hablar por teléfono en la barra del *bistrot*.

—¿Quiénes? —preguntó Clara.

—Los del taller —respondió el joven—. Mi camioneta sigue en la casa de madame Baumgartner: necesita una grúa y neumáticos nuevos.

Dirigió una breve mirada a Gamache, que se limitó a asentir.

—He llamado al ayuntamiento y les he sugerido que envíen inspectores a la casa —dijo—. Creo que hay que declararla en ruinas.

—Podría salvarse —opinó Benedict—. Si los Baumgartner quieren, yo mismo podría intentarlo.

—Ni se te ocurra —repuso Gamache—. Caroline tenía razón: deberían echarla abajo y vender el terreno.

El sol se estaba poniendo y el cielo se teñía de un azul intenso antes de fundirse en negro.

—Te quedarás con nosotros otra noche —le dijo Reine-Marie a Benedict.

—Pero... no tengo ropa.

—Te dejaremos algo —intervino Gabri observando al joven—. Creo que tienes la misma talla que Ruth, aunque ella es un poco más masculina.

Mientras bebían, les contaron a los demás la reunión con los hijos de Bertha Baumgartner, y también que se creía una baronesa de verdad, descendiente de los Rothschild.

—Ése es todo un linaje —comentó Ruth.

—Pero, aunque fuera cierto —opinó Reine-Marie—, eso no significaría necesariamente que tenía un título... y dinero.

—O quizá sí —apuntó Clara—. ¿Cómo puede averiguarse algo así?

—Mercier lo está investigando —respondió Myrna.

—Qué raro se me hace oír que la llamen madame Baumgartner —comentó Clara—. Conozco a la Baronesa, pero esta tal Bertha Baumgartner es una extraña para mí.

Myrna se volvió hacia Gamache.

—Me ha gustado lo que has dicho antes, en la casa. Es verdad que se parecía a Margaret Rutherford.

Ruth soltó un resoplido en su vaso de whisky y se echó a reír.

—Sí, exacto, me recordaba a ella.

—Aun así —dijo Gamache mirando a Myrna—, creo que tú estabas más cerca del meollo de la cuestión. No en cuanto a su aspecto, pero sí en lo relativo a su personalidad.

—¿A qué te refieres? —preguntó Gabri.

—A *Harvey* —respondió Myrna—. Todo el encuentro con la familia me ha recordado a esa película.

Clara sonrió.

—Elwood P. Dowd.

—Eso es una estupidez —soltó Ruth—. La Baronesa no se parecía en nada a Jimmy Stewart.

Al ver la cara de perplejidad de Benedict, Reine-Marie se apiadó de él:

—*Harvey* es una película antigua. Trata sobre un hombre...

—Elwood P. Dowd —apuntó Myrna.

—...cuyo mejor amigo es un conejo de dos metros —continuó Reine-Marie.

—*Harvey* —puntualizó Myrna.

—Van juntos a todas partes —continuó Reine-Marie—, pero nadie más puede verlo.

—Evidentemente —intervino Ruth—: es un conejo blanco de dos metros.

—Todos intentan convencer a Elwood de que *Harvey* no existe —explicó Clara.

—Creen que está loco —añadió Ruth acariciando a *Rosa*— y se proponen internarlo.

—Es un recordatorio de que, si alguien es feliz, quizá ésa sea la única realidad que importa —dijo Reine-Marie—. ¿Qué tiene de malo creer en un conejo blanco gigante?

—O en un título —añadió Clara levantando su copa—. Por la Baronesa.

—Por la Baronesa —brindaron todos.

—Pero no se trata sólo del título —dijo Benedict—, sino también del dinero: millones. Me pregunto si hará algún daño creer en una fortuna que no existe.

—«Tienes mucho que aprender, jovencito» —declaró Ruth citando la película—. «Y espero que nunca lo aprendas.»

14

—¿Y qué vas a hacer? —preguntó Annie mientras el coche descendía con cautela por la ladera que llevaba a Three Pines—. ¿Vas a contárselo?

—¿Qué parte? —preguntó Jean-Guy—. La investigación o...

Notó que las ruedas traseras del vehículo empezaban a patinar sobre la nieve y el hielo, y dejó de hablar para concentrarse. Fijó la vista en la carretera, moviendo el volante con suavidad.

Echó un rápido vistazo por el retrovisor y vio a Honoré abrochado en su asiento, mirando por la ventanilla.

—Creo que nos corresponde a nosotros decidirlo primero, ¿no te parece? —dijo por fin cuando llegaron al pueblo y empezaron a rodear la plaza ajardinada.

A ambos lados se levantaban muros de nieve, de modo que no se veía nada más allá, salvo el resplandor de las casas ocultas.

Jean-Guy nunca había visto nada igual: era a la vez hermoso y alarmante, reconfortante y siniestro, como si la naturaleza se debatiera entre proteger el pueblecito o devorarlo.

Acercó el coche a una abertura en el muro de nieve, un túnel que conducía a la casa de sus suegros, pero, en lugar de bajarse, Annie se quedó sentada con la cara iluminada por la luz de los faros que rebotaba en la nieve.

—Todo saldrá bien —dijo, se inclinó hacia Jean-Guy y le dio un beso en la mejilla.

Fue un acto tan simple que a él le habría resultado fácil pasar por alto su grandeza.

Pero que lo besaran sin motivo alguno era, para un hombre sensato, algo asombroso.

—¿Cómo fue la reunión de ayer? —preguntó Gamache cuando Jean-Guy y él se instalaron en el estudio.

Habían cenado pastel de carne con puré de patatas y tarta de chocolate, Honoré dormía en su habitación.

El inesperado invitado, un joven llamado Benedict, con un corte de pelo de lo más raro, se había ido al *bistrot* a tomar unas copas. Tras las debidas presentaciones, había pasado gran parte del tiempo jugando con Honoré, pero en cuanto acostaron al niño y terminaron la cena, preguntó si les importaba que saliera a tomar una cerveza.

—Buen chico —comentó Jean-Guy.

—Sí —repuso Gamache.

—¿Qué sabes de él? —preguntó Jean-Guy con tono despreocupado, pero su suegro lo conocía demasiado bien como para dejarse engañar.

—¿Quieres decir si es probable que nos mate mientras dormimos?

—Sólo me lo preguntaba —dijo Jean-Guy.

Tampoco era que se hubieran encontrado a Benedict haciendo autostop con un pasamontañas y un machete, pero ¿qué sabían de él en realidad?

—Hice una comprobación rápida —explicó Gamache—. Es quien dice ser: un albañil y carpintero. Vive en Montreal, por lo visto con una novia.

—¿Por lo visto?

—Bueno, eso es un poco raro —admitió él mientras tomaban asiento—. Cuando nos quedamos sin luz y sin teléfonos, Benedict no parecía muy preocupado por no poder contactar con su novia para comunicarle su paradero y decirle que estaba a salvo ni por asegurarse de que ella estaba bien. En mi caso, si me viera aislado de Reine-Marie en una tormenta, movería cielo y tierra para confirmar que estuviera a salvo.

Jean-Guy asintió: a él le pasaba lo mismo con Annie, y no por elección, sino por instinto.

—Tal vez no estén enamorados —dijo—, ¿o crees que es otra cosa?

—Creo que puede ser una invención conveniente —repuso Gamache con una sonrisa—, y que es un chico guapo que siempre encuentra una forma de salir bien parado de situaciones incómodas.

—¿De modo que creó una novia ficticia? —Miró a su suegro detenidamente—. No me digas que alguna vez tuviste una...

Gamache se echó a reír.

—De joven tuve unas cuantas, el problema era conseguir una de verdad.

—Entiendo que tuvieras tus dificultades, pero ¿por qué iba a inventarse este chico una novia? Dudo que tenga problemas para conseguir chicas.

—Y puede que sea por eso: así puede esquivar insinuaciones no deseadas.

—Ah, con una amante ficticia, claro. Muy astuto.

Le habría gustado haber pensado en eso en su día para rechazar invitaciones que no le apetecían culpando a la novia.

Maldición: si era verdad, ese Benedict era más listo de lo que parecía, aunque eso tampoco era tan difícil.

—Bueno, y si la chica no existe, ¿cómo explicas ese corte de pelo? —preguntó Jean-Guy—. Se supone que se lo hizo ella, ¿no?

—Es difícil de explicar. Y no has visto el jersey que llevaba ayer: estaba hecho con estropajo de aluminio.

—Entonces estoy seguro de que esa supuesta novia existe realmente. ¡Lo que llega a hacer un joven por sexo! Recuerdo que una vez... —Se dio cuenta de con quién estaba hablando y se interrumpió justo a tiempo.

»¿Quieres que lo investigue, jefe?

—No, no te molestes; no es asunto nuestro.

—No, pero queda la cuestión de por qué esa mujer lo eligió como albacea —repuso Jean-Guy—, a él y a vosotros. ¿Crees que era una baronesa de verdad?

—No, no lo creo —contestó Gamache—. Creo que su hija tiene razón y que su madre se inventó toda esa historia como consuelo. Todos tenemos nuestras fantasías, sobre todo de niños; la mayoría de la gente las deja atrás pero, por lo visto, madame Baumgartner nunca lo hizo.

—Y se las transmitió a sus hijos.

—No estoy tan seguro. La hija las dejó atrás, sin duda, y al hijo mayor, Anthony, parecían divertirlo, sólo tengo dudas en el caso del menor, Hugo.

—Tal vez por eso os eligió a ti y a Myrna: en un momento de lucidez se dio cuenta de que esas fantasías debían de haberlos confundido. ¿Te imaginas las peleas si no hubiera alguien que mediara entre ellos?

—Pero eso no explica por qué nos eligió a nosotros en particular —puntualizó Gamache—, y menos aún por qué eligió a Benedict.

—No. —Jean-Guy reflexionó unos instantes—. Aunque a Honoré le cae bien.

Parecía una tontería, pero él sabía que no lo era; también había reparado en eso. Sería una locura fiarse de los instintos de un bebé, pero a su vez sería un error descartarlos por completo.

Gamache cambió de postura en la silla y preguntó por fin:

—¿Cómo fue la reunión de ayer?

—¿La de los investigadores?

Se produjo una pausa y Jean-Guy comprendió su error: al hacer esa pregunta había dado a entender que había habido otra reunión.

Esperó a que su suegro preguntara: «¿Ha habido otra reunión?», pero no lo hizo. Simplemente cruzó las piernas y se quedó callado.

—Ha ido bien.

—No olvides con quién estás hablando.

Lo dijo con calma, como si conversara, pero la advertencia era clara: no me mientas.

A través de la puerta cerrada les llegaban voces de la habitación de al lado.

Annie y Reine-Marie.

«Hay pocas cosas más tranquilizadoras que oír a gente que quieres hablar en otra habitación», pensó Jean-Guy.

En lugar de una máquina de ruido blanco o grabaciones de la lluvia o del océano, si alguna vez necesitaba ayuda para conciliar el sueño, él quería ese sonido: con esos murmullos ininteligibles en bucle recordándole que no estaba solo se quedaría dormido de inmediato.

Y la verdad era que no había dormido bien la noche anterior: tenía que tomar una decisión y estaba preocupado.

Recordó su encuentro con los investigadores de la Sûreté el día anterior. Quería ser preciso.

—Fueron cordiales —dijo con cautela—, pero por lo visto me ofrecían una salida: un bote salvavidas.

—¿Y no te habías dado cuenta de que el barco se estaba hundiendo?

Jean-Guy asintió.

—Exacto. Creía que este asunto se había acabado. Lo digo en serio: esperaba que me dijeran que todo había quedado aclarado y podías reincorporarte.

—¿De verdad?

—¿Tú no?

Gamache reflexionó durante unos segundos. Quizá al principio sí que había creído en esa posibilidad.

Pero luego, a medida que le hacían más y más preguntas, a medida que le hacían contar una y otra vez lo que había pasado y por qué había pasado, comprendió cómo sonaba su historia desde su punto de vista.

Todo eso le había dado una perspectiva interesante: ¿hasta qué punto parecía un sospechoso? Al fin y al cabo, trataba de explicar algo que, objetivamente, parecía inexplicable.

Aunque en su momento él había tenido muy claro cómo debía actuar.

—Creo que, a estas alturas, todo es posible —le dijo a Jean-Guy.

A través de la puerta seguían llegando las voces. Se oían risas suaves cuando alguna de las dos, Annie o Reine-Marie, decía algo divertido.

En el pequeño estudio de Gamache, los dos hombres se quedaron en silencio, un silencio que Jean-Guy había experimentado muy pocas veces, y que le recordaba su estancia en el remoto monasterio de Saint-Gilbert-Entre-les-Loups, donde reinaba una quietud tal que le había parecido estremecedora.

Quería romper el silencio, pero sabía por instinto que no era él quien debía hacerlo.

Así que esperó.

Gamache estaba sentado en su propio estudio y, aun así, durante unos momentos todo le pareció extraño y desconocido.

Y entonces se dio cuenta de que, de hecho, sí había albergado la esperanza de que lo exculparan.

De que Jean-Guy lo llamara después de su reunión con los investigadores para decirle que todo había terminado y que, más tarde, el primer ministro lo llamara también y le comunicara que lo habían absuelto y que se reincorporaría a su puesto.

Ninguna de esas llamadas había llegado, pero los teléfonos no funcionaban y eso le permitió mantener viva esa esperanza.

Sonrió pensando que comprendía un poco mejor a madame Baumgartner: todos teníamos nuestros delirios.

A esas alturas se daba cuenta de hasta qué punto se había equivocado.

Alguien debía cargar con el muerto. Si las drogas acababan en la calle, como probablemente ocurriría tarde o temprano, lo acusarían a él. ¿Y por qué no? Al fin y al cabo, la culpa era suya y de nadie más.

Eso era un consuelo: cuando el barco se hundiera, no arrastraría a nadie más con él. Sería el resultado de sus propias decisiones, un hundimiento por fuego amigo.

Vio a su madre arrodillada a su lado ajustándole las manoplas y el gorro, ciñéndole la larga bufanda al cuello y dándole unas palmaditas antes de que saliera a la fría mañana de Montreal, camino de la escuela. La oyó diciéndole: «Recuerda, Armand: si alguna vez tienes problemas, busca a un policía.»

La vio mirarlo fijamente a los ojos, más seria que nunca, y no volver a sonreír hasta que él hubo asentido solemnemente: «Te lo prometo.»

Cincuenta años después, sentado en su estudio, percibió un ligero aroma a galletas de mantequilla de cacahuete.

Entonces oyó, a través de la puerta, las suaves risas de su mujer y de su hija. Pensó en su nieto, que dormía plácidamente en su habitación. Pensó en su hijo Daniel, en su nuera y en sus dos nietas en París.

Miró a los ojos a su yerno: su segundo al mando.

Su amigo.

Estaban a salvo, y no lamentaba nada.

Luego miró su escritorio y se fijó en el libro que tenía encima: el mismo libro que le habían arrojado a la cara aquella misma mañana.

«No es a la muerte a lo que debe temer un hombre, sino a no empezar nunca a vivir.»

—Tu antigua habitación —dijo la casera, y apoyó la mano regordeta con los dedos amarillentos de nicotina en la puerta antes de abrirla y liberar un olor a rancio.

Pese al frío glacial de la noche, aquel sitio era sofocante. Allí nadie se ocupaba de regular la temperatura, y los viejos radiadores de hierro expulsaban un calor que no hacía más que acelerar la podredumbre de lo que fuera que estaba descomponiéndose en ese lugar.

Habían cambiado muy pocas cosas desde los tiempos en que Amelia había vivido en esa pensión del East End de Montreal.

Seguía oliendo a orines, y seguían oyéndose los mismos gemidos y quejidos de los hombres que se hospedaban allí, hombres cuya vida se escurría por los desagües.

La casera había engordado y parecía haberse ablandado un poco. Su único diente colgaba de una hebra de encía y se movía levemente cuando se reía. Su aliento apestaba a matadero.

La puerta se cerró y Amelia pudo oírla alejándose pasillo abajo arrastrando los pies.

Respiró profundamente, hizo chasquear el *piercing* contra los dientes y arrojó la mochila cargada de libros sobre la estrecha cama individual.

Se arrepentía de haberle tirado el libro a Gamache. No del acto en sí, eso le había sentado bien, por muy violento que fuera, pero lamentaba no tener a Marco Aurelio para hacerle compañía.

Cuando abrió la puerta para salir, tropezó con la fregona y el cubo. La casera debía de haberlos dejado allí. Su tarea, a cambio de una habitación, era limpiar; limpiar un lugar que, al parecer, no se había limpiado desde la última vez que había estado allí.

—A la mierda —soltó dándole una patada al cubo y observando cómo el agua jabonosa se extendía por el pasillo—. Ya habrá tiempo para eso.

Por suerte, tenía cosas mucho más urgentes que hacer que quedarse en esa pocilga.

—Acompáñame —dijo Gamache.

Jean-Guy se sorprendió al darse cuenta de que no se dirigía a la cocina a por más tarta de chocolate, sino a la puerta principal. Una vez allí, descolgó su abrigo.

—¿Vais a alguna parte? —preguntó Reine-Marie volviéndose en su asiento para mirarlos.

—Sólo a dar un paseo.

—¿Al *bistrot*? —preguntó Annie levantándose para unirse a ellos.

—No, a dar una vuelta por la plaza del pueblo.

Su hija volvió a dejarse caer en el sofá.

—Ah, pues hasta luego.

Henri y *Gracie* corrieron hacia ellos confiando en que los llevaran, pero Gamache les explicó que hacía demasiado frío para ellos.

—Pero ¿no para nosotros? —preguntó Jean-Guy siguiéndolo de todos modos.

Una vez fuera, recorrieron el túnel de nieve hasta la carretera. No necesitaban linterna: hacía una noche clara y serena. Sólo se oían los chirridos y crujidos de sus pesadas botas de invierno sobre la nieve.

Su suegro solía decir que todo se solucionaba caminando; él, en cambio, estaba bastante seguro de que todo podía resolverse en la cocina con un buen trozo de tarta.

—¿Estás listo?

—¿Eh?

—Sabes muy bien que vamos a dar vueltas y vueltas hasta que me cuentes qué otra cosa te ronda por la cabeza.

—¡Serás...!

—Ojo —advirtió Gamache.

—¡Nada de ojo! —soltó Jean-Guy—. No siento los pies; tengo los dedos de las manos entumecidos, la nariz congelada y los ojos llorosos.

—Entonces probablemente estás listo para hablar.

—¡Esto es tortura! —se quejó Jean-Guy.

—Pues no se me da muy bien —repuso Gamache con afabilidad—, porque resulta que yo también estoy aquí fuera.

Crac, crunch; crac, crunch...

Gamache caminaba con un ritmo acompasado y con las manos enguantadas entrelazadas a la espalda, como si no estuvieran a un montón de grados bajo cero, como si el frío no le arañara la cara igual que a Jean-Guy.

—Hay algo más, ¿no? Hubo otra reunión.

—Sólo con el banco: estamos pensando en comprar una casa.

Crac, crunch; crac, crunch...

—Vaya, qué emocionante.

Crunch...

—No quería decírtelo hasta que hubiéramos hecho números —añadió Jean-Guy deseando con todas sus fuerzas dejar de hablar, dejar de mentir.

—Ya veo.

Gamache se había detenido y miraba el cielo.

—Mira eso, Jean-Guy.

Su yerno obedeció.

Ante sus ojos se extendía la aurora boreal: unas sobrenaturales luces verdes que fluían a través del cielo nocturno.

Jean-Guy bajó la vista y reparó en que Gamache lo estaba mirando: su rostro se veía con claridad bajo la extraordinaria luz danzarina.

Se vio reflejado en aquellos ojos amables.

Y supo lo que Gamache veía mientras lo miraba: un hombre en un bote salvavidas que se alejaba cada vez más.

15

—¿Puede ir alguien a despertar a Benedict? —preguntó Jean-Guy mientras removía con un tenedor el beicon en la sartén de hierro fundido.

La cocina olía a tocino ahumado con leña de arce y a café recién hecho. Estaban a punto de freír los huevos.

Eran las ocho y cuarto de la mañana y ya había salido el sol, pero no había ni rastro de Benedict.

—Iré yo —dijo Gamache.

Acababa de salir de su estudio tras haber hecho una llamada privada y parecía un poco distraído al subir por las escaleras, como si su mente estuviera en otra parte.

Oyeron cómo llamaba a la puerta del dormitorio y decía:

—Benedict, el desayuno está listo.

Siguieron más golpes con los nudillos.

—¡A levantarse!

Reine-Marie sonrió. ¿Cuántas veces había oído a su marido decir lo mismo ante la puerta de su hijo Daniel? «¡A levantarse!»

Aunque los últimos meses que Daniel había pasado en casa no habían sido lo que se dice muy divertidos, teniendo en cuenta el motivo por el que seguía grogui a las diez de la mañana, así que ella también recordaba la rabia de su hijo cuando su padre entraba en la habitación para despertarlo.

Una rabia que había rozado la violencia.

A pesar de todo, Reine-Marie siguió sonriendo. Al principio había sido normal y natural que un joven durmiera hasta muy tarde, y así había sido durante mucho tiempo, antes de que todo cambiara.

—¿Podéis venir, por favor? —llamó Gamache.

Se miraron unos a otros; luego, Annie cogió a Honoré en brazos y todos subieron al primer piso.

—No está aquí —dijo Gamache haciéndose a un lado para que pudieran mirar a través de la puerta abierta.

Se asomaron uno a uno. No sólo no estaba, sino que nadie había dormido en la cama. Gamache entró en la habitación y miró alrededor.

—¿Y sus cosas? —preguntó Jean-Guy.

—Siguen aquí.

La habitación estaba tal como Benedict la había dejado la noche anterior.

—Voy a hacer unas llamadas —dijo Reine-Marie bajando las escaleras para dirigirse a la sala de estar y el teléfono fijo, mientras Gamache y Jean-Guy se ponían los abrigos, los gorros, los guantes y las botas.

Gamache ya había salido esa mañana: había dado un paseo por la plaza ajardinada del pueblo con *Henri* y *Gracie*, pero apenas había amanecido y era posible que hubiera pasado algo por alto... o a alguien enterrado bajo un montículo de nieve.

La ola de frío polar había acabado y ahora sólo hacía frío. Una vez fuera, miró el termómetro del porche: seis grados bajo cero.

Era suficiente frío.

Gamache le hizo una seña a Jean-Guy para que avanzara en el sentido de las agujas del reloj mientras él rodeaba la plaza del pueblo en sentido contrario. Ambos empezaron a trotar, pero Gamache se obligó a reducir un poco la velocidad: no quería perderse nada.

Miraba con atención, escudriñando el terreno, concentrado en la búsqueda. Intentaba separar la acción de la emoción, intentaba no imaginarse a Benedict acurrucado junto a la carretera.

Si ése era el caso, entonces no había prisa, y sin embargo se apresuraron, por si las moscas.

Jean-Guy apareció por la curva.

—Nada, *patron*.

Dieron otra vuelta, esta vez más despacio. Los muros de nieve eran escarpados, pero Jean-Guy consiguió encaramarse a uno con la ayuda de Gamache y recorrió la cresta como si anduviera por la cuerda floja, mirando a ambos lados.

Clara salió de su casa y al poco se le unió Myrna, procedente de su librería. Incluso Ruth apareció en su puerta.

—Me ha llamado Reine-Marie —dijo la vieja poeta—. ¿Lo han encontrado?

—No.

En ese momento se les unió Reine-Marie.

—Acabo de hablar con Olivier. Benedict estuvo anoche en el *bistrot*. Se tomó unas cervezas, pero no estaba borracho.

Sabía bien que la gente a veces se desorientaba en medio del frío y la oscuridad, a menudo a causa del alcohol y las drogas.

—Aquí no hay nada —declaró Jean-Guy deslizándose por el montón de nieve.

—Tenemos que dividirnos —dijo Gamache—. Comprobad las carreteras de entrada y salida del pueblo.

—Yo tomaré el camino de la vieja diligencia —dijo Clara, y se dirigió hacia allí sin esperar respuesta.

Se repartieron las rutas mientras Ruth entraba en el *bistrot* para hablar con Olivier.

Unos minutos más tarde oyeron un silbido: Ruth los llamaba.

Cuando entraron al calor del *bistrot*, la piel les hormigueaba y escocía.

—Anoche estuvo aquí —confirmó Olivier—, pero no lo vi salir...

—Pero yo sí —intervino Gabri secándose las manos en el delantal—. Se fue con Billy Williams. Habían estado hablando y salieron juntos.

—¿Adónde fueron?

—No tengo ni idea, pero vi cómo se alejaba la camioneta de Billy. No sé si el chico iba con él.

Gabri cogió el teléfono de la barra del bar e hizo una llamada. Lo vieron escuchar, asentir y luego colgar.

—Billy dice que llevó a Benedict a la casa de labranza de madame Baumgartner.

Myrna dejó de frotarse las manos junto al fuego y se volvió hacia él.

—¿Por qué haría algo así?

—Benedict se lo pidió por algo relacionado con su camioneta —explicó Gabri—. Queda de camino a casa de Billy, así que lo llevó en su coche.

—¿Y lo dejó allí? —preguntó Clara.

—Supongo que sí —contestó Gabri, aunque no parecía propio de Billy Williams, quien se encargaba del mantenimiento de las carreteras además de hacer trabajos esporádicos por la zona, y por tanto sabía muy bien que el frío puede matar a una persona—. Es lo que me ha dicho Billy.

—Probablemente habrá vuelto a Montreal —comentó Olivier.

—Es posible —susurró Gamache.

—¿Qué pasa? —preguntó Clara mirando a Gamache mientras Myrna entraba en su tienda en busca de los papeles del notario, en los que constaba el número de teléfono de Benedict.

—Me prometió que no conduciría su camioneta —explicó él—. Por eso la dejamos allí: no tiene neumáticos de invierno.

—No me digas que alguien te ha mentido. —Ruth adelantó el labio inferior y puso cara triste—. ¿Lo juró...?

Estaba claro que iba a decir «por su vida» pero, para sorpresa de Gamache, se interrumpió antes de decirlo.. Por lo visto, incluso Ruth se imponía un filtro, al fin y al cabo.

—Si hubiera vuelto a Montreal nos lo habría dicho, ¿no? —preguntó Reine-Marie.

—Es posible que a estas horas aún esté durmiendo en su apartamento —dijo Clara—. Os llamará cuando se despierte.

—¡Pues yo no pienso esperar! —dijo Myrna agitando los papeles que había recuperado y dirigiéndose al teléfono de la barra—. Voy a llamarlo al móvil.

Hizo la llamada. Todos la observaron... y esperaron, y esperaron...

Myrna dijo algo a través del auricular y luego colgó.

—Ha saltado el buzón de voz. He dejado un mensaje pidiéndole que llamara aquí.

—¿Sólo tenemos un número suyo? —preguntó Jean-Guy mirando los papeles por encima del hombro de Myrna—. ¿No tiene teléfono fijo en casa?

—Los chicos de hoy no tienen teléfono en casa, tonto del culo —le soltó Ruth—. Tú ya eres un viejales, así que no tienes ni idea.

—Tenemos que ir a la casa de labranza y asegurarnos de que no siga allí —dijo Gamache dirigiéndose a la puerta.

—Iré contigo —dijo Myrna—. Somos un equipo; los albaceas siempre se mantienen unidos... —Vio que Gamache se la quedaba mirando—. ¿Qué pasa? Algo es algo, ¿no?

—No es nada de nada —terció Ruth.

—Lo sé —dijo Myrna respondiendo más a los ojos de Gamache que a las palabras de Ruth.

Él se limitó a asentir: ambos sabían lo que podían encontrarse allí. Y, sin duda, ambos sentían lo mismo por el chico, cuya personalidad daba pie a una especie de intimidad y un afecto casi inmediatos. Myrna tenía razón: era como si formaran un pequeño y extraño equipo.

—Yo también voy —dijo Jean-Guy encaminándose hacia el coche con ellos.

—Y yo —dijo Reine-Marie.

—¿Puedes quedarte en casa por si llama? —le pidió Gamache.

—Está bien, pero mantenme informada —repuso ella cuando los demás ya subían al coche.

• • •

—Ay, Dios mío... —soltó Myrna inclinándose contra el cinturón de seguridad cuando doblaron la curva y vieron la casa de labranza.

—Llamaré a emergencias —dijo Jean-Guy.

Gamache cogió la pala del maletero de su coche.

La camioneta de Benedict estaba aparcada en el mismo sitio donde la habían dejado. Se acercó rápidamente y miró dentro de la cabina.

Estaba vacía. Las llaves estaban en el contacto y el motor se había encendido, pero debía de haberse quedado sin gasolina. Quitó las llaves y se las guardó en el bolsillo.

—El equipo de rescate está en camino —anunció Jean-Guy llegando a su lado.

—¡Aquí no hay nadie! —exclamó Myrna. Estaba junto a otro vehículo aparcado en el patio que Gamache no reconoció—. Éste no estaba aquí cuando nos fuimos ayer, ¿verdad?

—*Non* —contestó él.

Jean-Guy había sacado una pala del montículo de nieve que se había acumulado junto a los escalones de la entrada y la sostenía como si fuera un arma.

Myrna se les unió y los tres se quedaron mirando la ruina que tenían delante: la casa de madame Baumgartner se había venido abajo.

El tejado y el primer piso se habían desplomado: una parte aplastaba la planta baja y otra pendía medio suelta, sin apenas sujeción.

—Vuelve a llamar, diles que traigan a los perros —pidió Gamache mientras avanzaba lentamente.

Jean-Guy hizo la llamada.

—¿Está dentro? —susurró Myrna.

—Creo que sí. —Gamache miró por encima del hombro, hacia el otro coche—. Y no está solo.

Se quitó el gorro e inclinó la cabeza en dirección a la casa.

—¿Habéis oído eso?

Jean-Guy y Myrna se quitaron los gorros y escucharon.

Nada.

Gamache se acercó a su coche, tocó el claxon dos veces en rápida sucesión y después paró y escuchó.

Un silencio lúgubre se posó sobre ellos.

Nada... nada...

Algo.

Un golpecito, ¿un crujido?

Se miraron unos a otros.

—Podría ser una viga partiéndose, *patron*.

—O podría ser Benedict —repuso Myrna—, o la persona que estaba con él, tratando de enviarnos una señal. ¿Qué hacemos? No podemos quedarnos aquí sin más.

La ayuda estaba en camino, pero aún podía tardar veinte o treinta minutos en llegar, y con ese frío veinte o treinta minutos podían suponer la diferencia entre la vida y la muerte. Si alguien había sobrevivido todo ese tiempo en una noche gélida, debía de estar cerca del final.

—Tenemos que averiguar si ahí hay alguien vivo antes de decidir qué hacer —dijo Gamache. Ahuecó las manos en torno a la boca y gritó—: ¡Benedict!

—*Allô!* —gritó Jean-Guy.

Guardaron silencio y prestaron atención.

Oyeron un golpe, muy claro esta vez, y luego otro, seguido de un tamborileo.

No había duda: allí había alguien vivo... y tenía miedo.

Aquel sonido hizo que, por un instante, Gamache se acordara de Amelia y de su *piercing* en la lengua: su pista, su llamada de auxilio.

—¡Tiene que parar o va a terminar de echar abajo la casa! —dijo Myrna con los ojos muy abiertos y la respiración acelerada, y se puso a gritar—: ¡Basta, basta!

—¡Te oímos! —exclamó Gamache—. ¡Te sacaremos de ahí, deja de dar golpes!

Se volvió hacia los demás y vio el miedo en sus caras.

—No nos queda otra que entrar, ¿no? —preguntó Jean-Guy.

Gamache asintió. Compartía el temor de su yerno de que el sitio en el que estaban a punto de entrar se derrumbara por completo. Aunque él y Myrna sólo tenían miedo, mientras que Jean-Guy estaba aterrorizado.

Porque Jean-Guy Beauvoir padecía claustrofobia y aquello era, literalmente, su peor pesadilla.

Sin embargo, hizo un breve gesto de asentimiento, agarró más fuerte la pala y dio un paso hacia la casa en ruinas.

—Creo que deberías... —empezó Gamache, pero se interrumpió al oír el ruido de un motor.

Se volvieron para mirar hacia el sendero. Había llegado una *pickup*. Jean-Guy bajó la pala y casi se echó a llorar: era el equipo de rescate, la gente que sabía lo que debía hacerse en esos casos...

Y que entraría en su lugar.

La camioneta se detuvo y bajó un hombre, sólo uno, y Jean-Guy tuvo ganas de llorar otra vez.

No era el equipo de rescate: era Billy Williams.

—Me he enterado de que el chico había desaparecido. He venido a ver si podía echar una mano.

Se quedó de pie junto a su vehículo mirando la casa y dijo algo que a Gamache le sonó como «joernotejoroba» o algo parecido.

Gamache se volvió hacia Myrna.

—¿Qué ha dicho?

Por razones que lo desconcertaban, parecía la única persona sobre la faz de la tierra incapaz de entender a Billy Williams. A veces no conseguía entender ni una sola palabra de lo que decía.

—Nada importante —contestó Myrna.

—¿El chico colea ahí dentro?

—Creemos que sí —repuso Myrna—. Hay alguien vivo ahí, ya sea él o alguien más... ¿Ese coche estaba aquí cuando lo dejaste anoche? —preguntó señalando el vehículo aparcado a un lado.

—No, a mí que me registren... —repuso Bill, y se volvió de nuevo hacia la casa—. Pero la verdad es que este sitio estaba oscuro como un pozo. En fin, me toca entrar: es una cagada mía que esté aquí.

Gamache, que se esforzaba en seguir ese intercambio, miró a Myrna.

—Pregúntale si tiene formación en rescatar a gente de edificios derruidos. ¿Sabe lo que se hace?

Ahora fue Billy quien se volvió hacia Gamache.

—¿Acaso crees que no te entiendo? Te entiendo perfectamente.

El rostro de Billy estaba tan curtido y arrugado que resultaba imposible saber si tenía treinta y cinco o setenta y cinco años. Su cuerpo era enjuto como un cordón, e incluso a través de la pesada ropa de invierno se adivinaban los músculos y tendones tensos.

Pero entonces miró a Gamache con ternura y sonrió.

—Algún día me entenderás, muchacho.

En cualquier caso, había algo en aquel tipo que Gamache había captado de inmediato.

Desde el instante en que había conocido a aquel hombre, había comprendido que a Billy Williams le habían otorgado más gracias divinas que a la mayoría de los mortales.

El rostro de Billy se ensombreció mientras estudiaba los restos de la casa. Después se volvió de nuevo hacia Gamache.

—Cuando finiquitemos esto —dijo mientras cogía una enorme barra de hierro de su *pickup*—, me deberás tarta enorme de merengue y limón.

Myrna no se molestó en traducirlo: no hacía falta.

Billy dio un paso adelante y Gamache alargó la mano para detenerlo, pero él se lo quitó de encima.

—Anoche dejé al chico aquí. Lo ayudé a arrancar su carro y luego me fui. Nunca debí dejarlo, así que he vuelto a agarrarlo para llevarlo a casa.

Esta vez, Gamache tampoco necesitó que Myrna se lo tradujera: no importaba qué dijera Billy, ahora sólo importaban los actos.

—No puedes entrar ahí solo, necesitas ayuda. Iré contigo. —Se volvió hacia Jean-Guy y Myrna—. Esperad al equipo de emergencia. No tardarán en llegar. Explicadles lo que está pasando.

—Si tú vas, yo también —dijo Myrna.

—No, de eso ni hablar.

—Hay dos personas atrapadas ahí dentro —insistió ella—. Se necesita más ayuda. —Y al ver que él dudaba, añadió—: La decisión no es tuya, Armand, sino mía. Además, soy más fuerte de lo que parece.

Gamache enarcó las cejas. De hecho, parecía muy fuerte.

Finalmente, asintió con firmeza: Myrna tenía razón, iban a necesitarla. Y no era él quien debía tomar esa decisión.

—*Patron?* —Jean-Guy dio un paso adelante. Parecía atormentado.

—A ti te tocan las alturas, *mon vieux* —dijo Gamache en voz baja—, y a mí, los agujeros. ¿Te acuerdas? Ése es el trato.

—¿Vienes? —lo llamó Billy, que ya estaba en la entrada—. Date prisa.

Jean-Guy retrocedió.

—Dice que tengas cuidado —advirtió Jean-Guy, pero Gamache ya había cruzado la entrada semiderruida detrás de Billy y de Myrna.

El interior estaba en penumbra, aunque los rayos de sol que entraban por los huecos incidían en el suelo. La nieve que había caído a través de los agujeros del tejado se amontonaba por todas partes.

Lo único que podían oír mientras se abrían paso por los estrechos pasadizos era el sonido de su propia respiración y sus pisadas. Avanzaron entre los escombros lo más rápido posible y procurando no hacer ruido...

Y entonces se detuvieron.

El cuarto de baño del piso superior había caído sobre lo que había sido la cocina. Los escombros, incluida una bañera con patas, les impedían seguir adelante.

Gamache le dio varios golpecitos a la bañera con la pala y esperó.

El silencio que siguió pareció quedar suspendido ante ellos, pero justo cuando Gamache empezaba a desesperarse, se oyó un golpe, y luego otro.

Billy señaló hacia el lugar del que provenían.

Exactamente al otro lado de los escombros que les bloqueaban el paso.

Billy murmuró algo que Gamache entendió a la perfección.

Los juramentos casi nunca necesitan traducción.

Y entonces, para su sorpresa, Billy se dejó caer de rodillas ante él. Miró a Myrna y comprobó en sus ojos que ella pensaba lo mismo.

¿Se había puesto a rezar? Gamache era partidario de hacerlo cuando hacía falta, pero aquél quizá no fuera el momento. Además, sospechaba que Dios sabía exactamente cómo se sentían y cómo querían que acabara aquello.

Pero también sabía que rezar servía más para tranquilizar a quien lo hacía que para comunicarse con Dios.

Entonces se dio cuenta de que Billy había insertado la barra de hierro bajo la bañera y trataba de hacer palanca. Dejó la pala y se puso a ayudarlo. Los dos hombres apoyaron todo su peso sobre la barra. Gamache se esforzaba en empujar hacia abajo con todas sus fuerzas...

Y la bañera de hierro fundido se movió, pero sólo un poco.

—Espera —dijo Gamache dando un paso atrás para recuperar el aliento.

Luego le hizo un gesto con la cabeza a Billy y los dos volvieron a empujar.

Pero la bañera, aplastada bajo toneladas de escombros, apenas cedió.

—¿Podéis ayudarme con esto? —preguntó Myrna.

—Sólo... un... momento... —jadeó Gamache apretando los dientes. Empujó y empujó hasta que tuvo que retroceder tambaleándose.

Vencido y derrotado, se quedó mirando fijamente la sólida barrera que había entre ellos y quienquiera que estuviera vivo tras ella.

Se oyó un crujido, un gemido. El muro de escombros se movía, ¡se movía!

Gamache retrocedió medio paso, arrastrando a Billy con él.

Se volvió para avisar a Myrna... y de pronto se detuvo con una expresión de asombro en la cara. Parecía que Myrna estuviera levantando los escombros sin ayuda de nadie.

Entonces se fijó mejor.

Mientras que él mismo había cogido una pala y Billy una barra de hierro, Myrna se había hecho con el gato del coche, que había encajado bajo una viga caída.

Iba moviendo la manivela y la viga se levantaba centímetro a centímetro.

—¡Necesito ayuda! —exclamó.

Los dos hombres se unieron a ella y presionaron la manivela, pero cayó nieve y pararon.

Instantes después, lo intentaron de nuevo.

Se oyó un crujido cuando la viga maestra y las transversales se movieron.

Gamache esperó con la respiración entrecortada y aguzando la vista y el oído. Podían suceder dos cosas: que todo se derrumbara o que se estabilizara.

Entonces, a través de los escombros, oyó unos golpes cada vez más frenéticos.

—¡Alto! —exclamó, y el golpeteo se detuvo.

Entre los tres habían levantado la viga lo máximo que se podía.

La abertura resultante era de alrededor de medio metro. Gamache se agachó para mirar y después miró a Myrna.

—No vas a dejarme atrás —dijo ella leyéndole el pensamiento.

—No conseguirás pasar.

—¿Y tú sí?

Gamache ya se estaba quitando el pesado abrigo.

—Yo sí.

—Entonces yo también: iremos juntos. —Se quitó el abrigo y lo aferró contra sí.

—¿Orgullo? —preguntó Gamache.

—Sentido práctico —respondió ella—: me necesitas.

—Si pudiera elegir, me quedaría con ella antes que contigo, ya fuera de día o de noche —dijo Billy mirando a Myrna y sonriendo—. Esta mujer es pistonuda.

—¿Qué ha dicho? —preguntó Gamache.

Ella se lo tradujo.

—Habrás oído mal —dijo él sonriendo.

—¡Oh, qué puñetas! —exclamó Billy—. Volvamos a intentarlo: con unos centímetros más debería funcionar.

Agarró la manivela del gato y empujó con todas sus fuerzas. Gamache y Myrna se unieron a él. Hubo más crujidos y gemidos, algunos procedentes de la casa; la mayoría, de ellos.

Pero se movió lo suficiente al menos, o eso les pareció, o confiaron en que así fuera.

—Yo iré primero —anunció Gamache.

Miró a sus espaldas, hacia el estrecho pasadizo lleno de escombros que acababan de cruzar. Sabía que estaban en lo que había sido la cocina y por lo visto se dirigían hacia el comedor... pero a través del baño del piso de arriba.

Se volvió de nuevo hacia el hueco. Parecía una boca a punto de cerrarse. Todo su instinto de supervivencia le pedía que no lo hiciera.

Se tendió boca arriba y se empujó hacia la abertura con la cabeza por delante. Sus ojos quedaban a pocos centímetros de astillas de madera y clavos oxidados que parecían dientes. Giró la cabeza, cerró los ojos y sacó todo el aire de los pulmones para ocupar el menor espacio posible...

Y avanzó poco a poco.

«El olor a hierba recién cortada, caminar junto al Sena con Flora y Zora de la mano, Reine-Marie en mis brazos una perezosa mañana de domingo...»

Su cara ya había pasado al otro lado. Luego vino el cuello. Encogió los hombros y consiguió que pasara también el pecho...

Y entonces notó que no podía avanzar más: se le había enganchado la camisa en los clavos.

Estaba demasiado metido en el hueco para que Myrna o Billy pudieran ayudarlo.

La estructura se estremeció de nuevo y notó que caían algunos cascotes. Los clavos le rozaban el pecho cada vez que tomaba aire...

—¿Armand? —lo llamó Myrna.

—Dadme un momento... —contestó él.

Volvió a cerrar los ojos y controló la respiración. Procuró calmarse.

«La colada tendida al sol, el olor de Honoré, estar sentado en el jardín con un té helado, Reine-Marie... Reine-Marie... Reine-Marie...»

Se impulsó de nuevo y notó cómo los clavos le rasgaban la camisa. Pequeños fragmentos de escombros le cayeron en la cara llenándole los párpados y los labios de arenilla.

Al inspirar se le metió en la nariz, y sintió que estaba a punto de toser. Ahogando la tos, luchando contra ella, se empujó con más fuerza, más urgencia.

Y entonces la camisa se rasgó del todo y consiguió liberarse.

Se puso de rodillas y, agachándose, tosió y carraspeó.

—¿Armand? —dijo Myrna de nuevo, esta vez con más insistencia.

—Estoy bien —respondió él con voz ronca—. No paséis todavía.

Miró a su alrededor y encontró un cascote de hormigón que utilizó para doblar los clavos en la abertura.

—Ahora debería estar bien.

Con esfuerzo, Myrna también logró pasar, y luego Billy, que empujaba ante él los abrigos de todos.

—¿A qué huele? —preguntó Myrna mirando hacia arriba y olisqueando el aire.

Gamache también percibía un olor acre que le resultaba familiar, incluso reconfortante. Sólo que...

Olía a madera, a madera carbonizada.

Myrna y él se miraron, y luego se volvieron hacia Billy, que, por primera vez, parecía realmente alarmado.

Gamache notó que se le erizaban los pelos de la nuca: aquel sitio estaba ardiendo.

—Tenemos que movernos.

—Vamos, vamos —repetía Jean-Guy mirando fijamente la casa.

Estaba tan concentrado que apenas respiraba ni parpadeaba. No oyó cómo llegaban los vehículos.

Nada existía excepto aquella casa.

El tiempo de la cautela había pasado ya.

—¡Hola! —gritó Myrna—. ¿Dónde estás?

—¡Aquí, estoy aquí! —contestó alguien.

Era una voz ronca, desconocida.

Se volvieron hacia los gritos. Otra barrera de escombros los separaba de la fuente de aquella voz.

Los tres se pusieron a apartar cascotes y madera hasta abrir un hueco. Gamache se tumbó boca abajo y miró a través del agujero.

Y vio la larga y fina cola de un gorro, y luego una cara conocida.

—Es Benedict —les dijo a los demás.

—¡Gracias a Dios! —exclamó Myrna abrazando a Billy.

Benedict se apoyaba contra una puerta de cara a ellos. Tenía los ojos muy abiertos, como si no se atreviera a creer que aquello que había pedido y suplicado a gritos hubiera sucedido.

Se llevó las manos a la cara sin poder contener las lágrimas.

—Habéis venido... habéis venido...

Billy agrandó un poco más la abertura, y cuando Gamache se arrastró hasta el otro lado, Benedict lo recibió con un fuerte abrazo, sollozando.

Él lo estrechó entre sus brazos unos instantes y luego retrocedió para poder verle la cara y el cuerpo. Parecía ileso.

—Hay alguien más aquí, ¿dónde está? —preguntó.

—¿En serio? Yo no he visto a nadie... No puedo creer que hayáis venido...

—Hay otro coche en la entrada —dijo Myrna, que se había unido a ellos, al igual que Billy.

—Sí, lo vi, pero cuando entré y llamé nadie contestó.

Gamache se fijó en un pequeño círculo de brasas humeantes en el suelo.

Benedict había sobrevivido a la gélida noche quemando la madera que había encontrado.

De ahí venía el olor. Al fin y al cabo, la casa no estaba ardiendo.

Se volvió hacia Myrna para decírselo, pero justo en ese momento Billy lo cogió del brazo pidiendo silencio. Miraba hacia arriba con la cabeza ladeada, escuchaba.

—¿Son los rescatistas? —quiso saber Myrna.

—¿Los rescatistas? —repitió Benedict—. ¿No sois vosotros los...?

—Chist —siseó Billy, y todos se callaron.

Billy miraba fijamente el techo y, de pronto, Gamache vio que sus ojos se abrían de par en par al tiempo que se oía un aullido desgarrador...

La casa entera parecía chillar.

—¡No! —exclamó Jean-Guy.

Empezó a correr hacia la casa, pero unas manos lo sujetaron. Se retorció y sacudió luchando por liberarse.

Los miembros del equipo de rescate local de la Sûreté lo arrastraron hacia atrás mientras la casa de labranza desaparecía bajo una nube de nieve y polvo.

—Santo cielo... —susurró uno de los agentes.

• • •

Cuando la estructura empezó a venirse abajo, Benedict tiró de Gamache y lo arrastró hacia él.

—¡Meteos debajo de la puerta! —gritó.

Billy agarró a Myrna y consiguió plantarse allí de un salto justo antes de que se oyera un estruendo ensordecedor.

Cayeron de rodillas, con los ojos cerrados y aferrados unos a otros.

La violencia era abrumadora, y el ruido que siguió fue tan atronador que los dejó desorientados: se oían golpetazos, bramidos, arañazos, gritos del edificio entero y de todos ellos: la casa se les venía encima.

Los escombros caían sobre Gamache empujándolo, pero no había adónde ir. A ambos lados los cascotes se amontonaban cada vez más cerca, inmovilizándolos, atrapándolos.

Benedict tiró de él y se le puso encima. Podía oír sus sollozos mientras intentaba protegerlo de lo inevitable. Apenas podía respirar. Sólo había espacio para un pensamiento.

Para un sentimiento.

«Reine-Marie... Reine-Marie...»

Y entonces los horribles aullidos y alaridos se apagaron. Hubo más golpes y trastazos a medida que las vigas caían y se asentaban, pero aquel sonido desgarrador, el de la casa desplomándose sobre sí misma, había desaparecido.

Gamache abrió los ojos, pero tuvo que cerrarlos de nuevo: una gran nube de polvo y arenilla los rodeaba.

Levantó la cabeza, tosiendo.

Y miró a Benedict a la cara.

Tenía sangre en la frente, abriéndose paso entre el yeso y el polvo de hormigón, de modo que el apuesto joven parecía una estatua agrietada.

Pero sus ojos brillaban y parpadeaban.

—¿Myrna? —carraspeó Gamache apenas reconociendo su propia voz.

—¡Aquí! —La sintió moverse contra su espalda, pero no pudo darse la vuelta.

Estaban inmovilizados.

—¿Billy?

Gamache oyó una palabra que no entendió, pero reconoció la voz: todos habían sobrevivido.

Benedict cerró los ojos para protegerse del polvo, pero Gamache los mantenía bien abiertos y miraba fijamente: miraba más allá del chico, que todavía lo abrazaba, porque más allá de sus ojos llorosos y ardientes veía la jamba de la puerta que les había salvado la vida: la jamba con las marcas de décadas atrás que registraban la estatura de los pequeños que habían crecido en aquella casa.

Anthony y Caroline, más altos con cada nueva marca, y Hugo, que apenas crecía.

Y entonces miró más allá de las muescas en la madera, hacia una mano gris que surgía entre los escombros.

16

Amelia hizo un esfuerzo por despertar arrastrándose hacia la superficie, hacia la luz del sol. Le palpitaba la cabeza y se sentía confusa. Sus ojos se negaban a enfocar.

Miró a su alrededor parpadeando hasta que pudo comprender lo que veía...

Y lo que no veía.

No era su dormitorio. Desde luego no era la habitación pequeña y ordenada de la academia que había considerado su hogar durante los dos últimos años.

Pero tampoco era el antro de mala muerte de la pensión...

Sino otro antro de mala muerte.

Y entonces se acordó. Volvió a hundirse en las sábanas mugrientas, se le desencajó la cara y cerró los ojos.

—¿Qué he hecho?

—¿Qué has hecho, bombón?

Marc estaba sentado en el borde de la cama con unos calzoncillos sucios y medio caídos. Los ojos le brillaban en las cuencas hundidas como gemas relucientes en el fondo de un pozo profundo.

Ella y Marc se habían criado en el mismo pueblo, habían jugado en los mismos parques infantiles y en los patios del mismo colegio.

En las mismas calles.

Marc había llegado a Montreal antes que ella. Joven, alegre, lozano y vivo. Guapo y en forma. Entusiasmado por estar allí, se había forjado una vida. Era un gigoló, sin duda, pero era limpio y cuidadoso, y tenía un pequeño piso en propiedad.

Su sueño era encontrar alguna vieja reinona rica y sentar cabeza.

Amelia lo había seguido a Montreal. Él la había guiado hasta los mejores camellos, los que no cortaban su mierda con otra mierda peor. Cuando ella acabó cayendo hasta lo más bajo, la guió hasta las mejores esquinas, y la protegía. Era como un hermano mayor.

Él era siempre muy cauteloso: se tambaleaba al borde de la adicción, pero sin llegar a caer del todo. Se mantenía presentable para los buenos restaurantes, los clubes privados, los viajes internacionales que sabía que estaban en el siguiente coche, en la siguiente esquina.

Así que, cuando Gamache la echó de la academia, ella había acudido a la única persona que sabía que podía ayudarla a encontrar lo que necesitaba.

Se habían mirado fijamente a ambos lados del umbral del apartamento. Apenas se reconocían. El pelo de Marc no sólo estaba grasiento y sucio, sino que además se le estaba cayendo: su cuero cabelludo lleno de costras era visible aquí y allá. Tenía los labios agrietados y la piel manchada.

Cuando sonreía, Amelia veía huecos donde antes había habido dientes.

—¿Tan mal estoy? —preguntó él viendo la expresión en la cara de ella.

—No, no... ¿y yo?

Se vio reflejada en los ojos de Marc: una desconocida odiosamente impecable, con el pelo negro azabache brillante y el cutis terso.

Ya no eran hermanos, apenas pertenecían a la misma especie.

—¿A qué has venido? —preguntó Marc cerrando la puerta después de dejarla entrar.

—Necesito tu ayuda: me han echado de la academia.

—¿Por qué?

—Tenencia ilícita, quizá tráfico.

Él se había reído, aliviado.

—¿Quizá?

Amelia podía parecer de otra especie, pero al fin y al cabo compartían algo de ADN. Había vuelto a casa, con él; a las cloacas a las que pertenecía.

—¿Qué era? ¿Caballo? ¿Percocet?

—Fenta.

—Buena mercancía, sí, señor.

Ella se limitó a asentir.

—¿Llevas algo encima ahora mismo? —Marc tendió sus sucias manos hacia ella, que retrocedió y trastabilló con un montón de ropa que estaba tirada en el suelo, pero recobró el equilibrio rápidamente.

—Claro que no, me lo quitaron todo. Tengo que encontrar más, y sé que va a llegar una mercancía aún mejor. Todavía no circula en las calles, pero lo hará pronto. Es la que quiero conseguir. ¿Has oído hablar de esa droga?

—Sí, he oído rumores, pero no son más que putas mentiras: no existe. —Marc se quedó mirando a su inesperada invitada—. ¿Qué sabes tú, bombón?

—Sé que no es mentira. Algún poli dejó que se le escapara una remesa, se le escurrió de entre los dedos. Y es buena, Marc.

—¿En serio?

—Buena de verdad. Mucho mejor que el fenta. Quienquiera que la tenga hará una fortuna. Tendrá todo lo que siempre quiso, para siempre.

—¿Todo?

Ella asintió.

—¿Para siempre?

Amelia volvió a asentir.

—Se acabaron los antros de mala muerte —dijo—, se acabó el puterío, se acabó andar preguntándonos de dónde vendrá la siguiente dosis: los dos tendremos de todo, y mucho.

—¿Los dos?

—Necesito tu ayuda, Marc. He aprendido cosas en la academia, cosas útiles: tácticas para organizar, para saber cómo luchar. Los cárteles ya no están, ahora todos andan disputándose las zonas, ¿no es cierto?

Marc se limitó a asentir.

—Pues yo voy a tomar el mando.

—¿Tú?

Miró a la menuda joven y se echó a reír.

—No importa tanto el tamaño del perro... —empezó ella; sabía muy bien que era su frase favorita.

—...como sus ganas de pelear.

Él se la quedó mirando unos segundos, estudiándola.

—Y menuda perra estás hecha tú.

Amelia se echó a reír.

—¿Me ayudarás?

Él la miró con una mezcla de esperanza y suspicacia.

—Tú conoces a la gente indicada, Marc. Yo he estado fuera demasiado tiempo.

—No sólo estabas fuera: eras policía.

—No del todo —repuso Amelia—. Además, ¿desde cuándo un policía no puede también traficar con drogas?

No era exactamente una exageración.

—¿Me ayudarás?

Marc miró por la ventana y luego volvió a clavar la mirada en ella.

—Las calles no son como tú las recuerdas.

No necesitaba más pruebas que la que tenía delante: Marc ya no se parecía en absoluto al joven que había sido.

—Más te vale no meterte con lo que hay ahí fuera, Amelia.

Abrió los brazos para que ella viera un ejemplo claro de lo que pasaba cuando se llegaba a un punto de inflexión y se rebasaba.

—Vete a casa, bombón.

—Estoy en casa.

Marc la miró. Su mente cansada estaba dándole vueltas al asunto.

—¿Todo?

—Todo —respondió ella—. Lo único que tenemos que hacer es encontrar la mercancía.

Él asintió con firmeza, había tomado una decisión.

—¡Qué coño, no tengo nada que perder! Ése podría ser nuestro lema, ¿no crees?

Amelia soltó un gruñido.

—Sí, tal vez.

Gracias a Gamache, ella tampoco tenía nada que perder, y era totalmente consciente de que eso le daba cierta ventaja.

—Ven, daremos una vuelta —dijo Marc.

Su amigo no mentía: las calles del centro de Montreal habían cambiado. Nunca fueron seguras, ni limpias, ni divertidas, pero ahora estaban peor, mucho peor. Más oscuras, más sucias...

Más llenas de excrementos y vómitos.

Las caras con las que se cruzaban eran grises, pero había astucia y desconfianza en las miradas. Amelia era una extraña para ellos, incluso con Marc a su lado para responder por ella.

—No le digas a nadie dónde has estado —susurró él.

—No te jode... —repuso ella.

—Si alguien pregunta, diré que has estado en Vancouver, viviendo en la calle.

Se acercaron a un grupo de traficantes que la miraron fijamente.

Amelia todavía tenía algo de carne en los huesos, y las mejillas sonrosadas. Su ropa aún no tenía ninguna costra endurecida de vómito congelado, orina y semen.

—Si estaba en Vancouver, ¿por qué ha vuelto? —le preguntó un camello a Marc, como si no tuviera a Amelia delante.

—Estoy aquí, caraculo —replicó ella—, háblame a mí.

Era un palmo más baja que él y tenía que echar la cabeza hacia atrás para mirarlo a los ojos.

El camello dio un paso adelante y apretó la pelvis contra la suya, la empujó contra la pared de ladrillo del callejón y la inmovilizó.

Tendría veinticinco años como mucho, pero parecía una reliquia, un objeto desenterrado de un cementerio primitivo. Todos tenían ese aspecto: estaban en una fosa común en pleno Montreal, enterrados bajo unos cuantos microgramos de fentanilo.

Su aliento olía a huevos podridos, a azufre, al fuego del infierno.

—Sabes por qué estoy aquí —gruñó Amelia sin molestarse en apartarlo—, sabes lo que quiero, lo que no puedo conseguir en Vancouver.

Él la aplastó contra la pared.

—Has venido por esto, ¿verdad? —Seguía frotando su pelvis contra ella—. Me acuerdo de ti, la pequeñaja Amelia.

Pronunció su nombre despacio, arrastrándolo por el barro.

—Tienes algo que quiero... —Amelia le metió la mano en la entrepierna—, pero no es esto.

Apretó y notó algo blando, como si el tipo tuviera un guante en sus calzoncillos.

—Eso es, pequeñaja, aprieta más fuerte.

Su mano fue de la entrepierna a la garganta y la aferró como le había enseñado el instructor de artes marciales de la academia.

Y entonces apretó.

—¿Así? —preguntó.

Los ojos del camello se abrieron de par en par y ella aumentó la presión.

Los ojos del tipo parecían a punto de salirse de las órbitas, pero ella siguió apretando.

—Amelia —dijo Marc—. Para, vas a matarlo...

—No perderíamos nada —susurró ella, y apretó hasta que notó que la laringe empezaba a ceder—. Quiero la mercancía nueva. He venido hasta aquí con un objetivo y si no lo consigo me llevaré otra cosa... —Apretó más—... Aunque sólo sea por divertirme...

Vio terror en aquellos ojos.

Marc dio un paso atrás cuando el camello empezó a boquear.

—Perdona, ¿qué has dicho? —se burló ella, y rebuscó en los bolsillos del tipo con la mano libre mientras él empezaba a poner los ojos en blanco.

Encontró paquetes de pastillas y algunas papelinas.

Nada de lo que buscaba. Se lo guardó todo en el bolsillo.

Y entonces soltó al camello.

Él tosió y escupió, y en cuanto recuperó el aliento se le echó encima de nuevo. Amelia se hizo a un lado, lo empujó de cara a la pared y lo inmovilizó.

—No soy ninguna pequeñaja, gilipollas. Soy una jodida zorra —le siseó en la sucia oreja—. Pero ¿sabes qué más soy, patético pedazo de mierda?

Le giró la cabeza para que pudiera verla.

—Soy el Tuerto. Díselo a tu proveedor. Dile que tenga cuidado.

Le dio un último empujón, se dio la vuelta y echó a andar. Marc se apresuró a seguirla.

—¿Qué ha sido eso? —preguntó—. ¿Sabes lo que has hecho? Te van a matar.

—Puede que sí, puede que no. En realidad, no me importa. —Amelia le entregó la mayoría de los paquetes—. Coge uno para ti; el resto, véndelo.

—¿Y tú qué vas a hacer? —Marc resbalaba por la calle nevada tratando de seguirle el paso. Procuraba cerrarse las solapas porque su abrigo era demasiado fino para mantenerlo caliente en aquella gélida noche.

—Yo prefiero buscar algo mejor —contestó ella.

A la mañana siguiente se despertó en la habitación de Marc, en la cama de Marc. Él la miraba fijamente.

—Por Dios, Amelia, ¿qué coño hiciste anoche? Cuando te dejé estabas buscando la nueva mierda, ¿la encontraste?

Ella negó con la cabeza.

—¿Cómo llegué hasta aquí?

—Tuve que cargar contigo. Te encontré en un callejón, creí que estabas muerta, pero sólo habías caído redonda. ¿Qué tomaste?

Amelia se pasó la mano por la cara notando la arenilla seca del sueño, o de las lágrimas, en las mejillas.

—No lo sé.

Había estado colocada antes, muchas veces, pero nunca así. Sentía que le estallaba la cabeza y le costaba respirar.

Intentó reconstruir lo que había hecho la noche anterior, pero lo único que conseguía recordar eran pequeños flashes que se retorcían en su memoria y le revolvían el estómago.

Uno de esos flashes se repetía una y otra vez.

Era una niña pequeña, tendría seis o siete años, llevaba un gorro rojo de los Canadiens y unas manoplas de alce y extendía una mano sujetando una bolsita de droga.

Se balanceaba sobre los pies y miraba fijamente al frente.

Pero Amelia sabía que no era un recuerdo, sino una alucinación.

Una alucinación provocada por aquel camello gilipollas que la llamaba pequeñaja.

—Causaste mucho revuelo —comentó Marc metiéndose en la cama a su lado y tapándose con el edredón—. Todos quieren saber quién eres.

—¿Qué les has dicho?

Marc la rodeó con el brazo y la atrajo contra su huesudo pecho.

Y susurrándole en el pelo sucio, con la voz amortiguada, contestó:

—Les he dicho que eras el Tuerto, bombón.

17

Gamache se esforzaba por alcanzar la mano... y el cuerpo al que estaba unida.

—¡¿Qué pasa?! —preguntó Myrna.

Inmovilizada detrás de él, no podía ver qué hacía ni por qué, pero notaba sus movimientos frenéticos. Intentaba abrir los ojos, pero el polvo que aún flotaba en el aire se lo impedía. Billy, de cara a ella, también los tenía cerrados y la había cogido de las manos.

Pero Gamache mantenía los ojos abiertos y estaba concentrado en la mano con la esperanza de notar algún movimiento mientras intentaba llegar hasta ella alargando el brazo.

Se inclinaba todo lo posible, pero no conseguía alcanzarla.

—¿Qué haces? —preguntó Benedict—. ¿Qué está pasando?

—Hay alguien enterrado con nosotros: veo una mano.

Benedict empezó a toser y Gamache dejó de forcejear. Comprendió que estaba presionando demasiado contra Benedict, que hacía daño a los vivos para llegar hasta alguien que muy probablemente estaba muerto.

Oyeron gritos: alguien estaba excavando para sacarlos de allí.

Una vez más, Gamache se estiró hacia la mano, imitando sin darse cuenta *La creación de Adán* de Miguel Ángel: su dedo casi tocaba el otro...

Pero en esa pintura Miguel Ángel había representado el comienzo de la vida, y Gamache sabía que, en su caso, no necesariamente era así: también podía suponer la constatación de un final, de la muerte de alguien.

—¿Quién es? —preguntó Gamache.

Jean-Guy subió a la ambulancia y se sentó en el banco a su lado.

Gamache había insistido en que los médicos examinaran antes a los demás. Benedict tenía una herida en la cabeza, así que lo habían llevado al hospital BMP para hacerle un escáner; Myrna y Billy, por su parte, se negaron a que los llevaran a ningún sitio.

—Lo único que quiero es irme a casa, darme un baño y ver a mis amigos —dijo Myrna.

Jean-Guy notó que Gamache no dejaba de parpadear pese a que los sanitarios le habían enjuagado los ojos varias veces para quitarle la arenilla.

Tenía la cara manchada de suciedad y sudor, pero no parecía haber sangrado.

Jean-Guy apenas podía creer que todos hubieran sobrevivido, salvados por el robusto marco de una puerta.

—Y por Benedict —añadió Gamache tosiendo un poco y usando un pañuelo de papel para escupir el polvo que había tragado—. Él nos ha metido bajo esa puerta y luego se ha tumbado encima de mí para protegerme.

Aún podía oír los cascotes cayendo por todos lados y también sentir, aunque no ver, cómo Benedict usaba su propio cuerpo para protegerlo. Podía oír los sollozos del chico convirtiéndose en gemidos: estaba aterrorizado, sentía que iba a morir... y sin embargo había decidido que su último acto fuera salvar a un hombre al que prácticamente no conocía, incluso a costa de su propia vida.

Jean-Guy asentía con firmeza.

Había sido el primero en llegar hasta ellos. Se había liberado de las manos que lo sujetaban y había trepado por el montón de ruinas, resbalando y tropezando con la nieve y los escombros.

Y entonces los había oído: Billy, Myrna, Benedict llamaban pidiendo ayuda... pero la voz que estaba desesperado por oír permanecía en silencio. El pánico se había apoderado de él. Había empezado a cavar con las manos y a arrojar a un lado y otro cascotes que en condiciones normales habría sido incapaz de mover, destrozándose los guantes de cuero.

Hasta que dio con ellos.

Primero encontró a Billy, luego a Myrna y a Benedict... y finalmente, otro rostro se volvió hacia él entornando los ojos bajo la luz del sol.

Era Gamache, que dijo con voz ronca:

—Hay alguien más...

Jean-Guy los había ayudado a salir de entre los escombros mientras el equipo de rescate descubría un cadáver con ayuda de los perros y lo desenterraba.

El que había salido peor parado había sido Benedict: no sólo tenía el golpe en la cabeza, sino otras heridas fruto del derrumbe, y muy probablemente secuelas de la noche que había pasado bajo el frío glacial.

Myrna tenía algunas contusiones en las piernas, y Billy, un esguince de tobillo.

Gamache, por su parte, había salido prácticamente ileso.

A todos los habían protegido el recio marco de la puerta, las pesadas botas, los gruesos abrigos y los gorros... a él, también Benedict.

Gamache parpadeó de nuevo intentando enfocar a Jean-Guy, sentado a menos de un metro de él en la ambulancia.

Sentía como si alguien le hubiera untado los ojos con vaselina mezclada con piedrecitas: todo estaba opaco, la arenilla casi lo cegaba.

Como los demás, rechazó el ofrecimiento de ir al hospital; como los demás, declaró que sólo quería volver a casa, pero al contrario que ellos, que aceptaron que los llevaran a Three Pines, quiso quedarse: necesitaba saber quién era el otro.

—Encontraron esto en su ropa —dijo Jean-Guy tendiéndole una cartera.

Él la abrió y vio el carnet de conducir, pero fue incapaz de leerlo. Cerró los ojos para aclararse la vista, pero las palabras escritas y la foto seguían estando borrosas.

Se la devolvió a Jean-Guy.

—¿Puedes decirme de quién es?

Myrna se hundió en la bañera hasta que el agua caliente le llegó hasta la barbilla y la espuma me impidió ver más allá.

—Ay, Dios mío... —susurró cuando los escalofríos y el terror empezaron a remitir.

El aroma a lavanda, el bizcocho de chocolate negro y la enorme copa de vino tinto estaban logrando lo que el baño caliente por sí solo no podía.

Al otro lado de la puerta del baño sonaba el concierto para dos violines de Bach y, por debajo, ininteligible pero reconocible, la voz susurrante de Clara y otro sonido muy muy suave:

—*Caca, caca, caca.*

Cerró los ojos.

Billy Williams rara vez se bañaba y, desde luego, jamás había tomado un baño de burbujas.

No era que lo considerara poco masculino, simplemente nunca se le había pasado por la cabeza.

Pero madame Gamache lo había invitado a entrar, a lavarse y, por supuesto, a quedarse a comer. Billy estaba a punto de declinar el ofrecimiento, aunque tenía frío y hambre, pero cuando notó un aroma a rosas decidió seguirla cojeando por el pasillo hasta el dormitorio y el gran cuarto de baño anexo. La bañera estaba llena y rebosaba burbujas que olían como la rosaleda de su abuela.

Era demasiado tentador para rechazarlo.

—Te dejo —dijo ella—, voy a ver cómo está Myrna.

—Dile que... —empezó Billy, pero se detuvo y se lo pensó mejor—. Salúdala de mi parte.

—Claro que sí. Hay ropa limpia en la cama y estofado calentándose en el horno.

Esperó a oírla salir de la casa y entonces se metió en la bañera. Enseguida sintió cómo sus tensos músculos se relajaban.

Descubrió que había una mesa junto a la bañera y encima, una cerveza: su favorita, y un enorme trozo de tarta de limón y merengue: su favorita.

Cerró los ojos y dejó escapar un suspiro.

Amelia Choquet estaba en la ducha, aún se sentía débil y soñolienta.

Tenía ganas de darse un baño largo y caliente, pero el aseo de Marc estaba asqueroso, con un anillo de mugre alrededor de la bañera y manchas en el inodoro. Había pelo por todas partes, tanto largo y fibroso como corto y rizado, y los desagües estaban atascados. Quería pasar allí el menor tiempo posible.

Cerró los ojos y dejó que el agua caliente cayera sobre su cabeza aún palpitante. Encontró una pastilla de jabón barato y agrietado y se lavó el pelo y el cuerpo. Por unos instantes se sintió casi humana, imaginando que, cuando abriera los ojos, estaría en las limpias y luminosas duchas de la academia.

Se aferró a la fantasía todo lo que pudo, luego abrió los ojos y empezó a frotarse con fuerza, a restregarse.

Fue entonces cuando se dio cuenta de que tenía algo escrito en el antebrazo izquierdo: un tatuaje nuevo, entre todos los demás.

Lo miró más detenidamente. No, no era un tatuaje: se lo había hecho con rotulador.

«David.»

Sólo ese nombre: «David», y un número: «14.»

No era su letra, alguien lo había escrito.

Se restregó con más fuerza hasta dejarse el brazo casi en carne viva, pero el nombre no desaparecía:

«David, 14.»

18

Jean-Guy Beauvoir colgó el teléfono de la cocina y le preguntó a su suegro si podía utilizar el del estudio.

—Por supuesto.

Gamache lo vio alejarse y se volvió hacia los demás, Reine-Marie, Billy, Annie...

Y Benedict.

Él y Jean-Guy habían ido directamente al hospital y lo habían encontrado en la sala de observación, magullado, con la cabeza vendada y un hambre voraz.

—Es un tipo con suerte —dijo el médico—: no tiene fracturas ni hemorragias internas, ni siquiera una conmoción cerebral. ¿Es su hijo? —añadió mirando a Jean-Guy.

Él le clavó una mirada asesina al joven doctor.

—No, no es mi hijo —gruñó, y al ver que Gamache sonreía, añadió—: Es su nieto.

—Eso no es del todo exacto —repuso él, aunque tampoco lo negó decididamente.

El médico miró a aquellos dos hombres despeinados y sucios, y luego a Benedict, sucio y despeinado, y no vio la necesidad de discutir.

—Bueno, pues es todo suyo.

Y se habían llevado a Benedict a casa de Gamache.

Luego, una vez duchados y con ropa limpia, se habían unido a los demás para dar cuenta de un estofado de ternera y una tarta de manzana con nata: la clase de comida casera que rara vez fallaba en su cometido de reconfortar.

Ya era media tarde y estaban sentados en la cocina, al calor de la estufa de leña.

Todos habían preguntado por el cadáver encontrado en la casa de labranza: querían saber quién era, pero Jean-Guy les había respondido que no podía decírselo hasta que se notificase a la familia.

Por eso había hecho una llamada desde el estudio de Gamache.

Cuando regresó, unos minutos más tarde, ocupó una silla junto a Annie y dijo:

—El muerto es Anthony Baumgartner.

—¡¿Cómo?! —exclamó Benedict—. ¡Pero si lo vimos ayer mismo!

—¿Baumgartner? —preguntó Reine-Marie—. ¿Un pariente de la Baronesa?

—Su hijo —explicó Gamache.

—Pobre hombre —dijo Annie—. ¿Tenía familia?

—*Oui* —contestó Jean-Guy—. Ya se lo han comunicado a su ex mujer, y ella se lo dirá a sus hijos. Son adolescentes.

—¿Y qué hacía allí? —quiso saber Reine-Marie.

—Ésa es la cuestión —respondió Jean-Guy.

Aunque había otras cuestiones derivadas de la llamada que acababa de recibir y de la que había hecho después, desde el estudio de su suegro.

—¿Estás seguro de que no lo viste ni lo oíste cuando llegaste anoche a la casa de labranza? —le preguntó a Benedict, que negó con la cabeza—. ¿Y no viste a nadie más?

El joven volvió a negar con la cabeza, y Armand miró a su yerno con interés.

—Vi el coche —explicó Benedict—, pero sólo cuando Billy y yo arrancamos mi camioneta. Los faros lo iluminaron. Sabía que mi vehículo tardaría un rato en calentarse, así que entré en la casa para resguardarme del frío.

—Y yo te dejé allí —dijo Billy—, lo siento.

—No pasa nada, no es culpa tuya. Fui un estúpido, no debería haber entrado.

—¿La puerta estaba abierta? —preguntó Gamache.

—Sí.

Gamache se secó las lágrimas que brotaban de sus ojos irritados y arrojó el pañuelo de papel a la estufa de leña.

El médico lo había advertido de que no se frotara los ojos: la arenilla podía arañarle las córneas y causar daños permanentes.

Pero sus ojos pedían a gritos que se los frotara y era casi imposible contenerse.

Reine-Marie, al darse cuenta, le cogió una mano mientras él inmovilizaba la otra bajo uno de sus propios muslos.

—¿Os importa si os acompañamos?

Myrna y Clara acababan de entrar en la cocina.

—Me he enterado de que te habían dejado salir del hospital... —dijo Myrna, y abrazó a Benedict—. ¿Estás bien?

Billy se había levantado de un salto para ofrecerle su asiento, incluso impidió que Clara lo ocupara. Reine-Marie miró a Gamache con una sonrisa pícara.

—Sólo tengo un chichón —contestó Benedict.

—¡Un «chinchón»! —bromeó Clara—. ¡Serás «primate»!

Benedict la miró fijamente, más o menos como Gamache miraba a Billy cuando hablaba.

—Creo que no os conocéis —intervino Myrna—: ella es Clara Morrow, una vecina.

—Hola —repuso Benedict.

—¿No has visto *El nuevo caso del inspector Clouseau*? —preguntó Clara, y de nuevo se volvió hacia Myrna—. Ahí tienes otra película que tenemos que volver a ver.

—Buena idea.

—¿No te suena Clouseau? —le insistió Clara a Benedict, que seguía con la mirada fija y la cabeza un poco ladeada, como si eso pudiera ayudarlo a descifrar a aquella mujer desaliñada.

—«Mis manos son armas terribles...» —Clara hizo la mímica de un golpe de kárate intentando escenificar otro momento de la película, pero Benedict sólo pareció alarmado. Retrocedió un paso y se topó con Gamache.

—No pasa nada —dijo éste con una sonrisa—, sólo las usa para pintar.

—¿Pinta con los dedos? —preguntó Benedict—. Yo tenía una tía que también lo hacía. En terapia: no estaba muy bien de la cabeza...

—Ya que hablamos del tema, ¿está bien la tuya? —preguntó Myrna volviendo a la pregunta original.

—Me han hecho un escáner y por lo visto tengo la cabeza muy dura.

Lo dijo con tanta seriedad que todos se echaron a reír sin poder evitarlo. Benedict puso cara de confusión, pero luego sonrió satisfecho.

—Y un gran corazón —añadió Reine-Marie dándole palmaditas en la rodilla cubierta por la manta—: les has salvado la vida.

—Ellos han salvado la mía.

—Debía de hacer mucho frío en aquella casa sin calefacción —comentó Gamache.

—Sí, la verdad.

—Menos mal que pudiste encender aquel fuego para calentarte.

—Pero nos dio un susto de muerte —intervino Myrna—. Nos llegó el olor y creímos que el sitio estaba en llamas, como si el derrumbe no fuera suficientemente malo.

—¿Podéis decírnoslo ya? —intervino Clara aceptando la silla de Gamache, que se acercó otra—. ¿Sabemos el nombre de la persona que quedó sepultada?

—Acabo de decírselo a los demás —contestó Jean-Guy—: el muerto es Anthony Baumgartner.

Myrna puso cara de asombro.

—¿El hijo de la Baronesa? Si lo vimos ayer mismo por la tarde en su casa.

Benedict había dicho lo mismo. Gamache sabía que la mayoría de la gente reacciona así: es como si haber visto recientemente a alguien supusiera una protección contra una muerte inesperada.

Se volvió de nuevo hacia Benedict.

—Nos estabas contando que la puerta de la casa no estaba cerrada con llave. ¿No viste nada que te hiciera pensar que monsieur Baumgartner estaba allí?

—No, nada de nada. Había visto el coche, así que saludé en voz alta varias veces, pero nadie me respondió. Luego eché un vistazo por ahí, usando la linterna de mi iPhone. Sólo quería curiosear un poco mientras esperaba a que mi camioneta se calentara, pero entonces me puse a pensar en la posibilidad de intentar salvar aquella casa, me adentré para echar una ojeada más de cerca y entonces fue cuando...

Benedict se quedó en silencio.

Gamache y Jean-Guy, ambos con experiencia propia en traumas de ese tipo, reconocieron los síntomas.

—¿Cuando qué? —preguntó Gamache en voz baja.

Sus terapeutas le habían enseñado algo que intentaba transmitir a todos los agentes de la Sûreté: la necesidad de hablar de lo sucedido, de los daños físicos y emocionales.

Y eso era lo que intentaba con el joven Benedict, el de la cabeza dura y el gran corazón.

Henri, tumbado entre ambos, rodó hasta quedar panza arriba.

Sus enormes orejas cayeron al suelo con sendos golpeteos.

Benedict le acarició la barriga evitando mirar a nadie a los ojos.

—Oía los crujidos... —le contó a *Henri*, que lo escuchaba con atención—. Creí que era la escarcha penetrando en la madera: suele ocurrir en las casas viejas. Al principio no tuve miedo porque creía saber qué era, pero entonces, mientras estaba en la cocina, se oyó un ruido más fuerte, algo así como un tren que se acercaba, y todo empezó a temblar.

Hablaba cada vez más alto. Myrna se acercó para cogerle la mano. No quería interrumpirlo, sino sólo tranquilizarlo.

Benedict miró a Myrna y luego a Gamache, que vio claramente el terror en sus ojos.

—Eché a correr hacia la puerta... —continuó Benedict—, pero en ese momento cayó una viga delante de mí. Por suerte logré detenerme a tiempo, pero entonces...

Vaciló.

—Continúa —lo animó Gamache con delicadeza.

—Y entonces oí explosiones por todas partes. No sabía qué hacer, me quedé paralizado...

Miró a los demás con los ojos muy abiertos y se detuvo en Jean-Guy, que lo observaba sin lástima ni compasión. Parecía como si no lo comprendiera, pero lo comprendía perfectamente.

Su expresión era de confianza. Le aseguró que lo que había sentido y lo que sentía, su forma de reaccionar y lo que había hecho y dejado de hacer era totalmente normal y natural.

Quedarse paralizado, llorar, gritar...

Él mismo, aunque estaba entrenado para esas situaciones, habría actuado de igual manera.

—Yo también me quedé paralizada cuando el sitio empezó a derrumbarse —dijo Myrna—. Fue...

—Y estaba solo.

Myrna se quedó callada en mitad de la frase.

—Estaba solo —susurró Benedict.

Ahí estaba la diferencia, el abismo entre el horror que habían vivido ellos y el de Benedict: Myrna, Billy y el propio Gamache también se habían enfrentado a la muerte, pero estaban juntos.

Él había estado solo.

El labio inferior de Benedict empezó a temblar, y frunció la barbilla en un esfuerzo por contener el llanto.

—Tenía tanto miedo... —susurró—. Cuando por fin pude moverme, vi el marco de la puerta y recé para que estuviera bajo una viga maestra. Di un salto hacia el umbral, me agaché y esperé. Entonces, todo se derrumbó a mi alrededor... —Mientras hablaba, encogía cada vez más los hombros—. Luego el estruendo cesó, pero yo había quedado atrapado. Grité, pero nadie respondió. Se hizo de noche y cada vez hacía más frío. Se me había caído el iPhone, así que no podía llamar ni enviar mensajes. Estaba a oscuras...

Se rodeaba con los brazos y miraba fijamente el fuego.

—Pero tenías cerillas —intervino Gamache.

Benedict asintió.

—Me había olvidado de ellas. Hice un montoncito de leña. Era tan vieja y estaba tan seca que ardió con facilidad. De vez en cuando la casa se estremecía, pero intenté tranquilizarme y, una vez que encendí el fuego, me sentí mejor. Hablaba conmigo mismo, diciéndome que lo estaba haciendo bien, que no me pasaría nada malo, que era listo y había tenido mucha suerte, que alguien iría a buscarme... —Miró a Billy, a Myrna y a Gamache—. Y así fue.

—¿En ningún momento oíste otros ruidos? —preguntó Jean-Guy—. ¿La voz de alguien?

—No hasta que llegasteis vosotros.

Todos asintieron, pensativos, imaginándose la escena, recordando.

Y, en un caso al menos, cuestionándose.

—¿Qué hacías allí? —le preguntó Gamache.

—Recoger mi camioneta —repitió él.

—Ya, pero prometiste que no la conducirías sin neumáticos de nieve. Me diste tu palabra, así que... ¿por qué fuiste?

Benedict apartó la mirada.

—Lo siento —repuso lanzando un suspiro—. Ahora parece una estupidez, pero después de un par de cervezas me pareció una buena idea. Es patético, lo sé, pero sólo hay dos cosas que me importan de verdad en la vida: mi novia y mi camioneta. La echaba de menos y me tenía preocupado, así que, cuando Billy se ofreció a llevarme, acepté.

Levantó la vista hacia Gamache.

—Iba a llamarte por la mañana para decirte dónde estaba. Lo siento, de veras lo siento...

Era exactamente el tipo de conducta imprudente que un policía y padre de un hijo sabía reconocer. Gamache asintió, pero siguió con la mirada clavada en Benedict. No le costaba creer que aquel joven pudiera cometer errores y equivocarse en según qué cosas, como atestiguaban el corte de pelo, el jersey o la tarjeta de visita, ni que pudiera ser tan imprudente como para intentar circular sin neumáticos de nieve en medio de un brutal invierno quebequés.

Pero sí que Benedict rompiera sus promesas, y especialmente una que se había tomado muy en serio, como él bien sabía.

Y, sin embargo, lo había hecho.

Y eso, pensó, significaba que se había equivocado con aquel joven.

En esa cuestión en concreto... ¿y en otras?

El sol se estaba poniendo y Annie se levantó para encender algunas luces.

—¿A alguien más le apetece una copa? —preguntó.

—Sí, por favor —respondió Myrna levantándose también.

—Yo os ayudo —dijo Clara.

—¿Podemos hablar un momento en tu estudio? —le preguntó Jean-Guy a Gamache.

Una vez allí, cerró la puerta.

—Hay algo más, jefe, algo que aún no puedo decirles a los demás: la forense no cree que Anthony Baumgartner muriera en el derrumbe de la casa.

—¿Cómo murió entonces?

—Tenía el cráneo aplastado, y polvo de hormigón y yeso en la herida, pero sólo por encima.

—¿Alguna hemorragia interna?

—No.

—¿Y los pulmones?

—Despejados.

Gamache asintió y le indicó a Jean-Guy que se sentara en una de las sillas.

—Estaba muerto antes de que la casa se derrumbara —dijo consciente de lo que eso implicaba—. ¿Podría haberse tratado de un ataque al corazón o un derrame cerebral?

—La doctora Harris ha considerado ambas cosas y no lo cree así —respondió Jean-Guy—. En su opinión, la causa de la muerte fue la herida en la cabeza, pero ocurrió antes de que la casa se viniera abajo.

—Ésa es la llamada que has hecho desde el estudio.

—*Oui*. Lo he clasificado como homicidio y he asignado al inspector Dufresne al caso. Yo dirigiré la investigación.

—Bien —dijo Gamache.

—¿Qué puedes decirme de tu reunión de ayer con Baumgartner?

Gamache reflexionó: ya le había contado algo a Jean-Guy, y también le había hablado del testamento, pero no con detalle. Para él había sido una reunión un tanto peculiar, nada más; en ningún momento le pareció que ninguno de los presentes pudiera acabar asesinado.

Pero ahora tenía que reconsiderar la situación.

Le describió la casa y la reunión, le habló de los hijos y de sus reacciones ante el testamento.

—¿De modo que Anthony Baumgartner cuestionó por qué erais vosotros los albaceas? —preguntó Jean-Guy.

—Sí: estaba convencido de que esa tarea recaería en él y en sus hermanos. Es lo que su madre les había hecho creer.

—Algo debió de pasar entonces: algo tuvo que cambiar para que ella les quitara esa potestad.

—Y aun así, se lo dejó todo a ellos —puntualizó Gamache—. De haber habido un desencuentro, lo lógico habría sido que no sólo los eliminara como testamentarios, sino que los dejara sin herencia.

Jean-Guy asentía. Estaba pensando.

—¿Hubo algo más que te pareciera extraño, *patron*?

En aquel momento no, pero ¿en retrospectiva?

Se daba cuenta de hasta qué punto era fácil, y tentador, sobredimensionar las cosas.

Miradas, entonaciones, arranques de genio... Entonces eran meros invitados y no tenían la menor idea de que podían acabar siendo testigos.

Intentó ser preciso: ¿se había dicho o hecho algo que pudiera haber conducido, apenas unas horas después, a la muerte de Anthony Baumgartner?

Era la cuestión que siempre se planteaba al arrodillarse junto a un cadáver: «¿Por qué ha muerto esta persona?»

Se preguntó: «¿Por qué está muerto Anthony Baumgartner? ¿Qué ocurrió?»

—Parece demasiada coincidencia que se lea el testamento y pocas horas después uno de los herederos muera asesinado... —admitió—, pero te aseguro que no recuerdo que pasara nada en aquella reunión que pudiera conducir hacia allí. Sin embargo, cuando nos fuimos, Hugo y el notario se quedaron allí con Anthony. Puede que sucediera algo después de que me fuera.

—¿Qué opinas del testamento, jefe?

—Para nosotros resultó inesperado e incluso absurdo, pero debo decir que sus hijos, Anthony incluido, no parecían en absoluto sorprendidos. Creo que se habrían sorprendido más si no les hubiera dejado todo ese dinero y esas propiedades.

—Bueno —concluyó Jean-Guy levantándose—. Pues averiguaremos cuanto podamos sobre los Baumgartner.

—Incluida la Baronesa —dijo Gamache—. No puedo evitar pensar que, si ella siguiera viva, su hijo también lo estaría.

Se levantó y fue hacia la puerta, pero el teléfono sonó y él regresó a su escritorio.

—*Oui, allô.*

Le hizo señas a Jean-Guy de que se sentara, pero éste permaneció de pie y notó cómo cambiaba su expresión.

—No, has hecho lo correcto. ¿Sigue ahí dentro? —Se quedó escuchando y volvió a sentarse despacio—. Cuéntame otra vez qué ha pasado... Ya, ya veo... ¿Y estás seguro de que ella ha dicho eso?

Hubo una pausa durante la cual Jean-Guy pudo ver cómo los labios de Gamache se volvían más finos y palidecían.

—Seguid en ello... No, no hagáis nada... Claro que sé que es ilegal —gruñó, y luego se contuvo y respiró hondo. Cuando volvió a hablar, su tono era comedido—. Usad la cabeza, pero tenéis que entender que estáis ahí simplemente como observadores: no debéis interferir.

Cuando colgó, Jean-Guy se lo quedó mirando.

—¿Se trata de la cadete Choquet?

Gamache le había contado lo ocurrido el día anterior en la academia y sabía que había pedido que siguieran a Amelia Choquet.

—La ex cadete —corrigió Gamache, pero enseguida asintió—: *Oui.*

—¿Está en la calle?

—*Oui.*

El superintendente jefe parecía reacio a hablar, no porque no quisiera que Jean-Guy se enterara de lo que estaba pasando, sino porque él mismo tenía muchas dudas.

—Su amigo la encontró desmayada en un callejón y se la llevó a su casa.

—*Merde* —soltó Jean-Guy negando con la cabeza—. Qué chica tan estúpida... —Luego miró con mayor atención a Gamache—. Pero, en realidad, no debería sorprenderte, *patron.*

Se detuvo justo antes de añadir: «Ya te lo decía yo.»

Le había dicho desde el principio que admitir a aquella joven en la academia había sido un error.

Ésa era la única gran línea divisoria entre ambos: el punto débil del jefe, su mayor debilidad.

Creía que la gente podía cambiar, y no sólo para peor, sino también para mejor.

Él, por su parte, sabía por experiencia que no era así, que la gente simplemente aprendía a ocultar mejor sus peores pensamientos y a parecer civilizada pero, detrás de las sonrisas y la cortesía, la podredumbre seguía creciendo, y llegado el momento, cuando se daban las condiciones adecuadas, esos terribles pensamientos se convertían en actos.

—¿Qué vas a hacer? —le preguntó a Gamache y, al ver que no respondía, reflexionó un momento y de pronto entendió—. Claro: no estás haciendo que la sigan para protegerla, sino para ver si encuentra los opioides.

—*Oui.*

Al fin y al cabo, el jefe no era tan blando como parecía, pensó Jean-Guy sorprendido, pero intentando que no se le notara.

—La policía de Montreal ha asignado a dos agentes encubiertos para que la vigilen y me informen —dijo Gamache.

—¿Estás dispuesto a sacrificarla?

—Me sacrificaría yo si pudiera —repuso—, pero ella es la única que puede llevarnos hasta el cargamento.

Beauvoir trató de mantener una expresión serena; sin embargo se dio cuenta de que, en ese momento, era incapaz de ocultar sus sentimientos.

El superintendente jefe Gamache se había puesto en peligro muchas veces y había pedido grandes sacrificios a los suyos.

Pero siempre con conocimiento previo y con su consentimiento: ellos sabían lo que les esperaba.

Esto era distinto, muy distinto: estaba utilizando a una joven cadete con problemas sin que ella supiera nada. Estaba poniéndola en peligro... sin su consentimiento.

Y eso le revelaba dos cosas:

Que el jefe estaba desesperado por evitar que aquellas drogas llegaran a las calles.

Y que estaba dispuesto a llegar muy lejos para lograrlo.

Y aún podía captar algo más: el coste que aquella decisión tenía para aquel hombre decente.

Y se preguntó si él mismo sería capaz de hacer algo tan horrible.

—¿David? —preguntó el yonqui—. No conozco a ningún David.

Amelia seguía buscando, pero ni siquiera sabía si el tal David era francés o inglés. ¿Cómo había que pronunciar su nombre?

Parecía un detalle nimio, pero en ese mundo los detalles nimios tenían mucha importancia, como el pequeño agujero que hacía una aguja en la piel.

Sí, ése era un universo de pequeños detalles, de puntitos... y de grandes cabrones.

Estaba segura de que David le había escrito en la piel, la había marcado porque estaba haciendo preguntas sobre la nueva mercancía. Era una advertencia de que podía acercarse a ella cuanto quisiera.

Pero no iba a dejarse intimidar.

De hecho, el tal David había conseguido justo lo contrario: había cometido un error dejándose ver, y ahora ella podía concentrarse en su busca.

En encontrar a David, en encontrar la droga, y entonces sus preocupaciones habrían terminado.

Entonces le demostraría a Gamache hasta dónde era capaz de llegar.

Llevaba zapatillas deportivas y tenía los pies empapados y cubiertos de nieve sucia. ¿Por qué no se había llevado las botas al abandonar la academia? Sólo había cogido sus libros.

No había vuelto a la pensión desde el día anterior, pero esa noche tenía que dormir allí: Marc necesitaba su habitación, por negocios.

Y ella tenía sus propios asuntos.

—Estoy buscando a David —le dijo a una prostituta.

—A menos que busques un coño no puedo ayudarte, jovencito.

Ella se sintió indignada, pero entonces se dio cuenta de que, con el abrigo, el gorro y los vaqueros parecía un chico.

Recorrió la calle Santa Catalina, que llevaba el nombre de la santa patrona de los menesterosos y los enfermos, y al asomarse a las oscuras callejuelas vio a la escoria de la sociedad: los contagiados y los adictos, las fulanas, los agonizantes y los moribundos.

Todos eran unos críos, la mayoría más jóvenes que ella. ¿Qué había pasado en los dos años que llevaba fuera?

Sabía la respuesta: habían llegado los opioides, había aparecido el fentanilo. Y lo peor estaba por venir.

En un callejón oscuro le pareció ver a un niño con un gorro de color rojo vivo, pero estaba segura de que debía ser una alucinación, un eco de las drogas que había tomado la noche anterior...

Gamache apagó todas las luces de la casa, pero no se acostó, pese a que después de aquel horrible día estaba deseando meterse bajo el cálido edredón, abrazar a Reine-Marie y acurrucarse contra su cuerpo.

En lugar de eso, se instaló en un sillón de la sala de estar con una almohada y un par de mantas.

Al fondo del pasillo a oscuras estaban las habitaciones donde Billy Williams y Benedict Pouliot dormían plácidamente, o al menos eso esperaba.

Pero tenía que estar ahí por si alguno despertaba entre pesadillas.

Clara apagó las luces de la buhardilla de la librería. Se había asegurado de que Myrna durmiera profundamente y estaba a punto de marcharse cuando se detuvo en lo alto de la escalera y miró hacia atrás.

Recordó las veces en las que Myrna se había quedado con ella después de lo de Peter.

Su amiga siempre estaba allí cuando empezaban las pesadillas.

Así que puso agua a hervir y se preparó una taza de Red Rose.

Y se acomodó en el gran sillón, junto a la chimenea.

Gamache se incorporó sobresaltado: lo había despertado un ruido, pero cuando aguzó el oído la casa estaba en silencio.

Y entonces volvió a oírlo: era un grito.

Apartó la manta y se encaminó a toda prisa hacia el pasillo.

—¿Benedict? —susurró llamando a la puerta del joven. Se quedó escuchando y un instante después volvió a oírlo, aunque ahora parecía más bien un gemido.

Entró y, acercando una silla a la cama, buscó la mano de Benedict y se la apretó. Luego le repitió una y otra vez en voz baja que estaba a salvo, y cuando eso no funcionó, empezó a cantar suavemente la primera canción que le vino a la cabeza:

—«Edelweiss, Edelweiss...»

Hasta que el chico dejó de llorar, su respiración se volvió acompasada y se durmió.

En la habitación contigua, Billy Williams yacía despierto mirando al techo. En la oscuridad, le parecía que estaba desmoronándose, precipitándose hacia él. Se agarró a los lados de la cama y se repitió a sí mismo que aquello no era verdad.

«Estoy a salvo... estoy a salvo...», pensó.

Pero apenas podía respirar por los escombros que le aplastaban el pecho, y el techo seguía desplomándose.

Oyó un grito y notó un subidón de adrenalina: era el mismo grito que había oído en la casa derrumbada, un grito inhumano.

Y entonces oyó susurros, murmullos, y luego algo más, ininteligible pero familiar.

Sus dedos se aflojaron, sus párpados se cerraron y se durmió al son de la suave canción que alguien estaba entonando.

Amelia aporreó la puerta de la habitación de la casera y ésta abrió lo justo para asomar sus ojos de hurón.

—¿Qué coño quieres? —le espetó.

Su albornoz manchado estaba abierto y revelaba más de lo que ella deseaba ver.

—Quiero mi habitación: hay un tipo allí.

—Sí, un tipo que paga. —El tono de la casera pasó del enfado a la satisfacción—. Tenías esa habitación a cambio de limpiar, pero no lo hiciste, ¿verdad? Le diste una patada al cubo y yo misma tuve que recogerlo y secar el pasillo.

Era mentira: ella misma había encontrado el cubo volcado y la fregona tirada en el pasillo, ante su habitación.

Los ojillos de hurón la miraban a través del resquicio de la puerta.

—Lárgate o llamo a la policía —le soltó la vieja. Hizo ademán de cerrar la puerta, pero ella se lo impidió.

—Dame mis cosas, vieja asquerosa.

—No las tengo.

—¿Dónde están?

La vieja hizo una pausa y luego sonrió.

—¿Notas ese calorcillo? Son tus cosas.

Amelia aflojó la presión que ejercía sobre la puerta cuando comprendió el significado de esas palabras...

Entonces la puerta se cerró de golpe y se oyó el cerrojo.

—¡Eres una maldita zorra! —gritó, y arremetió contra la puerta una y otra vez hasta que se le quebró la voz y el hombro le quedó tan magullado que tuvo que parar.

Se deslizó hasta caer al suelo, exhausta.

Notó la moqueta sucia debajo: olía a tabaco rancio, a mierda, a sudor y a orina, y sintió el calor.

Dejó caer la cabeza entre las manos y se echó a llorar por su vida hecha añicos y sus libros en llamas.

Y entonces, cuando el calor se volvió demasiado doloroso, se levantó y volvió a salir a las calles heladas.

En busca de una droga nueva, una droga tan poderosa que la llevaría lejos, muy lejos de allí, para siempre.

Reine-Marie encontró a su marido cabeceando junto al fuego.

Al verla, él se despejó un poco y le habló de Benedict.

—Tengo que quedarme aquí.

—*Oui* —susurró ella.

Y, tras acomodar la almohada y las mantas, acercó una silla y se sentó a su lado, le cogió la mano y le habló en voz baja de Honoré, de sus nietas en París, de *Gracie* y de *Henri*.

Hasta que él se sumió en un sueño profundo y tranquilo.

19

El sol entraba a raudales por las ventanas con parteluces del *bistrot* e iba a proyectarse en el suelo de tablas anchas, en las cómodas butacas, en las mesas de pino y en los clientes.

Pero no llegaba hasta el rincón del fondo, junto a la gran chimenea, donde Myrna, Benedict y Gamache estaban sentados con Mercier.

Gamache había llamado al notario y le había pedido que se reuniera allí con ellos y que llevara algunos documentos.

El notario escuchaba con el rostro cada vez más desencajado a medida que Myrna y Benedict le explicaban lo que había sucedido el día anterior.

—¿La casa en la que yo acababa de estar se derrumbó? —preguntó cuando terminaron.

—Sí, todos estamos bien, gracias —ironizó Myrna respondiendo a una pregunta que el notario no había formulado—. Tenemos algunas contusiones, pero el baño de anoche ayudó.

Mercier la miró perplejo.

Estaban sentados en sillones orejeros con el desayuno y el café con leche delante. A su lado rugía el fuego de la chimenea, alimentado por grandes troncos de arce.

—Encontraron un cadáver entre los escombros —dijo Gamache—, era Anthony Baumgartner.

Los ojos del notario se abrieron de par en par.

—¿El señor Baumgartner... está muerto?

—*Oui.*

—Pero si acabábamos de estar con él...

—Debió de ir a la casa de labranza después de la reunión —dijo Myrna.

—Pero ¿por qué? —preguntó Mercier.

—No lo sabemos.

Gamache había decidido no decirles aún que Jean-Guy pensaba que podía haberse tratado de un asesinato: cuanta menos gente lo supiera y más tiempo pudiera mantenerse en secreto, menos cautelosos se mostrarían quienes supieran algo.

Pero no tardaría en salir a la luz.

—¿No le comentó monsieur Baumgartner que pensaba ir a la casa de labranza? —preguntó Gamache.

Mercier negó con la cabeza.

—No, simplemente charlamos mientras yo ordenaba los papeles. No me quedé mucho tiempo y todo me pareció muy normal.

Tanto Myrna como Gamache sabían que Mercier podía no ser el más indicado para juzgar lo normal y lo extraño, pero incluso él se habría dado cuenta si los hermanos se hubieran peleado.

—¿Sabe por qué los sustituimos como albaceas en el testamento de su madre? —preguntó Gamache.

—Ni idea —contestó Mercier—, y en realidad no sabemos si alguna vez fueron los albaceas. Creían serlo, pero quién sabe.

—Su padre lo habría sabido, ¿no? —intervino Myrna—. Y debe de haber un testamento más antiguo por ahí.

—Si lo hay, no tengo constancia.

—¿Ha traído los papeles? —preguntó Gamache.

Le había pedido al notario que revisara los archivos de su padre y llevara todo lo relacionado con los Baumgartner. Estaba claro que había encontrado varios documentos, porque acababa de colocar un ordenado montón de papeles sobre la mesa.

—Su padre no era el notario de Anthony Baumgartner, ¿verdad? —preguntó Gamache poniéndose las gafas de lectura.

—No, sólo de su madre.

—¿Ha leído todo eso? —volvió a preguntar Gamache señalando el montón. Esa mañana, al despertar, había comprobado que el cuerpo le dolía menos y tenía los ojos menos irritados, pero seguía sin ver nítidamente, y le costaba leer, así que parpadeó un par de veces y entornó un poco los ojos intentando que se disipara la bruma.

—No —respondió Mercier—. No hacía falta: he encontrado lo que buscábamos.

—¿Un testamento anterior? —preguntó Myrna.

—Un testamento muy antiguo que no pertenecía a madame Baumgartner —repuso el notario—, pero que puede aclarar por qué se hacía llamar baronesa.

Myrna se volvió en la silla para mirar de frente al notario, Gamache se quitó las gafas de lectura y Benedict, tras darle un enorme mordisco a un *brioche* tostado con mantequilla, se inclinó hacia adelante.

Mercier hizo una pausa, disfrutando del momento.

—¡Por el amor de Dios, suéltelo ya! —exclamó Myrna.

El momento pasó por fin.

—Bien. Tras nuestra reunión de ayer con la familia, y ante las disposiciones extraordinarias del testamento, decidí hacer una búsqueda de últimas voluntades bajo el apellido Kinderoth. Me llevó un buen rato, pero al final di con esto.

Cogió el documento que estaba encima del montón y se lo entregó a Myrna.

Era una copia de un documento antiguo escrito a mano y con sellos de aspecto oficial.

—Está en alemán —dijo ella.

—Sí. Por suerte conozco un poco el idioma —contestó Mercier— y, por lo que he podido leer, parece un caso de impugnación del testamento de un tal Shlomo, barón de Kinderoth.

Myrna abrió los ojos de par en par; se volvió para mirar a Gamache y le entregó el documento.

Él se volvió a poner las gafas de lectura y lo examinó tratando de enfocar. Luego se lo pasó a Benedict.

—¿En la parte superior figura el año de 1885?

—Así es. —Mercier cogió el papel de manos de Benedict y lo levantó—. Esto es una copia del documento original presentado en un tribunal de Viena en 1885. Parece que Shlomo Kinderoth se lo dejó todo a sus dos hijos...

—Sí —dijo Myrna.

—...a ambos.

—*Oui* —repuso Gamache.

—No me estoy explicando bien —dijo Mercier, y nadie lo contradijo—. Se lo dejó todo a sus hijos gemelos: ambos heredaron el título, así como su patrimonio, que según el expediente era enorme: fincas en Suiza, casas en Viena y París...

—Espere —dijo Myrna levantando la mano—, ¿está diciendo que les dejó lo mismo a los dos?

—Exactamente.

—Pero ¿se puede...?

—No se puede: ésa es la cuestión —zanjó Mercier disfrutando de lo lindo—. Así empezó todo esto. Supongo que no se llevaban bien, así que se demandaron mutuamente.

—¿Y? —quiso saber Benedict.

—Y nada, nunca se resolvió.

—¿Y eso qué significa? —preguntó Benedict.

—No estará diciendo que el testamento sigue impugnado —intervino Myrna—. ¡Hace ciento veinte años de ese asunto!

—Ciento treinta y dos —corrigió Mercier—. Y no, claro que no estoy diciendo eso; los austríacos son casi tan eficientes como los alemanes. No, esto debe de haberse decidido hace mucho tiempo, sólo que todavía no he encontrado la sentencia.

—Aun así, podemos suponer que el juez no falló a favor de la parte de la familia a la que pertenecía madame Baumgartner —dijo Gamache.

—Entonces, ¿por qué se creía con derecho? —preguntó Myrna, pero vio la cara de Gamache y se dio cuenta de que era una pregunta tonta.

Bertha Baumgartner se aferraba a ese derecho porque le convenía.

La Baronesa vivía en un mundo de fantasía y esa bifurcación en el camino trabajaba en su favor: era heredera y víctima a la vez, mujer de la limpieza y baronesa; era un melodrama victoriano andante.

¿Cuántos pacientes no había tenido Myrna que se quejaban de la «humillación» que habían sufrido? Pacientes cuyos agravios eran tan tremendos que les nublaban la razón. Estaban dispuestos a renunciar a la cordura antes que olvidar esas injusticias.

En algunos casos el rencor ya duraba años: era una espina firmemente clavada, y aunque ella los había escuchado y guiado, y les había aconsejado cómo tratar de superarlo, seguían aferrados al encono. Estaba claro que no pretendían liberarse de su resentimiento, sino validarlo a cualquier precio.

Ella sabía que creerse con derecho a algo era terrible: encadenaba a la gente a su propio victimismo y succionaba todo el aire a su alrededor, hasta que la persona en cuestión acababa viviendo en un vacío donde nada bueno podía florecer.

Y también sabía que esas emociones se agravaban con el tiempo y que incluso podían transmitirse a las siguientes generaciones.

Aquel doloroso agravio se convertía en leyenda familiar, y lo perdido se transformaba en la posesión más preciada.

Y, por supuesto, si habían perdido algo era porque algún otro lo había ganado, y de ese modo tenían un foco para su ira: la cuestión se convertía en una lucha por tener lo que habían perdido, por ser lo que ya no podían ser.

Miró a Gamache, que había recuperado el documento de Mercier y había escrito algo en él.

—Así que la Baronesa creía que habían esquilmado a su parte de la familia —declaró Benedict.

Myrna apretó los labios: con todas sus clases de psicología, su doctorado, sus años de estudio y trabajo, y venía ese joven y lo expresaba más sucintamente que ella.

Bertha creía que a su familia la habían esquilmado... durante generaciones.

—¿Qué opinas, Armand? —preguntó Myrna.

Gamache se acordó del oscuro poema de Ruth: «... los pecados que, según ellos, arrastro desde la cuna, / y... una antigua culpa heredada.»

—Opino que Anthony Baumgartner debió de ir a la casa de labranza por alguna razón —dijo.

—Quizá echaba de menos a su madre —sugirió Benedict.

«Tal vez», pensó Gamache.

Al fin y al cabo, había algo muy valioso en la casa: lo único de lo que uno no podía desprenderse.

El lugar estaba lleno de recuerdos.

Volvió a ver las marcas del crecimiento de los niños en el marco de la puerta, y la fotografía en casa de Anthony, con los tres hermanos en aquel jardín lleno de flores hermosas y traicioneras.

Sabía que los recuerdos no sólo eran valiosos, sino también poderosos; que estaban cargados de emociones a la vez hermosas y traicioneras.

¿Qué recuerdos escondería aquella vieja casa podrida?

Volvió a estudiar la copia del documento. Estaba escrita en alemán, de modo que no entendía gran cosa, y en cualquier caso apenas podía leer.

¿El origen de todo era un testamento absurdo redactado ciento treinta años atrás y otro igual de absurdo leído hacía dos días?

—¿Dónde estaba madame Baumgartner cuando murió?

—En una residencia de ancianos: la Maison Saint-Rémy —respondió el notario—. ¿Por qué?

—¿Cuál fue la causa de la muerte? —quiso saber Gamache.

—Un paro cardíaco —respondió Mercier—. Consta en su expediente, en el certificado de defunción. ¿Por qué? —volvió a preguntar.

—Pero ¿no hubo autopsia?

—Por supuesto que no: era una anciana, murió por causas naturales.

—¿Armand? —preguntó Myrna, pero él se limitó a dedicarle una rápida sonrisa.

—¿Le importa que me lleve esto? —Gamache cogió la copia impresa.

—Sí, me importa —contestó Mercier—: lo necesito para mis archivos.

—*Désolé*, pero no debería haberlo formulado como una pregunta —repuso Gamache doblando el papel para metérselo en el bolsillo de la pechera—. Seguro que puede imprimir otra copia.

Se levantó y se volvió hacia Myrna.

—¿Está abierta tu librería?

—No está cerrada con llave —repuso ella—, así que podrás entrar sin problemas. Sírvete tú mismo.

Gamache pasó los siguientes minutos revisando los estantes de la librería de ejemplares nuevos y de segunda mano de Myrna hasta que encontró lo que quería. Dejó dinero junto a la caja y se guardó el libro en el bolsillo del abrigo.

Cuando regresó al *bistrot*, vio a Billy Williams dirigiéndose a su camioneta.

—No debería conducir con lo mal que tiene el tobillo —dijo Myrna yendo hacia la puerta.

Lo llamó y, bajo la mirada curiosa de Gamache, Billy se volvió, vio a Myrna y sonrió.

—Es un hombre muy agradable —comentó—, un buen tipo.

—Viene bien tenerlo cerca, eso seguro —repuso ella.

Billy volvió al *bistrot* y, aunque Gamache no supo descifrar una sola palabra de lo que dijo, sí comprendió lo que expresaba su rostro.

Y se preguntó si Myrna veía lo mismo que él.

20

Jean-Guy y Gamache contemplaban el cadáver de Anthony Baumgartner mientras la forense repasaba los resultados de la autopsia.

A diferencia de Gamache, Jean-Guy no había visto a Anthony Baumgartner en vida, y aun así era capaz de apreciar que había sido un hombre apuesto y distinguido. Incluso en ese momento transmitía cierto aire de autoridad, algo inusual en un cadáver.

—Un hombre sano de cincuenta y dos años con una grave herida en el cráneo —declaró la doctora Harris.

Tanto Gamache como Jean-Guy se inclinaron sobre el cuerpo, aunque la herida era evidente incluso a la distancia.

—¿Alguna idea de qué fue lo que la causó? —preguntó Gamache incorporándose de nuevo.

—Por la forma de la herida, yo diría que fue un trozo de madera: algo parecido al clásico tablón de cinco por diez con el canto afilado, aunque más grande y pesado. Deben de haberlo empuñado como un bate de béisbol —hizo el gesto de blandir uno— para asestarle un golpe en la sien con la fuerza suficiente para causar ese tipo de daño. Abrir un cráneo no es tan fácil como cabría pensar. ¿Qué pasa?

Gamache tenía el ceño fruncido.

—¿Estás segura de que le hicieron esa herida antes de que se derrumbara el edificio?

Ésa era, por supuesto, una cuestión crucial: en un caso podía tratarse de un accidente; en otro, de un asesinato.

—Sí, estoy segura.

Gamache miró a la forense con los ojos aún enrojecidos y vidriosos.

Ella soltó un suspiro y, tras quitarse los guantes quirúrgicos, los arrojó al cubo de la basura.

Conocía bien al superintendente jefe Gamache y al inspector Beauvoir, lo suficiente como para llamarlos por sus nombres de pila mientras se tomaban unas copas.

Pero ante un cadáver eran superintendente jefe, inspector jefe y médico forense.

No se ofendió porque Gamache la presionara: era un hombre cauteloso y, cuando se trataba de seguirle el rastro a un asesino, la cautela era de lo más necesario.

Y aunque sabía que seguía suspendido de empleo, ella lo consideraría el mandamás de la Sûreté hasta que alguien la obligara a lo contrario.

—Anthony Baumgartner llevaba muerto por lo menos media hora cuando aquel sitio se vino abajo, lo sé por el estado de sus órganos y por la ausencia de hemorragias internas. Además, lo golpearon en un costado de la cabeza, y un edificio no suele derrumbarse de lado.

—Voy a hacer una llamada —dijo el inspector jefe Beauvoir sacando el móvil y alejándose.

—Hubo dos derrumbes, ¿no es así? —preguntó la doctora.

—Sí, uno parcial en algún momento de la noche y luego el definitivo, en la tarde de ayer.

—En el que quedaste atrapado —dijo ella—, el que reveló el cuerpo.

—*Oui.*

Gamache explicó la escena brevemente.

—Siéntate —dijo la doctora Harris señalando un taburete.

—¿Por qué?

—Para que pueda enjuagarte los ojos.

—Estoy bien, están mejorando.

—¿Quieres quedarte ciego?

—Madre mía, no. ¿Es una posibilidad?

Ella advirtió que estaba realmente sorprendido.

—Remota, pero quién sabe qué material había en ese edificio. Cuanto antes podamos quitarte toda la arenilla, mejor. Es posible que esté arañándote las córneas, o peor, que se meta detrás de los globos oculares.

Gamache se sentó y ella se inclinó hacia él para examinarle los ojos. Luego se los roció con un chorro de agua y él hizo un gesto de dolor cuando notó el líquido.

—Lo siento, debería haberte avisado de que escocería.

Cuando la doctora hubo terminado, Gamache esbozó una mueca, abrió los ojos y después parpadeó.

—No te frotes —le advirtió ella, luego le revisó con detenimiento ambos ojos y apagó la luz del instrumento—. Mejor, mucho mejor.

Él no se sentía mejor: apenas veía nada y notaba los ojos irritados y doloridos. Reprimió el impulso de frotárselos.

—¿Qué le has dicho? —preguntó Beauvoir cuando volvió de hacer su llamada—. Lo has hecho llorar.

La doctora Harris se echó a reír.

—Le he dicho que en el *bistrot* se habían acabado los *croissants*.

—¿Acaso intentas matarlo? —bromeó él.

—Ya basta. Todavía oigo, ¿sabéis? —dijo Gamache. Estaba recuperando la visión y los ojos ya casi no le escocían—. ¿Qué ha dicho el inspector Dufresne?

—Están revisando los restos de la casa en busca del «arma» y tratando de averiguar dónde estaba cuando murió —repuso Beauvoir.

—¿Y qué opinan? —preguntó Gamache.

—Dufresne cree que podría haber estado en un dormitorio del primer piso y que el derrumbe llevó el cuerpo hacia abajo. Es lo que parece ahora mismo.

La doctora Harris se acercó al lavamanos mientras Gamache volvía a la mesa de autopsias y miraba fijamente a Anthony Baumgartner con las manos a la espalda.

Qué distinto era de su madre, que tenía el aspecto de una anciana actriz británica interpretando a una reina en una comedia.

Él parecía un noble de verdad. Incluso muerto, tenía algo aristocrático. Gamache no pudo evitar preguntarse a quién le correspondería el título, ¿a Caroline o a Hugo?

¿Primaban las mismas reglas para los títulos ficticios?

Asió la sábana blanca y volvió a tapar el rostro de Anthony Baumgartner.

Y se quedó observando la sábana durante un buen rato.

—¿Creéis que alguien pretendía que esto pareciera un accidente? —preguntó por fin.

—Diría que es bastante obvio, sí —contestó Beauvoir—. Se supone que debíamos pensar que había muerto al derrumbarse la casa, y habría sido el caso, de no haber estado allí Benedict para decirnos que no había nadie más. Nadie vivo, al menos.

—Cierto... pero para que pareciera un accidente la casa tenía que venirse abajo.

—Pues sí —repuso la doctora Harris mirando por encima del hombro desde el lavamanos.

Beauvoir volvió a la mesa y miró también la sábana blanca.

—Es verdad —dijo comprendiendo lo que quería decir Gamache.

No era la simple constatación de un hecho, sino un elemento vital de la investigación.

La doctora Harris se volvió secándose las manos y Beauvoir reparó en que también ella comprendía lo que estaba sugiriendo Gamache.

—¿Cómo sabía el asesino que la casa iba a derrumbarse? —preguntó.

—Sólo hay una manera posible... —respondió Beauvoir.

—Tuvo que provocar que se cayera —añadió Gamache.

—Y ahora mismo sólo hay una persona en escena que podría ser capaz de hacerlo —concluyó Beauvoir.

Gamache se alejó del cadáver y se dispuso a hacer una llamada.

Tras escuchar al superintendente jefe Gamache, Isabelle Lacoste le dio vueltas al asunto durante unos instantes.

Había accedido de inmediato a su petición, pero ahora tenía que averiguar cómo llevarla a cabo.

Finalmente llamó un taxi que la dejó junto a un montón de nieve fangosa y sucia.

Empuñando su bastón, recorrió con cuidado la acera helada y se detuvo en la entrada del bloque de apartamentos.

Era un edificio bajo, con las ventanas tan cubiertas de escarcha que debía de ser imposible ver el exterior desde dentro.

Probó a abrir la puerta principal. No estaba cerrada con llave.

Entró cojeando y tuvo que sortear un montón de panfletos publicitarios para cruzar el vestíbulo. Si había conserje, era evidente que se había tomado el día libre... o el año.

Volvió a comprobar la información que le había enviado el superintendente jefe en un mensaje de texto.

«Benedict Pouliot, apartamento 3G.»

Tras mirar alrededor en busca de un ascensor y comprobar que no lo había, se plantó ante las escaleras, respiró hondo y empezó a subir.

Tras el encuentro con la forense, Jean-Guy dejó a Gamache en un café de la calle Santa Catalina.

—Es un poco cutre —comentó mirando alrededor—, ¿seguro que quieres esperar aquí?

—Solía venir cuando era un joven agente. —Gamache paseó la vista por el local—. No podía permitirme nada mejor. Alguna vez incluso traje a Reine-Marie.

—¿En una cita? ¿Estabas loco?

Jean-Guy observó a los desechos humanos desplomados en los reservados. Aunque el sitio en sí parecía bastante limpio: era la clase de cafetería donde mamá, papá y el hijo camello podían compartir una *poutine*.

—Supongo que a Reine-Marie le gustan los chicos malos —repuso Gamache, y Jean-Guy se echó a reír.

—Sí, hay pocos más malos que tú, jefe. Bueno, ¿tienes todo lo que necesitas?

—Necesito que te vayas —repuso el otro.

Y, poco después, Jean-Guy se hallaba en la jefatura de la Sûreté, ante la puerta cerrada de una sala que cada vez le resultaba más familiar y que empezaba a odiar.

Levantó la mano, pero la puerta se abrió antes de que pudiera llamar.

—Inspector jefe —saludó Marie Janvier.

—Inspectora —contestó él.

—Gracias por venir.

Se hizo a un lado para dejarlo pasar.

—Gracias por recibirme.

Si ella estaba dispuesta a fingir que se trataba de un acto social, él podía hacer lo mismo.

—Tenemos algunas preguntas más para usted.

Le señaló la misma silla que había ocupado la última vez.

Sentadas a la misma mesa se hallaban las mismas personas, pero esta vez también había un hombre mayor a un lado, en una cómoda butaca.

Esta vez, Jean-Guy estaba preparado. A pesar de las sonrisas y la amabilidad, sabía lo que esperaban de él.

En lugar de sentarse, pasó junto a la detective y se dirigió directamente al hombre tranquilo del rincón.

—¿Y usted quién es? —preguntó.

El hombre se levantó. No llevaba uniforme, pero tenía porte de policía, o quizá de soldado, y sin duda de alto rango.

Era un poco más bajo que él, de mediana edad, con un cuerpo esbelto. Transmitía serenidad y al mismo tiempo parecía estar alerta: la clase de actitud que uno adopta tras muchos años al mando y en situaciones difíciles.

Y ésa, al parecer, era una situación difícil.

—Soy Francis Cournoyer, del Ministerio de Justicia.

Jean-Guy se sorprendió, incluso se estremeció, pero intentó que no se le notara.

—¿Y qué hace usted aquí?

—Creo que usted ya sabe por qué he venido, inspector jefe.

—Así que todo esto se ha vuelto un asunto político.

—Siempre fue político. Supongo que su superintendente jefe es consciente, que lo era incluso cuando tomó la decisión de dejar pasar las drogas. Pero no hace falta que me mire así: no soy el enemigo. Todos queremos lo mismo.

—¿Ah, sí? ¿Y qué es lo que queremos?

—Justicia.

—¿Justicia? ¿Para quién?

Francis Cournoyer se echó a reír.

—Vaya, buena pregunta. Estoy al servicio del pueblo de Quebec.

—Como yo.

—¿Y el superintendente jefe?

Jean-Guy no pudo contener su indignación.

—Después de todo lo que ha hecho, ¿lo pone en duda?

—Es necesario evaluar todos sus actos. Sí, ha hecho muchas cosas buenas, pero ¿puede decirse realmente que ha servido al pueblo de Quebec permitiendo que se extendiera una auténtica plaga?

—Para detener algo peor.

—Pero ¿cómo podemos saber que habría sido peor? —preguntó Cournoyer—. Lo único que sabemos a ciencia cierta es que, si esa droga llega a las calles, morirán miles de personas, quizá cientos de miles, ya sea por la droga en sí o por la violencia que llevará asociada. ¿Es eso justicia?

Incluso Jean-Guy, que no era un animal político, se dio cuenta de que Francis Cournoyer estaba ensayando los argumentos que se utilizarían con los periodistas, en tertulias y entrevistas.

Para justificar ese asesinato.

Aunque todo parecía indicar que el jefe de la Sûreté había actuado con buenas intenciones, también había cometido un terrible error... y tenía que pagar.

—¿Qué quiere de mí?

—Tiene la oportunidad de limitar las repercusiones, inspector jefe. Usted era su segundo al mando. Esto podría salpicar a toda la Sûreté justo cuando empieza a recuperar cierta credibilidad.

—¿Quiere que diga que todo fue decisión suya, que todo fue obra suya?

—Usted decide. Gamache va a ser inculpado, no hay forma de impedirlo. Su caída se convirtió en algo inevitable desde el momento en que tomó aquella decisión. Él lo sabía y siguió adelante de todos modos. Usted no puede hacer nada para evitar su caída, no puede salvarlo: esa bala ha salido ya del cañón. Lo que sí puede hacer es impedir los daños colaterales que repercutirán en otros.

—Incluido yo mismo.

Francis Cournoyer se limitó a encogerse de hombros.

—¿Incluido el primer ministro?

Cournoyer lo miró muy serio.

—Hemos redactado una declaración, inspector jefe. Llévesela si quiere, léala, vuelva a redactarla con sus propias palabras, pero fírmela. Haga lo correcto, no se deje cegar por su lealtad.

—No habla en serio, ¿verdad? ¿Me está diciendo eso a mí? —Beauvoir intentaba no levantar la voz y que su tono fuera civilizado, pero su ira se abría paso a zarpazos—. Al dejar que esas drogas pasaran pudimos desarticular la mayor red de narcotraficantes de Norteamérica. La operación casi le costó la vida a una oficial de alto rango del cuerpo ¿y, en lugar de agradecérnoslo, nos tratan al jefe y a mí como a criminales? —Bajó la voz—. ¿Y el ciego soy yo?

—No tiene ni idea de lo que yo veo.

—Creo que me hago una idea. Somos sólo un detalle en su gran panorama, ¿verdad?

Tuvo la satisfacción de ver, en los ojos de Cournoyer, una fugaz vacilación, una levísima sorpresa.

—Está bien que piense que tenemos una visión de conjunto —repuso Cournoyer recuperándose—, pero créame cuando le digo que simplemente avanzamos a ciegas, respondiendo a cada coyuntura e intentando hacer lo correcto por nuestros ciudadanos.

Jean-Guy no respondió, pero tenía muy clara una cosa: ese tal Cournoyer no andaba en absoluto a ciegas.

• • •

Sentado ante la mesa de melamina de un reservado, Gamache tomaba sorbos de agua y miraba por la ventana.

Entonces recibió un mensaje de texto.

—Ahora vuelvo —le dijo a la camarera entregándole un billete de veinte—. Por favor, guárdeme la mesa.

—*Oui, monsieur*.

Gamache se bajó el gorro para que le tapara las orejas y se puso los guantes. Sus pasos crujieron en la acera mientras los peatones lo adelantaban dirigiéndose presurosos a su destino.

Pero él no tenía prisa. Más adelante, al otro lado de la calle, dos personas también caminaban despacio. Una era alta y flaca: parecía un cadáver andante incluso con el abrigo de invierno; la otra era más baja y fuerte, y de andares más estables.

Amelia.

Gamache avanzó al mismo ritmo que ellos durante dos manzanas y, cuando se detuvieron, se metió en un callejón. Allí se puso a observar, levantándose las solapas del abrigo y apoyado en los fríos ladrillos del edificio abandonado.

Veía a los traficantes, drogadictos y prostitutas enzarzados en sus intercambios a plena luz del día: estaban convencidos de que ningún policía los detendría.

Esa parte de la calle Santa Catalina no era tanto una arteria como un intestino.

Alcanzaba a ver a dos hombres desaliñados y con ropa mugrienta revolviendo en los contenedores de basura. De vez en cuando se daban empujones, peleándose por latas y mendrugos de pan.

Los observó impresionado.

Los jóvenes agentes lo estaban haciendo bien: se tomaban aquello en serio, como debía ser. Habría pocas cosas más importantes en sus carreras que lo que estaban haciendo en ese momento, aunque ellos aún no lo sabían.

Uno de ellos le había enviado un mensaje, una breve puesta al día. Lo avisaba de dónde estaba Amelia. Pero ellos no tenían ni idea de dónde estaba él, ni sabían que el jefe supremo de la Sûreté se les había unido y también vigilaba a la antigua cadete. Retrocedió y se internó más en las sombras cuando Amelia y su amigo se acercaron a un traficante. Ambos hombres parecían frágiles, especialmente comparados con ella.

«El Tuerto», pensó Gamache.

Entonces Amelia hizo algo extraño: se subió la manga del brazo izquierdo hasta el codo y se la tendió al camello, que negó con la cabeza.

Amelia pareció discutirle algo al hombre y luego le dio la espalda y se alejó. Su amigo se apresuró tras ella.

Gamache oyó una voz masculina a sus espaldas:

—Veinte pavos por una mamada.

No se volvió, siguió observando hasta que sintió cómo le hundían un dedo en el hombro.

—Te estoy hablando a ti, abuelo. ¿Quieres una mamada o no?

Finalmente se dio la vuelta y vio a un hombre más joven que su propio hijo con el rostro devastado lleno de tatuajes. «En otro tiempo tuvo que ser guapo —pensó—. En otro tiempo tuvo que ser joven.»

—No, gracias —contestó, y se volvió para observar el intercambio en la acera de enfrente.

—Pues vete a la mierda.

Sintió dos golpes simultáneos en la espalda: el chico lo empujó con tanta fuerza que salió despedido del callejón y cruzó la acera helada. Alargó las manos justo a tiempo y topó contra un coche aparcado evitando por muy poco resbalar hasta la calzada y acabar entre los coches que circulaban.

Un conductor tocó el claxon y le hizo una peineta al pasar.

—¿Estás bien?

Gamache vio una mano huesuda, como la de un esqueleto, que lo cogía por el brazo, y se volvió para contemplar el rostro cavernoso de una mujer con las mejillas extraordinariamente hundidas. La fina piel apenas lograba extenderse sobre los huesos; los ojos, con negras ojeras, tenían las pupilas dilatadas, aunque su mirada era amable.

Gamache se volvió hacia la acera de enfrente y la recorrió con la mirada hasta distinguir a la pareja a una manzana de distancia, luego contempló a la mujer que le sujetaba el brazo.

—¿Necesitas ayuda? —oyó que le preguntaba.

—*Non, non.* Estoy bien, *merci.*

La mujer miró por encima del hombro y exclamó dirigiéndose al callejón:

—¡Maldito gilipollas! Podrías haberlo matado.

—Puto transexual —respondió alguien desde la oscuridad—, ¡lárgate de mi manzana!

La mujer se volvió hacia Gamache. Eran más o menos de la misma altura y era evidente que en otro tiempo había sido robusta, pero se había marchitado y menguado. Llevaba una falda corta de piel y un abrigo rosa con volantes. El maquillaje, aplicado con precisión y destreza, no conseguía ocultar las llagas de su rostro.

—¿Seguro que estás bien? —insistió—. Estas calles no son para ti.

—Eres muy amable, gracias —contestó Gamache metiendo la mano en el bolsillo.

—No, no. —Ella volvió a posar su huesuda mano en su brazo.

Gamache sacó una libretita y un bolígrafo y anotó su número personal.

—Por si alguna vez necesitas ayuda. —Le dio el papel junto con sus guantes—. Me llamo Armand.

—Anita Facial —se presentó ella estrechándole la mano y cogiendo lo que le ofrecía.

Amelia siguió caminando con Marc. La noche anterior había dormido en el pasillo, ante la puerta de su pequeño apartamento, tratando de no oír lo que pasaba en el interior.

Luego, ambos habían vuelto a la calle, él a por otro cliente, ella en busca de David.

A sus espaldas sonó el claxon de un coche y ella se volvió a tiempo para ver cómo una prostituta sujetaba del brazo a un hombre que había estado a punto de meterse entre el tráfico.

Le pareció ver que el hombre le daba a la prostituta lo que supuso que era dinero por sus servicios: algunas cosas nunca cambiaban.

Siguió caminando con paso cansino por la calle Santa Catalina, con la cabeza gacha contra el viento y los ojos entornados. Iba repitiendo, como la noche anterior, las poesías y las frases favoritas que tenía grabadas en la memoria. Eran su rosario personal. Siguió haciéndolo hasta que aquel amargo día se desvaneció, hasta que los yonquis, las putas y los transexuales se desvanecieron y ella se quedó a solas con el calor de unas palabras provenientes de unos libros convertidos en cenizas.

Gamache regresó al café.

Sabía que no era muy sensato haberse presentado allí, pero quería asegurarse de que Amelia estaba realmente en la calle, haciendo lo que él esperaba.

Buscar el carfentanilo.

No se hacía ilusiones sobre lo que ocurriría si ella fracasaba, si él fracasaba.

El fentanilo, como bien sabía, era cien veces más potente que la heroína, y el carfentanilo era cien veces más potente que cualquier fentanilo.

Era como apuntar con un lanzallamas a todos los niños de las calles. Mientras caminaba lentamente hacia la cafetería, pensó en lo que había dicho Jean-Guy: que había poca gente más mala que él. Lo había dicho en broma, pero él sabía que también era verdad.

Notaba un leve dolor en la espalda, allí donde el joven chapero lo había golpeado: dos zonas concretas, una junto a la otra. Si le estuvieran saliendo alas, sentiría algo parecido.

Pero sabía bien que no era un ángel. Aunque a veces se preguntaba en qué bando lo pondrían si se produjera otra guerra en el cielo.

Tras deslizarse de nuevo en el reservado y pedir un café y un sándwich, se puso las gafas de lectura y abrió el libro que había comprado aquella mañana en la librería de Myrna.

Los *Adagios* de Erasmo, una colección de proverbios y refranes.

La letra era pequeña y él aún veía borroso, pero conocía bien el libro y leyó las entradas que le eran más familiares:

«Una golondrina no hace verano.»

«Un mal necesario.»

«Entre la espada y la pared.»

«Una *rara avis*.»

Y entonces encontró el que estaba buscando.

«En el país de los ciegos», iba recitando Amalia mientras caminaba...

«...el tuerto es el rey», leyó Gamache.

—¿Inspector jefe?

Jean-Guy se volvió y vio a Francis Cournoyer caminando por el pasillo hacia él.

—Hablemos un momento, por favor.

Lo habían interrogado durante una hora y finalmente le habían permitido marcharse, pero no había llegado muy lejos pasillo abajo cuando Cournoyer lo alcanzó, miró alrededor y luego tiró de él hacia los lavabos y cerró la puerta.

—Se ha dejado esto.

Le tendió una carpeta de papel manila.

Él la miró: contenía la declaración.

—No me lo he dejado: no pienso firmar, nunca.

—Esa declaración no dice nada que no sepamos ya —dijo Cournoyer.

—Pero firmarla diría mucho de mí, ¿no cree? —repuso él—. Déjelo ya, deje todo esto y haga lo correcto.

Cournoyer sonrió.

—¿Usted siempre tiene tan claro qué es lo correcto? En mi caso no es así en absoluto, y en el de Gamache tampoco.

—Eso es mentira: él hizo lo correcto.

—Entonces, ¿por qué tanta gente decente piensa que cometió un error? No sólo ellos. —Señaló con la cabeza hacia la sala de interrogatorios—. Sino otros muchos. Hubo buenas personas, usted incluido, que no estaban de acuerdo con su decisión. —Miró atentamente a Beauvoir—. ¿Le sorprende que lo sepa? Según el testimonio del propio superintendente jefe, usted le suplicó que detuviera esa remesa de opioides. Todos los agentes de su círculo más íntimo le rogaron que lo hiciera y él lo admite, pero eso no lo detuvo: dejó que la droga llegara a las calles, aun sabiendo que podía matar a miles de personas.

—Aún no ha llegado a las calles, y Gamache ha recuperado la mayor parte.

—Pero no toda, y tarde o temprano empezará a circular, en cualquier momento. Y cada vez que un joven muera, Gamache será el responsable de su muerte.

—¿Cree que no lo sabe? ¿No es ya lo suficientemente terrible para él? ¿Tienen que convertirlo además en un linchamiento público? Me da asco, usted me da asco. No quiero saber nada de todo esto.

—Cambiará de opinión. Antes de que esto acabe, firmará.

—No, no lo haré. Me gustaría saber qué pretende usted... no creo que sólo quiera proteger a los políticos.

Cournoyer abrió la puerta del cuarto de baño y luego pareció tomar una decisión.

—Pregúntele a Gamache.

—¿Qué?

—Pregúntele a él: sabe mucho más de lo que le cuenta.

Arrojó al suelo la carpeta con la declaración y se marchó.

Jean-Guy la miró un momento y finalmente la recogió.

21

—Resulta que vuestro Benedict... Pouliot no vive en el 3G —dijo Isabelle Lacoste cogiendo la hamburguesa con las dos manos para darle un enorme mordisco.

—Pero ¿vive en el edificio con su novia? —preguntó Gamache.

Tuvo que esperar mientras Isabelle masticaba.

Jean-Guy, que acababa de unirse a ellos en la cafetería de la calle Santa Catalina, le hizo un gesto al camarero.

—Póngame otra de ésas, por favor, y un chocolate caliente.

A un hombre adulto no le era fácil pedir un chocolate caliente con autoridad, aunque él lo intentaba.

Gamache sonrió, pero su buen humor se desvaneció al captar la mirada que le dirigía Jean-Guy. Sintió un leve escalofrío, como si se hubiera abierto un resquicio en una puerta cerrada.

—*Oui* —respondió Isabelle tragando por fin. Hacía tiempo que no tenía tanta hambre—. Bueno, más o menos. Antes vivían en... el 3G, pero ella se mudó... hace cosa de un mes y él se trasladó a un apartamento más pequeño en el mismo edificio. ¿Sabíais que es... el conserje?

Se disponía a dar otro bocado, pero Gamache le puso la mano en el brazo para detenerla.

—No lo sabía. ¿De modo que ya no tiene novia?

—Al menos... eso dicen los vecinos. He hablado con cinco o seis y todos me han dicho más o menos lo mismo: que vivieron juntos un par de años y que al parecer... se separaron amistosamente.

Dio otro mordisco. El local podía parecer un antro, pero la hamburguesa estaba recién hecha, perfectamente al punto y deliciosa.

No mencionó que había subido tres tramos de escaleras deteniéndose cada dos escalones para recuperar el aliento, y sólo para descubrir que en el 3G vivía otra persona y que el apartamento que buscaba estaba justo al lado del vestíbulo.

«Mierda... mierda... mierda...», había murmurado en cada peldaño del cauteloso descenso.

—¿Qué piensan los vecinos de Benedict? —preguntó Jean-Guy.

—Dicen que es educado, simpático y de fiar. Hay mucha gente... mayor en el edificio, y por lo visto lo han adoptado.

—Causa ese efecto en la gente —comentó Gamache—. ¿Te han dicho que es un manitas?

—Pues... sí —contestó Isabelle—. Lamentan que ya lleve... un par de días sin aparecer por allí.

Esa descripción de Benedict estaba lejos de ser concluyente: un manitas puede arreglar un grifo que gotea, pero no necesariamente es capaz de hacer que un edificio se derrumbe a propósito.

Aunque un carpintero y albañil sí podría, y Benedict se dedicaba precisamente a eso.

—Pero, si Benedict mató a Anthony Baumgartner, metió la pata —comentó Jean-Guy—: no creo que hubiera planeado quedarse atrapado él también.

—Probablemente no —coincidió Gamache.

—¿Cómo que «probablemente»? —soltó Jean-Guy de mal talante—. Es obvio.

Tanto Isabelle como Gamache lo miraron sorprendidos.

—¿Te preocupa algo, Jean-Guy?

Él respiró hondo.

—Lo siento. Tengo hambre y estoy cansado, nada más.

Su padrino de Alcohólicos Anónimos le había advertido sobre desencadenantes como el hambre, la ira, la soledad y el agotamiento.

No le costaba admitir que estaba hambriento y cansado, y que la reunión lo había indignado, pero era la soledad lo que lo sorprendía y alteraba más, y el comentario final de Cournoyer lo había hecho sentirse muy solo.

«Pregúntele a Gamache.»

—¿Ir a ese bloque de apartamentos no ha supuesto un esfuerzo excesivo para ti, Isabelle? —preguntó Gamache.

—¿Lo dices en broma, jefe? Es la mejor... terapia que he tenido en meses.

No les contó que había resbalado y caído en un montículo de nieve, ni cuánto le había costado ponerse en pie, ni tampoco que había tardado diez minutos en conseguir un taxi.

Llegó a la cafetería congelada y agotada, pero hacía meses, desde el tiroteo, que no se divertía tanto.

Había temido que la marginaran para siempre, que los colegas, con la mejor intención, la trataran con una actitud de caritativa superioridad, como alguien a quien debían mimar y compadecer...

Y finalmente ignorar.

Pero Gamache no había hecho nada de eso. Todo lo contrario: le había confiado esa tarea y ella se había demostrado a sí misma, y le había demostrado a él, que podía llevarla a cabo.

—He quedado a las tres en punto con los hermanos y la ex mujer de Baumgartner en la que era su casa —dijo Jean-Guy mirando su reloj—. Me gustaría que tú también estuvieras allí, *patron*. Si es posible, claro.

—*Oui, absolument* —respondió Gamache—. Saben que está muerto, lógicamente, pero ¿saben que fue asesinado?

—Todavía no.

Aunque era probable que alguno de ellos lo supiera perfectamente.

Gamache se encaminó a los archivos en busca de ciertos documentos e Isabelle se quedó a solas con Jean-Guy.

—Bueno, suéltalo ya —dijo ella—. ¿Qué pasa?

—Nada.

—¡Por el amor de Dios! No me hagas sacártelo a la fuerza. Estás enfadado con el jefe por algo. ¿Qué es?

Él le contó la conversación con el tipo del Ministerio de Justicia.

A medida que hablaba, la escena le sonaba cada vez más ridícula. Se habría echado a reír, de no ser porque recordaba la cara de Francis Cournoyer.

«Me gustaría saber qué pretende en realidad», le había dicho rodeado del fuerte olor a desinfectante de los aseos.

«Pregúntele a Gamache.»

Con esas tres palabras, Cournoyer había dejado caer una bomba en su mundo. Aunque, en realidad, no había sido tanto una explosión como un desmoronamiento mientras estaba allí, de pie, en el lavabo de caballeros, tratando de comprender qué le estaba diciendo aquel hombre.

Cournoyer había dado a entender que la persona que estaba en el centro de todo aquello no era algún político vengativo ni un oscuro agente del gobierno.

Era Gamache: él no era el objetivo, sino el francotirador; no era la víctima, sino el perpetrador, y sabía perfectamente lo que estaba pasando y por qué, y adónde conducía.

Y se lo ocultaba.

Y el objetivo último de todos sus movimientos era confundir, deslumbrar, desviar la atención de lo que en realidad estaba sucediendo.

Eso había dado a entender Francis Cournoyer con esas tres palabras.

«Pregúntele a Gamache.»

Notaba un incipiente dolor de cabeza, unas pulsaciones distantes en la base del cráneo, como oscuros pensamientos a punto de nacer.

—Pero eso no significa que el jefe sepa nada —opinó Isabelle—. Es posible que ese tal Cournoyer estuviera jugando contigo. Probablemente no eres el primer pimpollo al que manipula en un lavabo público.

Muy a su pesar, Jean-Guy soltó un bufido de risa seguido de un gran suspiro. Le habría gustado estar de acuerdo con Isabelle, pero ella no había estado allí y no había visto la expresión triunfal de Cournoyer mientras lo decía.

—Gamache sabe mucho más de lo que aparenta —concluyó.

—¿Y eso no es bueno? —preguntó Isabelle—. Sólo estás cabreado porque no te lo ha contado.

—¿Sólo? —repitió Jean-Guy—. ¿Sólo? Me están interrogando, Isabelle. Es posible que mi carrera esté a punto de derrumbarse. ¡¿Y él sabe por qué está pasando todo esto y no me lo cuenta?! —Su voz subía de tono a medida que iba hablando—. Sí, joder, estoy cabreado.

Se hizo el silencio durante unos largos segundos.

—Supongo que sabes que... es el mandamás de la Sûreté, ¿no? —dijo Isabelle inclinándose hacia él sobre la mesa, y en voz tan baja que él tuvo que inclinarse también—. Por supuesto que sabe más que tú, o que yo, o que cualquier otro miembro del cuerpo. Más le vale, porque está al mando. Y ha tenido que navegar por estas aguas durante años, de manera que sí: él sabe más, ve más que tú o que yo. Y gracias a Dios que es así.

—Está guardando secretos.

—¿Y eso te sorprende?

—Está jugando conmigo.

—O a lo mejor te está protegiendo. ¿Se te ha ocurrido eso? ¿No lo ves?

—Pues claro que no lo veo —repuso Jean-Guy malhumorado—. Me oculta cosas y luego me deja ir a esos interrogatorios como un idiota. Estoy cansado, Isabelle, simplemente cansado.

Y en efecto lo parecía. Con un dedo índice, empujó una patata frita en su plato. Luego alzó la vista hacia ella y lanzó un suspiro.

—¿Sabes de qué hablo?

Isabelle se limitó a asentir.

—Estoy cansado de ir siempre a la zaga, de preguntarme qué monstruo habrá a la vuelta de la esquina. Y no me refiero a los asesinos, de ellos puedo encargarme, sino a lo demás: a esos juegos políticos que no son juegos en absoluto. —Negó con la cabeza y añadió en voz baja entornando los ojos—: No se me da bien.

—No lo necesitas: ya se le da bien a él. —Isabelle sonrió—. Y se te da mucho mejor de lo que parece; yo lo sé, y él también debe saberlo.

—Pero él es mejor.

—Gamache tiene veinte años más que tú, lleva en esto mucho más tiempo y a un nivel mucho más alto, pero tú estás ahí arriba ahora. Él confía en ti, y no sólo eso, sino que se preocupa por ti. Le importas muchísimo, y si no te das cuenta en estas circunstancias, nunca lo harás.

Volvió a llamar a la camarera.

—Creo que necesitamos un poco de té, ¿no crees?

Miró a Jean-Guy a los ojos y le sonrió. Él no pudo evitar devolverle la sonrisa.

Té: los anglosajones de Three Pines siempre pedían té en momentos de tensión, incluida Ruth, aunque su «té» en realidad era whisky.

Al principio, a él eso del té le había parecido horroroso, pero después, en algún momento, se dio cuenta de que le apetecía, de que esperaba que se lo ofrecieran. Y lo bebía con placer, aunque no lo demostrara.

En algún momento, el mero aroma del Red Rose empezó a tranquilizarlo, ni siquiera tenía que bebérselo.

La camarera volvió y el aroma intenso, fragante, calmante del té lo envolvió. Y, sin embargo, seguía sintiendo aquel latido que irradiaba desde la base de su cráneo hasta cubrirle la cabeza como una membrana cada vez más apretada.

Tenía que reflexionar, pensar con claridad, tenía que tratar de ver lo que estaba ocurriendo realmente, y no lo que otros querían que viera.

Pero lo único que le venía a la cabeza era Mateo 10:36.

En su primer día de trabajo, el inspector jefe Gamache lo había hecho acudir a su despacho.

Estaban a solas por primera vez, y él percibió dos cosas de inmediato.

En primer lugar, la sensación de calma que emanaba de Gamache. No era habitual: la mayoría de los oficiales de alto rango a los que conocía parecían estar siempre diciendo en silencio «que te jodan», algo que él mismo había aprendido a imitar.

En segundo lugar, le llamó la atención su mirada.

Era inteligente, brillante, reflexiva. Nada de eso resultaba especialmente insólito en un alto cargo de la Sûreté, pero en aquellos ojos había algo más, algo que lo pilló desprevenido.

Bondad. Una bondad tan evidente como para que un joven agente francamente nervioso la captara.

—Tome asiento —le había dicho, y después se había puesto a explicarle de un modo rápido y conciso lo que se esperaba de un joven agente como él. Todo se basaba en un código de conducta, que empezaba con las cuatro máximas que conducen a la sabiduría: «no lo sé», «necesito ayuda», «me he equivocado» y «lo lamento», y concluía con una simple referencia: «Mateo 10:36.»

Luego, acompañándolo a la puerta, el jefe había añadido:

—Puedes tomarte en serio todo lo que te he dicho o nada: la elección es tuya, y también las consecuencias, desde luego.

Él estaba acostumbrado a que le dijeran lo que debía hacer; a que sus padres, sus maestros, sus superiores le dieran órdenes.

La posibilidad de elegir era nueva para él y le resultaba desconcertante, igual que la costumbre del jefe de soltar lo que parecían citas al azar en las conversaciones.

Unos años más tarde, y tras muchas experiencias con el jefe en casos espantosos, se había decidido a buscar Mateo 10:36.

Esperaba encontrarse con una de esas frases memorables que salpican la Biblia, con un fragmento de una de las largas cartas a los pobres corintios, casi con certeza analfabetos.

Pero lo que leyó le infundió un verdadero pavor.

«Y los enemigos del hombre serán los de su casa.»

Lejos de resultar inspirador, era una dura advertencia pronunciada con voz suave, un susurro salido de las tinieblas.

«Ten cuidado.»

—Estoy cansado, Isabelle, harto de todo esto...

Hizo un gesto con la mano para señalar no la sucia cafetería en sí, sino un mundo invisible más allá: el mundo de las sospechas, del cuestionamiento permanente, de las arenas movedizas.

Sólo quería descansar...

No, quería algo más: acurrucarse en su propio sofá, ante la chimenea, con Annie y Honoré en sus brazos.

Y quería que todo aquel asunto desapareciera.

Acompañó a Isabelle a casa. Ya en la puerta, ella lo abrazó susurrándole:

—Ten cuidado.

Esas palabras estaban tan cerca de lo que él había estado pensando unos minutos antes que notó cómo se le erizaban los pelos de la nuca.

—No te preocupes: ya tengo calado a Cournoyer —contestó.

—No me refería a él.

—¿Te referías al jefe? —preguntó Jean-Guy.

—No: me refería a ti.

Mientras Jean-Guy conducía de regreso y atravesaba Montreal para recoger a Gamache, notaba un tenue aroma a agua de rosas y sándalo que le resultaba familiar, y era capaz de ver, una vez más, aquellos ojos bondadosos, inteligentes, pensativos, aquellos ojos que trataban de comunicarle algo a un joven y testarudo agente imbuido de esa actitud del «que te jodan».

Vio que los peatones brincaban para alejarse de las rociadas de nieve sucia que salpicaban los coches, que hombres y mujeres ancianos se aferraban unos a otros para no caerse, que la gente, agobiada por el frío glacial, corría al salir de las tiendas.

Y se imaginó paseando por el Sena con su familia, llevándolos a las galerías, las catedrales y los parques de París, haciendo escapadas de fin de semana a la Provenza, a la Riviera, donde el sol se reflejaba en el Mediterráneo... y no en la nieve.

22

—¿Qué estás haciendo, Ruth? —preguntó Myrna.

Clara y Gabri dejaron de teclear en sus ordenadores y levantaron la vista.

Los cuatro habían hecho el trayecto en coche hasta Cowansville y estaban en la sala de ordenadores de la biblioteca local, en torno a la gran mesa de conferencias, cada uno ante un portátil.

No estaban allí por los ordenadores, sino por la conexión de banda ancha.

Ruth se había unido a ellos en cuanto se enteró de adónde iban.

Y en cuanto se había sentado delante del ordenador se había puesto a teclear rápida y ruidosamente. Su rostro lucía una expresión de satisfacción que habría asustado al mismísimo Gengis Kan.

—Nada —contestó.

Lejos de ser una analfabeta informática, Ruth, a sus ochenta y pocos años, había acogido con entusiasmo el Internet.

—Como un medio para extender su imperio —había adivinado Gabri.

Si realmente existía una red oscura, Ruth Zardo la encontraría, la conquistaría, se convertiría en su emperatriz.

—La reina de los *trolls* —había declarado Gabri, y Ruth no lo contradijo.

Aunque sabían que no troleaba a colegiales, ni a gente rechazada por ser distinta, sino a quienes atacaban a esa clase de personas: atacaba a los atacantes.

—Madame Zardo —la había saludado la bibliotecaria casi con una reverencia cuando había entrado cojeando; anciana, inestable y jorobada.

No obstante, cuando se sentaba a la mesa ante «su» portátil, era hábil, fuerte, inquebrantable, implacable: ningún abusón podía esconderse de ella.

La biblioteca estaba en proceso de cambiar el nombre de aquella sala: iban a llamarla «Un sitio GENIAL».

—¿Qué está haciendo? —le preguntó Clara a Gabri en susurros.

—No tengo ni idea —contestó él.

—¿Tenéis algo? —preguntó Myrna.

Clara le dio la vuelta a su portátil y tanto Gabri como Myrna echaron un vistazo.

Su amiga había entrado en el registro austríaco de nacimientos, defunciones y matrimonios. Con el actual interés mundial por la genealogía, esos registros estaban disponibles en Internet.

Había revisado todo el árbol genealógico de la familia Baumgartner, retrocediendo en el tiempo.

Hasta donde enlazaba con el de los Kinderoth.

Y luego había seguido el rastro de ambos para ver si efectivamente enlazaba con el de los Rothschild y cuándo.

—Es interesante, aunque me estoy perdiendo un poco porque muchos judíos cambiaban de apellido no sólo con el matrimonio, sino para evitar la discriminación. De hecho, algunos no sólo se cambiaban de apellido con ese fin, sino que incluso se convertían de verdad. Pero ¿veis esto?

Señaló un documento antiguo. Ciertos Rosenstein pasaban a apellidarse Rose, pero sobre su nuevo apellido seguía apareciendo una estrella de David, y así continuaba en las siguientes generaciones.

Y luego se detenía y sólo quedaba un espacio en blanco, excepto por la anotación «10/11/38».

—¿Qué significa eso? —preguntó Gabri.

Myrna se quedó callada mirando fijamente el número. Lo sabía, pero no podía decirlo; estaba observando los nombres, las edades.

Helga, Hans, Ingrid, Horst Rose, todos nacidos en la década de 1920 con estrellas junto a sus nombres.

Y luego aquella simple anotación: «10/11/38», y después nada.

—Es una fecha —dijo finalmente Myrna.

Ruth se inclinó para mirar y luego volvió a centrarse en su propia pantalla.

—Es la fecha de la *Kristallnacht* —anunció tecleando aún más fuerte—: el 10 de noviembre de 1938 muchas personas aparentemente buenas y decentes revelaron su verdadera naturaleza y se volvieron contra sus vecinos judíos.

—La *Kristallnacht*, claro —dijo Myrna—. Se llama así porque esa noche se rompieron innumerables ventanas y escaparates.

—No sólo se rompieron ventanas y escaparates —puntualizó Ruth—, fue una noche terrible y brutal, especialmente en Austria.

Hablaba como si hubiera estado allí, pero con voz monótona y rostro inexpresivo. De hecho, seguía tecleando en una búsqueda incesante.

—¿Y los Baumgartner, la familia de la Baronesa? —preguntó Myrna.

—Parece que se marcharon antes del Holocausto —respondió Clara—. Estoy intentando seguirles la pista. Lo interesante es que no hay señal de que hayan sido barón y baronesa.

—¿Así que probablemente perdieron el caso? —sugirió Myrna.

—Es obvio que fue así —dijo Gabri.

—Se supone que Shlomo Kinderoth dejó toda su fortuna y su título a cada uno de sus dos hijos —dijo Myrna—. Ya has encontrado a la rama de la familia que se convirtió en los Baumgartner, pero ¿y la otra?

Clara pasó unos instantes más buscando a golpe de clic.

—Pues de momento no encuentro referencias a ningún barón o baronesa Kinderoth.

—No creerás que... —empezó Gabri.

«10/11/38.»

—No lo sé —zanjó Clara.

—¿Ha habido suerte con el testamento? —le preguntó Myrna a Gabri.

—No tengo ni idea —contestó él—. He entrado en los archivos, pero están en alemán: no puedo leerlos.

—Eso no se me había ocurrido —dijo Myrna.

Gamache estaba sentado en la silenciosa sala trasera de los Archivos Nacionales. Los documentos que buscaba no eran quebequeses, ni siquiera canadienses.

Había utilizado su clave para entrar en la web de la Interpol y había accedido a los archivos austríacos de la institución, mucho más detallados que los archivos públicos.

Pero no tardó en encontrarse con el mismo problema que Gabri.

Podía leer los nombres: Baumgartner, Kinderoth, pero no era capaz de entender las sentencias judiciales.

Lo que sí entendía era que entre los Kinderoth y los Baumgartner no sólo había habido un juicio, sino muchos: en 1887, luego en 1892, etcétera.

Se interrumpían unos años y luego comenzaban de nuevo. Como en la guerra de trincheras, sólo hacían una pausa para replegarse y luego se encaraban de nuevo, y cada vez con mayor fiereza, suponía él: así era la naturaleza humana.

Aunque conseguía entrever las cuestiones generales, como el hecho de que se trataba de un caso que se juzgaba una y otra vez, no entendía los detalles, y lo que le interesaba eran precisamente los detalles, aunque no estaba claro ni mucho menos que fueran a llevarlo hasta quienquiera que hubiera matado a Anthony Baumgartner ciento treinta y dos años después de la muerte de Shlomo, barón de Kinderoth.

Sabía que necesitaba ayuda. Hizo otra pesquisa y, tras encontrar lo que buscaba, se levantó y se paseó por la sala.

Estaba solo, así que nadie lo vio murmurando y gesticulando. Finalmente, al cabo de unos minutos, sacó el teléfono e hizo una llamada.

—*Guten Tag* —saludó, y preguntó por el Kontrollinspektor.

—Estoy buscando información importante sobre una resolución.

La voz que el Kontrollinspektor Gund oía al otro lado
de la línea era grave, tranquila y, al parecer, inteligente, y
sin embargo no podía evitar la sensación de estar tratando
con un lunático.

—¿Quién ha dicho usted que es? —preguntó.

Sus subordinados le habían pasado la llamada. Se diver-
tían gastando bromas de ese tipo en el turno de noche; ni siquiera estaba claro que se tratara de una llamada auténtica.

—Soy Armand Gamache, jefe de la Sûreté du Québec.

—¿Llama desde Canadá?

—En efecto —respondió la voz—, desde Canadá.

Gamache puso los ojos en blanco: sabía que la estaba lian-
do parda.

Había pedido, o al menos eso creía, que lo pusieran
con un oficial superior que hablara francés o inglés, y lo
habían comunicado con alguien que claramente no hablaba ninguno de los dos idiomas.

Tal vez fuera una broma de la recepcionista; aunque
los austríacos, célebres por muchas cosas, no eran precisamente famosos por su sentido del humor.

Antes de llamar había practicado un poco sacando de
la noche de los tiempos el alemán que le había enseñado
su abuela.

Se sentaban a la mesa de la cocina y ella parloteaba en
francés y luego en alemán con una pizca de yiddish. De
niño, él no hacía distinciones.

Mientras paseaba por la pequeña sala de los Archivos
Nacionales, musitaba para sí repitiendo palabras y expre-

siones a medida que iban surgiendo, en un intento de hilvanar un par de frases inteligibles. Y, conforme paseaba y murmuraba, el olor a pan recién horneado iba volviéndose cada vez más intenso, salía a la superficie junto con las palabras y las imágenes.

Podía oler, cada vez con mayor claridad, las magdalenas que su abuela preparaba todos los viernes.

Siempre le daba una recién salida del horno, no sin antes echarle una cucharada de aceite de hígado de bacalao por encima y dejar que se impregnara, y cuando él le daba un bocado, le parecía deliciosa y repugnante a la vez, reconfortante y asquerosa: era como si le dieran un abrazo y un empujón al mismo tiempo.

«*Sehr gut, meyn tayer.*»

«Muy bien, cariño mío», le decía ella en yiddish, y lo abrazaba de modo que sus ojos quedaban a pocos centímetros del tatuaje que ella llevaba en el antebrazo izquierdo.

—Estoy investigando un asesinato, y cierto testamento forma parte del asunto —dijo por teléfono, o por lo menos eso creyó decir—. Necesito averiguar cómo se liquidó una herencia, es un caso antiguo.

—*Yo inspeccionando un cadáver de asesinato y una resolución está...*

Se produjo una pausa mientras el subordinado bromista de Gund fingía buscar una palabra al otro lado de la línea. «Ahora va a decir algo aún más ridículo», apostó Gund.

—*...medida*; no, no: *una...*

Estuvo a punto de colgar: ya tenía suficiente. Pero sentía curiosidad: no estaba del todo convencido de que se tratara de un agente aburrido gastando una broma.

Entretanto, el hombre al otro lado de la línea seguía haciendo esfuerzos por hacerse entender:

—*...asciende a*; oh, no: *¿equivale a?*

En ese punto, Gund se volvió hacia su ordenador y tecleó: «Gamache, Sûreté du Québec.»

221

—...*parte.* Eso es: *una parte de resolución.* Pero la resolución podría no ser del todo correcta. *Oy gevalt,* ¿cuál es la palabra?

Gund leyó el resultado de la búsqueda enarcando las cejas, luego miró el teléfono y trató de reconciliar lo que leía con lo que oía. La voz grave iba diciendo:

—*Fuerza, nein.* Casi lo tengo. *Testamento,* ¡eso es! *Gott im Himmel. Danke.* —Se oyó un suspiro—. *Un testamento forma parte de ello.*

—Superintendente jefe Gamache —dijo Gund—, si he entendido bien, ¿le gustaría que indagara en una resolución judicial sobre un testamento?

Habló despacio, con claridad.

—*Ja, ja, oui. Eso es correctamente, es un acontecimiento de la tercera edad.*

Gamache hizo una mueca de dolor tanto por el olor a magdalenas impregnadas en bacalao como por la sarta de tonterías casi ininteligibles que salían de sus labios.

—Un caso antiguo —sugirió el Kontrollinspektor Gund.

—*Ja.*

—¿Puede darme el nombre del difunto y la fecha del testamento? —Gamache le dio los datos leyéndolos de la copia impresa que tenía delante.

Y también su dirección de correo electrónico personal.

—Me pondré en contacto con usted en cuanto consiga la información. ¿Dice que es un caso de asesinato?

—*Ja. Danke schön.*

—*Bitte schön.*

Cuando colgó, Gamache tenía la sensación de que la conversación había ido bien y mal a la vez; de que había sido reconfortante y horrible al mismo tiempo, positiva y humillante. Y de que, casi con toda certeza, no se había desarrollado en alemán.

—Menudo desastre —dijo en yiddish.

23

El inspector Dufresne y el equipo de Homicidios habían llegado ya y aparcado en un lugar discreto en espera de una señal del inspector jefe Beauvoir para subir a reunirse con él.

Beauvoir llamó a la puerta de la casa de Anthony Baumgartner y abrió Caroline, la hermana, alta y elegante. El único indicio de su pesar eran las ojeras.

—Señora —dijo él, y se presentó sin mencionar que comandaba la brigada de Homicidios—. Creo que ya conoce a monsieur Gamache.

Caroline le había estrechado la mano a Beauvoir, pero al ver a Gamache dio un paso hacia él y lo abrazó.

Fue un gesto rápido, y es posible que ella misma se sorprendiera aún más que el propio Gamache.

Éste había comprobado, cuando era inspector jefe de Homicidios, que las personas reaccionaban de maneras muy distintas ante una muerte inesperada. Las más emotivas podían mostrarse enteras y comedidas: se contenían por temor a lo que pasaría si flaqueaban; en cambio, quienes acostumbraban a ser dueñas de sí mismas podían dar rienda suelta a las emociones, volverse incapaces de refrenar sus sentimientos. Los fuertes se venían abajo, los débiles se fortalecían.

En el duelo, las personas eran y no eran ellas mismas.

Caroline le dio un abrazo.

Y luego los condujo a él y a Beauvoir a la sala de estar.

Gamache sabía que los agentes de Homicidios que esperaban fuera no tardarían en registrar el lugar y la vida de Anthony Baumgartner quedaría tan expuesta como lo estaba su cuerpo.

La inspeccionarían y diseccionarían, como había hecho la forense con su cadáver, buscando la causa de su muerte.

La doctora Harris ya había hecho su trabajo: Anthony había muerto de un golpe en la cabeza, pero el de ellos apenas comenzaba.

En cuanto entraron en la sala de estar, Hugo Baumgartner se adelantó para estrecharles la mano, pero luego se quedó ahí plantado, mudo y feo como un enano de jardín. Sin embargo, pese a su figura rechoncha, de algún modo parecía dominar la elegante estancia que lo rodeaba.

—Ésta es mi cuñada, Adrienne Fournier —dijo Caroline—. Adrienne, te presento al inspector jefe Beauvoir y al superintendente jefe Gamache.

Ellos le dieron el pésame.

—*Merci*. Es terrible, todavía no puedo creerlo: casi espero ver a Tony acercándose por el pasillo en zapatillas... —Sonrió—. Veo que están un poco confusos. Tony y yo llevamos divorciados unos años, pero nos las hemos apañado para seguir siendo amigos. Probablemente deberíamos haber sido amigos desde el principio.

—¿Probablemente? —intervino Caroline.

Adrienne la miró de reojo, pero no le respondió.

—Eso sí, hemos tenido unos hijos estupendos.

Era de estatura media y vestía bien, pero sin resultar ostentosa. Pasaba claramente de los cincuenta y, sin embargo, se mantenía esbelta. Llevaba el pelo teñido de un castaño intenso y un maquillaje discreto.

—Antes de empezar —dijo Beauvoir tras sentarse en la silla que ella le había indicado—, tengo noticias para ustedes, y no son buenas.

Se oyó un bufido de Hugo, que se volvió hacia Caroline cuando ella le lanzó una mirada de reproche.

—¿Qué pasa? —le espetó—. Como si cualquier noticia a estas alturas pudiera ser buena. Todo es una mierda. —Se volvió hacia Adrienne—. Con perdón.

Su excuñada lo miraba con una expresión casi divertida y sin duda afectuosa.

—Tienes razón, Hug, esto es una mierda.

Caroline se dio la vuelta, distanciándose de ellos y a Gamache le pareció ver un iceberg desprendiéndose de tierra firme.

Y alejándose.

Aunque sospechaba que eso había ocurrido mucho tiempo atrás. Las mareas podían haber acercado a Caroline en ocasiones, pero siempre sería un ente independiente, y también vulnerable a las corrientes y a las resacas, al flujo y reflujo de las opiniones y los juicios.

Probablemente desde la infancia.

Podía ver, detrás de ellos, las fotografías de la estantería, y aunque estaba lejos y aún le costaba un poco enfocar, pudo distinguir el pequeño marco plateado y la borrosa imagen de los tres niños que sonreían a la cámara con sus trajes de baño empapados y los brazos bronceados rodeando confiadamente los hombros del vecino.

Y a Caroline en el centro, flanqueada por sus hermanos.

¿Había sido feliz entonces, lo había sido alguna vez?

¿O ya habían empezado a formarse las grietas? La frialdad, el endurecimiento, la distancia.

¿Estaban en su naturaleza o había ocurrido algo?

Y como siempre, en el fondo de sus pensamientos, se hallaba la cuestión principal:

¿Por qué había muerto uno de ellos?

—Su hermano —dijo Beauvoir mirando primero a Caroline y a Hugo y después a Adrienne—: su ex marido... —Ella asintió levemente con la cabeza—. No murió en un accidente: su muerte fue intencionada. —Guardó silencio unos segundos y luego añadió—: Lo asesinaron.

Fue una afirmación breve y tajante.

Tanto él como Gamache sabían que no era fácil procesar el alcance de esas palabras: aludían a algo demasiado grande, demasiado extraño, demasiado monstruoso. La mayoría de la gente se los quedaba mirando fijamente, como ahora lo miraban a él, mientras asimilaban las palabras y su significado, luego la cosa calaba más hondo e iba de sus cabezas a sus corazones.

Donde moraría para siempre.

«Lo asesinaron.»

Caroline se puso muy tensa, y Hugo, tras un momento de confusión, alargó la mano... y cogió la de su hermana.

A Gamache le pareció un acto de apoyo mutuo automático, improvisado, instintivo.

Adrienne, sentada en un sillón orejero, cerró los dedos sobre los brazos del asiento y apretó hasta que los nudillos se le pusieron tan blancos como la cara. A Gamache le dio la impresión de que estaba a punto de desmayarse.

Beauvoir se levantó, fue a la cocina y volvió con vasos de agua, pero no sin antes dirigirse a la puerta principal y hacer una señal al inspector Dufresne.

Gamache pudo oír los murmullos en el recibidor y el trasiego de los agentes. Luego, el equipo de Homicidios de la Sûreté entró en la casa.

La autopsia había dado comienzo.

Hugo había abandonado su vaso y se dirigía al pequeño mueble bar.

—A la porra con el agua —soltó mientras servía tres whiskies. Les tendió sus vasos a Caroline y a su cuñada con manos temblorosas y luego apuró el suyo de un trago.

Adrienne dio un buen sorbo y recuperó el color, pero Caroline simplemente sostuvo el vaso en la mano, como si hubiera olvidado cómo se hacían cosas tan cotidianas como beber... y respirar.

—¿Cómo? —preguntó.

—¿Por qué? —quiso saber Hugo.

—¿Está seguro? —añadió Adrienne.

Esta última pregunta era la más natural, aunque sin duda Adrienne conocía la respuesta: si el inspector jefe Beauvoir no estuviera seguro no se habría presentado allí para comunicárselo. Pero ella tenía que preguntarlo de todos modos.

Los otros dos, sin embargo, no lo habían hecho.

Habían planteado otras preguntas previsibles: ¿cómo?, ¿por qué?, pero sin cuestionar la afirmación de que alguien había asesinado a su hermano.

—Estamos seguros —confirmó Beauvoir—. ¿Saben de alguien que pudiera desear su muerte?

En ese mismo momento, en otro continente, el Kontrollinspektor Gund se reclinaba en su silla.

Era casi la medianoche de una noche tranquila en la comisaría, y había tenido tiempo de indagar un poco para aquel quebequés que, como había comprobado, era un pez gordo.

Había supuesto que sería una búsqueda rutinaria aunque se tratara de un testamento muy antiguo.

«Un acontecimiento de la tercera edad...» Sonrió al recordar la épica lucha que aquel pobre hombre había tenido que librar con la lengua alemana.

Pero su sonrisa se desvaneció al leer lo que aparecía en la pantalla. Se desplazó hacia abajo con la rueda del ratón y de pronto se reclinó asombrado en el asiento.

—Nadie está libre de culpa —comenzó Caroline con un tono un tanto remilgado—, pero soy incapaz de creer que Anthony haya lastimado tanto a alguien como para que quisiera matarlo.

—No se trata necesariamente de que le haya hecho daño a alguien —explicó el inspector jefe Beauvoir—. Los motivos pueden ser... —Buscó la palabra adecuada—... Complejos. Es posible que su hermano tuviera algo que otra persona deseaba muchísimo, o podría haberse interpuesto en el camino de alguien en su trabajo, o haber descubierto algo.

Gamache, sentado en silencio en la periferia del círculo, se limitaba a escuchar y a observar en busca de algún indicio, de alguna reacción.

Pero los tres negaron con la cabeza.

—Tengo entendido que monsieur Baumgartner trabajaba para Inversiones Taylor & Ogilvy como asesor financiero —prosiguió Beauvoir.

—Así es —confirmó Caroline—: invertía el dinero de otra gente.

—Actuaba como una especie de gestor económico —aclaró Hugo—. Creaba una cartera, obtenía la aprobación del cliente y luego otros hacían las operaciones.

—Ya veo.

A un lado, un agente de policía tomaba notas.

—Investigaremos eso, por supuesto —dijo Beauvoir—, pero ¿había habido algo fuera de lo corriente en su trabajo? ¿Un cliente descontento, una mala inversión, algún indicio de fraude?

—No, nada —contestó Caroline.

—¿Era bueno en su trabajo?

—Mucho —respondió Adrienne.

—Siento interrumpir, pero ¿te importa que haga yo una pregunta? —intervino Gamache.

—Por favor —repuso Beauvoir.

—¿Alguno de ustedes invirtió con él?

Los tres se miraron y a continuación negaron con la cabeza.

—¿Y por qué no?

—Yo sí lo hice, pero hace mucho tiempo: nunca me pareció buena idea mezclar los negocios con la familia —reveló Caroline.

Hugo estaba más callado que de costumbre, y Adrienne se había puesto muy tiesa de pronto.

—¿Madame? —preguntó Gamache volviéndose hacia ella.

—Cuando nos divorciamos me llevé mi dinero a otro despacho, por supuesto.

—¿Pese a que seguían siendo amigos?

—Bueno, eso llevó cierto tiempo.

—Ya veo, ¿y sus hijos?

—¿Qué pasa con ellos?

—Me pregunto si tienen alguna inversión, algún dinero en un fideicomiso o un fondo para la universidad, esa clase de cosas.

—Sí, cada uno tiene una cuenta.

—¿Con su padre?

—No.

—¿También movió ese dinero?

—*Oui*.

Beauvoir se percató de que las respuestas de madame Fournier eran cada vez más cortantes, y de que no quedaba mucho más por cortar antes de que guardara silencio.

Y, en efecto, el silencio se apoderó de la sala de estar.

Así como otros investigadores insistían y presionaban durante los interrogatorios, sobre todo cuando encontraban un punto débil, Gamache les había enseñado a sus agentes el verdadero poder del silencio.

Éste podía resultar mucho más amenazador que los gritos, aunque éstos eran también un recurso posible... pero no en ese momento y en ese lugar.

En ese momento, el silencio llenaba la habitación.

Hugo pareció inquieto, Adrienne enrojeció.

¿Y Caroline?

Caroline esbozó una sonrisa.

Fue leve y fugaz, pero inconfundible.

Era una sonrisa de satisfacción.

Hugo hizo un ruido extraño, pero ella lo hizo callar con un ruidito: una mezcla de carraspeo y susurro.

Era como si hermano y hermana se entendieran con un código primario donde los gruñidos eran suficientes.

De nuevo imperó el silencio, los envolvió hasta tal punto que incluso el joven agente del rincón pareció inquietarse.

—¿Qué quieren de mí? —preguntó finalmente Adrienne.

—Queremos que nos diga lo que sabe —respondió Gamache—, eso es todo.

—Díselo, Adrienne —la animó Hugo—. Fue hace años, y van a enterarse de todos modos. No es ninguna vergüenza.

—Para ti, tal vez.

De nuevo se hizo el silencio mientras todos miraban fijamente a la ex mujer de Anthony Baumgartner.

—Mi marido tuvo una aventura con alguien de su trabajo —dijo por fin—. Lo descubrí, y eso acabó con nuestro matrimonio. Por eso me llevé de la empresa no sólo mi dinero, sino también el de nuestros hijos: se lo quité a él.

—¿Cuándo ocurrió todo eso? —preguntó Beauvoir.

—Hace tres años.

—¿Y él y su amante seguían juntos?

—No, eso se acabó.

—¿Cómo se llama esa persona? —quiso saber Beauvoir.

—¿Importa?

—Podría ser: hay gente muy rencorosa. Dígame su nombre, por favor.

De nuevo esa sonrisita de Caroline: fugaz, engreída, cruel.

—Se llamaba Bernard.

Beauvoir arqueó las cejas.

—Ya veo.

—¿Lo ve? —ironizó Adrienne—. Me pregunto qué es lo que ve. ¿La humillación? ¿Las mentiras? ¿Primero las pequeñas y luego esa grande y apestosa que fue nuestro matrimonio? Quise a un hombre que no me amaba, que no podía amarme, o al menos no de la misma manera que yo. Él mismo admitió que nunca me había querido y nunca me querría. Estábamos los dos ahí de pie. —Señaló la chimenea—. Ahí fue donde terminó nuestro matrimonio, cuando me enfrenté a él y lo admitió. Ni siquiera trató de suavizar el golpe. Parecía aliviado. Para mí fue como si el suelo desapareciera bajo mis pies, y él, en cambio, sólo sentía alivio. No abrigaba sentimiento alguno por mí ni por los niños, sólo quería liberarse, salir del armario, él mismo me lo confesó.

—Y al cabo no salió, ¿verdad? —comentó Hugo.

—¿Nunca salió del armario? —quiso saber Beauvoir.

—No.

—¿Por qué?

Adrienne estaba a punto de responder, pero no lo hizo. Había encogido tanto los hombros que casi le rozaban las orejas, pero se relajó poco a poco.

Miró a Hugo, que le hizo un pequeño gesto de apoyo. Sus ojos pasaron de largo ante Caroline y fueron a posarse en Beauvoir.

—La verdad es que no lo sé. No llegué a preguntárselo nunca. Si he de serles franca, creo que me produjo un gran alivio que fuera discreto, por el bien de los niños... y quizá —añadió— también por mí. Nunca dejé de quererlo. Habría seguido a su lado si él lo hubiera aceptado. Nunca se lo confesé a nadie. Yo no lo amaba porque fuera heterosexual, sino porque era Tony.

Miró a su alrededor.

—Odio esta habitación.

Gamache se preguntó si sólo odiaba la habitación.

24

—Disculpen —dijo el inspector jefe Beauvoir cediéndole su sitio al inspector Dufresne—, los dejo con el inspector y el superintendente jefe.

Se levantó y, tras saludar con la cabeza a su inspector, cruzó una mirada con Gamache.

Éste sabía perfectamente lo que iba a hacer luego.

Lo mismo que hacía él cuando era jefe de Homicidios.

Ya había escuchado a la familia, ahora tocaba conocer a la víctima y hurgar en su vida.

Beauvoir recorrió las habitaciones una por una.

Los agentes hacían fotografías, tomaban muestras, abrían cajones y armarios...

Y lo saludaban:

—Jefe.

Él les devolvía el saludo, pero, por lo demás, permanecía en silencio, observando, asimilándolo todo. No controlaba la actividad de los agentes, se empapaba del entorno.

Siempre producía una sensación extraña pasearse sin invitación por la casa de una persona; verla como la había dejado por la mañana sin ser consciente de que nunca volvería, sin saber que aquél era el día de su muerte.

Aquel lugar transmitía algo sólido, confortable, tranquilo. Era un hogar, no una casa para presumir.

Las paredes eran de un suave azul grisáceo, pero había detalles que parecían casi juguetones, como el estampado geométrico verde lima de las cortinas del dormitorio principal o los carteles *vintage* de la una exposición de 1967 en el pasillo.

Había ropa sobre una silla del dormitorio, pañuelos de papel estrujados en la papelera...

En la cómoda había monedas sueltas y una foto enmarcada de Anthony con sus hijos, un niño y una niña, y en la mesilla de noche, un ensayo sobre política estadounidense y un ejemplar de la revista *L'actualité*.

Sacó un bolígrafo y abrió el cajón con cuidado: más bolígrafos, revistas, pastillas para la tos...

Cerró el cajón y observó la estancia. Quería saber si alguien más vivía allí, o si había acudido de visita, a pasar la noche.

No parecía haber ropa de nadie más, ni otro cepillo de dientes.

Si Anthony tenía pareja o amante, allí no había indicio de ello. Se encaminó de nuevo pasillo abajo y entró en la habitación que Baumgartner usaba como estudio. Entonces se detuvo en seco.

No sabía gran cosa sobre arte, no reconocía a ningún artista, con una sola excepción, y esa excepción estaba en la pared, sobre la chimenea del estudio.

Era un Clara Morrow, y no cualquiera: una litografía de su retrato de Ruth...

Clara había pintado a la anciana poeta chiflada como una envejecida, olvidada y amargada Virgen María.

Una mano en forma de garra ceñía un mantón azul raído en torno a su cuello. Su rostro estaba lleno de odio, de rabia. En esa vieja canosa no había un ápice de la tierna y joven virgen que todo el mundo recuerda.

Ruth.

Pero... ahí estaba, en sus ojos: un destello.

Con todas sus pinceladas y detalles, con todo su colorido, la pintura se reducía finalmente a un pequeño punto.

Ruth, en su papel de la Virgen María, veía algo en la distancia, algo apenas visible, apenas presente...

En los ojos casi ciegos de aquella anciana amargada, Clara Morrow había pintado la esperanza.

Beauvoir sabía que la mayoría de las personas que miraban aquel cuadro veían la desesperación, y así se perdían la esencia misma de aquella pintura: aquel único punto.

Pero los pocos que lo captaban no lo olvidaban nunca.

Por eso los marchantes y coleccionistas volvían y descubrían más tesoros en los extraños retratos de Clara, a veces fantásticos y a veces engañosamente convencionales.

Pero era ese retrato de Ruth el que había labrado su reputación y su carrera, ese retrato con ese ínfimo punto destellante.

Beauvoir le hizo una pequeña reverencia al retrato y le pareció oír a la vieja poeta gruñir: «¡Tonto del culo!»

—Vieja bruja —murmuró.

Los agentes que trabajaban en el estudio lo miraron, pero él se limitó a hacerles un gesto seco con la cabeza para que continuaran.

Luego se paseó por la habitación procurando no estorbar a nadie y se detuvo ante la repisa de la chimenea para observar las fotografías.

Anthony Baumgartner con amigos, con políticos, en comidas de negocios... más fotos de sus hijos... una con la que ya era su ex mujer, ambos atractivos y seguros de sí mismos: hacían buena pareja. Entonces cogió una pequeña foto con marco plateado. Era en blanco y negro; debían de ser los padres.

El padre era delgado y apuesto. No sonreía, parecía severo. «Un hombre difícil de complacer», supuso él.

Y el hijo se parecía al padre, al menos físicamente. ¿También en la personalidad? No, si la referencia eran las fotos: en ellas, Tony casi siempre sonreía.

Pero había demostrado con creces que se le daba muy bien ocultar lo que realmente sentía.

Beauvoir se centró en la otra persona que aparecía en la foto.

La Baronesa.

Se mirase por donde se mirase era fea, con aquel cuerpo rechoncho, los hinchados ojos de perro de aguas y una tez que incluso en la vieja fotografía se veía llena de manchas.

Pero sonreía, y parecía rodeada por un halo de alegría casi permanente. También había un brillo en sus ojos, y él se encontró de pronto devolviéndole la sonrisa.

A pesar de las apariencias, la Baronesa era mucho más atractiva que su marido.

Aunque también había cierta altivez en su rostro, algunos indicios de astucia.

Era evidente que Hugo Baumgartner se parecía a ella.

¿Y Caroline Baumgartner? Más al padre que a la madre, aunque también tenía la altivez de la Baronesa. Sin embargo, lo que en la madre parecía astucia, en la hija era crueldad.

Las fotografías eran interesantes, incluso reveladoras, pero lo que en verdad le interesaba a él estaba sobre el escritorio: el portátil de Anthony Baumgartner.

—¿Ya has terminado? —le preguntó al agente que había estado sentado al escritorio revisando los papeles.

—*Oui, patron.*

Se levantó y le cedió la silla. Beauvoir se sentó frente a la pantalla.

A la izquierda del ordenador había papeles con cifras y algunos sobres listos para ser enviados.

Estos últimos no iban dirigidos a Baumgartner: él era el remitente, no el destinatario.

Leyó una de las cartas. Parecía una explicación bastante estándar de las inversiones y del estado del mercado.

Los otros papeles parecían informes financieros.

Abrió los cajones del escritorio: ahí dentro había más papeles.

—¿Los has revisado?

—*Oui.*

Sacó los papeles y les echó un vistazo. El desorden de los cajones contrastaba con la pulcritud del escritorio. La vida de mucha gente era así: una habitación ordenada y un armario revuelto; encimeras impecables y caos dentro de los armarios de la cocina.

Pero, como detective de Homicidios, también sabía que lo que buscaba habitaba a menudo en ese espacio entre lo público y lo privado. A medida que fueran recorriendo la vida de Anthony Baumgartner, esa caverna entre lo público y lo privado empezaría a estrecharse hasta que lo que fuera que se escondía ahí dentro se viera obligado a salir.

Examinó con atención cada hoja de papel, alisándola y colocándola a la derecha del portátil.

Buscaba una cosa en concreto.

Cuando terminó, se volvió hacia el ordenador y lo miró con atención.

Baumgartner, como la mayoría de la gente, debía de proteger sus dispositivos con una contraseña. Su iPhone había aparecido destrozado aquella misma tarde, entre los escombros de la casa de labranza, pero los especialistas tenían esperanzas de poder recuperar alguna información.

Beauvoir sabía que casi todo el mundo batalla con las contraseñas, que se inventa unas cuantas y luego las olvida, de modo que termina poniendo la misma en todos los dispositivos, la anota y esconde el papel en alguna parte.

Con lo cual sólo hay que recordar el escondite, y no la contraseña.

Gruñó al ponerse de rodillas y luego se tumbó boca arriba en la alfombra para examinar la parte de abajo del escritorio. Nada. Se volvió de costado y se puso en pie.

—¿Habéis encontrado algo que pudiera ser la contraseña del portátil? —le preguntó al agente al mando.

—Nada —contestó éste.

—Bueno, sí —dijo otro—: había un trozo de papel detrás del cuadro de la vieja loca.

Beauvoir sintió que se le aceleraba el corazón y se acercó a echar un vistazo. En efecto, había un trozo de papel pegado con cinta adhesiva. Tenía escrito un número y las palabras «Virgen María».

—*Merde* —susurró.

Había aprendido lo suficiente sobre el mundo del arte para saber que se trataba de una litografía numerada de la Virgen María, y ése era el número que aparecía allí.

Sentado de nuevo ante el escritorio, volvió a mirar los papeles que Tony Baumgartner había dejado junto a su portátil.

Se levantó y se dirigió al dormitorio principal.

—Agente Cloutier, ¿me acompañas, por favor?

—*D'accord, patron.*

La mujer, de unos cuarenta años, pareció a la vez aliviada e inquieta ante la llamada del inspector jefe Beauvoir.

—Hugo —dijo Gamache.

—¿Sí?

—Está usted muy callado.

—No tengo nada que añadir: mi hermana y Adrienne están haciendo un buen trabajo. No tengo ni idea de quién podría haber querido hacerle daño a Tony.

—¿A qué se dedica, monsieur? —preguntó el inspector Dufresne.

Ya habían establecido que Caroline era una agente inmobiliaria exitosa, al menos según ella. Decía que estaba entre las mejores de su especialidad.

Como descubrirían más tarde, no era mentira... del todo: su especialidad eran los apartamentos para familias jóvenes, lo que la ponía a la cola de los agentes inmobiliarios realmente exitosos de Quebec.

—Soy asesor financiero —respondió Hugo.

—¿Como su hermano? —preguntó Dufresne.

—Sí.

Gamache había notado el leve titubeo, aunque fingió no darse cuenta.

—¿Trabajaban juntos?

—No, en compañías diferentes: yo trabajo para Inversiones Horowitz.

Gamache no se inmutó, pero tomó buena nota de ese dato.

Era la misma empresa que él y Reine-Marie utilizaban para sus inversiones. Aunque tenía su sede en Montreal, donde el señor Horowitz la había fundado décadas atrás, se había extendido por el mundo y contaba con oficinas en Nueva York y París.

—¿Y qué hace usted allí, señor Baumgartner? —preguntó Dufresne.

—Soy vicepresidente ejecutivo. Tengo una cartera de clientes y administro su patrimonio.

Hugo sonrió, algo que, paradójicamente, lo hacía parecer aún más feo, como una de esas calabazas iluminadas por dentro.

Sin darse cuenta, Gamache había dado por hecho que Hugo Baumgartner era un poco paleto: si trabajaba en Inversiones Horowitz, debía de ocupar algún puesto secundario y hacer su trabajo con afabilidad, sin duda, pero también con displicencia, sin ambición. Eso sí: seguro que abrigaba algún resentimiento hacia un hermano que había nacido con estrella... mientras que él había nacido estrellado.

Gamache sonrió para sí: una vez más, un error de juicio lo hacía sentirse humillado. ¿Cuántas veces les había advertido a sus agentes que no hicieran suposiciones, que no sacaran conclusiones precipitadas?

Y ahí estaba él, haciendo precisamente eso.

No se le había ocurrido que aquel hombre tosco pudiera ser un gestor de fortunas, un tipo que manejaba decenas de millones, quizá cientos de millones de dólares.

Tendría que hacer una llamada telefónica.

Aunque eso estaba muy abajo en su lista de prioridades, primero había que plantear una pregunta...

En eso, Beauvoir se acercó por el pasillo y llamó su atención.

—¿Podemos hablar? —le propuso en silencio, simplemente moviendo los labios.

Gamache titubeó: quería... necesitaba plantear una pregunta, pero sabía que Jean-Guy jamás lo habría interrumpido a no ser que fuera algo importante.

—*Excusez-moi* —dijo levantándose e indicándole a Dufresne que continuara.

—¿Has encontrado algo? —preguntó Gamache mientras caminaban pasillo abajo.

—Dejaré que la agente Cloutier te lo explique —repuso Jean-Guy.

Hablaba en voz baja, pero parecía excitado.

Gamache entró en el estudio y se encontró cara a cara con la maníaca figura de Ruth. Arqueó las cejas y después se volvió hacia la mujer que estaba sentada al escritorio.

Y ella, con solo verlo, se levantó de un salto.

—*Patron*.

—Agente Cloutier —dijo él saludándola con una inclinación de cabeza—. Dime qué tienes.

Originalmente la había fichado la división financiera de la Sûreté. Era una contable, ni mucho menos una agente de campo; de hecho, ni siquiera trabajaba en la contabilidad forense, sino en control presupuestario. Pero Gamache había quedado impresionado con ella y, tras hablarlo con la inspectora jefe Lacoste, había organizado su traslado temporal a Homicidios para ver si encajaba.

Por supuesto, había toda una división de delitos financieros, pero el dinero, oculto o no, era un móvil tan frecuente de los asesinatos que él pensaba que sería útil tener a alguien con conocimientos financieros específicamente adscrito a Homicidios, e Isabelle Lacoste había aceptado.

A Cloutier, por su parte, no le había parecido tan buena idea. La posibilidad de que la llamaran para acudir al lugar donde se había cometido un asesinato o le pidieran que registrara la casa de una víctima no era sólo algo extraño para ella; a sus cuarenta y ocho años, era como si la hubiera secuestrado un extraterrestre.

No se sentía precisamente feliz, y mucho menos en ese momento, cuando se hallaba frente a frente con el gran jefe alienígena.

«Aunque no parece en absoluto un extraterrestre», se dijo a sí misma. «Sólo faltaba», se respondió.

Cuando se había enterado de que su jefa, la inspectora jefe Lacoste, había resultado herida de gravedad en una redada se había quedado horrorizada, y no sólo por la suerte de la pobre Lacoste, sino por su propia suerte: temía que un día cualquiera la obligaran a participar en una operación como ésa; no se daba cuenta que era más probable que llevaran al gato de la jefatura antes que recurrir a ella.

Aun así, era evidente que, en Homicidios, el trabajo no consistía en anotar cifras en libros de contabilidad, ni en hacer provisiones de fondos o recortes en un departamento u otro. Había vidas en juego.

Y ella no quería ni quitar una vida ni perder la suya.

No conocía al superintendente Gamache y no sabía que él había propuesto su traslado y vigilaba sus progresos... o su falta de progreso.

El propio Gamache había tenido que admitir que el traslado no había sido un éxito: era evidente que no estaba satisfecha, y un agente descontento nunca daba lo mejor de sí. Estaba a punto de pedir que la transfirieran de nuevo a finanzas cuando se produjo la redada...

Entonces, todo cambió; es decir: siguió igual.

La gran Sûreté du Québec estaba en punto muerto hasta que se resolviera la cuestión del liderazgo y, por el momento, Cloutier seguía atascada allí y el inspector jefe Beauvoir tenía que cargar con una agente que preferiría arrancarse un brazo a mordiscos si eso le permitiera salir de Homicidios y volver a contabilidad.

Pero por ahora estaba en Homicidios, y además en la casa de Anthony Baumgartner, mirando al superintendente jefe casi muda, aunque no muda del todo: por desgracia para ella, un leve balbuceo escapaba de sus labios haciéndola parecer menos cuerda de lo que en realidad estaba.

Gamache lo advirtió e intentó echarle una mano:

—¿Qué has encontrado, agente Cloutier? ¿Estaba en esos papeles? —Señaló el montón que había sobre el escritorio.

—En éstos —repuso señalando el mismo montón.

Gamache la miró un tanto confundido.

—Bueno, éstos son ésos, claro —añadió aparentemente aún más confundida que su jefe—. Ja, ja, ja. Sí, en fin... sin duda tengo algo, pero no es definitivo.

El inspector jefe Beauvoir soltó un suspiro.

No sabía que, poco antes, el propio Gamache había hecho un papelón parecido intentando hacerse entender en alemán.

Pero Gamache tenía claro que, pese a lo que pudieran dictar las apariencias, ni él mismo ni la agente Cloutier eran unos idiotas.

—¿Tiene que ver con las finanzas personales de Anthony Baumgartner? —preguntó lanzándole un nuevo salvavidas.

Se había fijado en que los papeles contenían muchas cifras.

—Sí... no... la verdad es que no lo sé.

Jean-Guy empezó a preguntarse si tal vez debería quitarle la pistola. No es que creyera que podría dispararle a alguien de forma intencionada, pero...

Gamache sonrió.

—Sentémonos.

Le hizo señas a la agente para que volviera a ocupar la cómoda silla que había detrás del escritorio y acercó otras dos para él y Jean-Guy.

—Ahora, agente Cloutier, dinos qué ha sido lo que te ha llamado la atención.

—En primer lugar, esto. —Cogió uno de los papeles que había delante del portátil—. Se trata de estados de cuentas de clientes de Taylor & Ogilvy. —Su voz sonaba cada vez más segura—. Supongo que Baumgartner trabajaba para ellos, ¿no?

—*Oui.*

—Pues resulta bastante raro, cuando no poco ético, que un asesor financiero guarde en casa documentos privados y confidenciales como ése. Una cosa es tenerlos en un ordenador protegido por una contraseña —explicó— y otra muy distinta conservar una copia impresa que cualquiera podría leer. Doy por hecho que monsieur Baumgartner tenía la experiencia suficiente para saber que eso no es correcto.

—¿Y por qué crees que lo hacía? —preguntó Gamache.

—No lo sé con seguridad, por supuesto —respondió ella—, pero se me ocurren dos razones: o necesitaba trabajar en casa y pensaba que nadie se daría cuenta o a nadie le importaría, o estaba tramando algo.

—¿Y qué podría ser eso que tramaba?

—Antes de entrar en esa cuestión —repuso ella—, me gustaría insistir en lo raros que resultan todos estos papeles...

Hizo una pausa confiando en que sus jefes comprenderían lo que intentaba decir.

—Tienes razón —dijo Beauvoir captándolo antes que Gamache—, ¿por qué trabajaba en papel y no directamente en el ordenador, en un archivo electrónico?

—Exacto: ¿qué sentido tenía que guardara aquí todos estos documentos impresos?

—Pues yo recibo mis estados de cuentas por correo postal —intervino Gamache—, no por correo electrónico.

—Sí, por cuestiones de seguridad, la mayoría de los informes se siguen enviando por correo postal —confirmó ella—, pero no me imagino a Baumgartner poniendo los estados de cuentas en sus sobres y llevándolos él mismo al correo: eso normalmente lo hace un secretario o secretaria, y desde el propio despacho. Estos sobres no tienen sentido aquí.

—Eso si estamos hablado de fines legítimos —dijo Beauvoir.

—Exacto.

—¿Y con qué fines ilegítimos podría tener todos esos documentos impresos en casa? —quiso saber Gamache.

La agente miró el ordenado montón de papeles sobre el escritorio.

—Porque no quería que nadie más los viera; sobre todo su secretario o secretaria, que habría sabido de inmediato que algo raro pasaba.

—¿Y qué crees que estaba pasando? —preguntó Beauvoir.

—Hasta que no pueda entrar en su ordenador no lo sabré con seguridad, pero está claro que esos sobres iban dirigidos a personas con carteras millonarias, y los estados de cuentas muestran toda clase de transacciones: parecen legítimos.

—Pero ¿no lo son? —insistió Gamache.

—Puede que sí, pero no estoy segura —repuso ella.

El superintendente jefe Gamache asintió. Cada año, la Sûreté tenía que investigar unos cuantos delitos financieros. Algunos eran de poca monta, incluso francamente estúpidos; otros se acercaban al límite (un límite que Gamache le había aconsejado al primer ministro que moviera hacia abajo), pero no llegaban a cruzarlo; y otros más no cruzaban exactamente esa frontera, sino que cavaban túneles profundos, oscuros y sobre todo muy largos para pasar por debajo.

Cuando esos delitos (esos túneles) se destapaban, se descubría que los ahorros personales se habían esfumado, que los fondos de pensiones habían desaparecido; en suma, que cierta persona o personas estaban en la ruina, y a menudo se trataba de personas mayores que nunca podrían recuperarse.

Era una tragedia intencionada, un fraude, un robo que no sólo se cometía durante años, sino en comidas, cenas, bautizos, bar mitzvás y bodas. Durante el proceso, el asesor, el contable o el gestor se acercaba cada vez más a la persona en cuestión y a su familia, y mientras tanto les iba robando todo lo que tenían.

Al fin y al cabo, ¿quién sino el asesor, el contable o el gestor en el que has depositado tu confianza puede estafarte a todos los niveles?

Gamache miró aquellos papeles y la pantalla del ordenador apagado. Después paseó la vista por el confortable estudio.

Y finalmente se levantó.

Cloutier y Jean-Guy hicieron lo mismo.

—Llama a Taylor & Ogilvy —le dijo Jean-Guy a la agente— y averigua todo lo que puedas sobre Anthony Baumgartner, pero sé discreta.

—Sí, jefe.

—E investiga también las finanzas del propio Baumgartner; sus cuentas bancarias, ocultas o no.

—*Oui, patron* —respondió ella con voz clara y confiada.

Ella era capaz de hacer eso, y de hacerlo bien.

Gamache siguió a Jean-Guy hasta la sala de estar.

Antes, cuando Jean-Guy lo había llamado, tenía una pregunta que plantear, ahora tenía muchas.

25

Adrienne, Caroline y Hugo se quedaron mirando al inspector jefe Beauvoir como si hubiera perdido la chaveta, como si, al igual que Gamache le había hablado al Kontrollinspektor Gund aquel mismo día, Beauvoir les hablara en una lengua que en realidad no existía.

—¿Que Tony estafaba a sus clientes? —exclamó Adrienne—. ¡Tony! —Estaba a punto de reír—. Por supuesto que no.

Miró a Caroline y a Hugo, que también negaban con la cabeza.

—Ustedes tienen idea de cómo era mi hermano —dijo Caroline—. Nunca habría hecho una cosa así. ¡Si era voluntario en un hospital para enfermos terminales, por el amor de Dios!

Aquel comentario era incongruente, pero no del todo absurdo. Gamache entendió qué quería decir: sólo una persona malísima robaría a sus clientes y, si el hermano era lo suficientemente bueno como para trabajar como voluntario con enfermos terminales, no podía ser una persona malísima.

Pero Gamache sabía que las cosas no funcionaban así: un gran número de delincuentes y criminales eran ciudadanos modelo en otras áreas de sus vidas.

—¿Monsieur? —dijo Hugo Baumgartner, y Beauvoir se volvió hacia él.

Gamache escuchaba y observaba con atención.

—Podría creerlo de mí mismo antes que de Tony. Es absolutamente imposible que mi hermano hiciera algo escasamente ético, por no decir francamente ilegal.

Beauvoir se volvió hacia Caroline.

—Por pura curiosidad —le dijo—, ¿sabía que su hermano era gay antes de que él mismo saliera del armario?

Ella negó con la cabeza, desconcertada por el cambio de tema.

Beauvoir miró a Adrienne y a Hugo, que también negaron con la cabeza.

—¿Es posible que no conocieran a su hermano tan bien como creían?

Las mejillas de Caroline enrojecieron de inmediato, y Hugo pareció enfadado por primera vez.

—¡No es lo mismo! —exclamó—. Una cosa es la propia naturaleza y otra el carácter. Una es involuntaria, el otro supone una elección: la gente no elige ser gay, pero sí infringir la ley. ¡Que mi hermano fuera homosexual no lo convierte en un criminal!

—No estaba diciendo eso, señor Baumgartner, y sospecho que usted lo sabe —repuso Beauvoir manteniendo un tono firme, aunque con una leve inflexión de fastidio—. Me refería a que a su hermano se le daba muy bien guardar secretos: llevaba dos vidas privadas, ¿por qué no iba a llevar también dos vidas profesionales sin que ustedes lo supieran?

—Entonces, ¿por qué nos lo ha preguntado? —dijo Adrienne.

Gamache sabía adónde quería ir a parar Jean-Guy: planteaba la cuestión porque sabía que la respuesta les revelaría más sobre la familia que sobre la víctima.

Hugo miró hacia el pasillo y luego volvió a mirar a Beauvoir.

—Han encontrado algo en su estudio, ¿verdad? Déjenme verlo, puedo sacarlos del error, explicar cualquier cosa que pueda parecer extraña o incriminatoria.

El inspector jefe Beauvoir reflexionó durante unos segundos y finalmente dijo:

—Vengan conmigo.

Todos lo siguieron. Caroline encabezaba el grupo.

—Un momento, madame.

Beauvoir le impidió entrar en el estudio.

Ella asintió y permaneció fuera, él entró y habló con la agente Cloutier, que estaba al teléfono.

Cuando le indicó que ella y los demás podían pasar, Caroline y Hugo entraron sin dudarlo, pero Adrienne se detuvo en el umbral tal vez sin darse cuenta de que Gamache estaba a su espalda.

Aquél era el espacio privado de Anthony Baumgartner: su santuario. El gastado sillón de cuero frente a la chimenea había adoptado la forma de su cuerpo. Su portátil estaba sobre el escritorio, sus libros en las estanterías. Había fotos de momentos familiares y de éxitos empresariales.

Aquella habitación incluso se parecía a él: era elegante, masculina, relajada.

Ligeramente juguetona, con la alfombra naranja.

Viéndola encogerse un poco, Gamache se sorprendió de lo mucho que amaba a su marido. Era, pensó, la clase de amor capaz de replegarse sobre sí mismo y convertirse en odio.

—¿Esto es todo lo que tienen? —preguntó Hugo señalando los papeles que había junto al portátil.

—En efecto —respondió Beauvoir sin amedrentarse por el tono.

—Estaba trabajando en las cuentas de sus clientes, nada más —explicó Hugo.

—¿En casa? —preguntó Beauvoir.

—Bueno, es poco corriente —admitió Hugo—, pero podría verse como un indicio de cuán responsable era mi hermano, que incluso trabajaba para sus clientes en su tiempo libre. Esto no prueba ningún delito, todo lo contrario.

—¿Y por qué trabajaba en papel?

—¿Perdón?

—Si estaba trabajando en los estados de cuentas de sus clientes, ¿por qué no lo hacía en el ordenador?

—La gente de la edad de mi hermano muchas veces prefiere trabajar en papel —repuso Hugo—. Yo mismo suelo hacer que me impriman las hojas de cálculo: así es más fácil revisarlas.

—Hojas de cálculo, sí —repuso Beauvoir—, pero no un estado de cuentas. ¿Eso le parece lógico?

Hugo se encogió de hombros.

—Todos tenemos nuestros sistemas. Que ustedes den por hecho que mi hermano estaba robando sólo porque han visto estas pocas hojas de papel me parece... bueno, creo que es injusto: él es la víctima, no el criminal.

—*Merci, monsieur* —concluyó Beauvoir—. Ahora pasemos al portátil. ¿Conocen su contraseña?

Los hermanos y la ex cuñada se miraron y negaron con la cabeza.

—¿Los nombres de sus hijos? —sugirió Adrienne.

—¿El número de la casa? —propuso Caroline.

Beauvoir sospechó que acababan de revelar sus propias claves sin darse cuenta.

Una vez más, Hugo guardó silencio, pero sus ojos volvían una y otra vez al montón de estados de cuentas.

—Tengo que hacerles una pregunta —dijo Gamache desde la puerta, y vio que Adrienne se sobresaltaba al descubrir que había estado todo ese tiempo a sus espaldas.

—¿Quién lleva ahora sus cuentas?

Lo preguntó mirando atentamente a Caroline: era la cuestión que quería plantearle desde hacía rato.

Siguió una larga pausa.

—Las llevo yo, superintendente jefe —contestó finalmente Hugo.

—Caroline, antes me ha dicho que había dejado de confiarle su dinero a Anthony porque no quería mezclar familia y negocios, es evidente que eso no es cierto.

—Hugo y yo siempre hemos estado más unidos —respondió ella—, no le di más vueltas.

—Eso tendría sentido si Hugo hubiera llevado sus cuentas desde el principio, pero no fue así. Usted le había confiado su dinero a Anthony y algo la hizo cambiar de opinión. ¿Qué fue?

Su tono era razonable, aunque de hecho acababa de ponerla entre la espada y la pared.

—Anthony y yo tuvimos una discusión —confesó ella.

—¿Sobre qué?

—¿Acaso importa? —terció Hugo.

—¿Usted sabe por qué dejó de confiarle su dinero a Anthony para confiárselo a usted? —preguntó Gamache dirigiéndose a Hugo, que inmediatamente se arrepintió de haber intervenido.

—Fue decisión suya, yo no tuve nada que ver. No acostumbro robarle los clientes a nadie.

—No le he preguntado eso —repuso Gamache, aunque le había parecido una respuesta interesante.

—¿Jefe?

La agente Cloutier había vuelto. Sostenía el teléfono contra la palma de la mano para tapar el micrófono.

—Ahora no —le soltó Beauvoir—, espéranos en el salón.

—Sí, jefe —repuso, y se fue sosteniendo el teléfono con los brazos extendidos como si fuera a explotarle en las manos.

—Vamos a ver... —Beauvoir se volvió hacia Hugo— el superintendente Gamache le ha hecho una pregunta.

—No sé por qué mi hermana me transfirió sus cuentas —respondió él.

—¿No se lo preguntó? —dijo Gamache extrañado, y luego miró Caroline—. ¿Y usted no se lo contó? —La miró fijamente—. Sí, claro que se lo contó, y será mejor que nos lo cuente también a nosotros, antes de que lo averigüemos por nuestra cuenta.

—Díselo tú —le pidió Caroline a Hugo—: tú sabrás explicárselo.

—De acuerdo. —Hugo respiró hondo—. No hubo ninguna discusión: ésa era simplemente la excusa que le dábamos a cualquiera que preguntara. La verdad es que hace tres años a Anthony le suspendieron la licencia para operar en el mercado bursátil.

—¿Y por qué? —quiso saber Beauvoir.

—El hombre con quien había tenido la aventura era el secretario de uno de los socios principales y robó dinero de unos clientes; Tony lo descubrió y avisó a la empresa. Devolvieron el dinero, despidieron al secretario y Tony siguió en su puesto, pero le suspendieron la licencia.

—Pero ¿por qué, si no había hecho nada malo?

Beauvoir miró a Gamache, que escuchaba en silencio.

—Exactamente, inspector —intervino Adrienne—. Eso es exactamente lo que pensamos nosotros: lo había hecho todo bien, y aun así fueron a por él.

—Pero ¿por qué? —insistió Beauvoir.

Hugo negó con la cabeza y se encogió de hombros. Estaba encorvado y ahora parecía más una gárgola que un enano de jardín.

—Como casi todo, fue por motivos políticos; por la política interna de su empresa, en este caso. El socio principal no quería que se lo acusara de haber contratado a su secretario con mal criterio, de modo que le echaron la culpa a Tony. Se inventaron que había cometido una negligencia grave y que, por eso, cierta información reservada sobre algunos clientes fue a parar a manos del secretario.

—¿Se referían a su costumbre de tener copias impresas en casa? —preguntó Beauvoir.

—No lo sé, sólo sé que se trató de un castigo ejemplar y que después de eso su carrera prácticamente se acabó, al menos en ese despacho: jamás conseguiría que lo hicieran socio. Seguía llevando varias cuentas, pero las operaciones como tales las realizaba otra persona de la empresa. No había hecho nada malo y aun así lo suspendieron y lo humillaron.

Beauvoir volvió a mirar de reojo a Gamache para comprobar su reacción y luego apartó la vista.

—¿Por eso trasladó usted sus cuentas? —le preguntó a Caroline.

—Yo no quería, pero Anthony insistió. Pensó que era mejor que las llevara Hugo, que podía ejercer como asesor y gestor.

—¿Y lo hizo bien? —preguntó Gamache, y al ver la expresión de Caroline, añadió—: ¿Mejor que Anthony?

—Creo que sí —respondió ella mirando a Hugo.

—Mi hermano conocía bien el mercado, superintendente jefe. La verdad es que, aunque yo soy bueno, Tony era mejor. Fue una putada que le retiraran la licencia para operar.

—¿Él lo veía así? ¿Les guardaba rencor a sus jefes? —quiso saber Beauvoir.

—No —contestó Hugo—, les estaba agradecido por haber sido discretos: podrían haber hecho público el asunto, incluso podrían haberlo despedido. Creo que en el fondo pensaba que eran unos mierdas, pero era leal.

—*Merci* —dijo Beauvoir—. ¿Tenía su hermano una relación en ese momento?

—No que yo sepa —contestó Caroline.

—¿Conocen el apellido de ese tal Bernard?

Los dos hermanos negaron con la cabeza.

—Cuanto menos supiera de él, mejor —dijo Adrienne cuando Beauvoir se volvió hacia ella.

—¿Hay algo más que debamos saber? ¿Se les ocurre alguien que pudiera desear la muerte de monsieur Baumgartner?

Reflexionaron durante unos momentos y volvieron a negar con la cabeza.

—Usted se quedó con su hermano después de la lectura del testamento, ¿no es así? —le dijo Gamache a Hugo.

—Sí, a menudo cenábamos juntos como dos solteros. Yo traía el vino y Tony cocinaba... —Se quedó callado y entornó los ojos; a Gamache le dio la impresión de que probablemente empezaba a ser consciente de lo ocurrido: su hermano estaba muerto y todo había cambiado.

—¿De qué hablaron?

Hugo trató de recordarlo. No había pasado tanto tiempo, pero si se medía en acontecimientos era una eternidad.

—Hablamos de mamá, de la Baronesa. Era una mujer única. —Hugo esbozó su sonrisa de calabaza—. Hablamos de lo mucho que la echamos de menos.

—Yo también la echo de menos —intervino Caroline.

Pero su voz hablaba más de sí misma que de cualquier afecto por su madre, de una necesidad de verse incluida y, quizá por encima de todo, del temor a que la dejaran de lado, a quedarse atrás.

—¿A qué hora se fue? —preguntó Beauvoir.

—Cenamos temprano, a las ocho yo ya estaba en casa —contestó Hugo.

—¿Su hermano mencionó que tenía intención de ir a la casa de su madre?

—No, aunque estuvimos hablando de si había que salvarla o no. ¿Creen que fue allí por eso?

—Es posible —repuso Beauvoir.

Les entregó su tarjeta con la petición habitual de que lo llamaran si se les ocurría algo más.

Luego les pidió las llaves de la casa.

Parecieron sorprendidos, pero enseguida reaccionaron y se las entregaron.

Cuando se fueron, Beauvoir y Gamache se reunieron con la agente Cloutier en la sala de estar.

—Era madame Ogilvy, de Taylor & Ogilvy —dijo Cloutier—. Ha colgado, pero me ha dicho que podía usted volver a llamarla cuando pudiera.

Hizo la llamada y le pasó el teléfono a Beauvoir.

—*Bonjour?* ¿Madame Ogilvy? Soy el inspector jefe Beauvoir, jefe de Homicidios de la Sûreté du Québec... Sí, se trata de Anthony Baumgartner.

Le explicó brevemente lo que ella, de todos modos, no tardaría en ver en las noticias.

Y entonces le planteó la cuestión.

—¿Dice que tenía documentos en casa, copias impresas de estados de cuentas? —preguntó madame Ogilvy.

—Sí, ¿se le ocurre por qué?

Ella hizo una pausa antes de responder:

—No.

—Pues yo creo que sí, madame. Dejaré que considere la cuestión un poco más. ¿Podemos vernos mañana? Llevaré conmigo los estados de cuentas.

Antes de que colgara, Gamache le tocó el brazo y le susurró algo.

—Una última pregunta —dijo Beauvoir—, ¿tienen algún cliente de apellido Kinderoth?

—Tenemos miles de clientes, inspector jefe.

—¿Puede buscarlo?

—Los nombres de nuestros clientes son confidenciales.

—Podemos conseguir una orden judicial.

—No quiero ponérselo difícil, pero me temo que van a tener que conseguir esa orden.

Beauvoir hizo un gesto de exasperación, pero sabía que discutir no le serviría de nada: llegado el momento en que se supiera que madame Ogilvy había proporcionado información confidencial a la policía, y ese momento llegaría sin duda, ella tendría que poder probar que la habían obligado a hacerlo.

Todo el mundo se cubre las espaldas, como bien sabía Beauvoir.

—Parece que eso de castigar a gente que no ha hecho nada malo está pasando mucho últimamente —comentó Jean-Guy cuando volvieron al coche.

Gamache sonrió y soltó un gruñido.

Estaba claro que Jean-Guy intentaba disculparse por haber sido brusco con él, por permitir que el tal Francis Cournoyer se metiera en su cabeza.

Sospechaba que ése había sido el propósito de la reunión.

Todo los demás, todos lo demás, no eran más que parte de la decoración: figurantes.

El hombre tranquilo del rincón era el protagonista, y él, su única audiencia.

Se avergonzaba de sí mismo por haber permitido que sucediera, por haberle creído aunque fuera por un instante, por permitir que con aquel «pregúntele a Gamache» Cournoyer lo hubiera manipulado como a un pimpollo en un baño público, como había dicho Isabelle.

—Sabes que todas las cosas de las que se me acusa son ciertas —dijo Gamache—, yo mismo lo he admitido; pero, a diferencia de monsieur Baumgartner, no es probable que conserve mi puesto.

—¿Qué quieres decir?

—Cuando se levante esta suspensión, no seguiré siendo superintendente jefe.

—Eso aún no lo sabes.

—Sí que lo sé: ningún jefe supremo de la Sûreté que haya violado la ley puede seguir en el cargo.

Jean-Guy se quedó mirando al frente y sopesó aquellas palabras. La calefacción a toda potencia había derretido la escarcha del parabrisas y él había metido ya la marcha, pero seguía apretando el freno.

—Por otro lado, que Anthony Baumgartner conservara su puesto no quiere decir que no fuera culpable —continuó Gamache—. Quizá fue aquel joven secretario quien cargó con la culpa, y no al revés. ¿A quién es más probable que protejan los socios?, ¿a un joven que está empezando o a un vicepresidente de la empresa?

—¿Y qué hay de ti?

—¿De mí?

—Está pasando algo más de lo que me cuentas, ¿no? —preguntó Jean-Guy.

«Pregúntale a Gamache.» A su pesar, acababa de hacer lo que Cournoyer le había sugerido.

—¿Y esa pregunta? —repuso Gamache—. ¿Eso es lo que te ha tenido preocupado? ¿Alguien te ha dicho algo?

—¿Hay algo más o no?

—Si lo hay, estoy tan en la inopia como tú. Esto es político, ambos lo sabemos, pero hasta qué alturas llega y con qué propósito, no lo sé, y la verdad es que no me importa.

—¿No?

—No: sólo me importa recuperar las drogas, eso es todo. Si dejo que lleguen a las calles, mi castigo irá mucho más allá de lo que pueda hacerme un comité disciplinario.

Jean-Guy entendía que eso era cierto, y que de hecho ya estaba ocurriendo: Gamache ya estaba imponiéndose a sí mismo el duro castigo de la responsabilidad, de la culpa, del miedo.

Podía captar cómo la ansiedad del jefe crecía hasta rozar el pánico mientras éste luchaba por encontrar la última remesa de droga.

Era evidente en las arrugas de su boca, en su ceño fruncido, en las manos, que incluso durante una conversación informal cerraba en puños como si sintiera dolor.

«Esa bala ha salido ya del cañón», había dicho Cournoyer, y él veía claramente que había alcanzado su objetivo.

—La encontraremos, *patron*.

—Eso es lo que tenemos que hacer.

Lo dijo con fría determinación, y Jean-Guy se preguntó hasta dónde sería capaz de llegar su jefe para recuperar la droga, pero entonces recordó su conversación sobre Amelia Choquet y dejó de preguntárselo.

—¿A casa? —preguntó girando el volante en dirección a Three Pines.

—Vamos a una casa —repuso Gamache—, pero no a la nuestra.

Media hora más tarde estaban en la Maison Saint-Rémy.

La enfermera jefe los saludó y los invitó a pasar a su despacho.

—¿En qué puedo ayudarlos? ¿Dicen que son de la policía?

Hablaba en inglés, así que ellos cambiaron de idioma. Mientras la esperaban en recepción, Jean-Guy había cogido un folleto y había observado que se trataba de una residencia de ancianos inglesa, una de las pocas cuyos servicios se ofrecían principalmente en esa lengua.

Incluso quienes eran bilingües preferían vivir sus últimos días oyendo su lengua materna.

—Sí —dijo Jean-Guy—. Nos gustaría conocer los detalles de la muerte de Bertha Baumgartner.

—¿La duquesa?

—La Baronesa —corrigió Gamache.

—¿Por qué, pasa algo?

—Sólo necesitamos que nos responda a algunas preguntas —repuso Jean-Guy—. ¿De qué murió?

La enfermera jefe se volvió hacia su ordenador y, tras unos segundos, contestó:

—Paro cardíaco. —Se quitó las gafas y se volvió hacia ellos—. Es poco preciso, lo sé. Toda la gente, de un modo u otro, muere de un paro cardíaco, y eso es lo que aparece en los certificados de defunción a menos que la familia pida una autopsia. Pero la gente que vive aquí es mayor y frágil, y sus corazón a veces se detienen sin más.

—¿Era de esperar en el caso de la señora Baumgartner? —preguntó Jean-Guy.

—Bueno, casi siempre es de esperar, y sin embargo supone una sorpresa. No estaba enferma. Simplemente se fue a la cama y ya no despertó. Tuvo el final que la mayoría deseamos.

—¿Tenía muchas visitas?

—Sus hijos iban viniendo, pero trabajan, y no les resultaba fácil.

Jean-Guy oyó lo que la enfermera jefe callaba: que no la visitaban a menudo.

—Pero sí la llamaban con frecuencia —prosiguió ella—. A diferencia de otros residentes, madame Baumgartner tenía una familia que se preocupaba por ella, sólo que no podían visitarla con tanta frecuencia como hubieran querido.

—¿Y el día en que murió?

—Tendría que consultarlo.

—Hágalo, por favor —pidió Gamache, y ambos la siguieron hasta el mostrador de la recepción, donde había un libro de registro de visitas.

La enfermera pasó las hojas hasta la fecha en cuestión. El recuadro estaba vacío.

—¿Joseph? —llamó dirigiéndose a un hombre de mediana edad, que se acercó—. Estos caballeros son de la Sûreté y preguntan por madame Baumgartner.

—¿La condesa?

—La Baronesa —corrigió Jean-Guy casi sin poder creer que estuviera defendiendo el título—. ¿Trabaja usted en recepción?

—*Oui.*

—¿Tenía muchas visitas?

—*Non*. Su familia iba viniendo de vez en cuando, sobre todo los fines de semana. Y luego estaba la joven, por supuesto, ella sí que se preocupaba siempre de venir a verla.

—¿La joven? —preguntó Jean-Guy—. ¿Sabe cómo se llama?

—Sí, por supuesto —respondió la enfermera volviendo a su despacho—. Fue la persona a la que llamamos cuando la emperatriz...

—La Baronesa —corrigió Gamache.

—...murió. Sí, aquí está... —Se había sentado ante su ordenador—. Katie Burke.

—¿Puede deletrear el apellido, por favor? —pidió Jean-Guy sacando su libreta.

No acababa de entender qué podía tener que ver la muerte natural de una anciana en esa residencia evidentemente bien gestionada con el asesinato, un mes después, de Anthony Baumgartner. Aun así, tomó nota.

—¿Y por qué la llamaron a ella cuando murió la señora Baumgartner? —quiso saber Gamache—. ¿No pudieron contactar con la familia?

—No lo intentamos.

—¿Por qué no?

—Porque el nombre de la señorita Burke encabezaba la lista de contactos, por delante de sus hijos.

26

—Bueno, tonto del bote, ¿dónde está tu jefe?

—Está en casa cuidando de Ray-Ray —contestó Jean-Guy pasándole la ensaladera a Olivier, que estaba sentado a su lado en la larga mesa de la cocina de Clara.

Le preocupaba haber empezado a responder a «tonto del bote» y «tonto del culo», aunque lo cierto era que lo habían llamado cosas peores. Sobre todo algunos asesinos o psicópatas... y la propia Ruth.

—¿Está haciendo de canguro? Es el trabajo ideal para una cría de catorce años —repuso Ruth—. Ha alcanzado su nivel máximo de competencia, por lo que veo.

Cuando llegó la invitación de Clara para cenar, Jean-Guy se planteó no ir: estaba cansado, era de noche y hacía frío.

Había encargado a un inspector que buscara a la tal Katie Burke y luego se había puesto a leer los informes que iban llegando. Planeaba volver a Montreal y a la oficina a primera hora de la mañana, pero por el momento sólo quería poner los pies en alto y dormitar junto al fuego.

Pero entonces Annie le susurró las palabras mágicas:

Coq au vin.

En casa de los Gamache corría el rumor de que Olivier había preparado su famoso guiso y lo llevaría a casa de Clara.

—No juegue conmigo, madame.

—¿Y de postre? —añadió ella en susurros con su aliento fresco y cálido a la vez—: Helado de mantequilla de caramelo con sal...

—Nooo —gimió él.

—...e higos flambeados.

—Vale, me apunto —concluyó él levantándose.

Se dirigió a la puerta principal y, al pasar por delante del estudio, preguntó:

—¿Vienes? —Como no obtuvo respuesta, retrocedió unos pasos—. *Patron?* ¿Qué haces?

Gamache estaba mirando el ordenador con un libro abierto sobre el escritorio.

—Intento traducir algo, ¿verdad que sí, *mein Liebling*?

Gamache sostenía a Honoré sobre la rodilla mientras leía, consultaba, parpadeaba para aclararse los ojos empañados y escribía a mano en un cuaderno.

—*Coq au vin* —anunció Reine-Marie uniéndose a Jean-Guy en la puerta.

—Ah, de modo que el rumor es cierto —dijo Gamache—. Pero ya tenemos planes para la cena, ¿no? —Miró a su nieto—. Boniatos. Qué ricos. Tal vez un poco de aguacate. Ñam, ñam. Y algo gris que dicen que es carne... —Entonces levantó la vista hacia ellos—. Marchaos todos, estaremos bien. ¿Eh, *meyn tayer*?

Annie, que ya llevaba el abrigo puesto, se acercó y le dio un beso a su hijo.

—Pues ahí os quedáis —dijo—. No dejes que haga ninguna travesura.

—Se lo dices a Honoré, ¿verdad? —dijo su padre.

—Sí.

—¿Seguro que no quieres llevarlo a casa de Clara? —preguntó Reine-Marie.

—*Non, merci* —respondió Gamache—. Tenemos planeada una velada completa: cena, baño, una película, un libro... un poco de lucha libre...

—¿Pensabas acostarlo en algún momento? —quiso saber Jean-Guy.

—A la larga, quizá.

—Papá... —dijo Annie.

—Vale, pero leeremos un libro, ¿no? —le preguntó al niño—. Y yo recitaré «El naufragio del *Hesperus*»: «Una goleta llamada *Hesperus* / zarpó en el invernal océano...»

—Madre mía —exclamó Jean-Guy—. Huyamos, *sauve qui peut!*

—¿Y Honoré? —preguntó Annie con fingido terror.

—Podréis hacer otros como él. ¡Corre, mujer, corre!

Gamache puso los ojos en blanco mientras Reine-Marie reía y se preguntaba qué pasaría si alguien indagara en su farol alguna vez... y se percatara de que todo lo que sabía de aquel espantoso poema eran los primeros versos.

—¿Trabajo? —preguntó su mujer señalando el ordenador con la cabeza.

—Un poco.

—¿Quieres que me quede? —preguntó Jean-Guy.

—¿Y perderte el *coq au vin*?

—Ruth estará allí, así que...

—Myrna ha hecho su puré de patatas —repuso Reine-Marie.

—Pues ahí te quedas —le soltó Jean-Guy a Gamache justo cuando una ráfaga de aire frío se colaba en la casa.

Annie, Reine-Marie y Jean-Guy se volvieron y gritaron al unísono:

—¡Cierra la puerta!

Aquél era un estribillo más familiar que el himno nacional.

En la entrada se oyeron unos pisotones.

—¡Dios, qué frío hace ahí fuera! —exclamó Benedict—. ¡Y ésta se toma su tiempo para hacer sus necesidades!

Gamache sonrió. Benedict no se atrevía a decir «pis», mucho menos «caca». Sabía que se refería a *Gracie*, y lo comprendía: había pasado muchas noches frías rogándole al animalito que hiciera algo aparte de perseguir a *Henri*.

Mientras esperaba a recuperar su camioneta, Benedict les había prometido que se encargaría de pasear a los perros a cambio de alojamiento y comida.

Y Gamache tenía la sensación de que eso los dejaba en deuda con él.

—Te traeré algo —dijo Reine-Marie besando la coronilla de Honoré antes de asir la cara de su marido entre las manos, besarlo en los labios y susurrarle—: *Meyn tayer.*

Él sonrió y ella se quedó mirando la pantalla.

—¿Es alemán? —preguntó.

—Sí, y me cuesta un poco leerlo.

—¿Todavía te molestan los ojos? —preguntó ella al ver que los tenía muy rojos.

—Mi alemán está un poco oxidado —repuso él.

—«Oxidado», ¿así se dice «inexistente» en alemán?

Gamache se echó a reír.

—Más o menos.

Ella volvió a mirar la pantalla.

—Es largo, ¿de quién es?

—De un policía de Viena.

Ella se anudó la bufanda al cuello.

—Bueno, pues hasta pronto.

—Pásalo bien.

Gamache volvió a su ordenador y siguió leyendo sobre una familia que se desgarraba inclinándose sobre la cabecita de Ray-Ray y oliendo su fragancia.

Jean-Guy contempló los tiernos trozos de pollo con champiñones y la rica y fragante salsa junto a la montaña de puré.

«Patatas batidas», insistía en llamarlas Myrna: no era un simple puré.

Él tenía tanta hambre que se sentía al borde de las lágrimas.

—De modo que es verdad —dijo Ruth—: el hijo de la Baronesa ha sido asesinado.

Jean-Guy se lo había contado a Clara y a Myrna llevándolas aparte discretamente cuando llegó para la cena, y por supuesto se había corrido la voz.

—Creía que mentías —le dijo Ruth a Myrna.

—¿Por qué iba a mentir sobre una cosa así?

—¿No sueles decir que tu biblioteca es una librería? —replicó Ruth—. Mentir te sale de manera natural.

—Es una librería —insistió Myrna exasperada—, y no creas que no te veo llevarte libros debajo del abrigo.

—Hay montones de cosas que no ves —repuso Ruth.

—¿Como qué?

—Como lo de Billy Williams.

—Sí que lo veo: me quita la nieve del camino y me desentierra el coche.

—Pues a mí no me quita la nieve del coche —murmuró Clara y, cuando su mirada se cruzó con la de Olivier, ambos sonrieron.

—¿Qué significa eso? —preguntó Myrna—. Es un buen hombre, eso es todo.

—Entonces, ¿por qué no está aquí? —preguntó Ruth.

—¿Aquí? —repitió Myrna mirando alrededor—. ¿Por qué iba a estar aquí? —Se volvió hacia Clara—: ¿Hay algo que arreglar?

—Yo diría que sí —repuso Ruth, y *Rosa*, a su lado, asintió.

—Cambiemos de tema —propuso Reine-Marie.

—Bueno —dijo Ruth—, si el asesinato queda descartado y no se nos permite hablar sobre los prejuicios de esta bibliotecaria...

—¿Prejuicios? Yo no...

—Hoy he visto uno de tus cuadros —intervino Jean-Guy soltando lo primero que se le ocurrió.

—Tienes prejuicios, ¿sabes? —insistió Ruth—. Sólo ves la superficie y sobre eso juzgas. Para ti, Billy Williams es sólo un manitas.

—¿Uno de mis cuadros? ¿En serio? —preguntó Clara—. ¿Dónde?

—Una copia, en realidad —puntualizó Jean-Guy—: una de las litografías numeradas.

—Mira quién habla —espetó Myrna—. ¿Acaso la Baronesa te pareció algo más que una mujer de la limpieza? ¿Sabías siquiera su nombre?

—¿No va siendo hora de que le pidas a Gabri que se case contigo? —le preguntó Annie a Olivier lanzándose de cabeza a las conversaciones cruzadas—. Nos cansamos de esperar, ¿eh?

—¿Que vosotros estáis esperando? —ironizó Gabri—. Si éste tarda más, ya no entraré en mi traje para la luna de miel.

—Ahí tienes tu respuesta —repuso Olivier.

—No hace falta saber el nombre de alguien para que te importe —dijo Ruth.

—¿Y a ti te importaba? —inquirió Myrna—. ¿Sabías siquiera que había muerto?

—He visto tu cuadro en casa de Anthony Baumgartner —dijo Jean-Guy alzando la voz.

—¿En casa del muerto? —preguntó Clara.

—¡Eh, creía que no se nos permitía hablar de asesinatos! —se quejó Ruth—. Eso no es justo.

—No estamos hablando de asesinatos —contestó Jean-Guy—, sino de arte.

—¿Tú? —preguntaron Annie, Gabri, Olivier, Clara, Myrna, Ruth e incluso Reine-Marie, todos a una.

Rosa parecía asustada, pero los patos lo parecen a menudo, y generalmente con razón.

—¿Qué pasa? —dijo Jean-Guy—. Soy un hombre culto.

—Con «K» mayúscula —bromeó Annie dándole una palmadita en la mano.

—Así es —repuso él—. *Merci*.

Se rieron y Myrna se volvió hacia Ruth.

—Siento haberte soltado lo de la Baronesa, pero es terrible decirle a alguien que tiene prejuicios.

—No lo he dicho de alguien, sino de ti —replicó Ruth—. Que seas una criticona no significa que no puedas...

—¡¿Una qué?!

—¿Qué pintura era? —quiso saber Reine-Marie.

—La de... —Jean-Guy señaló con la cabeza a Ruth—. Pero no el original, desde luego.

—No, el original lo tenemos aquí, mira qué suerte —comentó Reine-Marie.

—Me refería a que no tenía el cuadro original —explicó Jean-Guy.

—¿Seguro? —repuso Reine-Marie con una sonrisa.

—Ah, es verdad —dijo Clara—. Le regalé esa copia a la Baronesa. Lo había olvidado.

—Annie no se equivoca, ¿sabes? —le dijo Gabri a Olivier—. Será mejor que me pidas la mano pronto si quieres un marido en la flor de la vida. No voy a tener treinta y siete para siempre.

—Bueno, ya hace tiempo que tienes treinta y siete —comentó Olivier.

—Supongo que se lo dio a su hijo... —dijo Clara—. Qué trágico, la verdad. ¿Tienes idea de quién lo mató? Ay, lo siento, ésa no es conversación para la sobremesa.

Aunque no sería la primera vez que aquella gente hablara de un asesinato en torno a esa misma mesa bajo la luz parpadeante de las velas.

—Bueno, Ray-Ray —murmuró Gamache mientras se quitaba las gafas de leer y se frotaba los ojos cansados—. ¿Qué te parece?

Habían cenado y tomado un baño, y estaban en el sofá de la sala de estar, frente a la chimenea. Gamache le había leído a su nieto su burda traducción del correo electrónico del Kontrollinspektor.

Honoré, con su pijama de ositos, estaba recostado en el brazo de su abuelo con *Henri* a un lado del sofá y *Gracie* al otro.

Sabía muy bien qué le parecía todo aquello: aunque no entendía las palabras, sí captaba la profunda y cálida resonancia que brotaba del cuerpo de su abuelo.

De modo que estaban en sintonía, y era una melodía agradable.

Agarró con fuerza la gran mano que lo sostenía y recibió una suave caricia a modo de respuesta.

Y sintió que le daban un beso en la coronilla.

Y el olor familiar de papá cuando leía sobre el móvil de un asesinato.

Gamache dejó el cuaderno, llevó a su nieto al piso de arriba para acostarlo y cogió el libro de *Winnie-the-Pooh*. Y Honoré se durmió oyendo las aventuras de Tigger, Roo, Piglet, Pooh y Christopher Robin en el bosque de los Cien Acres.

● ● ●

—Todavía me pone la piel de gallina —declaró Reine-Marie mientras contemplaban el óleo original en el estudio de Clara.

—Cuando vi a Ruth en casa de Baumgartner, acechando sobre su chimenea, casi me dio un infarto... —dijo Jean-Guy.

—Debe de haber muchas reproducciones por ahí —comentó Reine-Marie—. Fue tu gran éxito, tu obra revelación.

—¡Qué va! Se hicieron varias copias, pero la galería apenas vendió ninguna —dijo Clara observando su obra maestra—. A la gente le encanta mirarla, pero luego prefiere alejarse. Porque, seamos sinceros —señaló el caballete con la cuchara llena de helado—, ¿quién quiere algo así en su casa?

—Al parecer, Anthony Baumgartner —les recordó Jean-Guy.

Los tres contemplaron a la vieja rancia del cuadro, luego se inclinaron hacia atrás y miraron, a través de la puerta abierta del estudio de Clara, hacia la cocina y a la vieja rancia sentada a la mesa.

Ruth seguía discutiendo con Myrna. Esta vez, al parecer, sobre cómo debía hacerse la pasta *choux*.

—Se llama así porque es ligera y suave como un mocasín —oyeron decir a la anciana.

—¿Como un zapato? ¿En serio? —intervino Benedict.

—En realidad no —dijo Myrna—. Es *c-h-o-u-x*: un repollo en francés, y aunque suene parecido al inglés *shoe*, no tiene nada que ver con un zapato ni con un mocasín.

—Vaya, pues lo del repollo no tiene sentido.

Los que estaban en el estudio volvieron a centrarse en el cuadro apoyado contra la pared.

—Me pregunto qué revela sobre el fallecido que se sintiera atraído por esta pintura en particular —comentó Reine-Marie.

—¿Además de que tenía buen gusto para el arte? —preguntó Clara.

—Pero no sabemos si a él le gustaba —intervino Jean-Guy—. Sabemos que le gustaba a su madre, eso sí, y que probablemente se la regaló a su hijo.

—Y que él la colgó en su estudio, en vez de guardarla en el sótano —puntualizó Reine-Marie.

—Cierto. —Jean-Guy seguía mirando a Ruth en el lienzo—. ¿Creéis que la Baronesa entendió de qué trata el cuadro? No de amargura, sino de esperanza.

Todos lo miraron con sorpresa nada disimulada y bastante insultante, en su opinión.

Annie se acercó y le rodeó la cintura, ya algo gruesa.

—Acabaremos por convertirte en un *appassionato* del arte —dijo.

—*Appassionato* —repitió él, y añadió bromeando—: Eso es un tipo de helado italiano, ¿no? Creo que querías decir «un artista heladero».

—Y yo creo que te has equivocado de conversación —repuso Annie—. Creo que la que te interesa es la que están teniendo esos de allí.

Señaló al trío formado por Myrna, Ruth y Benedict, que discutían sobre la diferencia entre tentetieso y *petit four*.

—No, gracias —respondió él—. Además, ya sé todo lo que necesito saber sobre arte. «Claroscuro.» —Pronunció esa palabra en un tono triunfal, como quien inaugura los Juegos Olímpicos o preside la botadura de un barco—. Ahí queda. Es la única palabra que sé del mundillo del arte, pero impresiona a mucha gente.

—¿Qué palabra era ésa? —preguntó Gabri desde la nevera, a la que se había acercado en busca de más helado.

—Por favor, no se lo digas —pidió Olivier.

—¿Queda algo? Me gustaría llevarle un poco a Armand —dijo Reine-Marie acercándose también a la cocina.

Olivier señaló un recipiente lleno de *coq au vin* y de las «patatas batidas» de Myrna que estaba sobre la isla.

—Ahí lo tienes ya preparado.

—*Merci, mon beau.*

—O sea —le decía Ruth a Benedict—, que si alguien te ofrece un tentetieso, no te lo comas.

—¿Y si me ofrecen un *petit four*?

—Eso me lo das a mí.

Benedict asentía mientras Myrna y *Rosa* los miraban con los ojos vidriosos.

Jean-Guy le tocó el hombro a Benedict.

—Ven, ayúdame a fregar los platos.

Mientras él lavaba, Benedict secaba.

—¿Por qué has mentido? —preguntó en voz baja.

—¿Sobre qué? —quiso saber Benedict cogiendo un vaso húmedo y caliente.

—Sobre tu novia.

—Ah... eso.

—Dime la verdad —exigió él.

—¿Acaso importa?

—Estoy investigando un asesinato, así que todo es importante, especialmente las mentiras.

—Pero el hombre que murió no tiene nada que ver conmigo.

—¿De verdad lo crees? —preguntó Jean-Guy—. Eres el albacea de un testamento en el que él era uno de los principales herederos, un testamento que se leyó apenas unas horas antes de que lo asesinaran. Su cuerpo fue hallado en una casa abandonada donde también te encontraron a ti: estabas allí al mismo tiempo que él...

Dejó que esas palabras calaran tan hondo como fuera posible.

—Pero yo no lo sabía —repuso Benedict.

—¿Y cómo sé que no mientes ahora... una vez más? —Observó el rostro del joven—. Ya ves por qué las mentiras importan: puede que la mentira en sí no tenga importancia, pero nos demuestra que no siempre se puede confiar en lo que dices, que no siempre se puede confiar en ti.

—Pero sí se puede —insistió él con las mejillas de un rojo fluorescente—. Yo no miento normalmente, sólo... sólo detesto decirlo en voz alta.

—¿Decir qué?

—Que me dejó, que hemos roto. Es demasiado pronto.

—Ya han pasado un par de meses, ¿no?

—¿Cómo sabes eso?

—Soy el jefe de Homicidios en funciones de la Sûreté du Québec —declaró Jean-Guy mientras le tendía un plato enjabonado—. ¿De verdad pensabas que no haríamos las indagaciones oportunas?

—Entonces también sabrás que mi relación no tiene nada que ver con lo que pasó.

—¿Ah, no? Volviste a mentirle a monsieur Gamache cuando te preguntó por qué fuiste a la casa de labranza anoche: dijiste que extrañabas a tu novia y querías irte a casa, pero eso no era cierto.

Benedict se concentró en el vaso que estaba secando.

—Era cierto, más o menos. No sabes lo que es tener el corazón roto y verte rodeado de gente feliz. —Lo miró a los ojos—. Tú, tu mujer y Ray-Ray, monsieur y madame Gamache tenéis lo que quiero, lo que yo quería y perdí. No pude soportarlo más: me dolía demasiado, tuve que marcharme.

Benedict lo miraba con los ojos muy abiertos, suplicantes.

«¿Qué suplican? —se preguntó él—. ¿Comprensión o perdón?»

»No —pensó—. Quiere lo que yo mismo quería cuando me rompieron el corazón: quiere que deje de hurgar en la herida»

—Entiendo —dijo—. No más mentiras, ¿de acuerdo?

—Te lo prometo.

Jean-Guy se volvió hacia el joven y lo miró fijamente a los ojos.

—¿Por qué crees que madame Baumgartner te puso como albacea de su testamento?

—No tengo ni idea.

—Oh, venga, seguro que has pensado en ello. ¿Por qué lo haría? Tuviste que haberla conocido.

—No la conocía, lo juro. Nunca conocí a esa mujer... a la Baronesa. Estoy dispuesto a someterme al detector de mentiras. ¿Todavía hay detectores de mentiras? Debería preguntarle a Ruth.

Jean-Guy soltó un suspiro.

—Ella fabrica mentiras, no sabe nada sobre detectarlas.

—Pero cuando uno fabrica algo es capaz de reconocerlo, ¿no? Sería lo lógico —dijo Benedict.

Jean-Guy tuvo que admitir que era un comentario perspicaz... y acertado: Ruth era experta en mentiras; era la verdad lo que a veces se le escapaba. Y quizá le ocurría lo mismo a ese joven tan simpático.

Desde el otro extremo de la sala de estar, Clara observaba la conversación entre Jean-Guy y Benedict.

—¿En qué estás pensando? —le preguntó Reine-Marie.

—En que me gustaría pintar a ese joven.

—¿Por qué?

—Tiene algo: es transparente y a la vez... ¿cómo se dice?

—¿Denso? —sugirió Reine-Marie.

Clara se echó a reír.

—Bueno, sí, y sin embargo...

«Y sin embargo —pensó Reine-Marie observándola—. Y sin embargo no.»

Cuando ya se marchaban, Ruth le dio un regalo a Jean-Guy.

—Un libro de poesía —dijo—. Es posible que te guste, pero no se lo leas a mi ahijado.

—¿Por qué no? —preguntó él entornando los ojos.

—Ya lo verás.

—¿Es uno de los tuyos? —quiso saber Annie mirando el regalo, envuelto en un viejo periódico.

—No.

—¿Uno de los míos? —intervino Myrna.

—Eso no es asunto tuyo —dijo Ruth.

—Apuesto a que sí es asunto mío —murmuró Myrna mientras se ponía las botas.

En la puerta, las dos mujeres se abrazaron y Myrna se ofreció a acompañar a Ruth a casa.

—Ya la acompañamos nosotros —dijo Olivier.

En la oscuridad, justo cuando cerraba la puerta para dejar fuera el frío glacial, Clara oyó que Gabri decía:

—¡Eh, mirad eso! ¡Un témpano de hielo! Vamos, Ruth, lleva tu nombre escrito.

—Maricón.

—Bruja.

Y aún pudo oír un soñoliento y suave «caca, caca, caca» justo antes de cerrar la puerta del todo.

Gamache los recibió en la entrada.

—¿Os habéis divertido?

—Ruth estaba allí —le recordó Jean-Guy.

Gamache sonrió entendiendo a qué se refería.

—Probablemente ya habrás cenado —dijo Reine-Marie—, pero quizá tengas hambre.

Le ofreció el recipiente.

—Oh, salvadora mía. Estoy famélico. —Besó a su mujer y se llevó el recipiente a la cocina.

—¿Has conseguido traducir el correo electrónico? —preguntó Jean-Guy.

—Sí, creo que sí, al menos lo esencial.

—¿Y qué dice?

Estaba a punto de explicárselo, pero advirtió que Annie estaba esperando a que su marido se reuniera con ella.

—Te lo contaré por la mañana. ¿Te importa si voy a Montreal contigo?

Era una pregunta retórica, pero, para su sorpresa, Jean-Guy vaciló.

—No hace falta —se apresuró a decir—, seguro que alguien más podrá...

—*Non, non*, claro que te llevaré. Es que tengo una reunión temprano: tendremos que salir de aquí muy pronto.

—Puedo llevarte yo, *patron* —intervino Benedict. Había metido la cabeza en la nevera y ahora estaba sacando una tarta—. Si no te importa que lleve tu coche, claro. La verdad es que necesito ropa limpia y debería echar un vistazo al bloque de apartamentos. Luego puedo traerte de vuelta. Mi camioneta podría estar lista para entonces.

—Eso sería perfecto, *merci* —dijo Gamache.

—¿Para qué vas a la ciudad? —preguntó Reine-Marie.

—Voy a comer con Stephen Horowitz. —Se volvió hacia Jean-Guy—. De Inversiones Horowitz.

Jean-Guy asintió: era la empresa en la que trabajaba Hugo Baumgartner.

Annie y Jean-Guy se despidieron y Benedict se llevó a su habitación un enorme trozo de tarta y un vaso de leche.

—Anthony Baumgartner debió de ser un hombre interesante —comentó Reine-Marie mientras calentaban los restos de *coq au vin*.

—¿Por qué lo dices?

—Bueno, Jean-Guy nos ha contado que tenía el cuadro de Clara en su estudio.

—Sí, fue bastante inesperado.

Gamache pensó en el texto del correo electrónico que había traducido aquella misma noche.

Al igual que el cuadro, estaba impregnado de amargura y, aunque en el texto también había esperanza, era muy distinta a la del retrato de Clara.

Era esperanza en la venganza, en la represalia; apestaba a codicia, a delirio y al profundo deseo de que a los otros les ocurriera algo horrible.

Y así había sido.

La esperanza en sí misma no era necesariamente amable, y tampoco algo bueno.

Se preguntaba qué veía Baumgartner cuando se plantaba ante aquella pintura y miraba a los ojos a la Virgen.

¿Veía redención o licencia para su propia amargura?

Probablemente, en aquel rostro veía a su propia madre mirándolo fijamente en toda su delirante locura, su decepción y su sensación de agravio, quizá veía lo que sucede cuando las falsas esperanzas extienden su manto sobre las siguientes generaciones.

Tal vez por eso le gustaba: quizá se veía a sí mismo.

—Vete a la cama —le dijo a Reine-Marie—. Yo no tardaré mucho, pero aún tengo trabajo que hacer.

—¿Tan tarde?

—Bueno, Honoré quería ver la segunda película de *Terminator*, y luego hemos estado en el casino, así que no ha quedado mucho tiempo para trabajar.

—Eres un tonto —dijo ella dándole un beso. Su pulgar recorrió el profundo surco de la cicatriz de su sien—. No tardes mucho.

Se llevó el té, pero dejó en su estela el delicado perfume a manzanilla y a rosas del jardín que se mezclaba con el rico y terroso aroma del *coq au vin*. Gamache se quedó en la cocina, cerró los ojos un momento y luego se dirigió al estudio.

Henri y *Gracie* lo siguieron y se acurrucaron bajo el escritorio. Él introdujo su contraseña y comprobó que las fotos y los vídeos que había abierto por fin se habían descargado.

Amelia y Marc se habían separado más temprano.

Ya había oscurecido, era la hora en que los ansiosos se escabullían de los bloques de pisos de alquiler y de las pensiones para ir a la caza.

Amelia había recorrido callejones y calles secundarias, aparcamientos y edificios abandonados, pronunciando las mismas palabras una y otra vez.

—Estoy buscando a David.

En un par de ocasiones le pareció ver un destello de interés, de reconocimiento, pero cuando insistía: «¿Dónde está? ¿Cómo puedo encontrarlo?», la persona en cuestión se daba la vuelta y se alejaba.

Aun así, había atraído a un grupo de mujeres, la mayoría de ellas bastante jóvenes: unas cuantas prostitutas, varias transexuales... casi todas yonquis acérrimas dispuestas a robar lo que fuera, chupar lo que fuera y dar el tirón a lo que fuera con tal de poder pincharse.

Acudían a ella porque no les pedía nada y porque sabía pelear: ya lo había hecho y había salido vencedora.

Hacía poco ni siquiera imaginaban que eso fuera posible: no sabían que pelear fuera una opción.

Pero ahora ya lo sabían.

Gamache observaba las fotos de Amelia tomadas apenas unas horas antes.

Se habían hecho a cierta distancia.

En una de ellas se la veía mostrando el brazo en lo que ya parecía un gesto bastante habitual. Podía imaginar perfectamente las palabras que estarían saliendo de su boca.

Gamache observó con mayor atención.

Estaba sucia, con el pelo sin lavar y la ropa mugrienta. Las perneras de sus vaqueros estaban empapadas de nieve embarrada.

Lo intentó, pero no pudo verle los ojos, las pupilas.

Entonces hizo clic en el vídeo.

—Lo sabes, ¿verdad, gilipollas? —gruñó ella—. ¿Dónde está David?

—¿Para qué lo quieres?

—No es de tu puta incumbencia. Dímelo o te rompo el brazo.

El camello se dio la vuelta.

Detrás de Amelia se había formado un semicírculo de mujeres jóvenes. Eran poco más que unas niñas.

—¡No me des la puta espalda!

Amelia se movió rápidamente, superando con mucho la capacidad de reacción del camello, que sin duda iba colocado. Lo empujó contra la pared, le agarró el brazo y se lo retorció detrás de la espalda en una sola y experta maniobra...

Y entonces empujó hacia arriba.

El tipo soltó un grito que dispersó a la gente que los rodeaba. Los espectadores se alejaron.

El camello, apenas un adolescente, se deslizó hasta el suelo llorando. Su brazo inútil colgaba en un ángulo espantoso.

—Ahora toca la pierna, y finalmente, el cuello —amenazó Amelia.

Se puso en cuclillas junto a él y se subió la manga de la chaqueta dejando al descubierto el antebrazo.

—¿Dónde está David?

Gamache se removía en la silla como si cambiar de posición le permitiera ver mejor.

Pero el cuerpo de Amelia se lo impedía y, aunque la grabación tenía sonido, ella estaba de espaldas a la cámara y no la oía bien.

Vio cómo se levantaba y empujaba al hombre con el pie.

Lo oyó gritar algo, y entonces Amelia y su banda abandonaron la escena.

Los jóvenes que estaban con el camello se dieron la vuelta...

Y todos siguieron a Amelia.

Gamache entrecerró los ojos y frunció el ceño, luego volvió al principio del vídeo y lo vio una y otra vez hasta que algo llamó su atención.

Congeló el fotograma y lo amplió. A medida que lo hacía, la imagen se volvía cada vez menos definida, pero siguió ampliándola cada vez más.

Y acercó cada vez más su propia cara a la pantalla, hasta que su nariz casi llegó a tocarla.

No sólo hacía un gesto con el brazo, sino que mostraba su antebrazo desnudo.

A veinte grados bajo cero, Amelia se había subido la chaqueta y el jersey para dejar la piel al descubierto.

Se le ocurrieron dos razones por las que alguien haría una cosa así.

Para inyectarse heroína, cosa que ella no había hecho...

O para mostrarle algo a alguien.

Y allí, en efecto, había algo: sus tatuajes. Gamache los había visto asomar bajo los puños de su uniforme, pero nunca los había visto claramente. Ahora podía verlos.

El trabajo de la aguja parecía fino, elegante. No había dibujos, sólo palabras entrelazadas por todo el brazo. Aunque no conseguía leerlas, sí alcanzaba a ver que algunas palabras y frases estaban en latín, otras en griego, en francés y en inglés.

Por lo visto, su cuerpo era una piedra de Rosetta, un artefacto que quizá permitía descodificarla.

Le hubiera gustado poder leer lo que estaba escrito en esos brazos.

Pero había algo que destacaba... algo garabateado en la piel de mala manera... más parecido a un grafiti que a los finos trazos de las otras palabras.

Se inclinó para verlo más de cerca y luego volvió a reclinarse en la silla con la esperanza de que la distancia le diera perspectiva, como pasaba con las pinturas.

Pero no fue así.

Aumentó más la imagen y maldijo su visión borrosa.

Consiguió ver la letra «D» en ambos extremos, y luego resiguió con el dedo, despacio, las líneas de las otras letras. Tuvo que retroceder cuando se dio cuenta de que se había desviado sin querer y se había metido de lleno en el latín o el griego.

«V.»

«A.»

«DAVD.»

—David —susurró.

Y junto al nombre aparecían unos números.

—Uno... cuatro —murmuró.

Pulsó la tecla de nuevo y el vídeo, ya familiar, siguió adelante.

Vio cómo Amelia volvía a utilizar la maniobra que le habían enseñado en la academia de la Sûreté y le dislocaba el hombro al camello.

Luego, ella y sus secuaces salían del encuadre junto con los secuaces del muchacho. Su séquito era cada vez más numeroso y a esas alturas incluía a hombres jóvenes.

Su influencia crecía.

No le había llevado mucho tiempo. Probablemente él debería haberlo imaginado: debería haberlo visto venir... Aunque tal vez lo había visto y no lo había querido admitir.

No sólo había liberado un narcótico mortal en las calles de Quebec, también había liberado a Amelia.

Y ella estaba haciendo lo que siempre hacía: asumir el mando.

—¿Qué estás tramando? —susurró—. ¿Y quién es ese David?

El vídeo continuaba, pero ya sólo se veía el bulto del muchacho en el suelo, como un saco de basura.

Y se oían gemidos.

Estaba a punto de apagarlo cuando notó otra cosa: a una niña con un gorro de color rojo vivo. Emergió de las sombras y se detuvo en la acera completamente sola. Entonces se dio la vuelta y volvió a salir del encuadre, en pos de Amelia.

Él se quedó mirando la pantalla, pálido y boquiabierto. Le parecía escalofriante ver a una niña sola en la calle.

Tan absorto estaba en lo que acababa de salir de cuadro que por poco se perdió lo que aparecía enseguida.

Allí había alguien más: un hombre, en el margen de la pantalla. Se apoyaba contra la pared del callejón con gesto desdeñoso y los brazos cruzados; miraba pensativo en dirección a Amelia. Luego pareció tomar una decisión, se apartó de la pared y avanzó, pero no siguió a los demás. Pasó por encima del camello que se retorcía y desapareció por el otro lado.

Gamache se preguntó si no acababa de conocer a David.

27

A media mañana, cuando Gamache y Benedict partieron hacia Montreal, ya hacía tiempo que Jean-Guy se había ido.

Y como Gamache no estaba con él, no pudo ver cómo se detenía en la parte trasera del edificio y echaba un vistazo alrededor antes de llamar al interfono para que le abrieran.

Cuando llegó a la gran sala de reuniones la encontró vacía.

Tomó asiento, pero no tardó en levantarse y se paseó de un lado a otro frente a las ventanas y alrededor de la mesa. Luego se detuvo ante un cuadro que le resultaba familiar: una litografía de un clásico de Jean Paul Lemieux.

Después volvió a pasearse, contemplando por la ventana la vista de Montreal, ligeramente oculta por la niebla gélida, como cubierta por un velo de gasa.

Se llevó las manos a la espalda e hinchó las mejillas antes de exhalar.

«Ahora tengo una familia —se dijo—, y ellos deben ser mi prioridad.»

Sí, por eso estaba allí; no por sí mismo, no porque fuera un gallina de mierda, o un simple gallina o un simple mierda.

La puerta se abrió y, cuando se volvió, vio a los hombres y mujeres que lo habían interrogado y le habían hecho la oferta unos días atrás.

Él se había negado a aceptarla y ellos no se habían mostrado muy felices que digamos; al parecer, muy pocos decían que no.

Les había explicado que era leal al superintendente jefe, y ellos, las ventajas y los inconvenientes de rechazar su oferta.

Estaban utilizando la técnica del desgaste. Él sabía reconocerla, no en balde era inspector jefe, pero también tenía que reconocer que estaba funcionando.

La noche anterior, sentado en la cama con Annie dormida a su lado, había vuelto a revisar los papeles. Los había leído y releído. ¿Sería tan malo firmar? ¿Alguien podría culparlo?

Por irónico que pareciera, era la clase de cosas que solía consultar con el jefe, pero ahora no podía hacerlo. Esta vez no, tratándose de esto no.

Por supuesto, había discutido con Annie las opciones, las consecuencias.

Y ahí estaba, a punto de hacer algo que nunca habría creído posible.

Tras los apretones de mano de rigor, todos tomaron asiento. En el incómodo silencio que siguió, mientras un asistente les llevaba café, Jean-Guy señaló el Lemieux.

—Me gusta.

—Me alegro —repuso la mujer.

—¿Es una litografía numerada? —preguntó él.

—Es un original.

—Ah —repuso él—, un claroscuro.

Un hombre sentado junto a la mujer sonrió.

—Veo que entiende de arte. Sí, aunque pocos advierten el juego de luces y sombras, de sutilezas y contrastes...

Jean-Guy asintió con la cabeza y sonrió, pero por alguna razón sólo conseguía pensar en helados.

Cuando llegó el café, denso y fuerte, tomó un sorbo largo y reconstituyente. Estaba listo.

Y ellos también, al parecer.

La mujer al mando le acercó a través de la mesa un montón de papeles con un bolígrafo encima.

—Nos alegramos de que haya cambiado de opinión.

Él cogió el bolígrafo y firmó rápidamente: en ese momento no podía permitirse vacilar. Era una de las primeras lecciones que el entonces inspector jefe Gamache impartía en Homicidios.

«Cuando entres en acción, no dudes. Cuando hayas contraído un compromiso, no te lo cuestiones a posteriori. Nunca mires atrás.»

Ese acto, comprendió mientras le ponía el capuchón al bolígrafo, había dado comienzo meses atrás, cuando él y Gamache habían sido suspendidos de empleo y sueldo y la investigación se había puesto en marcha. Cuando su propia gente había cuestionado no sólo sus actos, sino su integridad, su compromiso.

Y todo desembocaba ahí, en ese momento, en esa habitación.

Empujó el documento en dirección a la mujer.

—Quédeselo —dijo ella cuando Beauvoir fue a devolverle el bolígrafo—. Me alegro de que haya decidido unirse a nosotros.

La mujer sonreía, todos sonreían. Le tendió la mano y, tras vacilar un segundo, él se la estrechó.

En su cabeza resonó la voz profunda de Gamache: «Una goleta llamada *Hesperus* / zarpó en el invernal océano...»

El recitado se quedaba ahí y él siempre se reía de la broma. Pero en ese momento, mientras miraba por la ventana la nieve que caía y sentía el peso del bolígrafo en el bolsillo de la pechera, recordó el título del poema.

Y se preguntó si, en sus esfuerzos por ponerse a salvo, no estaría sólo huyendo de un naufragio, sino provocándolo.

Benedict demostró ser un conductor cauteloso, si bien algo tenso.

Aferraba el volante con las manos en las diez y las dos, y se sentaba muy tieso, sin apartar la vista de la carretera nevada.

Un coche tras otro los iban adelantando en la autopista, pero Gamache no tenía prisa y prefería la seguridad a la temeridad. También sabía que su presencia era lo que provocaba la cautela y la tensión.

«No tardará en relajarse», pensó.

Hablaron de cosas mundanas: de tener una vivienda en propiedad, del trabajo de Benedict como conserje y de lo que podía estropearse en los edificios, grandes y pequeños.

Gamache le habló de las reformas que tenían pensado hacer en casa.

—Espero que no te importe que abuse de tus conocimientos —dijo—. Tenemos varios dormitorios, pero cuando venga nuestro hijo Daniel con su mujer y sus dos hijas, si sumamos a Annie, Jean-Guy y el bebé... bueno, no habrá suficiente espacio.

—¿De modo que te gustaría construir un anexo?

Hablaron sobre las distintas opciones. Benedict sugirió ampliar hacia arriba y renovar el desván, en vez de construir un anexo lateral, y le explicó cómo hacerlo sin que la casa entera se viniera abajo.

—Ya tenemos más que suficiente con una casa derrumbada —comentó Gamache, y Benedict estuvo de acuerdo.

No tenía previsto emprender ninguna reforma, pero acababa de comprobar que Benedict sabía perfectamente cómo evitar que una casa se hundiera.

Y se entendía que también sabría cómo derribarla.

Benedict lo dejó en el centro de Montreal, en las espléndidas oficinas de Inversiones Horowitz, y prometió recogerlo más tarde.

Caía una nevada ligera y hermosa que cubría la mugre de la ciudad por lo menos durante un rato.

Observó cómo Benedict se alejaba hasta doblar una esquina y luego paró un taxi y le dio al chófer una dirección en la calle Santa Catalina.

—¿Está seguro de que quiere ir ahí? —preguntó el taxista mirándolo de arriba abajo.

Iba bien vestido, con un buen abrigo, una camisa blanca y una corbata que asomaba apenas bajo la bufanda.

—Estoy seguro, *merci*.

Se reclinó en el asiento y, al hacerlo, su rostro adoptó una expresión sombría.

—Espéreme, por favor —indicó cuando llegaron a su destino.

—No esperaré mucho —advirtió el taxista. Aunque aún no le habían pagado la carrera, estaba dispuesto a marcharse antes de que le robaran el coche o de que unos yonquis lo golpearan y atracaran.

Todos los taxistas sabían que aquélla era una de las zonas de la ciudad que debían evitar. Y si había que ir, mejor no quedarse mucho rato.

Bajó el seguro de las puertas y mantuvo el motor en marcha.

Pero sintió curiosidad y observó cómo su pasajero caminaba con más confianza de la debida y entraba en lo que él sabía que era un callejón lleno de cubos de basura y de fulanas.

Esperó un minuto, dos; luego se acercó sigilosamente hasta detener el coche en la boca del callejón.

Vio a su pasajero estrechándole la mano a otra persona, muy alta pero escuálida. Era una prostituta, un transexual.

Lo vio pasarle dinero en un sobre grueso. Extrañamente, tuvo la impresión de que la prostituta intentaba devolvérselo, pero el pasajero insistió, luego se dio la vuelta y, al ver el taxi, asintió con la cabeza.

Regresó al coche con soltura y autoridad, y, aunque el taxista estuvo tentado de dejarlo allí después del desagradable episodio que acababa de presenciar en el callejón, no lo hizo.

Gamache le dio las gracias, volvió a subirse al coche y suspiró mientras miraba por la ventanilla recorriendo con la mirada las calles heladas en busca de una niña con un gorro rojo.

Pero confiaba en que su nueva amiga, Anita Facial, la encontraría y lo llamaría, y él podría ir por ella para llevársela.

Sabía que al acudir allí ese día se había arriesgado a que lo vieran, se había arriesgado a estropearlo todo, pero había ciertas líneas, ciertos límites, y estaba cansado de cruzarlos.

Estaba cansado de someterse a la tiranía del bien mayor.

Y en aquella imagen fugaz de una niña había encontrado un límite que no estaba dispuesto a cruzar.

—«Una goleta llamada *Hesperus* / zarpó en el invernal océano...» —susurró formando con su aliento un pequeño círculo de vaho en la ventanilla.

Era consciente de que todos creían que sólo conocía los primeros versos de aquel poema épico: eso formaba parte del juego, pero la verdad era que se lo sabía entero: cada palabra, cada verso; incluido el final, por supuesto.

—«Que Dios nos libre de una muerte como ésta» —recitó en voz baja mientras seguía mirando por la ventana.

Jean-Guy se comió un sándwich en su despacho mientras leía los informes sobre el asesinato de Baumgartner. Incluían información actualizada sobre distintas entrevistas, comprobación de antecedentes, pruebas preliminares del escenario del crimen y varias fotografías.

Luego presidió la reunión matinal con los inspectores, que lo informaron sobre otros homicidios que se estaban investigando.

Después hizo acudir a la agente Cloutier a su despacho para que lo pusiera al corriente de sus hallazgos.

Cloutier intentó apoyar los papeles sobre las rodillas y los tiró al suelo sin querer. Entonces, al agacharse para recogerlos, se le cayeron las gafas. Él rodeó el escritorio para ayudarla.

—Vamos a sentarnos allí —dijo recogiendo un montón de papeles y llevándolos a la mesa junto a la ventana donde se había sentado cientos de veces a repasar casos con Gamache—. Dime qué has averiguado.

La agente posó la mano sobre los estados de cuentas encontrados en el estudio de Anthony Baumgartner y empezó a explicarse:

—Estos estados de cuentas no son legítimos. Los números no cuadran. Las transacciones parecen correctas hasta que las cotejas y te das cuenta de que las cifras de compra y de venta no coinciden.

—Entonces, ¿qué son?

—Una astracanada.

—¿Una qué?

—Son como una obra de teatro, una ilusión; algo que parece real, pero no lo es. Monsieur Baumgartner debía de saber que estos clientes no se fijarían demasiado: la mayoría no lo hace. Además, hay que ser un experto para descubrirlo, y aun así lleva su tiempo.

—¿Les estaba robando?

La claridad y la sencillez de aquella pregunta parecieron sorprenderla. Lo pensó un momento y luego asintió con firmeza.

—Sí, sin duda alguna.

—¿Has encontrado los fondos?

—Para eso hará falta más tiempo, jefe; y una orden judicial.

Beauvoir fue a su escritorio y volvió con un papel: era la orden judicial que les concedía pleno acceso a las finanzas de Baumgartner. Otra parecida les permitía acceder a la lista de clientes de Taylor & Ogilvy.

Las había guardado en el maletín, junto con la copia de los estados de cuentas que le había dado Cloutier.

—También ayudaría que pudiéramos entrar en su ordenador —dijo.

—Estoy en ello, *patron* —respondió Cloutier.

El taxista dejó a Gamache donde lo había recogido: ante las oficinas de Inversiones Horowitz. Estaban en la calle Sherbrooke, cerca del Museo de Bellas Artes y los grandes almacenes Holt Renfrew, en la Milla de Oro de Montreal, donde los rascacielos de cristal se alternaban con las antiguas mansiones de piedra caliza gris.

Entre esa zona y el sitio en el que acababa de estar sólo había un trayecto en taxi, pero también una vida entera. Él sabía, sin embargo, que lo que separaba esos lugares no era el trabajo duro, sino la buena fortuna y el azar que elegía a unos y no a otros, que introducía a unos en los opioides y a otros no. Cinco años, o dos, o incluso un año atrás, aquellas espectrales figuras de las calles tenían ante sí un futuro muy distinto, pero entonces alguien les ofreció un analgésico, un opioide, y ni las perspectivas prometedoras ni toda la buena suerte y todas las bendiciones que los habían acompañado al nacer (una familia cariñosa, una buena educación) pudieron competir con eso.

Los amados y los maltratados, los bien cuidados y los desatendidos, los universitarios y los expulsados del colegio: todos habían acabado en la cuneta por culpa del fentanilo, que tenía el poder de igualarlos a todos.

También sabía que él no había provocado eso que sucedía en las calles, que era fruto de los opioides, unos asesinos capaces de socavar a una generación entera. Y eso que, hasta ese momento, el carfentanilo que él había dejado pasar aún no había entrado en circulación.

Pero lo haría, y pronto; él era consciente, y si las cosas ya iban mal, estaban a punto de empeorar hasta extremos nunca vistos.

Según había leído recientemente en un informe, uno de los Estados donde se aplicaba la pena de muerte en Estados Unidos estaba considerando utilizar precisamente esa droga para ejecutar a los presos. Era rápida y letal, y su eficacia estaba garantizada.

Siguió mirando el informe y palideciendo cada vez más. No le decía nada que no supiera ya, pero describía lo que él había hecho con una sola palabra, el papel que había desempeñado.

El de verdugo.

—Armand.

Stephen Horowitz salió de su oficina con la mano extendida. Su voz todavía revelaba el leve acento de su educación europea.

A sus noventa y tres años, parecía tan animado como siempre, y tan rico como Creso.

—Tienes buen aspecto —dijo Gamache estrechándole la mano y notando la firmeza del apretón.

—Como tú.

Los ojos sagaces de Horowitz recorrieron a Gamache antes de posarse en su rostro.

—¿Has estado llorando?

Él se echó a reír.

—Siempre me emociono al verte, ya lo sabes. Pero no: es sólo una pequeña irritación en los ojos.

—Eso suena más probable: la mayoría de la gente me encuentra irritante.

Gamache no lo discutió.

—He hecho una reserva en el Ritz —siguió Horowitz—. Quizá sea demasiado ostentoso, pero me gusta ver cuáles de mis clientes están allí porque creen que pueden permitírselo.

Recorrieron andando las dos manzanas hasta el Ritz. De vez en cuando, Horowitz asía el brazo de Gamache, pues ya había superado la fase en que se avergonzaba de su fragilidad.

Había sido el asesor financiero de los padres de Gamache. De hecho, el padre había ayudado a Horowitz a establecerse después de la guerra, cuando era un joven refugiado. Setenta años después, Stephen Horowitz no había olvidado aquel acto de bondad.

En Inversiones Horowitz había una cuenta escandalosamente generosa a nombre de Annie y de Daniel, una cuenta cuya existencia ni el propio Gamache conocía.

Horowitz había dejado instrucciones en su testamento, y los Gamache no se enterarían hasta que llegara el momento oportuno.

—Tengo entendido que sigues suspendido de empleo —dijo Horowitz dejando que un camarero con librea abriera la servilleta de lino antes de posarla en su regazo—. *Merci.*

—Así es —respondió Gamache.

Les habían servido agua con gas y lima, dos whiskies y dos platos de ostras.

—*Merci* —dijo Gamache mientras le ponían la servilleta en el regazo.

—Qué estúpidos. —El anciano negó con la cabeza—. ¿Quieres que haga una llamada?

—¿A quién? —preguntó Gamache—. ¿O más me vale no saberlo?

—Probablemente no te conviene.

—Ya has hecho una llamada, lo sé, y te lo agradezco.

—Eres mi ahijado —dijo Horowitz—, hago lo que puedo.

Gamache lo observó preparar sus ostras con precisión, sabiendo muy bien cómo le gustaban.

Stephen Horowitz era como un padre para él, y se había sentido decepcionado cuando se había decidido por el derecho en lugar de las finanzas, aunque tenía tres hijos a quienes dejarles el negocio.

Para Gamache, su relación no tenía nada que ver con el dinero: Horowitz lo ayudaba de otras maneras.

—¿Ves a ese hombre de ahí? —el anciano se dedicaba últimamente a lo que más le gustaba: juzgar a las personas—. Dirige una empresa siderúrgica. Es un completo gilipollas. Mi gente acaba de descubrir que en el ejercicio contable de este año tiene previsto concederse un dividendo extra de cien millones de dólares. Disculpa.

Gamache observó alarmado, aunque no del todo sorprendido, cómo Horowitz se levantaba para acercarse al hombre en cuestión, le decía algo que lo hizo sonrojarse y luego volvía a la mesa sin dejar de sonreír ni un instante.

—¿Qué le has dicho? —preguntó él.

—Le he dicho que iba a deshacerme de todas las acciones de su empresa que tiene Inversiones Horowitz. He dado la orden justo antes de que saliéramos. Mira.

Observaron al tipo sacar su iPhone, teclear algo y quedarse mirando la pantalla. Se puso pálido viendo caer sus acciones.

—Le he dicho a mi gente que, cuando las acciones bajen al mínimo, vuelvan a comprarlas —dijo Horowitz.

—¿Has comprado la empresa? —preguntó Gamache.

—La participación mayoritaria. Eso también lo verá en unos minutos.

—Serás su jefe.

—No por mucho tiempo.

Horowitz levantó la mano y el *maître* se apresuró a acercarse, se inclinó junto a él, asintió y se alejó de nuevo. Gamache arqueó las cejas y esperó una explicación.

—Le he dicho a Pierre que yo correré con la cuenta de esa mesa: el tipo no podrá pagarla después de esto y no quiero que el restaurante se quede con una deuda incobrable.

—Eres muy considerado —dijo Gamache, y observó cómo Horowitz sonreía de oreja a oreja—. ¿Sabías que estaría aquí cuando hiciste la reserva?

—Es miércoles, y siempre viene los miércoles.

—Eso es un sí.

—Ajá.

El mundo financiero era una verdadera apisonadora, pensó Gamache mientras llegaba su comida, y, tratándose de Horowitz, esa apisonadora casi siempre arrollaba a algún pobre diablo que se cruzaba en su camino o hacía algo que él no aprobaba.

—¿Has oído hablar de Ruth Zardo? —preguntó Gamache atacando su lubina sobre un lecho de puré de coliflor con lentejas estofadas y guarnición de espárragos a la parrilla y gajos de pomelo.

—¿La poeta? Sí, claro. —Bajó el cuchillo y el tenedor y miró a lo lejos recordando unos versos—: «¿Quién te lastimó antaño / hasta tal punto que ahora / a la menor insinuación / tuerces el gesto irritada...?»

—Exacto.

—¿Por qué lo preguntas?

—Sólo pensaba que quizá haríais buenas migas.

Horowitz volvió a su comida.

—¿Estás herido, Armand? —dijo sin apartar la mirada de su lenguado de Dover.

—No es nada que no tenga arreglo.

Horowitz levantó la vista y sus ojos claros escrutaron a Gamache.

—No quiero decir físicamente: esas heridas se curan, me refiero a los efectos de la investigación de la Sûreté, a esa suspensión que por lo visto va para largo.

—Hay cosas que no sabes, Stephen.

—Cierto, pero te conozco. Sería una auténtica lástima perderte como jefe de la Sûreté.

—*Merci.*

—¿Estás seguro de que no puedo hacer una llamada?

—No te atrevas —bromeó Gamache apuntando con el cuchillo al anciano como si estuviera amenazándolo.

Horowitz se echó a reír y asintió.

—De acuerdo. En fin, ¿para qué querías verme?

—Es un asunto delicado.

—Déjame adivinarlo: se trata de Hugo Baumgartner.

—Vaya, hablando de delicadeza...

—Su hermano acaba de morir, así que no era muy difícil adivinarlo. Y según las noticias murió asesinado. Pero no puedes estar involucrado en la investigación; como ya hemos comentado, estás...

—Suspendido, *oui*. Pero soy albacea del testamento de su madre y he llegado al asunto de una manera, digamos... indirecta.

Explicó lo del testamento y Horowitz escuchó con atención antes reflexionar un poco y finalmente declarar:

—¡Qué mierda tan rara!

Gamache se echó a reír.

—Una opinión bien meditada. Bueno, pues no te equivocas. Pero quería preguntarte por Hugo Baumgartner; es uno de tus vicepresidentes ejecutivos.

—En efecto. Y es más feo que un pecado. Pero, como muchos feos que parecen villanos, tiene que compensarlo siendo de lo más decente. Si no tuviera tres hijos capaces de hacerse cargo de la empresa, pensaría en él.

—¿Tan bueno es?

—Sí, es tan bueno como malo era su hermano muerto.

—Así que estás al corriente de eso.

—Por supuesto. No me lo contó Hugo, que siempre lo protegió, pero en la calle se rumorea que...

—¿Lo saben todos?

—Si no lo saben, son más tontos de lo que pensaba. ¿Por qué si no van a suspenderle la licencia a un vicepresidente ejecutivo de Taylor & Ogilvy? Es algo muy serio, eso no se hace a la ligera.

—Hugo dice que acusaron injustamente a su hermano, que se trató de un castigo ejemplar y que fue el secretario quien realmente robó el dinero.

—Ya, ya —repuso Horowitz haciendo gestos con el cuchillo y el tenedor—. Bla, bla, bla. ¿Qué otra cosa va a decir? —Se inclinó hacia Gamache—. ¿Quién es más probable que sepa cómo robar dinero de la cuenta de un cliente y encubrirlo durante meses?, ¿un vicepresidente o un secretario? ¿Quién es más probable que tenga acceso a esas cuentas? ¿Y quién tiene más probabilidades de que lo despidan? Te daré una pista: la respuesta a la última pregunta es distinta de la respuesta a las dos primeras.

Gamache asintió con la cabeza: él mismo había llegado hasta ahí.

—¿Qué puedes decirme de Taylor & Ogilvy?

—Es una compañía relativamente nueva. Existe desde hace unos treinta años, aunque les gusta dar la impresión de que su origen se remonta a un decreto real del siglo xix.

—¿Como si la reina Victoria les hubiera confiado parte de su dinero? —preguntó Gamache.

—Algo así. Tienen unas oficinas magníficas, claramente pensadas para impresionar.

—¿Y?

—Siempre desconfío de quien siente la necesidad de impresionar con algo así, en vez de con su historial.

—Tú desconfías de todo el mundo —señaló Gamache—, eso no revela mucho que digamos.

—Cierto —admitió Horowitz con una sonrisa.

—¿Crees que ocultan algo?, ¿que violan la ley? —preguntó Gamache.

—Yo creo que les gusta navegar al borde del abismo.

—Supongo que sabes que ese abismo es un mito de marineros que pensaban que la tierra era plana.

—La tierra puede ser redonda, pero la naturaleza humana no: tiene simas y cavernas, y todo tipo de agujeros negros.

—¿Y crees que Taylor & Ogilvy operan al borde de uno de esos agujeros negros?

—Si sus empleados son humanos, sí.

—Tus empleados son humanos también, ¿no es cierto? —señaló Gamache.

—Pero yo los vigilo —repuso Horowitz—, y soy infalible.

—E inmortal.

—Al fin te das cuenta.

—Pero Hugo Baumgartner también es humano, ¿no? ¿Se puede confiar en él? —preguntó Gamache.

—Por lo que yo sé, sí. Pero no me estás pidiendo que le transfiera tu cuenta, ¿verdad? —Miró con atención a su ahijado—. Ya entiendo: hay algo en él que te chirría...

—¿Postre? —preguntó Gamache cuando el camarero se llevó los platos.

Horowitz sonrió y aceptó la carta de postres. Pidieron sendas tartas de manzana, helado de té y un par de cafés, y luego el anciano volvió a tomar la iniciativa:

—Mira, lo más importante es que un testamento puede destrozar a una familia. Suelen generar expectativas que, si se combinan con la codicia o la desesperación, pueden dar pie a situaciones muy desagradables que a menudo duran años.

—Generaciones —señaló Gamache.

—¿De verdad creen que tienen derecho a un título y a un montón de propiedades?

—Dicen que no, pero...

—Lo que se lleva en la sangre... —dijo Horowitz—. A veces creemos que la locura de los ancestros no puede alcanzarnos... hasta que se nos pone a prueba. Son judíos, ¿no?

—Sí, ¿eso importa?

—Puede que sí. ¿Vienen de Austria?, ¿de Viena?

—*Oui*.

Horowitz asintió.

—¿Tienes alguna idea? —preguntó Gamache.

—No puedo llamarlo una idea, se trata más bien de una ocurrencia. Me pregunto si la anciana... la Baronesa, como tú la llamas... podría haber tenido razón al fin y al cabo, quizá incluso sin darse cuenta. Déjame investigar un poco. —Hizo el gesto de que le llevaran la cuenta—. Eso querías, ¿no? Que investigara un poco.

—Quería pasar un rato contigo y disfrutar de una comida deliciosa —repuso Gamache.

—Pues ya has comido y yo sólo me he tragado chorradas. —Empujó la bandeja de plata con la cuenta sobre el mantel de lino—. Toma: tú pagas.

Gamache sonrió negando con la cabeza. En todo momento había tenido la intención de pagar: siempre lo hacía. La cosa era que, gracias a Stephen Horowitz, iba a tener que costear las comidas de cuatro personas a las que ni siquiera conocía.

—Esperemos que mi suspensión termine pronto —comentó sacando la tarjeta de crédito.

—¿Por qué? ¿Para que puedas pagar esta clase de cuentas? No te preocupes, puedes permitírtelo.

—No. —Señaló con la cabeza al magnate del acero, que miraba furibundo cómo se marchaban del restaurante después de que Horowitz le hubiese arruinado su plato de mollejas de ternera—. Para que pueda resolver tu asesinato.

El viejo se echó a reír.

28

Jean-Guy paseó la mirada por la sala de espera de Taylor & Ogilvy.

Estaba en un piso cuarenta y cinco, pero nadie lo hubiera dicho. Había paneles de roble, pinturas al óleo e incluso una estantería con libros encuadernados en cuero, como si pretendieran decirte que si tu asesor de inversiones sabía leer, era menos probable que te esquilmara.

Al asomarse por la ventana uno esperaba ver el magnífico jardín de una finca, y no Montreal desde las alturas.

Una mera ilusión.

¿Qué había dicho la agente Cloutier?

Una «astracanada», un decorado, algo que parecía una cosa pero en realidad era otra. Ese lugar daba a entender que se trataba de una empresa sólida, conservadora y digna de confianza, pero ¿era otra cosa?

Echó un vistazo a los cuadros y se levantó para observar uno en particular: una litografía numerada.

No era exactamente una falsificación, pero tampoco era un original.

—¿Le gusta? —preguntó una voz femenina a sus espaldas.

Se dio la vuelta esperando que fuera la recepcionista, pero se encontró con una mujer elegante y sorprendentemente joven ante la puerta abierta.

—Sí —respondió él—. Vengo a ver a madame Ogilvy.

—Mucho gusto, pero llámeme Bernice. —Extendió la mano—. ¿He oído bien?, ¿Tony ha sido asesinado?

—Eso parece.

Ella entornó los ojos y esbozó una mueca mientras asimilaba aquellas palabras.

—Madre mía... haré lo que pueda por ayudar.

—*Merci*.

La joven se dio la vuelta y él la siguió por el silencioso pasillo. Observó las oficinas a ambos lados, donde los agentes de bolsa, en su mayoría hombres, hablaban por teléfono o tecleaban en sus portátiles.

El pasillo, con revestimiento de paneles de madera, estaba cubierto de obras de arte.

—Bonitos cuadros —comentó él.

—Gracias. La mayoría son reproducciones, pero tenemos algunos originales —le aseguró ella—. También hay algunas cosas horribles que mi abuelo compró creyendo que eran buenas inversiones, pero no era el caso. Ésos los escondemos en los despachos de los socios, como recordatorio.

—¿De qué?

Bernice Ogilvy se detuvo y le sonrió.

—De lo que ocurre cuando creemos saber algo que en realidad no sabemos, inspector jefe. Sin duda alguna, usted está expuesto al mismo tipo de peligros en su profesión, sólo que sus errores pueden costar vidas.

—Como los suyos.

Su sonrisa se desvaneció.

—Tiene razón, y soy consciente de ello.

Se volvió y continuó con su cháchara sobre arte. Se notaba que la tenía ensayada y la repetía ante los clientes para que se sintieran cómodos.

—Nuestra especialidad es el arte canadiense. De Quebec, siempre que sea posible.

—Pero no siempre originales.

—No: los originales no siempre están disponibles, así que compramos copias numeradas, aunque siempre los primeros números.

Él se echó a reír, pero entonces se dio cuenta de que hablaba en serio.

—¿Por qué?

—Bueno, porque son más valiosas. Todo es una inversión, ya sabe.

—¿Todo?

—Todo, y no me refiero sólo a los negocios. Como seres humanos, no sólo invertimos dinero, también tiempo y esfuerzo. La vida es corta y el tiempo es precioso y limitado: hay que elegir dónde lo ponemos.

—¿Para obtener el máximo rendimiento?

—Exactamente. Sé que suena calculador, pero piense en su propia vida. No querrá perder el tiempo con gente que le desagrada o haciendo algo que no lo satisface.

Él tuvo la sensación de que podía encontrar una respuesta inteligente a ese comentario, pero lo único que se le ocurrió fue: «Eso es una gilipollez.»

Unos años atrás lo habría dicho, pero unos años atrás no era el inspector jefe.

—¿Qué está pensando? —quiso saber ella.

—Estoy pensando que eso es una gilipollez.

Al diablo: si la vida era tan corta, más valía ser uno mismo.

Ella se detuvo y lo miró.

—¿Por qué lo dice?

Jean-Guy paseó la mirada por las oficinas antes de volver a mirarla a ella.

—Es la clase de comentario que haría alguien que trabaja aquí. No digo que usted no esté convencida de ello, pero creo que la mayoría de la gente no puede permitirse el lujo de elegir. Sólo intentan llegar a fin de mes y aceptan cualquier trabajo de mierda con tal de mantener a su familia unida, quizá en un matrimonio de mierda con hijos fuera de control... Usted vive en un mundo donde existe la posibilidad de elegir, madame Ogilvy, pero la mayoría de la gente no tiene inversiones, tiene vidas, y sólo tratan de salir adelante.

—¿Un juego de suma cero? —preguntó ella—. Eso sí es una gilipollez, y bastante condescendiente, además. La mayoría de la gente quizá no pueda elegir trabajar aquí o vivir en una mansión, pero sigue teniendo opciones, y escoger en qué invierte su tiempo, si no su dinero, es una de ellas.

Se miraron el uno al otro. La tensión era evidente pero a él le daba igual. Prefería presionar a la gente y ver cómo era en realidad.

Le había parecido muy interesante que, cuando él se había puesto grosero, ella hubiera cambiado y usara exactamente el mismo lenguaje. La diferencia estaba en que para él era algo natural y para ella no.

Ahí delante tenía a una mujer camaleónica que se adaptaba a las situaciones y a la gente.

Era una aptitud útil, servía tanto de maniobra defensiva como ofensiva para hacer que los demás bajaran la guardia. «Soy como tú —le estaba diciendo—. Y tú eres... uno de los nuestros.»

Era un mensaje sutil y poderoso que hacía sentir cómoda a la gente y te permitía ganarte su confianza.

Elegante y refinada cuando hacía falta, ruda cuando era necesario.

Recatada o peleona, grosera o exquisita.

Todo y nada, excepto calculadora.

Una de las muchas cosas que le gustaban de Annie era que, si bien sabía adaptarse, siempre era ella misma: genuina.

La mujer que tenía delante no lo era.

En cualquier caso, si él sabía jugar sus cartas aquello podía suponer una buena inversión de su tiempo, pensó.

Siguieron adelante y, cuando enfilaron otro pasillo, preguntó:

—¿Tiene algún Clara Morrow?

—No. Intenté comprar una de sus *Tres Gracias*, pero no quedaban litografías, sólo la de aquella vieja, que me hacía cagarme de miedo.

—Pues debería ver el original —comentó él—: es mejor que un enema.

Ella se rió y lo hizo pasar a su despacho.

Era como ir del pasado al futuro o, por lo menos, a un presente muy brillante. Se trataba de un despacho esquinero con enormes ventanales del suelo al techo. Ante ellos se extendía Montreal, magnífica. En una dirección se veía el puente Jacques Cartier sobre el río San Lorenzo, en la otra,

Mount Royal con su enorme cruz, y entremedio los inmensos rascacielos de oficinas. Montreal, audaz, resplandeciente, intrépida, preparada para el futuro, pero con profundas raíces históricas, nunca dejaba de maravillarlo. Y la niebla gélida no hacía más que acentuar esa sensación: parecía de otro mundo.

El escritorio era de madera, pero elegante y sencillo; un material milenario con un diseño moderno. Había un sofá y varias sillas. Y las obras de arte, como todo lo demás, eran contemporáneas.

—No son de ningún pintor conocido —explicó ella cuando él se acercó a las paredes—. La mayoría son de estudiantes: financiamos una beca para que nuestros jóvenes artistas estudien en el Musée d'Art Contemporain. Lo único que pedimos a cambio es una de sus obras.

—Con la esperanza de que algún día valga algo, supongo —comentó él.

—Esa posibilidad siempre está ahí, inspector jefe, pero lo que espero, sobre todo, es que puedan hacer lo que les apasiona.

—¿Y usted lo hace? —preguntó él tomando asiento.

—De hecho, sí. Creo que nací para las inversiones, las finanzas, el mercado... Tanto mi padre como mi madre se dedican a esto.

—Su padre es el director general, y su madre, la presidenta del consejo.

—Veo que ha hecho los deberes.

Se sentía cada vez más irritado, por eso había hecho ese comentario tan condescendiente.

—No me costó mucho: una simple búsqueda en Google... —repuso—. Sus padres la pusieron aquí, ¿no?

Hacer dos comentarios así podía resultar insultante.

—Bueno, no es una coincidencia que mi apellido sea Ogilvy, pero me he ganado este despacho, créame: invertir no sólo es algo que llevo en la sangre, también me fascina.

—¿En qué sentido?

—Por la oportunidad de causar un verdadero impacto en la vida de la gente, de asegurarles la jubilación, la educación de los hijos, su primera casa. ¿Hay algo mejor que eso?

«Sí: la verdad», pensó Beauvoir. La verdad era mejor, y no la parrafada que le estaba soltando, que, como la matraca de antes en el pasillo, era un discurso practicado. Más paneles de roble, más falsos originales.

—¿Y usted? —preguntó ella.

—¿Yo?

—¿Le gusta lo que hace?

—Sí, por supuesto.

Aun así, la pregunta lo sorprendió. Nunca se lo había planteado. ¿Le gustaba?

Estaba claro que no se había plantado junto a un montón de cadáveres ni había cazado asesinos todos esos años por dinero o glamur. ¿Por qué lo había hecho, entonces? ¿Era posible que le apasionara?

Sacó la orden de su maletín y la dejó sobre el escritorio.

Madame Ogilvy no se molestó en mirarla.

—Yo también he investigado un poco. En respuesta a su pregunta de ayer, no tenemos ningún cliente llamado Kinderoth. Ya no, aunque sí los teníamos. Ambos han muerto: uno hace cinco años y otro el año pasado. Eran ancianos y tenían mala salud.

—¿Anthony Baumgartner se ocupaba de sus finanzas?

—No, estaban con otro asesor y, francamente, su cuenta era tan pequeña que, cuando se dividió entre los herederos, apenas quedó nada. Aunque tengo entendido que el testamento era un poco extraño.

Beauvoir sintió el escalofrío que suele producirse ante los hallazgos inesperados.

—¿Por qué lo dice? —su voz no reveló en absoluto su emoción.

—No recuerdo los detalles exactos, pero parece que dejaron mucho más de lo que realmente tenían. Por supuesto, hablamos con el asesor para averiguar por qué creían tener una fortuna, pero él estaba tan desconcertado como nosotros. Investigamos, pero no encontramos el menor error en nuestras cuentas.

—¿Sabe si había algún título aristocrático de por medio? —preguntó él como si fuera lo más natural, y se preparó para un comentario burlón.

Pero ella no se rió, sino que lo miró con auténtico asombro.

—¿Cómo lo ha sabido? La verdad es que sí. Creemos que sufrían demencia o alguna clase de delirio. Monsieur Kinderoth era taxista y madame Kinderoth había criado a los niños. Tenían una casa muy modesta en el East End de Montreal y una pequeña pensión de jubilación, y sin embargo dejaron millones y un título en su testamento.

—¿El título de barón?

—Y de baronesa, sí. Al parecer, así se hacían llamar.

Él notó que su corazón se aceleraba y sus sentidos se agudizaban, como siempre que se acercaba a algo.

O, en realidad, cuando se daba de bruces con ello, como en ese momento.

Pero su voz permaneció neutra: era su propio revestimiento de roble con el barniz impecable.

—¿Tiene la dirección de los herederos?

—Imaginaba que me lo preguntaría. Tuvieron dos hijas, ambas viven en Toronto y están casadas. Pero ¿qué tiene esto que ver con la muerte de Tony Baumgartner? Como le he dicho, no eran sus clientes.

Su mano se apoyaba sobre una fina carpeta manila.

—Me temo que no puedo decírselo.

Él captó un breve destello de enojo que madame Ogilvy supo ocultar rápidamente. No estaba acostumbrada a escuchar un no por respuesta, y le encantaba la información. No era de extrañar: no se llegaba hasta aquel despacho siendo una ignorante.

Pero el jefe de Homicidios en funciones de la Sûreté no iba a andar repartiendo información por ahí.

Le tendió la mano y ella le dio la carpeta.

—*Merci*. ¿Algún otro pariente en Quebec?

—No que yo sepa.

Él asintió. Habían buscado a los Baumgartner y a los Kinderoth en las bases de datos gubernamentales. Por suerte, ambos eran apellidos poco comunes, aunque había algunos Baumgartner dispersos: primos lejanos o personas que, al parecer, no estaban emparentadas con ellos en absoluto. En cuanto a los Kinderoth, no había más en Quebec.

Su mente trabajaba a toda prisa para asimilar la noticia de que existía otro testamento igual de extraño. Un testamento, según sospechaba, que legaba algo muy parecido al de la baronesa Baumgartner. Haría que sus inspectores lo comprobaran. El testamento de Kinderoth ya debía de ser público.

—Gracias. —Sostuvo en alto la carpeta antes de meterla en el maletín—. Ahora pasemos a la razón principal de mi visita: Anthony Baumgartner.

—De acuerdo —respondió ella y se inclinó hacia adelante en la silla—. ¿En qué puedo ayudarlo?

—¿Cómo era?

—Era un analista brillante. Entendía...

—Llegaremos a eso dentro de un momento. Primero me gustaría saber cómo era como persona.

Su técnica era muy diferente a la de Gamache. El jefe prefería permanecer callado: escuchar, hacer que la gente se sintiera a sus anchas, tirarles de la lengua y hacer que casi olvidaran que aquello era un interrogatorio... Utilizaba el silencio y la calma, y sonrisas tranquilizadoras.

Desde luego, él conocía los beneficios de esa estrategia, pero la suya consistía en ser directo y agresivo, en desestabilizarlos para que estallaran.

Hacía muchas preguntas, interrumpía las respuestas. Les hacía saber quién estaba al mando y no dejaba de ejercer cada vez más presión.

—¿Como persona? —repitió Bernice Ogilvy.

—Ya sabe, como ser humano; no como inversión.

Vio que ella se ruborizaba.

—Ya entiendo. Era... agradable.

—Puede hacerlo mejor. ¿Le caía bien?

—¿Que si me caía bien?

—Hablo de sentimientos —ironizó él—. ¿Qué sentía por Anthony Baumgartner?

—Era simpático...

—Un perrito es simpático. ¿Cómo era Tony? ¿Qué sentía por él?

—Me caía bien, muy bien —soltó ella enojada.

—¿Muy bien?

—No tanto.

—¿Entonces?

—Era simpático...

—Venga... ¿qué era para usted?

—Un empleado.

—¿Nada más que eso?

—Por supuesto que no.

—¿Sabía que era gay?

—Sólo lo supe cuando él me lo contó.

—¿De verdad?

—Sí, y no me importó. Él era...

—¿Simpático?

—Más que eso... era como un padre.

Lo dijo casi gritando, desafiante, retándolo a enfrentarse con ella.

No lo hizo: ya tenía lo que quería.

—Entonces era como un padre para usted.

—Para todos nosotros. Incluso los hombres mayores lo admiraban.

Se lo quedó mirando en espera de otra interrupción, pero él había aprendido de Gamache que a veces era mejor mantener la boca cerrada y limitarse a escuchar.

—Nunca olvidaba un cumpleaños o una fecha importante —explicó ella—, y no sólo de los socios, sino de todo el mundo: asistentes, personal de limpieza... Era esa clase de hombre.

«Un buen hombre —pensó Beauvoir—. O simplemente se le daban bien las apariencias.»

—Cuando entré en la empresa, usé el apellido de soltera de mi madre: no quería que nadie supiera quién era. Empecé como ayudante de Tony. Era paciente y amable conmigo. Con él aprendí más en seis meses que en cuatro años de universidad: me enseñó a interpretar las tendencias del mercado, a centrarme en las búsquedas más significativas, a no limitarme a estudiar los informes anuales, sino a conocer a los dirigentes de las empresas. Era brillante.

—¿Y qué pasó cuando descubrió quién era usted en realidad?

Ella arqueó las cejas y apretó los labios.

—No le hizo mucha gracia. Me llevó a tomar unas copas y creí que se alegraría: había sido el mentor de alguien que algún día tendría... —Levantó las manos para abarcar el amplio despacho esquinero—. Pero no le sentó bien. Me dijo que éste era un negocio basado en las relaciones y la confianza, no en trucos ni en juegos. Habría preferido que hubiera sido sincera con él. Y según él no decía mucho en mi favor, ni en el suyo, que yo sintiera la necesidad de fingir, que no hubiera confiado en él. No lo dijo, pero me di cuenta de que lo había decepcionado. Fue horrible.

«Y apuesto a que ha pasado los últimos años intentando compensarlo», pensó Beauvoir. ¿Tan listo era Baumgartner para jugar con ella de esa manera, para hablar de confianza cuando él mismo la traicionaba?

Rebuscó en su maletín y depositó los estados de cuentas sobre el escritorio.

—He tenido a una agente trabajando en esto y sospecho que usted llegará a la misma conclusión que ella.

Madame Ogilvy se puso las gafas y cogió los extractos sin hacer ningún comentario. Pasó un minuto, pasaron cinco. Él se levantó y se paseó por el despacho examinando las paredes y las pinturas. La miraba de reojo de vez en cuando.

Su iPhone zumbó y él miró el mensaje. Era de Gamache: le preguntaba si podía reunirse con él en casa de Isabelle Lacoste en una hora.

Envió una respuesta rápida: «Por supuesto.»

Finalmente, madame Ogilvy dejó los estados de cuentas en la mesa. Su rostro no revelaba mucho: intentaba mantener una expresión neutra, aunque él notó que le temblaban los dedos. Cerró las manos en puños.

—Tenía razón en preocuparse, inspector jefe. —Su voz ya no contenía la emoción de antes. Sonaba monótona, controlada—. Me alegro de que me haya traído esto.

—¿En serio? —preguntó él sentándose de nuevo.

La sonrisa de ella se había congelado y sus ojos irradiaban frialdad. Ya no era la joven empresaria que lo había recibido; tenía ante él a la socia principal de una empresa de inversiones multimillonaria que no había conseguido el puesto sólo por ser la hija del director general, sino porque sabía absorber información rápidamente, desglosarla, descubrir las implicaciones y opciones y no esconderse de la realidad por desagradable que fuera. Eran aptitudes que le habrían servido de mucho en cualquier profesión, incluida la de policía de Homicidios.

—Sí, me alegro —repitió—. Acabaría por salir a la luz, mejor que tengamos la oportunidad de manejar la situación.

Al menos estaba siendo sincera al respecto, pensó Beauvoir. Pero no se dejó engañar por esa sangre fría: la agente Cloutier había dejado claro que un desfalco de esa envergadura, y durante lo que parecía ser un largo intervalo de tiempo, probablemente necesitaría la connivencia de alguien de muy alto rango.

Era casi seguro que Anthony Baumgartner no había actuado solo. De hecho, él había empezado a sopesar una teoría.

Que Baumgartner era un corrupto parecía obvio, pero también era una herramienta. Había montado el cascarón; dirigido la astracanada, por usar la analogía de Cloutier; pero algún otro había escrito el guión.

¿Y quién mejor que la hija del director general, su antigua protegida?

¿Intentaba engañarlo con esa historia que acababa de contarle?, se preguntó Beauvoir. ¿Con toda esa gilipollez de que había decepcionado a Baumgartner, de que él no había sospechado quién era ella en realidad?

¿Con lo de que era un hombre decente?

¿Le había enseñado él algunos trucos que no enseñaban en la escuela de negocios?

¿Como a robar a los clientes?

¿Quién, al fin y al cabo, estaba en mejor posición para ocultar lo que estaba pasando y para protegerlo si lo pillaban, como finalmente había ocurrido?

En lugar de despedirlo a él, habían despedido al secretario.

¿Y dónde iba a parar el dinero?

El estilo de vida de Anthony Baumgartner no parecía fruto de un desfalco de esa envergadura: vivía en la misma casa desde hacía muchos años, conducía un vehículo bonito, pero de gama media, no hacía viajes de lujo en vacaciones...

Era muy raro encontrar a alguien lo bastante avaricioso como para robar el dinero de sus clientes y, al mismo tiempo, lo bastante disciplinado para no gastarlo.

A menos que la mayor parte fuera a parar a otro sitio, a otra persona.

—¿Y cómo piensa manejar esta situación? —le preguntó a madame Ogilvy.

—Bueno, lo primero que voy a hacer es llamar a la comisión reguladora y denunciar lo sucedido —repuso ella cogiendo el teléfono.

—Eso ya lo hemos hecho nosotros.

—Ya veo. Yo también llamaré más tarde. —Colgó el teléfono un tanto ofendida—. Y por supuesto repondremos el dinero que les haya quitado a los clientes.

—Robado.

—Sí.

—Qué incómodo, ¿no? —comentó él—. Y Anthony Baumgartner ya había sido protagonista de un desfalco parecido.

—Está hablando de algo que pasó hace años —repuso ella—. Y en esa ocasión el culpable no fue él, o al menos no directamente: fue el secretario de uno de los socios principales.

—¿Usted?

—No.

—Según tengo entendido, Baumgartner tenía una aventura con esa persona —dijo Beauvoir.

—Es cierto. Al parecer, el secretario en cuestión utilizaba a Tony para conseguir sus claves de acceso y desviaba dinero de varias cuentas. Era cuestión de tiempo que lo atraparan. No fue muy listo, la verdad, aunque se salió bastante con la suya antes de que lo descubrieran.

—¿Quién lo pilló?

—Tony. Acudió a nosotros inmediatamente y actuamos.

—Despidiendo al secretario.

—Sí.

—Y no a monsieur Baumgartner.

—Fue un ingenuo: confió en quien no debía, pero no cometió ningún delito.

—Y aun así le suspendieron la licencia.

—Fue un castigo proporcional: los demás corredores tenían que ver que, si uno se mancha las manos de alguna manera, acaba pagando las consecuencias.

—¿Y sus clientes?

—¿Qué pasa con ellos?

—¿Lo supieron?

—No: decidimos no comunicárselo. El dinero fue restituido y se decidió que Tony seguiría gestionando las carteras y tomaría las decisiones, pero trabajaría con otro corredor que se ocuparía de las órdenes de compraventa y llevaría a cabo las transacciones reales. No era necesario que esto se difundiera en la calle.

—¿La calle?

—Forma parte de nuestra jerga: significa la comunidad financiera.

«La calle.»

Jean-Guy empezaba a darse cuenta de que lo único que separaba esa «calle» de la de Santa Catalina era una fina capa de refinamiento. Pero una vez decapado ese barniz, lo que quedaba al descubierto era igual de brutal, igual de sucio, igual de peligroso.

—¿Y Baumgartner estuvo de acuerdo con el nuevo arreglo?

—Lo entendió. Él no tenía por qué acudir a nosotros, ¿sabe? Podría haber pensado en algún modo de encubrirlo, pero en lugar de eso se sentó ahí mismo, donde está usted, y me lo contó todo: que tenía una aventura con Bernard y cómo había descubierto que éste le había robado los códigos de acceso a las cuentas. Y se ofreció a dimitir.

—Pero usted no aceptó su dimisión.

—No.

—¿Por qué?

—Ya se lo he dicho.

—Sabe tan bien como yo que podría haberlo despedido. Y, visto lo visto, quizá debería haberlo hecho. —Miró los estados de cuentas—. Quiero la verdad.

Ella respiró hondo sin dejar de mirarlo a los ojos.

—Era el mejor asesor financiero que teníamos. Un hombre brillante. Al fin y al cabo, soy hija de mi padre, inspector jefe: reconozco el talento y quiero conservarlo. Tony Baumgartner lo tenía, así que nos decidimos por un término medio: le suspendimos la licencia para hacer transacciones, pero le permitimos seguir gestionando carteras.

—Hay algo que no entiendo: si ya no podía operar en bolsa, ¿cómo se las arregló para robar todo ese dinero? —Señaló los papeles que descansaban en la mesa.

—No, no, todo esto es falso: nunca hubo transacciones en bolsa, sólo están ahí, en esos papeles. Él hizo que pareciera que sí, pero no es más que un galimatías. Si un cliente se tomara la molestia de leer esto... —Puso la palma extendida sobre los papeles—... Sólo vería cifras tan impresionantes como aburridas. Nadie, aparte de otro experto financiero, se molestaría en estudiarlas.

—¿Y adónde fue a parar el dinero?

Ella negó con la cabeza y suspiró.

—No lo sé. Pero parecen millones, decenas de millones.

—Yo diría que incluso más —dijo él y, tras una pequeña vacilación, ella también asintió.

—Sí, aunque eso depende del tiempo que llevara haciéndolo. Tardaremos un poco en averiguarlo.

—Pero sus clientes acabarían dándose cuenta, ¿no? Acabarían descubriendo que no hay dinero real en sus cuentas.

—¿Cómo?

—Pues... cuando pidieran el dinero...

—La gente nunca hace eso —explicó ella—. En el mejor de los casos, cobran los dividendos o se llevan los beneficios, pero el capital permanece en la cuenta. ¿No le decían sus padres que nunca tocara el capital?

—No: me decían que no tocara la bici de mi hermano.

Ella sonrió.

—Un punto a su favor. Pero en el mundo de las inversiones es un lugar común que la gente se lleva los beneficios, los dividendos, y deja el capital.

—¿Es un esquema Ponzi, entonces; una especie de estafa piramidal? —preguntó él.

—No exactamente, pero se parece. Esto es incluso más difícil de descubrir, ya que Tony hizo que pareciera que estos clientes invertían a través de Taylor & Ogilvy, pero no era así. Utilizó nuestro membrete, nuestro formato de estados de cuentas, nuestra dirección... todo, con excepción de nuestras cuentas. El dinero fue a parar a su cuenta personal.

—¿Dónde?

—No tengo ni idea.

—¿De modo que usted no sabía nada de esto?

—Nada en absoluto. Nuestros auditores nunca lo pillarían porque ahí no hay nada que pillar.

Beauvoir empezaba a ver la genialidad del asunto: su simplicidad.

—¿Así que tenía dos grupos de clientes? Por un lado, aquellos en cuyas cuentas trabajaba legítimamente, y los que tenía en casa, a los que les robaba.

—Eso parece.

—Necesitamos saber si alguno de estos clientes también tiene cuentas oficiales con Taylor & Ogilvy.

—Por supuesto. ¿Puedo quedarme con esto? —preguntó mirando los documentos incriminatorios.

—Sí.

—¿Va a interrogar a los clientes?

—Sí —repitió Jean-Guy.

Ella asintió. Como la loca Ruth en el cuadro de Clara, Bernice Ogilvy empezaba a vislumbrar el atisbo de algo en el horizonte; en la distancia, pero cada vez más cerca y ganando velocidad. Era algo que llevaba allí mucho tiempo esperando, inevitable.

Pero donde Ruth veía el fin de la desesperanza, madame Ogilvy veía su comienzo.

Una vez que aquello saliera a la luz, nadie volvería a confiar en Taylor & Ogilvy. Podía ser injusto, pero así es la vida cuando todo depende de algo tan frágil como la confianza, y la naturaleza humana, y una fina capa de barniz de tono roble.

—¿Asesinaron a Tony por esto? —quiso saber madame Ogilvy.

—Probablemente. Como le he dicho, tendremos que interrogar a los clientes. Pero ¿de verdad le sorprende tanto que monsieur Baumgartner estuviera robando?

—Ya no lo sé. —Antes daba la impresión de estar muy segura de sí misma, como si tuviera bajo control su empresa y sus emociones, pero había aparecido una grieta.

—¿Es posible que él estuviera detrás del desfalco original, y no el secretario?

Ella asintió lentamente, reflexionando.

—Es posible.

—Podría haber sido una especie de ensayo —dijo Jean-Guy—, y aprendió de él.

Madame Ogilvy negó con la cabeza.

—No puedo creerlo.

—¿Que lo hiciera?

—Eso sí, pero que yo no lo viera... Cuando miraba a Tony, sólo veía a un hombre bueno y decente.

—La principal baza de un estafador es precisamente ésa: la confianza —dijo Jean-Guy.

—¿Y si no fue así? —preguntó ella.

—Yo creo que fue así.

—Pero supongamos por un momento que no: que Tony decía la verdad sobre el secretario y que él no hizo esto —dijo poniendo la mano sobre los estados de cuentas.

Beauvoir guardó silencio: no quería fomentar aquella falsa ilusión.

Era una de las muchas tragedias que traía consigo un asesinato: que daba pie a una investigación de la vida de la persona fallecida y a menudo revelaba cosas que la gente desearía no haber sabido nunca, cosas que muchas veces no estaban relacionadas con el asesinato, pero quedaban al descubierto de todos modos.

Y cuando eso sucedía, a menudo los amigos y familiares se negaban a creer la aventura amorosa, el robo, las malas compañías, la pornografía en el ordenador, los correos electrónicos incriminatorios...

La cosa se volvía turbia y entraban en juego las emociones, las falsas ilusiones, a veces incluso la violencia con tal de defender el honor del fallecido.

—Gracias por su tiempo —concluyó Jean-Guy levantándose y dirigiéndose a la puerta—. La agente Cloutier se pondrá en contacto con usted, probablemente hoy mismo.

Ella se ruborizó: no estaba acostumbrada a que ignoraran sus opiniones.

—Antes me ha pedido el apellido y la dirección de Bernard. Mi secretaria se lo dará al salir.

—*Merci*. ¿Está dispuesta a cooperar?

—Por supuesto, inspector jefe.

Más le valía cooperar, pensó él. El daño ya estaba hecho. Por mucho que se escondiera, se hiciera ilusiones o mintiera, nada detendría, ni siquiera ralentizaría, lo que ya se vislumbraba en el horizonte.

Conduciendo por Montreal de camino a casa de Isabelle Lacoste, Jean-Guy pensó en la última cuestión que le había planteado madame Ogilvy.

Supongamos que Anthony Baumgartner no hubiera estado robando el dinero de los clientes...

Eso significaría que algún otro lo estaba haciendo...

Pero el nombre de Anthony Baumgartner figuraba en aquellos extractos, su firma rubricaba las cartas adjuntas...

Jean-Guy avanzaba lentamente por las calles llenas de coches y de nieve.

Tendría que ser alguien cercano a él, que estuviera al corriente del sistema y supiera quiénes eran sus clientes, que tuviera acceso a sus archivos y al membrete, que lo conociera bien.

Alguien de Taylor & Ogilvy.

Jean-Guy había empezado a considerar seriamente la cuestión.

«Supongamos que Anthony Baumgartner no hubiera hecho nada incorrecto, que no hubiera robado. Supongamos que esos estados de cuentas estaban en su estudio bajo la mirada de la loca de Ruth porque había descubierto que aquello era obra de otra persona, y que estaba estudiándolos para averiguar qué directivo de su empresa estaba robando millones de dólares a los clientes. Supongamos que Anthony Baumgartner era exactamente como lo había descrito madame Ogilvy», pensó Jean-Guy al virar en la estrecha calle de Isabelle Lacoste para buscar aparcamiento entre los montones de nieve que nadie había despejado todavía.

«Supongamos que fuera hombre bueno y decente, un hombre honorable que se había ofrecido a dimitir cuando otra persona había cometido una equivocación, que entendía el valor y la fragilidad de la confianza.

»¿Qué haría un hombre así si descubriera un caso de corrupción a esa escala, o a cualquier escala?

»Se enfrentaría a la persona en cuestión, exigiría una explicación. Amenazaría con denunciarla.

»¿Y qué haría esa otra persona?»

—Matar a Anthony Baumgartner —murmuró Beauvoir aparcando cuidadosamente.

29

—¿Qué quieren de mí? —preguntó Mercier mirando a las dos mujeres que habían entrado en su despacho.

—Me gustaría saber por qué nos aseguró que nunca había visto personalmente a la Baronesa, cuando sí la conocía —dijo Myrna dejando la agenda del padre de Mercier sobre el escritorio.

Clara estaba a su lado, intentando no mostrarse inquieta. A su alrededor había torres de cajas, todas de la misma altura, casi dos metros. Al parecer, habían sido distribuidas de manera consciente y estratégica por todo el despacho. «Como en una carrera de obstáculos», pensó ella.

Aunque en esas pilas de cajas había algo más que le resultaba vagamente familiar. ¿Se suponía que debían parecerse a aquellas antiguas formaciones rocosas como Stonehenge... o las misteriosas cabezas de la isla de Pascua?

Las cajas (archivadores, según comprobó) estaban apiladas unas sobre otras y no parecían muy estables. ¿Por qué no apilarlas a lo largo de una pared, como haría cualquier persona sensata?

Aunque se daba cuenta de que Lucien Mercier distaba mucho de ser sensato; sin duda era razonable, pero para ser sensato, para tomar decisiones buenas y sensatas, hacía falta cierta sensibilidad.

No, ese hombre no era sensato.

Clara siempre estaba a favor de la creatividad, pero los precarios archivos que se cernían sobre ellas no eran obras de arte.

Eran, en su opinión, proyecciones de algo innato en Mercier, algo íntimo y privado: la infelicidad.

Sonaba casi ridículo expresarlo así, demasiado simplista, pero ¿acaso no era suficientemente afilada esa simple palabra, «infelicidad»?

—De hecho —continuó Myrna—, usted estuvo en casa de la Baronesa con su padre cuando se habló del testamento: figura en las notas de su padre.

Mercier permaneció inmóvil, excepto por sus ojos, que iban y venían de una mujer a otra, se posaban un instante en una de las torres de cajas detrás de ellas y luego volvían.

«Es como un niño —pensó Clara—. Un niño convencido de que, si su cuerpo está inmóvil, nadie notará que sus ojos se mueven; convencido de que, si cierra los ojos y no ve a nadie, él mismo se vuelve invisible.»

Como ella sabía bien, se debía al egocentrismo que la mayoría de los niños superaban con la edad.

Siguió observando a Mercier abiertamente.

Había ido allí a petición de Myrna, porque su amiga quería un testigo. No era que tuviera miedo de aquel hombrecillo, sino que, tras haber leído los papeles de su padre, había comprendido que no se podía confiar en él, que podía contarte una cosa y luego cambiar su versión.

—Pero tienes que estar atenta —le había advertido Myrna cuando estaban en el coche—. Prométeme que lo harás.

—¿Qué has dicho?

—Vamos, hablo en serio. Te conozco: a veces se diría que estás siguiendo una conversación, porque asientes y sonríes, cuando en realidad estás intentando resolver algún problema de tu último cuadro.

Por supuesto, Myrna tenía razón. Mientras se dirigían a la notaría, Clara había dejado vagar su mente para liberarla, para ver qué podía hacer su inconsciente con Benedict, el del corte de pelo absurdo, la sonrisa bobalicona y los ojos alegres.

Se preguntó si podría pintarlo como una especie de personaje de dibujos animados, todo colores brillantes y gruesos contornos trazados con pastel.

Pero una vez sentada en ese despacho, a la sombra de las cajas y observando a Mercier, todos sus pensamientos sobre el joven radiante se desvanecieron.

Se había puesto a pensar en cómo podría pintar al notario.

—No mentí —dijo Mercier—. Simplemente no me acordaba. Conozco a mucha gente.

—¿Por qué fue allí con su padre, por qué quiso él que usted lo acompañara?

—Era un hombre precavido: siempre quería una segunda opinión cuando se reunía con clientes ancianos.

—¿Una segunda opinión sobre qué?

—Sobre si la persona en cuestión estaba lúcida.

—¿Y la Baronesa lo estaba?

—Por supuesto. De otro modo, mi padre nunca le habría permitido hacer ese testamento.

«Carboncillo, eso es lo que usaría», pensó Clara.

Lápices de colores vivos para Benedict y los restos carbonizados de algo que en otro tiempo había estado vivo para el notario.

—¿Por qué crees que no consigo encontrar a David? —preguntó Amelia.

Marc se encogió de hombros.

Él no se había planteado cómo encontrarlo ni un solo momento; la mayor parte de su cerebro, o de lo que quedaba de él, estaba ocupada en una sola cosa: buscar más droga. Era como un neandertal impulsado por la mera supervivencia.

Aunque sí se daba cuenta de que, mientras él estaba concentrado en un chute, en la siguiente dosis, Amelia iba en busca de un puto filón. Tendrían tanta mierda que no sabrían ni qué hacer con ella, excepto consumirla y venderla, colocarse y volverse ricos.

Y aun así, no podía dejar de preocuparse por el próximo chute.

Amelia estaba en la cocina preparando sándwiches de mantequilla de cacahuete con el pan de molde que habían robado de una tienda. Estaba algo rancio y empezaba a enmohecerse: los panes más frescos los habían birlado otros ese mismo día, más temprano.

«Hay que acordarse de robar pan más temprano», se dijo Amelia.

—Toma.

Le dio un sándwich a Marc, que lo miró con asco. Llevaba meses sin comer otra cosa que puta mantequilla de cacahuete. El mero olor le revolvía el estómago.

Le dio un mordisco e hizo una mueca: sabía a desesperación.

—El tipo está por ahí... —dijo Amelia acercándose a la ventana—. Pero, si tiene la nueva mercancía, ¿por qué no la vende? ¿A qué espera?

Marc se unió a ella ante la ventana. El sándwich pendía lánguido de su mano huesuda.

Durante unos instantes se permitió recordar el aroma de las tortitas y el beicon de un sábado por la mañana.

En su cerebro semiderruido seguía habiendo una habitación privada que mantenía en secreto, y de cuando en cuando se hacía un ovillo, cerraba los ojos, entraba allí y se sentaba a la mesa de su madre a tomar tortitas, beicon y sirope de arce.

Salió de la habitación privada y cerró bien la puerta.

Miró por la ventana a los yonquis, los transexuales y las putas reunidos allí abajo, esperando a Amelia. ¿Para hacer qué?

Sólo querían una cosa, igual que él: que se acabara el dolor.

—El tal David no quiere que lo encuentren —susurró Amelia.

Y por una buena razón, como ella sabía: si ellos estaban buscando el carfentanilo, otros también andarían en su busca. Y él no lo llevaría en el bolsillo, eso estaba claro. Probablemente tendría toda una operación en marcha.

—Algo así como una fábrica, ¿no? —dijo en voz alta, aunque sabía que seguía hablando sola—. Porque tendrá que cortar la mercancía, empaquetarla y prepararla para las calles: miles y miles de dosis. Así que necesita espacio y tiempo. Sin duda sabrá que, en cuanto la mierda esté en las calles, se desatará un verdadero infierno entre la policía, la mafia, los moteros... Toda la escoria de miles de kilómetros a la redonda acudirá a Montreal en busca de la droga, en busca de él, ¿no es cierto?

El sándwich de Marc cayó al suelo, pero él permaneció inmóvil, balanceándose ligeramente como una vaca que se hubiera dormido de pie sin darse cuenta de que estaba en el corredor del matadero.

—Así que tendrá que vender todo lo que pueda tan rápido como pueda y luego largarse —continuó Amelia—. Por eso la mierda no está ahí fuera todavía: David no quiere venderla hasta que pueda venderla toda. Debe de tenerla guardada en algún sótano o en algún laboratorio de droga.

El tal David la había marcado en el brazo para prevenirla, pensando que era una yonqui recién llegada que hacía averiguaciones.

Era posible que ella no supiera quién era David, pero era evidente que él no tenía ni idea de quién era ella, ni de lo que era capaz.

30

El superintendente jefe Gamache ya estaba allí, sentado a la mesa de la cocina, cuando Jean-Guy llegó a casa de Isabelle Lacoste.

Se reunió con ellos.

Los tres se miraron y luego soltaron al unísono:

—Qué habéis averiguado.

Gamache le sonrió a su yerno y, tomando las riendas con toda naturalidad, añadió:

—Tú primero, Jean-Guy.

Y éste les contó de forma rápida y sucinta su encuentro con Bernice Ogilvy...

Y lo que había estado pensando mientras conducía de vuelta para reunirse con ellos.

—¿Creéis posible que Baumgartner... no supiera nada? —preguntó Isabelle—. ¿Que otra persona estuviera robando... el dinero de los clientes y usando su nombre?

—¿Y que Baumgartner fuera asesinado porque lo descubrió? —añadió él—. Ya sabes, Isabelle: sigue el dinero. Ésa es una de las primeras reglas en Homicidios.

Miró al superintendente jefe. Él e Isabelle habían pasado gran parte de su período de formación como agentes de la Sûreté viendo cómo Gamache, que nunca se saltaba la ley, sí se saltaba, y olímpicamente, las llamadas «reglas» de la investigación de Homicidios. Ésa era la razón, como bien sabían ellos dos, de que su departamento tuviera un historial casi perfecto en la búsqueda de criminales.

«Los asesinos no han leído el reglamento —les había dicho Gamache—. Y aunque el dinero es importante, existen otras formas de moneda... y de pobreza, como la bancarrota moral y emocional. Al igual que una violación no tiene que ver con el sexo, un asesinato rara vez tiene que ver con el dinero, aunque haya dinero de por medio: tiene que ver con el poder y con el miedo. Se trata de venganza y de rabia, se trata de sentimientos, no de extractos bancarios. Seguid el dinero, ciertamente, pero puedo garantizaros que, cuando lo encontréis, apestará a alguna emoción en plena descomposición.»

—Continúa —le dijo Gamache.

—Sin duda sería una buena razón para matar a Baumgartner —prosiguió él—. Quienquiera que estuviera robando a los clientes se enfrentaba no sólo a la ruina, sino también a la cárcel si él lo desenmascaraba.

—Al matar a Baumgartner conservaba su riqueza y su libertad —corroboró Isabelle—. Es un motivo bastante bueno, estoy de acuerdo.

—Y ahora —dijo Gamache—, desmonta esa teoría. ¿Qué hay de malo en ella?

En lugar de ofenderse por semejante desafío, Jean-Guy se entregó con fruición a la tarea: se le daba muy bien encontrar fallos incluso en sus propias teorías. Y en ésta, como habría dicho madame Ogilvy, ni siquiera había invertido mucho; simplemente le parecía interesante.

—De acuerdo —dijo—. Si no estaba robando a sus clientes, ¿qué hacían los estados de cuentas en su estudio?

—Acababa de descubrir lo que estaba pasando —sugirió Isabelle arrogándose el papel de abogado del diablo—. Estaba conmocionado y furioso, y necesitaba estudiarlos para estar completamente seguro antes de acusar a nadie.

—Pero ¿cómo podría saber, sólo por esos papeles, quién estaba cometiendo el delito? El único nombre que aparece es el suyo.

—Era un hombre inteligente —repuso Isabelle—. Conocía bien los entresijos de Taylor & Ogilvy y sabía quién podría haberlo hecho.

Todos admitieron que era un argumento flojo y era probable que el diablo tuviera las de perder si lo defendía en el juicio, pero era posible.

—¿Y quién podría haberlo hecho? —preguntó Gamache. No era habitual que interrumpiera esta parte del proceso: normalmente prefería escuchar y asimilar.

Eso demostraba que creía que podían estar en lo cierto.

—El corredor de bolsa que hace las operaciones por él —sugirió Beauvoir—. Ordenaré que lo lleven a la Sûreté para interrogarlo.

—¿Y quién más?

—Es obvio —respondió Jean-Guy—: Bernice Ogilvy.

—¿Qué piensas de ella? —quiso saber Gamache.

—Es joven y brillante. Está donde está gracias a su familia, por supuesto, pero tiene las aptitudes y el temperamento necesarios para conservar el puesto. Es inteligente, ambiciosa y adaptable.

—¿Y avariciosa? —inquirió Gamache.

Jean-Guy se paró a pensarlo.

—Se cree con derecho a lo que tiene y creo que haría cualquier cosa para conservarlo.

—¿Robaría a los clientes y culparía a su antiguo mentor? —preguntó Gamache.

Jean-Guy se ruborizó un poco al oír hablar de traicionar a un antiguo mentor, y se preguntó fugazmente si Gamache estaría al corriente de la reunión de aquella mañana y del documento que había firmado.

—Enseguida vio cómo podía hacerse —contestó—, pero probablemente se precipitó. Me da la impresión de que se cree más lista que los que la rodean.

—Probablemente porque... lo es —intervino Isabelle—. Además, ¿quién cree de verdad que lo van a pillar? Madame Ogilvy conoce el... negocio y sabe cómo evitar cualquier examen riguroso.

—Basta con crear cuentas falsas —dijo Gamache—. Es muy sencillo. Nadie en Taylor & Ogilvy las vería y los clientes no tendrían ni idea: seguirían recibiendo unos estados de cuentas aparentemente reales, con transacciones reales. Tendrían dividendos y beneficios depositados en sus cuentas, todo les parecería de lo más normal.

—Salvo que ella estaría transfiriendo el capital, la inversión inicial de esos clientes, a su propia cuenta —dijo Jean-Guy—, y pagando generosos dividendos para evitar que los clientes hicieran preguntas.

—¿Es posible que Ogilvy y Baumgartner estuvieran juntos en eso? —preguntó Isabelle.

—La agente Cloutier sospecha que han intervenido dos personas —confirmó Jean-Guy—, y no hay que olvidar que el propio Baumgartner no precisamente derrochaba el dinero. Vivía en la misma casa desde hacía años, conducía un coche decente pero no muy lujoso... ¿por qué iba a robar si no pretendía gastar el dinero?

—Lo guardaba para la jubilación en alguna cuenta en el extranjero —sugirió Isabelle—. Y pensaba esfumarse un día cualquiera.

Mientras Gamache escuchaba, acudieron a su mente unas fotos que había visto en la casa de Baumgartner. Unas fotos del propio Anthony con sus hijos. Se lo veía feliz; radiante, de hecho. ¿Era ése el rostro de un hombre dispuesto a darles la espalda y no volver a verlos? ¿A desaparecer en algún refugio del Caribe? ¿Para tener qué? ¿Una lancha motora y unos cuartos de baño de mármol?

—*Désolé* —dijo Gamache—. Te he desviado del camino. Volvamos a tu argumentación: estabas defendiendo que Anthony Baumgartner podría haber descubierto el desfalco y que estaba dispuesto a enfrentarse a quienquiera que lo estuviera llevando a cabo.

—Correcto —contestó Jean-Guy volviendo a centrarse—. Digamos que tropezó con lo que estaba sucediendo. Tal vez uno de los supuestos clientes lo llamó o se encontró en una fiesta con alguien que le preguntó por su cuenta... una cuenta de la que no sabía nada. Así que se puso a investigar un poco, encontró estados de cuentas falsos y se los llevó a casa para inspeccionarlos. Y en un momento dado concertó un encuentro con la persona que sospechaba que...

—¿Y por qué iba a hacerlo? —interrumpió Isabelle.

—¿A hacer qué?

—¿Por qué no limitarse a acudir a su director?

—Tal vez el director en cuestión es quien estaba cometiendo el fraude —respondió Jean-Guy.

—Entonces, ¿por qué no acudir al regulador del sector? —preguntó Isabelle.

—Porque no estaba seguro —contestó Jean-Guy tanteando más lentamente el terreno—. O estaba seguro, pero no quería creerlo. Quería darle a esa persona la oportunidad de explicarse y limpiar su nombre, o quizá no se daba cuenta de que estaba hablando con el culpable.

Gamache se revolvió en la silla y ladeó la cabeza: eso era interesante.

—Quizá concertó una reunión con alguien que creía que sería un aliado —propuso Jean-Guy ganando confianza con aquella teoría inesperada— para mostrarle las pruebas y pedirle su opinión.

—¿Y esa persona lo mató? —preguntó Isabelle—. Habría sido una reacción un poco exagerada, ¿no crees? ¿Por qué no limitarse a enturbiar las aguas o a guiar a... Baumgartner en la dirección equivocada? Sin duda esa persona... era consciente de que, si mataba a Baumgartner, la policía... es decir nosotros, acabaríamos interviniendo y haciendo preguntas.

—¿Por qué? —preguntó Jean-Guy devolviéndole la pelota a Isabelle.

—¿Por qué haríamos preguntas? Porque así resolvemos los asesinatos, ¿no? —repuso ella.

Gamache observaba el intercambio. Dos investigadores jóvenes e inteligentes resolviendo el más vil de los crímenes; sus investigadores, sus protegidos, ahora más que capaces de dirigir departamentos enteros por sí mismos.

Echaba de menos eso, no simplemente sentarse a la mesa de la cocina a intentar resolver un asesinato, sino hacerlo con ellos, con Jean-Guy e Isabelle, que parecían hermanos.

—Sé que tú prefieres arrestar a la primera persona que te encuentras en una... investigación —añadió Isabelle—, pero los demás nos dedicamos a investigar de verdad.

—*Merci* —dijo Jean-Guy con una sonrisa, reconociendo el tono condescendiente de Isabelle como una treta para sacarlo de quicio, una treta que, para colmo, funcionaba más veces de las que él estaba dispuesto a admitir—. Me refería a por qué íbamos a preguntar por un desfalco al investigar sobre la muerte de Baumgartner.

—Porque la investigación lo dejaría al descubierto —dijo Isabelle adoptando un tono de exagerada paciencia.

—¿Estás segura? Espero que sí, pero no puedes darlo por hecho, sobre todo si Baumgartner no tuvo nada que ver —repuso Beauvoir—. Mira, supón que Baumgartner se reuniera sin querer con el verdadero responsable del desfalco... ¿no llevaría consigo los papeles? Yo creo que sí, que los llevaría como prueba de sus dichos aunque fuera a reunirse con alguien de quien sospechaba.

—De acuerdo —admitió Isabelle con voz cautelosa tratando de ver adónde iba a parar aquello—, ¿y?

Pero Gamache ya lo veía, y sonreía levemente.

—Pues que esa persona sabría dos cosas —prosiguió Jean-Guy—: que no había nada que relacionara a Baumgartner con los robos ni en su ordenador ni en sus archivos ni en ninguna parte, y que era más que probable que los documentos que Baumgartner llevara a la reunión fueran las únicas copias. De hecho, es probable que se lo haya preguntado para asegurarse. Y, en fin, que la investigación sobre su muerte no revelaría prácticamente nada.

—Así que mataría a Baumgartner y destruiría las pruebas... —dijo Isabelle, al parecer aceptando la argumentación.

—Exacto.

Gamache esperó a ver si alguno de los dos descubría el fallo de aquel argumento.

—Pero si ésas eran las únicas copias —dijo por fin Jean-Guy—, ¿por qué las encontramos en su estudio?

«Ése es el problema», pensó Gamache.

Si Baumgartner pensaba reunirse con una persona para confiarle sus sospechas o para encararse con ella por el desfalco, llevaría pruebas, y la persona en cuestión, después de matarlo, cogería esas pruebas y las quemaría.

Entonces, ¿por qué había copias de los estados de cuentas incriminatorios junto al ordenador de Baumgartner?

Y esa teoría tenía otro problema.

—¿Por qué iban a reunirse en la casa de labranza? —preguntó Isabelle.

«Es verdad —pensó Gamache—. ¿Por qué iban a reunirse en aquella casa?»

—Era un terreno familiar para Anthony Baumgartner —sugirió Jean-Guy—. Quizá incluso tenía previsto ir de todos modos para echar un último vistazo antes de que la derribaran. Tal vez la lectura del testamento le trajo recuerdos de su infancia y quiso visitarla. Tal vez de un modo inconsciente estaba mezclando la conveniencia y la necesidad de estar en un lugar en el que se sintiera seguro.

—¿De noche, sin electricidad ni calefacción? —preguntó Isabelle.

Jean-Guy asintió. Según Hugo, habían cenado juntos temprano y Tony había salido hacia allí inmediatamente, pero aun así ya habría oscurecido.

—¿Y qué hacía en el piso de arriba? —preguntó Isabelle.

—Echarle un vistazo al dormitorio de su infancia —contestó Jean-Guy.

Era una hipótesis más o menos plausible, aunque decididamente frágil.

—No olvides que Baumgartner no esperaba que lo mataran —dijo Jean-Guy—. Pensaba que se encontraría con un aliado o que tendría una conversación de mierda con alguien, pero claramente no veía a esa persona como una amenaza física, de otro modo no se le habría ocurrido reunirse con él...

—O con ella —señaló Isabelle.

—...en esa casa.

—Hay otro problema —continuó Isabelle—: lo oportuno que resultó que el edificio se viniera abajo.

—Pero ¿fue realmente oportuno? —preguntó Beauvoir—. Eso hizo que se encontrara el cuerpo de Baumgartner probablemente mucho antes de lo que esperaba el asesino. Si la casa no se hubiera derrumbado, es posible que el cuerpo no hubiera aparecido en mucho tiempo.

—También es posible que Baumgartner no se citara con esa persona en la casa de labranza —señaló Isabelle—. Tal vez alguien lo siguió hasta allí y lo mató.

—¿Qué quieres decir? —preguntó Jean-Guy.

—Supongamos que Baumgartner se puso en contacto con la persona de la que sospechaba y acordó... encontrarse con él o ella al día siguiente en la oficina, y entonces esta persona, sabiendo que se había metido en un buen lío, se dirigió a casa de Anthony Baumgartner, tal vez para matarlo ahí mismo, pero entonces lo vio salir, lo siguió hasta la casa abandonada y lo mató allí.

—Demasiado conveniente para el asesino, *non?* —dijo Jean-Guy.

—Pero encaja, y explica la coincidencia en el tiempo con el testamento —comentó Isabelle entusiasmada con su teoría. Se volvió hacia Gamache—. Mercier les leyó a los Baumgartner el testamento de su padre en presencia de Myrna, Benedict y de ti, eso lo llevó a rememorar su infancia y decidió ir a visitar la vieja casa... de labranza antes de que la derribaran o la vendieran.

Jean-Guy soltó un resoplido, pero Gamache ladeó la cabeza: también él pasaba de vez en cuando por delante de la casa en la que se había criado, y tras la muerte de la madre de Reine-Marie y antes de que vendieran la casa familiar, ella había querido darse una última vuelta por allí.

Lo que Isabelle describía era emocionalmente previsible, aunque Beauvoir también tenía razón y parecía demasiado conveniente para el asesino que Baumgartner estuviera en una remota casa de labranza, perfecta para un asesinato discreto.

—*Bon* —dijo—. Pasemos a la teoría más probable: la de que Anthony Baumgartner no sólo estaba al corriente del robo del dinero, sino que era el responsable. ¿Quién lo mató entonces?

—Una de sus víctimas —contestó Jean-Guy—, alguien que descubrió el fraude.

—Pero ¿por qué matarlo? ¿Por qué no contárselo a alguien de su empresa o, mejor incluso, acudir a la policía? —cuestionó Isabelle.

—Porque ya se lo habían comunicado una vez a la empresa y no le había pasado nada —repuso Beauvoir—. Sólo le dieron un tirón de orejas. ¿Por qué confiar en que Taylor & Ogilvy haría algo esta vez, cuando no había hecho nada la anterior?

—Vale, pero mi pregunta sigue en pie —repuso Isabelle—. ¿Por qué no acudir a la policía o a un abogado? ¿Por qué no ponerle una denuncia? ¿Por qué enfrentarse a él directamente?

—Porque ese cliente defraudado no estaba seguro —explicó Beauvoir—. La mayoría de la gente no puede creer que alguien en quien confía le esté robando. Primero preguntarían y, si la respuesta no fuera satisfactoria, entonces darían el siguiente paso.

—Vale —dijo Isabelle—, entonces irían a un abogado o a la policía. El plan B seguramente no sería matar al tipo. Pero si dices que fue así como... pasó, ¿qué conseguirían con eso?

—Fue un golpe en la cabeza —dijo Jean-Guy—: tiene toda la pinta de un arranque de ira, no de algo planeado. Al igual que Baumgartner no esperaba que lo mataran, apuesto a que quien lo hizo tampoco esperaba matarlo.

Gamache estaba escuchando, pero esa teoría dejaba un gran problema pendiente, uno familiar.

—¿Y por qué en la casa de labranza? —preguntó Isabelle—. ¿Realmente aceptaría Baumgartner reunirse allí con un cliente al que le estaba robando? Aunque no supiera... de qué se trataba, queda lejos, está en medio de la nada y es un espacio bastante personal. No me lo trago.

Gamache escuchaba a Isabelle y pensaba que no era tan fácil encontrar un lugar para matar a alguien, ni siquiera en el Quebec rural. Un bosque tendría sentido, pero ¿cómo atraer a un cliente que ya sospecha a un bosque remoto?

Isabelle parecía estar siguiendo la misma línea de razonamiento:

—¿De verdad crees que el cliente aceptaría encontrarse en una casa aislada y abandonada? Yo no lo haría.

—¿Por qué no? —Jean-Guy se volvió hacia Gamache—. Tú lo hiciste cuando recibiste la carta del notario.

Gamache soltó una carcajada.

—Cierto, pero no iba allí a enfrentarme con nadie, y no supe que estaba abandonada hasta que llegué.

—Pues ahí lo tenéis —concluyó Beauvoir—: el cliente esquilmado tampoco lo sabría. Habría llegado hasta allí y seguro que Baumgartner le explicaría que era la casa de su madre. Sonaría bien, parecería un sitio seguro.

Era posible, pensó Gamache, pero poco probable. Aunque sí explicaba por qué esos estados de cuentas seguían en el estudio de Baumgartner, y también el asesinato en la casa de labranza. Era él quien estaba robando y esperaba volver a su casa sano y salvo.

—Bueno —concluyó Isabelle—. Tenemos dos teorías: que era Anthony Baumgartner quien estaba robando y que no era él.

—No parece que hayamos progresado mucho —admitió Jean-Guy.

—Pasemos de las teorías a los hechos —sugirió Gamache.

—D'accord —dijo Jean-Guy poniendo un papelito sobre la mesa de la cocina—. Tengo información sobre el secretario al que despidieron. Se llama Bernard Shaeffer, y en Taylor & Ogilvy me han dado su dirección, aunque corresponde a la época en que trabajaba para ellos.

—Bernard Shaeffer... —repitió Isabelle, cogió el papel e introdujo el nombre en el portátil—. Su dirección es la misma —dijo leyendo en los archivos del gobierno—.

Parece que ahora trabaja para... la Caisse Populaire du Québec.

Enarcó las cejas.

—¿En un banco? —preguntó Jean-Guy—. ¿La Caisse lo contrató después de lo que hizo en Taylor & Ogilvy?

—Voy a hacer una llamada —dijo Gamache cogiendo su iPhone.

Marcó, esperó, dio su nombre y preguntó por Jeanne Halstrom, la presidenta de la Caisse Populaire. Después de interesarse por su familia, le hizo unas preguntas, escuchó, le dio las gracias y colgó.

—Contrataron a Bernard Shaeffer como asesor financiero hace dieciocho meses. Sus referencias laborales procedían de Anthony Baumgartner. Según su expediente, el señor Baumgartner no tenía reparo en responder por él y lo describía como un empleado excelente. Abrirán una investigación sobre las actividades de Shaeffer y comprobarán si ha abierto alguna cuenta inusualmente grande a su nombre o al de Baumgartner. Necesitaremos una orden, pero ella pondrá las cosas en marcha.

—Puede que hayamos descubierto adónde fue a parar el dinero de los clientes —dijo Jean-Guy—. Parece que Baumgartner no rompió el contacto con Bernard, sino todo lo contrario.

—No habrá sido tan estúpido como para poner las cuentas a su nombre, ¿verdad? —preguntó Isabelle.

—Lo averiguaremos —repuso Gamache—. Es probable que la Caisse pueda rastrear la actividad de Shaeffer incluso en el extranjero.

—Y yo iré a hacerle una visita a monsieur Shaeffer en cuanto terminemos aquí —dijo Jean-Guy, pero reflexionó unos instantes y rectificó—: Mejor incluso, haré que la agente Cloutier lo traiga.

Hizo una llamada y luego colgó.

—Cloutier ya va de camino.

—Bien —dijo Isabelle—. ¿La chica va... aclimatándose?

—Sí, por fin, aunque está frustrada porque no ha conseguido entrar en el portátil de Baumgartner y acceder a sus archivos personales. Yo también me siento frustrado. Seguimos intentándolo, por supuesto: hemos probado con los nombres de sus hijos, de su madre y de su padre...

—Quizá no sea un nombre —repuso Gamache—, sino un número.

—Hemos probado con su cumpleaños y los de sus hijos. Pero has pedido hechos, *patron*. He averiguado algo más a través de Bernice Ogilvy —dijo Beauvoir—, aunque en este caso no sobre Anthony Baumgartner, sino sobre los Kinderoth: una pareja de ancianos con ese apellido tenía una cuenta en Taylor & Ogilvy.

Hubo una breve pausa mientras Gamache e Isabelle asimilaban esa información.

—¿Y la llevaba Baumgartner? —preguntó ella.

—*Non*.

Isabelle se desinfló un poco, aunque habría sido mucho pedir.

Pero Gamache se inclinó hacia ellos. Conocía bien a Jean-Guy; muy bien, de hecho, y podía ver que esto no eran migajas de información, sino quizá un buen plato principal.

—Continúa —pidió.

Y Jean-Guy les contó lo que madame Ogilvy había dicho sobre los Kinderoth y sobre su testamento.

Beauvoir observó la reacción de ambos y no quedó decepcionado: Gamache sonreía e Isabelle por poco temblaba de emoción.

Los tres seguían sentados a la mesa de la cocina, igual que lo habían hecho alrededor de tantas mesas por todo Quebec a lo largo de los años. Tomando té y café bien fuerte y hablando de crímenes terribles.

Muchas cosas habían cambiado con el tiempo, pero la esencia seguía siendo la misma.

Jean-Guy pensó en la pregunta que le había hecho Berenice Ogilvy: ¿le apasionaba su trabajo? Sabía con certeza que sí, pero no sólo amaba su trabajo.

Gamache se reclinó en la silla frunciendo el ceño y finalmente sacó un cuaderno del bolsillo de la camisa.

—Esto llegó anoche —explicó—. Es del Kontrollinspektor Gund de Viena: le pedí que buscara el testamento original.

—El que se remonta a cien años atrás —dijo Isabelle.

—Ciento treinta, para ser exactos. Cierto Shlomo, barón de Kinderoth, tenía dos hijos gemelos —les recordó Gamache— y murió dejándole a cada uno la totalidad de su patrimonio. Probablemente nunca sabremos por qué lo hizo, pero podemos comprobar el efecto de su decisión: es evidente que causó dolor y confusión, pero ¿quién heredó finalmente sus bienes? Eso era lo que quería averiguar cuando le pedí al Kontrollinspektor que buscara en sus registros. He aquí su respuesta.

Se puso las gafas mientras Jean-Guy e Isabelle se inclinaban hacia él.

—No lo leeré textualmente —dijo Gamache—. Mi traducción es bastante mala, aunque creo haber captado lo esencial. Se lo he enviado a un conocido que sabe alemán, pero entretanto esto tendrá que bastar. Como era de esperar, ambos hijos llevaron el testamento a los tribunales que, después de unos años, fallaron a favor de uno de ellos: el considerado primogénito de los gemelos. Pero para entonces ambos habían fallecido y los herederos del «menor» impugnaron la decisión. Debido a la complejidad de la situación y a lo difícil que era averiguar quién era realmente el primogénito, el caso se demoró. Tardó unos años más en juzgarse y pasaron otros tantos hasta que se tomó una decisión, que esta vez fue a favor del otro hermano.

—¿Cuánto tiempo había pasado desde la muerte de Shlomo Kinderoth? —preguntó Isabelle.

—Esta última decisión, a favor de los herederos del «menor» de los gemelos, tuvo lugar treinta años después de la muerte de Shlomo, pero la familia del otro hijo volvió a impugnar la decisión.

—¿Y el dinero? —quiso saber Beauvoir.

—Permaneció en un fideicomiso —dijo Gamache—. Creciendo y sin repartirse.

Isabelle hizo un cálculo rápido.

—Treinta años... eso situaría la toma de esa decisión en torno a 1915.

—Exactamente —repuso Gamache—: en plena Gran Guerra. Según los registros que encontró el Kontrollinspektor, muchos de los hombres jóvenes de la familia murieron en la contienda, pero además, Austria quedó sumida en el caos. El asunto sólo volvió a retomarse seriamente en la década de 1930. Para entonces, los descendientes de uno de los hijos habían adquirido, por matrimonio, el apellido Baumgartner, y se habían trasladado a Montreal, mientras que los Kinderoth se quedaron en Austria.

—Vaya —dijo Isabelle.

—*Oui* —continuó Gamache—. El caso es que, según los archivos judiciales de Austria, que son la única fuente de información que tengo hasta ahora, al menos un Kinderoth sobrevivió a los nazis y viajó a Montreal después de la guerra. Puede que haya más, dispersos por Europa, pero de momento no lo sabemos. El Kontrollinspektor Gund está intentando averiguarlo.

—¿Y por qué vino a Canadá? —quiso saber Jean-Guy.

—Y no sólo a Canadá —señaló Isabelle—, sino a Montreal.

—Era donde se habían instalado los Baumgartner —señaló Gamache—. No puede ser una coincidencia.

—Tienes razón —dijo Isabelle—: tras lo ocurrido en la guerra, seguro que una familia lejana y hasta incómoda era mejor que nada. Pudo haber sido algo instintivo.

—Es posible —dijo Gamache—, pero todo indica que a esas alturas los instintos de ambas ramas de la familia estaban condicionados por el dinero porque poco después del final de la guerra se presentó una nueva demanda en los tribunales austríacos por la fortuna de los Kinderoth.

—Madre mía —soltó Isabelle—, ¿nunca se daban por vencidos?

—¿Y existía aún esa fortuna? —preguntó Jean-Guy.

—Lo dudo —le respondió Gamache—, pero ¿cómo iban a saberlo? Seguro que simplemente seguían una tradición familiar.

—O quizá sabían algo que las autoridades ignoraban —sugirió Isabelle—: algunas familias judías consiguieron convertir su dinero en obras de arte, joyas u oro que luego escondían o sacaban del país de contrabando.

—Sí —dijo Gamache—, pero ni los Kinderoth ni los Baumgartner podía tocar el dinero, que estaba en un fideicomiso y que incluso puede que haya sido confiscado... robado por los nazis.

—En ese caso habrían estado peleando por nada —comentó Jean-Guy.

—Por nada tangible, al menos —repuso Gamache—. Aunque quién sabe: si esa fortuna existió alguna vez, puede que siga existiendo y...

Dejó la frase en suspenso.

—¿Y? —preguntó Isabelle mirando el cuaderno y la cuidadosa escritura de Gamache.

—Pues que, según el Kontrollinspektor Gund, los tribunales austríacos están a punto de tomar una decisión definitiva.

—¿Cuándo? —preguntó Beauvoir.

—En cualquier momento. Según Gund, la decisión debería haberse tomado hace un año más o menos, pero las demandas que datan de la guerra son muchas y van resolviéndose despacio.

—Tan despacio que la mayoría de las personas que las presentaron llevarán tiempo muertas —opinó Jean-Guy.

—Pero sus descendientes se beneficiarían —explicó Gamache—, así que los austríacos prefieren proceder con cuidado. Supongo que quieren que se garanticen juicios justos, sobre todo tratándose de bienes de familias judías. No pueden deshacer el Holocausto, pero por lo menos pueden reparar a las víctimas de un modo u otro.

—¿Y por qué los Kinderoth y los Baumgartner no han optado por repartirlo todo a partes iguales? —preguntó Isabelle—. De ese modo el asunto se habría resuelto hace generaciones.

—Quizá quieras sugerírselo tú —le propuso Jean-Guy a Isabelle recibiendo a cambio una mirada fulminante.

—Hasta ahora la disputa parece haber sido desagradable pero civilizada —comentó Isabelle—. ¿Realmente creéis que la muerte de Anthony Baumgartner...?

—Y tal vez la de su madre —apuntó Jean-Guy—, que murió de repente y luego fue incinerada.

—*D'accord* —admitió Isabelle—, ¿creéis qué la muerte de Anthony Baumgartner, y quizá también la de la Baronesa, se debieron a un testamento centenario?

—Centenario, sí, pero que estaba a punto de resolverse —les recordó Gamache.

—Y a punto de ser impugnado de nuevo —se burló Jean-Guy.

—No: los tribunales han dicho que no tolerarán otro recurso. Tienen demasiados casos antiguos que revisar como para volver a juzgar el mismo.

—Así que quien sea que gane podría heredar una fortuna... —dijo Isabelle.

—Real o imaginaria —precisó Gamache.

«Vaya imaginación que tiene esta familia —se dijo a sí mismo—, siguen aferrándose al mito de la aristocracia, el poder y la riqueza incluso si limpian retretes o conducen un taxi.»

Jean-Guy negó con la cabeza.

¿De qué podría servir matar a Anthony Baumgartner? ¿Acaso cabía pensar que Caroline y Hugo habían asesinado a su hermano para conseguir una mayor participación en una herencia ficticia?

Había conocido a los Baumgartner. Parecían inteligentes, y ninguna persona inteligente creería en el cuento de hadas de una vieja fortuna que había sobrevivido a guerras, pogromos y al mismísimo Holocausto para llegar hasta ellos ahora.

Además, si acababa ganando la otra rama de la familia, los Kinderoth, ¿entonces qué? ¿Habrían cometido un fratricidio en vano?

Los tres se quedaron callados, reflexionando: intentaban ver alguna cosa a través de la maraña de fechas y motivos.

Gamache consultó su reloj: había quedado con Benedict en el centro de Montreal dentro de veinte minutos. Tendría que salir pronto para llegar puntual.

—Y aún queda la cuestión de los albaceas del testamento de madame Baumgartner —dijo.

—Un grupo muy sospechoso —comentó Jean-Guy mirando a Isabelle, que asintió con la cabeza.

Gamache esbozó una sonrisa.

—No sabemos por qué Myrna y yo hemos sido incluidos en ese grupo, aunque al menos tenemos alguna conexión con la Baronesa a través de Three Pines, donde trabajaba. Pero ¿estamos más cerca de saber por qué Benedict acabó incluido en ese grupo?

—En absoluto —contestó Isabelle, que tenía el encargo de averiguarlo—. No parece haber absolutamente ninguna conexión: nunca trabajó en la zona ni la conoció. Cómo llegó a saber siquiera madame Baumgartner que Benedict existía y cómo llegó a confiar en él lo suficiente para nombrarlo albacea es todo un misterio.

—¿Un callejón sin salida? —preguntó Beauvoir pinchándola.

—¡No! —respondió Isabelle—. Hay una razón y la encontraré. Pienso hablar con su ex: la tal Katie podría saber o recordar algo que él haya olvidado. No conozco a Benedict pero, por vuestra descripción, parece bastante atolondrado.

Gamache se acordó de cómo Benedict había usado su propio cuerpo para protegerlo de los escombros, y de cómo, cuando lo peor había pasado y pudo enderezarse, había mirado con los ojos nublados por la arenilla el rostro ensangrentado del chico, herido por un trozo de hormigón que muy probablemente le habría dado a él.

Fue un acto de la más extrema abnegación fruto del instinto, así que decía mucho sobre el buen corazón de Benedict, aunque no tenía sentido negar que quizá no poseyera el cerebro más perspicaz.

Se levantó.

—Tengo que reunirme con él: va a llevarme de vuelta a Three Pines. Probablemente ya llego tarde.

—¿Te llevo? —preguntó Jean-Guy mientras caminaban hacia la puerta principal.

—Si no te importa...

Bajó por las escaleras del porche, entró en su vehículo y puso el motor en marcha mientras Isabelle le daba las gracias a Gamache.

—Pero ¿qué agradeces? —preguntó él.

—Esto: que no me dejes de lado.

—Eso nunca.

La besó en ambas mejillas y bajó con cuidado el tramo de peldaños helados, pero al llegar al final se detuvo en seco.

Y entonces, mientras Jean-Guy lo miraba desde el coche con el motor calentándose, se dio la vuelta y volvió a subir las escaleras a grandes zancadas gritándole algo a Isabelle.

Jean-Guy se bajó del coche y, cuando ya estaba a medio camino de la casa de Isabelle, vio a Gamache salir por la puerta.

—¿Qué ocurre, qué ha pasado? —preguntó.

—¿Cómo se llamaba la joven que encabezaba la lista de contactos de madame Baumgartner? —le preguntó Gamache con brusquedad.

Iba bajando los peldaños a toda prisa, probablemente mucho más rápido de lo que debería.

—¿En la residencia de ancianos? —preguntó Beauvoir—. No me acuerdo...

—¿Puedes buscarlo?

—Podemos mirarlo en mis notas.

—Estupendo —repuso Gamache mientras subía al asiento del pasajero—. Pásamelas, por favor.

Jean-Guy le tendió la libreta y enfiló hacia el centro mientras Gamache encendía la luz de lectura y revisaba las notas sin molestarse siquiera en ponerse las gafas. Al cabo de un par de minutos se puso la libreta en el regazo, se secó los ojos y miró la calle a través del parabrisas.

—Katie Burke... —dijo.

—Sí, eso es —confirmó Jean-Guy volviéndose hacia él—. ¿Qué pasa?

Había ocurrido algo.

—Le he preguntado a Isabelle el nombre completo de la novia de Benedict...

—Katie Burke —adivinó Beauvoir, y vio que Gamache asentía—. ¡Me cago en la leche! ¿La novia de Benedict no sólo conocía a la Baronesa, sino que era su contacto más cercano?

Estaba eufórico, pero al volver a mirar a Gamache comprobó que, lejos de estar exultante por haber encontrado aquella inesperada conexión, se lo veía apagado.

Se hizo el silencio mientras circulaban por las calles de la ciudad, ahora a oscuras. Ambos iban pensando en lo que aquello podría significar.

Al fin llegaron al centro y, cuando Gamache estaba a punto de apearse del coche, Jean-Guy le dijo:

—Benedict mintió.

—Sí.

—¿Quieres que esté presente cuando hables con él, jefe?

—No, no es necesario; tienes mucho que hacer: Isabelle me ha dicho que averiguará cuanto pueda sobre Katie Burke y te informará.

—Bueno, por lo menos ahora sabemos cómo fue a parar Benedict al testamento de madame Baumgartner —comentó Jean-Guy—, aunque aún no sabemos por qué.

—Lo averiguaremos —dijo Gamache con voz entrecortada.

El viaje de vuelta a Three Pines iba a ser muy largo tanto para Gamache como para el joven, pensó Jean-Guy: nunca era una buena idea mentirle a su suegro.

Giró el volante y se dirigió a su entrevista con Bernard Shaeffer, que ya lo estaba esperando en una sala de interrogatorios en la jefatura de la Sûreté.

Gamache se quedó en la acera buscando con la mirada a Benedict. El frío le atenazaba la cara, se le colaba por los puños del abrigo y por el cuello de la camisa.

Pero él no sentía nada. Miraba al frente y pensaba, tratando de salvar el abismo entre lo que sabía y lo que sentía.

—Superintendente jefe... —dijo una voz familiar, y él se volvió y, después de unos instantes, reconoció a Hugo Baumgartner.

—Monsieur Baumgartner.

—Parece que estaba usted sumido en sus pensamientos.

El grueso abrigo de invierno, el gorro y las mejillas sonrosadas por el frío no mejoraban en absoluto el aspecto de Baumgartner.

Pero sus ojos brillaban y su voz era grave y cálida.

—Lo estaba, sí.

—¿Puedo ayudarlo en algo?

—No, sólo estoy esperando a que me recojan, *merci*.

—¿Quiere esperar dentro? —Señaló hacia el edificio de oficinas del que acababa de salir, la sede de Inversiones Horowitz.

—No, estoy bien. Gracias.

Aun así, Hugo no se fue. Se quedó junto a él balanceándose de un pie a otro y dando palmaditas con sus manos enguantadas. Parecía un tarado, un doguillo, un boxeador fracasado que se ganara la vida recibiendo palizas de sus superiores en los entrenamientos.

Gamache se volvió hacia él. Era evidente que Hugo tenía algo que decirle.

—Tengo entendido que ha comido hoy con el señor Horowitz.

—Así es —respondió Gamache—, ¿cómo se ha enterado?

—¡Aaah, la calle! ¡Todo el mundo lo sabe todo! Por ejemplo, sé que durante el almuerzo Stephen se ha acercado a ese imbécil de Filatreau y le ha dicho que iba a deshacerse de sus acciones.

—Cierto, pero ¿sabe lo que ha comido monsieur Filatreau?

Gamache estaba bromeando, pero Hugo respondió:

—Mollejas, y usted lubina.

Gamache asintió, pero su sonrisa se había desvanecido. La calle, al parecer, estaba bien informada.

—¿Qué más sabe, monsieur Baumgartner?

—Sé que ha preguntado por mi hermano y que Stephen le ha dicho que era un ladrón. El señor Horowitz es un genio financiero y suele juzgar bien el carácter de la gente, pero no siempre acierta. Le gusta imaginar lo peor. Su visión del mundo es que todos somos unos sinvergüenzas o estamos en vías de serlo.

—Ha hablado muy bien de usted.

—Bueno, a lo mejor lo tengo engañado —repuso Hugo—. Mi hermano era un buen hombre. No robaba a nadie y, de hecho, se ha corrido la voz de que por eso mismo lo han asesinado. Tiene que averiguar quién lo hizo, por favor. Lo que pasó ya es bastante malo como para que su reputación se hunda definitivamente.

—¿Qué sabe del testamento?

—¿Del testamento de mi madre? Lo mismo que usted: que se creyó las patrañas sobre una fortuna familiar que nos correspondía. De niños era divertido, pero acabó cansándonos.

—Y aun así, cuando estábamos leyendo el testamento sus hermanos parecían avergonzados, pero usted defendió a su madre.

—A ella sí, pero no el testamento.

—Por lo que recuerdo, dijo que tal vez ella tenía razón.

Hugo miró a su alrededor y volvió a balancearse de un pie a otro.

—Quería a mi madre y odiaba que se burlaran de ella, incluso si se trataba de Tony y Caroline.

—Es un hombre leal.

—¿Le parece mal?

—Al contrario, lo encuentro admirable. Pero la lealtad puede impedirnos ver la verdad sobre la gente... aunque, según parece, es posible que su madre tuviera razón.

—¿Qué quiere decir?

Hugo había dejado de moverse y miraba a Gamache con los ojos muy abiertos.

—Creo que sabe exactamente lo que quiero decir, monsieur. Piénselo y llámeme cuando decida reconocer que lo sabe.

Le dio una tarjeta.

En ese momento, Benedict detuvo su Volvo delante de ellos. Era hora punta y estaba oscuro, así que los demás coches no tardaron en empezar a tocar el claxon.

Benedict le hizo señas a Gamache de que se diera prisa.

—Dígame sólo una cosa más —pidió Gamache—. ¿Quién es Katie Burke?

—¿Quién?

—Hace frío y mi chófer está a punto de ser asesinado por otros conductores, así que dígamelo: sabe que yo lo sé.

—¿Entonces por qué me lo pregunta?

—Para comprobar hasta qué punto decide ser sincero, y hasta ahora no lo está haciendo muy bien.

—Le he dicho la verdad sobre mi hermano.

—¿En serio?

Se hizo una pausa durante la cual sólo se oyeron más bocinazos y un auténtico torrente de alaridos de rabia procedentes de la calle Sherbrooke y dirigidos a Benedict.

—¿Quién es Katie Burke, monsieur Baumgartner?

—Solía visitar a mi madre en la residencia de ancianos.

—¿Por qué?

—No lo sé, pero a mamá le caía bien, y en cierto modo nos quitaba cierta responsabilidad. No es que me sienta orgulloso, pero era así.

—Ella encabezaba la lista de contactos cercanos de su madre.

—¿En serio?

—¿No lo sabía?

Para entonces, Benedict había abierto la ventanilla del Volvo y le suplicaba que subiera.

Hugo negó con la cabeza.

—¿Acaso importa?

—¿Se lo preguntaría si no importara? —Señaló la tarjeta que Hugo sostenía en la mano enguantada—. Llámeme cuando decida contarme toda la historia sobre el testamento de su madre, señor Baumgartner.

Se dirigió al coche y saludó con la mano a la fila de vehículos que había detrás de Benedict.

Más de un conductor le hizo una peineta como respuesta.

—¡Gracias a Dios! —exclamó Benedict exhalando un suspiro e internándose en el tráfico—. ¿Quién era? Parecía que estuvieras hablando con un personaje salido de *El Señor de los Anillos*.

—Era Hugo Baumgartner.

—Ah, claro. No lo había reconocido.

Gamache se abrochó el cinturón y, cuando cruzaban el puente de Champlain, se encontró tarareando por lo bajo:

—«Edelweiss, Edelweiss...»

31

Bernard Shaeffer estaba sentado en la espartana sala de interrogatorios de la jefatura de la Sûreté y miraba a su alrededor mientras cruzaba y descruzaba las piernas intentando ponerse cómodo en una silla de metal que simplemente no se lo permitiría.

El inspector jefe Beauvoir lo observaba a través del vidrio de visión unilateral.

—¿Ha dicho algo en el trayecto?

—*Non, patron* —respondió Cloutier—. Sólo ha preguntado si esto tenía algo que ver con la muerte de Anthony Baumgartner.

—¿Y qué le has respondido?

—Nada. Aquí está su iPhone.

Le entregó el dispositivo. Era lo primero que hacían con los sospechosos: separarlos de sus teléfonos para que no pudieran contactar con nadie ni borrar nada.

Monsieur Shaeffer no era como él esperaba: estaba convencido de que iba a encontrarse con un joven petimetre, con alguien atractivo y listo, no con ese joven de aspecto corriente que llevaba un buen traje, pero nada excepcional, y que parecía bastante nervioso.

Aun así, siguió observándolo hasta que se fijó en sus zapatos.

Impecables y puntiagudos, de rabiosa actualidad.

A la moda y caros.

Él lo sabía perfectamente porque también intentaba ir a la moda, pero no podía permitirse ese nivel de gasto.

En fin, aquello resultaba sugerente, pero estaba lejos de ser definitivo: algunos se compraban coches caros, otros se gastaban el dinero en vacaciones y ciertos jóvenes solteros invertían su dinero en ropa.

Eso no significaba que Shaeffer viviera por encima de sus posibilidades ni que fuera un ladrón.

—Venga conmigo, por favor —le dijo.

Fueron hasta la sala de interrogatorios seguidos de Cloutier. En cuanto entraron, Jean-Guy se presentó:

—Me llamo Jean-Guy Beauvoir y soy el jefe de Homicidios en funciones de la Sûreté. Ya conoce a la agente Cloutier. —Hablaba tanto para Shaeffer como para la grabación.

Se sentaron a una mesa frente a frente.

—Gracias por venir, queríamos hacerle unas preguntas.

—¿Acerca de Tony?

—Sí, principalmente —repuso él en tono cordial—. Háblenos de su relación con él.

—Hace unos años trabajamos en la misma empresa, Taylor & Ogilvy. Yo era secretario, y monsieur Baumgartner, vicepresidente ejecutivo... —Se quedó callado un momento y finalmente pareció tomar una decisión—. Tuvimos una aventura y me despidieron.

Lo había planteado como si lo hubieran despedido por la aventura.

—Mire, Bernard, imaginará que ya hemos visitado Taylor & Ogilvy, y eso no es lo que nos dijeron. —Sonrió, alentándolo—. ¿Por qué no nos dice la verdad?

—Me acusaron de robar, pero yo no lo hice.

—Entonces, ¿por qué lo despidieron en realidad?

—Tenían que culpar a alguien, ¿no?

—Y, si no fue usted, ¿quién lo hizo?

Shaeffer vaciló.

—Vamos, Bernard; díganos la verdad y ya está.

—Monsieur Baumgartner.

—¿Anthony Baumgartner?

—Sí.

—Pero, si estaba robando, ¿por qué iba a ir a contárselo a madame Ogilvy?

—Creyó que iban a descubrirlo, así que me culpó a mí.

—Que era su amante.

Shaeffer se limitó a asentir.

—¿Y qué hizo usted?

—¿Qué podía hacer?

—No lo sé, ¿decir la verdad?

Shaeffer se echó a reír.

—¡La verdad! Era mi palabra contra la de un vicepresidente ejecutivo, adivine a quién iban a creer.

—¿Así que se fue sin más? —preguntó Jean-Guy, y cuando Shaeffer asintió, él se lo quedó mirando fijamente—. Entonces, ¿por qué puso a Anthony Baumgartner como referencia en la Caisse Populaire?

Shaeffer se sonrojó. Era evidente que sabían mucho más de lo que él creía.

—Tony me dijo que, si me callaba, me recomendaría en la Caisse.

—Y usted aceptó.

—¿Acaso tenía elección? Si me negaba, me echarían a la calle sin más. Estaba bastante jodido.

Un agente entró en la sala de interrogatorios, le susurró algo al oído a Jean-Guy y volvió a salir.

—Vamos a ver —prosiguió él—, ¿está diciendo que Anthony Baumgartner robaba y usted era completamente inocente?

Shaeffer se incorporó en la silla.

—Bueno... sabía lo que él hacía, pero no estaba involucrado.

—¿Él mismo se lo había contado?

—Había bebido, estaba relajado y se fue de la lengua. Sabía que yo no se lo diría a nadie.

—¿Y por qué iba a pensar algo así?

—Porque me preocupaba por él.

—¿Y?

Se hizo de nuevo el silencio mientras Shaeffer se revolvía inquieto en la silla.

—Y me dijo que, si se lo contaba a alguien, diría que el responsable era yo y no él.

—Cosa que acabó haciendo de todos modos.

—Sí.

Jean-Guy lo miró aún con más atención que antes.

—¿Estuvo en alguna ocasión en su casa?

—Una sola vez: me pidió ayuda para colocar un cuadro que le había regalado su madre. Creo que era un retrato de ella; parecía un poco loca. En fin, el caso es que lo colgamos encima de la chimenea de su estudio y luego nos tomamos unas copas. Entonces se le ocurrió que también podía echarle una mano para configurar su nuevo portátil, así que tomamos unas copas más y después jugueteamos un rato con el ordenador y acabamos bastante achispados...

—¿Y consiguieron hacer funcionar el portátil?

—Sí.

—¿Y lo ayudó usted a poner una contraseña de seguridad?

—Sí, lo recuerdo porque tardó un buen rato en dar con una: dijo que se le estaban acabando las ideas para nuevos códigos.

—¿Y recuerda esa contraseña?

Jean-Guy formuló la pregunta con indiferencia, pero la tensión crepitaba entre los agentes de la Sûreté.

—Ni idea, no me dijo cuál era.

—¿No recuerda si le hizo algún comentario o le insinuó algo? —preguntó Jean-Guy.

Shaeffer le dio vueltas al asunto.

—Si lo hizo, no me acuerdo.

—¿Quiere decir que no estaba mirando por encima de su hombro mientras él introducía la contraseña?

—No, por supuesto que no.

—¿«Por supuesto»? Vamos, Bernard, no es nada grave.

—Pero no lo hice.

—Entonces, ¿qué hacía?

—¿Eh?

—Qué hacía mientras monsieur Baumgartner introducía su contraseña.

—Me quedé mirando el cuadro. Se me hacía difícil imaginar que alguien en su sano juicio colgara una cosa como ésa en su casa.

Jean-Guy se quedó pensando. En cierto sentido era cierto: aquel cuadro de Ruth era tan fascinante como repulsivo. Como decía la propia Clara: costaba apartar la mirada.

Pero se trataba de un joven inteligente, y puestos a elegir entre averiguar la contraseña de un ordenador portátil y contemplar el cuadro de una vieja loca, estaba claro lo que había escogido.

—¿Qué pasó después? —preguntó.

—Nos emborrachamos y terminamos acostándonos.

—¿Por primera vez?

—Sí. Nos habíamos estado tanteando, pero yo no estaba seguro de que él fuera gay. Sólo ese día pude confirmarlo.

—¿Y cómo era? —preguntó Beauvoir.

—¿Como amante?

—Como hombre.

Shaeffer reflexionó.

—Amable, inteligente. Un hombre decente, al menos eso creía entonces.

—Hasta que lo culpó de robar e hizo que lo despidieran.

—Sí.

—Y, cuando le consiguió el trabajo en el banco, ¿le pidió algún favor?

—¿Como qué?

Jean-Guy se lo quedó mirando unos segundos y finalmente se levantó.

—Dejaré que le dé vueltas a eso. Discúlpeme.

Le hizo un gesto con la cabeza a la agente Cloutier y los dos salieron de la sala dejando a Shaeffer viendo cómo la puerta se cerraba lentamente.

Y luego contemplando la pared blanca que tenía enfrente.

• • •

La escarcha, que parecía tan bonita cuando se pegaba como un delicado cristal a las ramas, era mucho menos atractiva cuando se acumulaba en las carreteras hasta convertirse en hielo, oculto, además, por la nieve fresca que iba cayendo.

Benedict y Gamache entablaron una conversación trivial mientras el primero conducía con cuidado de vuelta a Three Pines, alerta por si había hielo negro en la carretera.

Hablaron de la jornada de ambos, del tiempo... Benedict se interesó por los ojos de Gamache.

—Están mejor, gracias: veo con mucha más claridad.

Se habían sumido en lo que parecía un silencio agradable, pero las apariencias engañan.

Una vez más, el inspector jefe Beauvoir entró en la sala de interrogatorios, se presentó a sí mismo y a la agente Cloutier.

Luego ambos se sentaron.

—¿Es usted Louis Lamontagne?

—Sí.

—¿Y trabaja como agente de bolsa en Taylor & Ogilvy?

—Sí.

Tenía unos cuarenta y cinco años, quizá más, y era algo relleno, pero no gordo, sólo un poco fondón. «Perezoso», fue la palabra que se le pasó por la cabeza. Llevaba el pelo canoso bien cortado.

Parecía íntegro, inteligente, conservador en todos los sentidos. Si se necesitara ponerle cara a la expresión «digno de confianza», ese hombre sería perfecto, pensó Beauvoir.

Y se preguntó si estaría viendo otra reproducción numerada; casi auténtica, pero no del todo.

—Según tengo entendido, usted se ocupaba de llevar a cabo las transacciones de Anthony Baumgartner.

—Sí.

—¿Cómo funciona eso?

—Bueno, Tony era un gestor de patrimonio, así que creaba carteras para sus clientes y luego, basándose en su edad, sus necesidades y los riesgos que estaban dispuestos a tomar, decidía en qué vehículos de inversión colocarlas. Finalmente, me lo comunicaba a mí y yo era el encargado de hacer las operaciones.

—¿Y a usted le parecía bien?

—Pues claro. Tony era un asesor de inversiones brillante. Para serle franco, si él recomendaba determinada operación, yo les sugería a mis propios clientes que hicieran lo mismo. Tenía un don: podía ver cómo elementos aparentemente inconexos acabarían uniéndose y afectando al mercado. Su muerte ha sido una pérdida terrible. ¿Tienen alguna idea de quién lo hizo?

—Confiamos en que usted pueda ayudarnos con eso.

—En lo que sea.

Beauvoir le acercó los estados de cuentas a través de la mesa y vio cómo, al cabo de un minuto, arqueaba las cejas y luego fruncía el ceño. Lo vio parpadear tras las gafas y ladear un poco la cabeza: estaba perplejo.

—Ninguna de estas personas constaba en la lista de clientes de Tony, de modo que yo no hice ninguna de estas operaciones. —Miró a Beauvoir—. No entiendo...

—Yo creo que sí lo entiende.

Lamontagne volvió a revisar los documentos y releyó las cartas adjuntas.

—Puedo hacer suposiciones —dijo por fin, dejando los papeles sobre la mesa—, pero no explicar nada de esto.

—Inténtelo.

Lamontagne le sostuvo la mirada.

—Creo que ya lo sabe —dijo.

Beauvoir no respondió y, de pronto, vio cómo los ojos de Lamontagne se abrían llenos de sorpresa.

—Cree que tengo algo que ver en esto.

—¿Qué es «esto», monsieur? —preguntó Beauvoir.

La agente Cloutier tomaba notas mentalmente sobre lo que el inspector jefe decía y callaba, sobre cómo hacía insinuaciones que terminaban intimidando al interrogado... Era una técnica sutil, y eso la volvía más poderosa.

Como empleada del Departamento de Contabilidad jamás había presenciado un interrogatorio, y le parecían fascinantes.

Había que estar concentrado y alerta sin dejar de aparentar ni un segundo que se estaba relajado. Ella, por su carácter y formación, a menudo se sentía tentada a hablar y a demostrar todo lo que sabía, pero aquí valía más decir poco y dejar que fuera el interrogado quien se sintiera obligado a hablar y a exponerse, quien se dejara dominar por la anticipación y el miedo.

Estos papeles documentan una estafa —dijo el corredor de bolsa—. Alguien montó un tinglado y lo hizo pasar por un negocio de Taylor & Ogilvy.

—¿Alguien?

—Sé lo que pretende: quiere que diga que fue Tony, pero podría haber sido cualquiera.

—¿Incluido usted mismo? —Jean-Guy lo dijo despreocupadamente, como si estuviera haciendo una broma.

Lamontagne sonrió, pero su palidez lo traicionaba.

—Supongo que podría haberlo hecho, pero no lo hice.

Jean-Guy esperó sin decir nada.

—De acuerdo, lo admito: parece que fue Tony. Su nombre está en los estados de cuentas y en la carta adjunta.

—Que llevan el membrete de Taylor & Ogilvy —precisó Jean-Guy—. Los clientes debían de pensar que sus cuentas se gestionaban a través de esa empresa, pero lo cierto es que él lo robaba y pagaba generosos dividendos para evitar que hicieran preguntas.

Lamontagne asintió mirándolo fijamente.

—Exacto. —Volvió a coger uno de los estados de cuentas—. Tony debió de elegir a gente que no conocía el mercado, que no leía las páginas financieras ¡y ni siquiera los estados de cuentas!

—¿Le sorprende? —preguntó Beauvoir.

Lamontagne se removió en la silla.

—Pues sí.

—Pero usted ha oído los rumores sobre monsieur Baumgartner, ¿no?

—Sé que le retiraron la licencia para operar en bolsa, por eso me pidieron que lo hiciera por él. Es una sanción grave. He oído que fue porque estaba involucrado en algo con el dinero de los clientes, pero no directamente. Al parecer, fue un secretario quien lo hizo, y Tony fue el que dio el soplo y encajó parte de la culpa. A la calle le encantan los rumores y los escándalos, y sobre todo las caídas desde gran altura, aunque sean injustas... no, no: especialmente si son injustas.

—Hace que suene como si la calle fuera una máquina —dijo Jean-Guy—, y no un conjunto de personas, incluidos corredores de bolsa como usted.

—Yo nunca he difundido esa clase rumores.

—Pero ¿hizo algo para detener, por ejemplo, los que se referían a Baumgartner?

—No los fomenté.

Eso no era lo mismo que pararlos, ni lo mismo que defender a Anthony Baumgartner.

—¿Creía que los rumores eran ciertos?

—No veía ninguna razón para creerlos —respondió Lamontagne.

—¿Y para no creerlos?

—En este negocio hay una gran cantidad de zascandiles. Muchos corredores jóvenes, sin ir más lejos, están desesperados por hacer un gran negocio y forrarse, por dejar huella. Tiran el dinero a diestro y siniestro, hablan muy alto, tienen todo tipo de teorías sobre la inversión que suenan bien, pero están equivocadas; no obstante, se creen brillantes, y su confianza en sí mismos convence a los clientes para invertir en ellas con ellos. Son vendedores de humo, pero la mayoría de las personas simplemente no se da cuenta de que no tienen ni idea de lo que están haciendo.

—¿Y Anthony Baumgartner era uno de ellos?

—No, eso es lo que estoy diciendo. Él no era así y, por lo que vi, no toleraba a esa clase de personas: por eso denunció a aquel joven secretario. Sin duda sabía que habría represalias y que parte de la mierda caería sobre él, y así fue, aunque quizá no preveía que fueran tan severos con él.

—¿Y entonces cómo se explica esto?

Jean-Guy puso el dedo índice sobre el estado de cuentas.

Lamontagne lo miró fijamente y suspiró.

—Rondaba los cincuenta y la empresa lo había jodido, ¡una empresa que él mismo había ayudado a levantar! Y, para colmo, por vía de una mujer de la que había sido mentor. Le aplicaron un castigo ejemplar, lo humillaron. Es posible que viera el futuro muy negro y decidiera mandarlo todo al diablo: si eso le había caído encima por ser decente, tal vez era hora de dejar de serlo.

Jean-Guy volvió a ver otro documento sobre una mesa: el que él mismo había firmado en aquella sala de reuniones, y se vio a sí mismo firmándolo. ¿Era él tan diferente de Anthony Baumgartner, un hombre desilusionado que había renunciado a la decencia?

—Pero si ése fue el caso —continuó Lamontagne—, yo nunca lo vi. Todas las operaciones que hice para él fueron inteligentes y apropiadas, incluso geniales, clarividentes: les dio a ganar mucho dinero a sus clientes.

—Supongo que se refiere a los clientes a los que no robaba, claro.

Lamontagne vaciló y luego asintió cabizbajo.

—Sí. Sinceramente, pensaba que era uno de los buenos... —Esbozó una sonrisa más melancólica que divertida—. Hay un libro que todos tenemos que leer cuando empezamos a trabajar, y Tony me dio su ejemplar como regalo de agradecimiento cuando acepté hacer operaciones en su nombre. Se titula *Delirios populares extraordinarios y la locura de las masas*. Supongo que a veces somos todos unos ilusos.

—¿Cree que monsieur Baumgartner podría haber montado ese tinglado él solo o habría necesitado ayuda? —preguntó Jean-Guy volviendo a señalar los estados de cuentas.

—Sin duda pudo haberlo hecho él solo. Habrá tenido que organizarse bien, pero imagino que empezó con algo pequeño que luego fue haciendo crecer. Por lo demás, sólo necesitaba una cuenta oculta y elegir bien sus objetivos.

—Gente que no viera venir ese tipo de cosas —dijo Beauvoir.

—Gente que no hiciera preguntas, inspector jefe, y ésa no escasea precisamente —repuso Lamontagne. Luego miró los documentos que descansaban sobre la mesa: un fino montoncito de hojas de papel.

Pero él también, al igual que madame Ogilvy, era capaz de ver lo que significaban.

La ruina.

Aquel escándalo acabaría con Taylor & Ogilvy y dejaría a todos sus empleados sin trabajo. Al final, Anthony Baumgartner tal vez obtendría su venganza, aunque fuera desde la tumba.

Jean-Guy le dio las gracias a Lamontagne y regresó pasillo abajo a la sala de interrogatorios donde lo esperaba Bernard Shaeffer.

«Delirio y locura», pensó cuando entraba de nuevo en la salita.

Había mucho de eso en aquel caso.

Estaba cerca: Amelia podía sentirlo.

Y también los yonquis, las putas y los transexuales que ella había atraído.

No notaban los dedos de las manos ni de los pies, tenían los rostros entumecidos y devastados; ya no sentían compasión ni les quedaba un ápice de sentido común; incluso la ira y la desesperación habían desaparecido de sus corazones, habían perdido a sus familias y habían perdido la cabeza...

Pero podían sentir que algo grande se acercaba.

Ni siquiera tenía nombre todavía: quienquiera que lo controlara tendría derecho a ponerle el nombre con que se lo conocería en la calle. Por ahora sólo era «eso» o «la nueva mierda», y ese detalle contribuía a aumentar la emoción, la mística.

Sólo muy pocos, incluida Amelia, sabían que su nombre verdadero era carfentanilo, y que quien lo controlara les ganaría a todos los demás.

Y ella estaba decidida a ganar.

El tiempo apremiaba porque, una vez que llegara a las calles, se le habría escapado de las manos.

Se acercó a la ventana una vez más. La espesa escarcha y la suciedad ocultaban el callejón y ella sólo podía ver las borrosas luces de las farolas.

Aun así, sabía que en el pasillo ante la habitación de Marc, armados con pistolas, cuchillos o simples palos, la esperaban los yonquis, las putas y los transexuales que habían acudido a ella en busca de protección porque aún tenía músculos sobre los huesos y su cerebro no se había frito del todo, porque era capaz de atisbar en las esquinas lo que se acercaba, lo que se escondía, lo que acechaba; que esperaban a que ella saliera y los guiara.

Los ojos de esos despojos humanos brillaban de un modo desconocido para sus padres. No tenían nada que perder y sí algo que encontrar: «eso».

Ahí fuera, en algún lugar, en el pozo que era el centro de Montreal, había un laboratorio donde se cortaba y volvía a cortar la droga, y sólo David sabía dónde estaba.

Si ella quería encontrarla, primero tendría que encontrarlo a él.

—Bueno, bombón —dijo Marc cuando ya se disponían a salir—. ¿Cómo lo vas a llamar?

—¿A qué te refieres?

Marc había abierto la puerta de la habitación y Amelia vio, a ambos lados del lúgubre pasillo, esqueletos que luchaban por mantenerse en pie sobre piernas como alfileres, sobre pies calzados con botas robadas a cadáveres de amigos que habían sufrido una sobredosis, a cadáveres que unas furgonetas oscuras transportarían poco después hasta una morgue y que irían a parar, sin identificar, a una tumba sin nombre, dejando a padres y madres, hermanos y hermanas, preguntándose toda la vida qué habría sido de ellos.

—A «eso» —repuso Marc—, ¡el nuevo queso! —dijo Marc—. Ja, ja, ja, si rima y todo: «Eso, el nuevo queso.»

Amelia no pudo evitar sonreír.

—Cuando lo encuentres tendrás derecho a ponerle nombre —explicó Marc. Tenía la mirada extraviada y, más que hablar, mascullaba las palabras. Sus labios y su lengua ya no se coordinaban correctamente, arrastraba los pies y murmuraba como un viejo después de sufrir una apoplejía. Rodeó los hombros de Amelia con el brazo y añadió—: Dragón, Malévola, Suicida... algo terrorífico: a los chicos les gustan esas cosas.

Ella notó sus huesos incluso a través del abrigo de invierno.

Ya casi no quedaba nada de él: las drogas se lo estaban comiendo vivo, devorándolo desde dentro. Y todos estaban igual.

Excepto ella. Al menos no evidentemente. Y aun así se preguntaba si su madre la reconocería, o si aún la consideraba su hija.

Beauvoir tomó asiento frente a Bernard Shaeffer y sonrió.

—Cuénteme.

—¿Qué?

—Se acabaron los juegos —repuso en un tono frío, pero tranquilo—. Baumgartner lo colocó a usted en la Caisse Populaire, en un banco, por alguna razón. Quiero saber cuál es esa razón.

—Yo no...

—Dígamelo.

—Hay...

—Dígamelo —insistió—. ¿Dónde cree que he estado todo este rato?

Shaeffer se lo quedó mirando con los ojos muy abiertos: era evidente que no había pensado en ello, pero ahora sí lo hizo.

—No lo sé.

—Estaba aquí al lado, en otra sala de interrogatorios, haciendo preguntas y obteniendo respuestas, pero voy a darle una última oportunidad: dígame qué quería Baumgartner de usted.

Se hizo el silencio.

—¡Dígamelo! —gritó dando tal palmetazo en la mesa que Shaeffer casi se muere del susto.

Igual que la agente Cloutier, que dejó caer el bolígrafo al suelo y tuvo que agacharse rápidamente a recogerlo.

—Quería una cuenta en el extranjero, ¿vale? —repuso Shaeffer—. Y que yo ingresara allí todo el dinero que me mandara.

—¿Para los dos?

—No, sólo a su nombre.

—¿Usó su nombre verdadero?

La pregunta pareció sorprender a Shaeffer.

—Por supuesto, ¿por qué no?

—Porque sería fácil de rastrear.

—No esperaba que lo atraparan.

—¿Cuánto hay en esa cuenta?

—Tendría que comprobarlo, pero creo que ronda los ocho millones de dólares canadienses —repuso Shaeffer.

—¿Y cuánto te quedaste tú? —preguntó olvidándose del «usted».

—Nada.

—¡Por el amor de Dios! —dijo Beauvoir—. ¿Tan estúpido eres? Sabes que lo averiguaremos. —Señaló a la agente Cloutier—. Ella está a cargo de la contabilidad forense para toda la Sûreté. No se le escapa nada. Ha acabado con empresarios, políticos, mafiosos... te hará caer a ti también, y antes del desayuno, así que ahórranos la molestia.

Shaeffer miró a Cloutier, que habría deseado no haber empezado a mordisquear el bolígrafo.

—De acuerdo —dijo—, quizá un poco... pero no se lo digas a Tony.

—Eso puedo prometértelo —ironizó Jean-Guy.

Shaeffer negó con la cabeza.

—Lo siento... he olvidado que está muerto.

A Beauvoir no se le había escapado el tono de voz de Shaeffer durante esos segundos de olvido.

«Le tiene miedo —se dijo—, miedo de verdad.»

De hecho, se dio cuenta mientras se ponía en pie, ése podría haber sido el momento más genuino de toda la entrevista.

—Dele a la agente Cloutier la información sobre la cuenta, por favor.

—¿Y podré irme?

—Ya veremos.

«Nos estamos acercando», pensó Beauvoir mientras se dirigía a su despacho. Descubrir los detalles del desfalco era encaminarse a la resolución del asesinato. Porque Gamache tenía razón: cuando encontraran el dinero, estaría impregnado de delirio, de locura, apestaría a emociones tan podridas como para conducirlos al asesino.

Mientras Amelia y Marc bajaban por los escalones de cemento (él aferrando la mano de ella para poder sostenerse en pie), podían oír los pasos de los yonquis, las putas y los transexuales que los seguían.

A medida que se acercaban a la puerta principal, el aire era cada vez más frío. Amelia se preparó para recibir la gélida ráfaga antes de abrir, pero aun así le cortó la respiración y le llenó los ojos de lágrimas.

—¡Joder! —oyó decir a Marc, que tosía y se ahogaba.

Con los ojos llorosos, Amelia distinguió a una niña un poco más allá. Llevaba un gorro rojo con el logotipo de los Montréal Canadiens y estaba sola en la boca de un callejón.

Entonces, en medio la penumbra, vislumbró en el suelo un par de piernas con unas medias de red desgarradas y se dio cuenta de que aquella niña, que debía de tener unos cinco o seis años, miraba a la mujer que ella misma, desde donde estaba, sólo podía ver a medias.

Dio un paso hacia ella, pero la detuvo una voz:

—He oído que estás buscando a David.

Un chico negro y delgaducho se había acercado a ella. No tendría más de quince años, pensó. Sus ojos parecían más grandes que su cara.

—¿Y qué si fuera cierto? —preguntó Amelia, y sintió, más que ver, que los yonquis, las putas y los transexuales formaban un semicírculo detrás de ella.

—Sé dónde está. Te lo digo si me das una perla.

—Sí, claro. ¡Apártate de mi camino, gilipollas! —le soltó ella, y le dio un empujón para encaminarse a la acera de enfrente, hacia la niña, que seguía allí de pie mirándola.

—Mira —repitió el chico negro, y se subió la manga del fino abrigo para dejar expuesto el antebrazo.

Llevaba escrita la misma palabra que ella había encontrado en su propio brazo:

«David.»

Y, junto al nombre, un número: «13.» No, no era un 13, sino «1/3».

Se subió la manga de la chaqueta y observó con atención su propio antebrazo.

«David», ponía, y el número no era el «14», sino «1/4».

Sintió que el corazón se le aceleraba.

—¿Dónde está? —preguntó mirando fijamente al chico negro.

—Puedo llevarte hasta él, pero tiene que ser hora mismo, antes de que se vaya.

Extendió la mano hacia ella.

—Dale una —dijo Amelia, y Marc le entregó al chico negro una sola pastilla—. Te daremos otra cuando encontremos a David.

El chico se guardó la recompensa en el bolsillo y, sin decir más, se dio la vuelta y echó a andar por la calle oscura. Amelia miró por encima del hombro, hacia la entrada del callejón, pero la niña había desaparecido, así que lo siguió sin más.

—Ya casi lo tenemos, Bombón —susurró Marc mientras seguían al chico—. ¿Se te ha ocurrido un nombre?

—Bombón —contestó ella—: empezaste a llamarme así cuando tenía cinco años.

—¿Piensas llamar así a la droga?

—No, voy a llamarla Gamache.

—¿Por el jefe de la Sûreté, el tío que te metió en la academia?

—El tío que hizo que me echaran, el genio que nos ha regalado toda esa droga. Se merece que lleve su nombre y saber que decenas de miles de críos lo pronunciarán justo antes de morir. «Gamache» se convertirá en un sinónimo de muerte.

—¿Tanto lo odias?

—Me ha arruinado la vida —dijo Amelia—. Ahora le toca a él.

32

—¡Mira! —exclamó Benedict—. ¡Creo que ya he recuperado mi camioneta!

Habían coronado la colina que descendía hasta Three Pines, y desde allí podían ver luces en las ventanas de las casas y figuras en movimiento en las del *bistrot*.

Los faros del coche de Gamache iluminaban los remolinos que formaba la nieve al caer y, cuando incidían en el bosque circundante, los árboles se veían alternativamente oscuros y destellantes, porque la nieve que los cubría reflejaba la luz.

Él sabía que las chimeneas de todas las casas, incluida la suya, estarían encendidas, pero, antes de reunirse ante el fuego con Reine-Marie, le quedaba algo por hacer.

Benedict detuvo el coche detrás de su camioneta, se bajó y fue directo a inspeccionar los neumáticos.

—Son muy buenos... —comentó— los mejores, de hecho. ¿Seguro que no quieres que te los pague?

—Seguro —contestó Gamache.

Benedict se echó la cola del gorro alrededor del cuello y los hombros y miró alrededor.

—Voy a echar de menos todo esto —dijo, pero entonces descubrió que Gamache estaba mirándolo de un modo que lo incomodó—. ¿Qué pasa? —preguntó.

Isabelle observaba atentamente la pantalla de su portátil.

Su marido ya estaba en casa, los niños habían vuelto de jugar y la rodeaba un verdadero caos, pero ella estaba sentada a la mesa de la cocina, en su pequeña burbuja, y en esa burbuja reinaba un silencio sepulcral y sólo estaban las dos: ella misma y Katie Burke.

—De modo que ésta eres tú... —susurró y tendió la mano hacia el teléfono mientras los niños se perseguían y el perro ladraba y su marido los llamaba para que se lavaran la cara y las manos antes de la cena.

Jean-Guy Beauvoir tenía los pies sobre el escritorio y una carpeta abierta en el regazo: era la información que madame Ogilvy le había encargado a su secretaria sobre los Kinderoth, Bernard Shaeffer y Anthony Baumgartner.

Bajó lentamente la carpeta y contempló su propio reflejo en la ventana; luego, dejando caer las piernas del escritorio con un ruido sordo, estiró la mano hacia el teléfono y murmuró:

—Ya te tengo.

Benedict recobró las llaves de su camioneta de manos de madame Gamache y le agradeció profusa y sinceramente su hospitalidad.

—No sé qué habría hecho sin vosotros.

—Eres bienvenido cuando quieras, ¿verdad, Armand?

—Déjame acompañarte a tu camioneta —dijo Gamache.

Cuando la puerta se cerró a sus espaldas, oyó el teléfono de su despacho.

—No sé cómo podré agradecerle, *patron*.

—Me prometiste una clase de conducir. —Gamache miró a su alrededor: había unos diez centímetros de nieve en la calzada. Billy Williams acudiría pronto a limpiarla, pero por ahora se estaba acumulando—. Puedes agradecérmelo así.

—¿Ahora?

—No se me ocurre mejor momento.

—Bueno, está oscuro y debes de estar cansado...

—Son las seis y media, no soy tan viejo.

—Yo... no quería decir eso —balbució Benedict.

—Sube —dijo él encaminándose al asiento del pasajero de la camioneta—. Salgamos del pueblo. He pensado en un sitio a unos pocos kilómetros de aquí. —Emprendieron el trayecto en silencio y, al cabo de un rato, le preguntó al chico—: ¿Quién es Katie Burke?

—¿Cómo?

Gamache no respondió, se limitó a mirar cómo se arremolinaba la nieve bajo la luz de los faros.

—Es mi novia —respondió Benedict acelerando sin darse cuenta hasta ponerse por encima del límite de velocidad—, mi ex novia.

Siguió acelerando.

—¿Tu ex novia?, ¿estás seguro?

—Pues claro que sí.

—¿Cuánto hace que rompisteis?

—Dos meses.

—¿Coincidiendo con la muerte de Bertha Baumgartner?

El motor gruñó cuando Benedict hundió aún más el pie en el acelerador.

—Supongo, no lo sé.

—¿Conocía ella a madame Baumgartner?

—Por supuesto que no.

—¿Estás seguro? Ten más cuidado con tus respuestas.

—Quizá tú eres quien debería tener más cuidado con tus preguntas. Deja a Katie fuera de esto, ¿vale? ¿Querías una clase de conducir? Pues allá vamos.

Estaban a punto de llegar a la cima de una colina y pisó el acelerador a fondo.

—Benedict... —empezó Gamache, pero no llegó más lejos.

El chico pisó el freno y la camioneta dio un giro brusco, fuera de control. Gamache salió despedido contra la puerta y se golpeó la cabeza contra la ventanilla. Benedict gruñó al verse arrojado hacia un costado.

—¡Suelta el freno! —le gritó.

Pero Benedict, sin dejar de pisar a fondo el pedal, dio un volantazo hacia un lado y luego hacia el otro. Luchaba por recuperar el control. Con el muro de nieve cada vez más cerca, los neumáticos por fin se afianzaron en el suelo y la camioneta coleó en la otra dirección...

Hacia el muro opuesto y el precipicio.

Gamache se soltó el cinturón de seguridad y, con gran esfuerzo, se inclinó hacia adelante y agarró el volante para tratar de enderezar el coche, pero Benedict también lo aferraba, y a esas alturas era casi imposible saber si iban en la dirección correcta o simplemente hacia el otro lado, donde había otro muro de nieve tras el cual había una apretada fila de árboles.

Benedict se revolvió mientras él intentaba inmovilizarlo contra el asiento en parte para intentar quitarle el pie del freno y en parte para protegerlo de lo que ya parecía un choque inevitable.

Entonces lo agarró por la pernera del pantalón y tiró con todas sus fuerzas tratando de arrancarle el pie del freno...

Cuando lo consiguió, la camioneta dejó de derrapar, pero era demasiado tarde: vio, a la luz de los faros, el muro de nieve que se acercaba y, detrás, la hilera de árboles.

Cerró los ojos y se preparó.

La camioneta se estremeció y redujo la marcha hasta casi detenerse.

Gamache abrió los ojos y no vio el bosque a través del parabrisas, sino la carretera.

Puso punto muerto y la camioneta se deslizó un poco más hasta detenerse del todo.

Los dos hombres miraron al frente, intentando serenarse.

Gamache respiró hondo y resopló mientras Benedict, a su lado, hiperventilaba.

—Volvamos a Katie Burke —insistió Gamache—, dime...

—No la metas en esto.

—¿De verdad estás dispuesto a matarnos a los dos para protegerla?

—Déjala en paz —masculló Benedict.

—¿Fue idea suya o tuya?

—Ya basta.

—¿O qué? ¿Nos arrojarás por un precipicio? ¿Habrá más muertes? ¿Acaso se vuelve más fácil cuanto más lo haces, Benedict? Te estoy dando la oportunidad de que tú mismo me lo cuentes.

El otro lo miraba fijamente con los ojos muy abiertos, desesperado.

—¿No quieres? —dijo Gamache—. Entonces te lo diré yo: Katie conocía a madame Baumgartner. Estaba la primera en su lista de contactos de la residencia, así fue como llegaste a aparecer en el testamento, ¿no es así?

Benedict seguía mirándolo, pero a esas alturas con más sorpresa que hostilidad.

—Ha habido un asesinato, Benedict. ¿Eso es lo que querías? ¿Estaba planeado?

Pero Benedict parecía demasiado aturdido para responder.

—Vamos, dime la verdad.

Cuanto volvieron a casa, Reine-Marie se apresuró a decirle a Gamache que Isabelle y Jean-Guy lo habían llamado varias veces.

—Han pedido que les devolvieras la llamada tan pronto como puedas.

A él le pareció que lo de «tan pronto como puedas» no era más que un eufemismo.

Entonces, su mujer se volvió hacia Benedict.

—Has vuelto —le dijo—. ¿Va todo bien? Estás pálido.

—Necesita descansar un poco —repuso Gamache dirigiéndose al estudio—. Estábamos probando los neumáticos. Nos hemos dado una clase mutua de conducción en condiciones peligrosas.

Benedict se desplomó en uno de los sillones, frente al fuego.

—¿Qué le has hecho, Armand? —le susurró Reine-Marie en la puerta del estudio.

—Le he dado una lección —respondió él—. Si intenta marcharse, avísame, aunque no creo que lo haga —añadió mostrándole las llaves de la camioneta.

Cuando cogió el teléfono para devolver las llamadas, se dio cuenta de que había un mensaje. Una voz suave que ya le iba resultando familiar le dijo que había encontrado a la niña y que podía pasar a recogerla cuando quisiera: estaba a salvo.

Entonces fue él quien se dejó caer en una silla. Cerró los ojos, suspiró y dijo en un susurro:

—*Merci*.

Luego llamó a Jean-Guy, que estaba en su coche.

—Voy de camino hacia ahí, *patron*. Llegaré dentro de unos minutos.

—Estupendo, pero ¿por qué?

Jean-Guy se lo explicó y, cuando colgaron, llamó a Isabelle y después a Myrna: quería que esta última oyera lo que acababan de descubrir.

Cuando salió del estudio encontró a Benedict todavía en el sillón y con una taza de chocolate caliente intacta sobre la mesita que tenía al lado, mirando ensimismado el fuego, que ardía alegremente.

Vio a Reine-Marie añadir un tronco mientras *Henri* estaba echado en el suelo y *Gracie* dormía en el sofá. Era, en apariencia, una tranquila escena doméstica.

Pero, como acababan de decirle tanto Isabelle como Jean-Guy, allí había cierto grado de delirio en juego, y cierta locura también.

—¿Quieres que me vaya, Armand? —le preguntó Reine-Marie: lo conocía lo suficiente como para saber que esa reunión no sería un mero encuentro social.

—*Non*, puedes quedarte si te apetece.

En ese momento llegó Myrna. Se sacudió la nieve del gorro y luego la de las botas, pateando el suelo.

—Más vale que sea algo bueno: he abandonado un plato de sopa y un vaso de vino para venir.

Pero en cuanto se sentó se dio cuenta de que, fuera lo que fuera, no era nada bueno, más bien lo contrario.

—¿Qué pasa? —preguntó mirando a Benedict, que parecía casi comatoso—. ¿Ha ocurrido algo?

—Un momento —pidió Gamache mientras se acercaba a la ventana: había visto la luz de unos faros.

Un minuto después llegó Jean-Guy.

—Ésta —dijo al entrar, y se hizo a un lado— es Katie Burke.

—¿Katie? —dijo Benedict poniéndose en pie.

33

—¿Me estás tomando el puto pelo? —le gritó Amelia al chico negro, que se detuvo y se dio la vuelta.

Llevaban una hora deambulando por los callejones y Marc empezaba a temblar, no de frío ni de miedo, sino por culpa del mono. Sus murmullos se habían convertido en gemidos lastimeros.

—Necesito algo... lo que sea.

Ya se había metido un tripi, pero estaba acostumbrado a cosas más fuertes. Necesitaba más. Y cada vez se sentía más débil.

Todos lo estaban: los yonquis, los transexuales y las putas que seguían a Amelia de callejón en callejón, de vivienda en vivienda, de solar en solar. Algunos se habían separado del grupo desesperados por un chute y preferían ir por su cuenta.

Los pocos que seguían con ellos, yonquis, transexuales o putas, estaban demasiado maltrechos para tomar una decisión: se limitaban a seguirla andando con dificultad, temiendo quedarse atrás... una vez más.

—No, no, estaba aquí hace una hora... —repuso el chico mirando alrededor—. Me ha dicho que fuera a buscarte. Ya está lista.

—¿Lista? ¿A qué te refieres?

—A la cena, ¿no te jode? ¿De qué coño estamos hablando? ¡La mierda está lista!

—Entonces, ¿para qué me necesita? —preguntó Amelia sintiendo un subidón de adrenalina.

—¿Y yo qué sé?

Ella miró a Marc. Quería intercambiar pareceres, con él o con cualquiera. Notaba un hormigueo y no estaba segura de si era de emoción o de alarma. Algo iba mal: su instinto le decía que le estaban tendiendo una trampa, que debía dejarlo y volverse atrás, volver a casa.

Pero no tenía casa: ahí atrás no había ningún lugar al que volver, sólo podía ir hacia adelante.

Golpeó el *piercing* de su lengua contra los dientes mientras consideraba sus opciones.

El chico, que se había puesto de nuevo en movimiento, resbalaba y patinaba por la nieve sucia con sus zapatillas deportivas.

—Debe de haberse largado... —murmuraba mirando a un lado y a otro.

Pero era de noche, y a esas callejuelas apenas llegaba la luz de la calle. David podía estar ahí plantado, a apenas unos metros de distancia, sin que ellos lo vieran.

Amelia tomó una decisión, agarró la mano del tambaleante Marc y lo arrastró hacia adelante.

Clic, clic, clic...

El sonido de su *piercing* se unió al castañeteo de los dientes de Marc.

Katie y Benedict estaban sentados uno al lado del otro frente a la chimenea.

En la mesita había una bandeja con carne asada, pollo y sándwiches de mantequilla de cacahuete y miel, junto con algunas bebidas.

Katie llevaba una falda larga de paño grueso sobre unos vaqueros rosa chillón y un jersey hecho con lo que parecían albóndigas, pero que en realidad eran pompones marrones... o eso esperaban todos.

Henri la miraba de un modo que invitaba a vigilarlo.

Katie llevaba el mismo corte de pelo que Benedict: casi rapado en la parte de arriba y largo justo por encima de las orejas.

Estaban cogidos de la mano y parecían más jóvenes aún de lo que eran. Katie miraba a los adultos que los rodeaban, y Benedict, los bocadillos.

Gamache, por su parte, miraba a *Henri* como avisándolo de que no intentara nada. Una vez más, lo sorprendió el parecido entre el pastor alemán y el joven carpintero.

—Espero que seáis conscientes de que es demasiado tarde para andarse con mentiras —dijo levantando la vista hacia la joven pareja—. Ya ha habido demasiadas...

Aunque sus palabras eran severas, su tono de voz era suave y alentador, como el que uno usaría para engatusar y atraer a unos cervatillos en el bosque.

Katie asintió y Benedict lo miró a los ojos.

—¿Cómo empezó todo esto? —preguntó Gamache.

La pregunta, sin lugar a dudas, iba dirigida a Katie.

—Bueno, supongo que empezó antes de que yo naciera...

—Centrémonos en los acontecimientos más recientes —dijo él—. ¿Cómo fue a parar Benedict al testamento de madame Baumgartner?

—¿Ella lo sabe? —intervino Myrna.

—Y también sabe por qué estás tú —repuso Jean-Guy—. ¿No es así?

Katie volvió a asentir. Podía parecer una lunática, pero tenía unos ojos sagaces y brillantes en los que resplandecía la inteligencia.

Gamache sospechaba que era una joven extraordinaria, única.

—Conocí a madame Baumgartner en la residencia de ancianos —explicó Katie—. No sé si estáis al corriente, pero por aquí no hay muchas residencias anglosajonas.

—¿Y eso qué importancia tiene? —quiso saber Jean-Guy.

Katie lo miró con una paciencia cansina, como si ella fuera la adulta y él un jovencito.

—¿En qué idioma elegirías morir? Eso importa, ¿no crees? Tuvimos suerte de que aceptaran a mi abuelo en esa residencia. Yo iba a verlo a menudo y me di cuenta de que aquella anciana recibía pocas visitas. Su familia acudía cuando podía y parecía importarles, pero los días se hacen largos cuando una está sentada ahí sola. Siempre me sonreía. Tenía una cara muy bonita y era un poco excéntrica, ¿sabéis?

Los adultos asintieron con la cabeza todos a la vez: entendían que aquella joven se sintiera atraída por lo excéntrico.

—Así que un día le llevé una lata de galletas caseras.

—Esas galletas con un agujero lleno de mermelada por encima —puntualizó Benedict—. Sólo que los agujeros de Katie tienen formas distintas...

Katie le dio una palmadita en la mano y él se interrumpió.

—Gracias —dijo ella.

No parecía una simple forma de cerrarle el pico: lo había dicho con delicadeza, incluso con afecto, pensó Gamache, que no sólo escuchaba atentamente, sino que también los observaba estudiando la dinámica entre ellos. A menudo lo que parece obvio no es un hecho, ni siquiera la verdad.

—Nos pusimos a hablar y me pidió que la llamara «baronesa» —continuó Katie—. Me pareció extraño...

—¿Y a quién no? —intervino Myrna.

—No, no: me extrañó porque yo llamaba «barón» a mi abuelo.

—¿Y por qué? —preguntó Myrna con cautela.

—Le gustaba que lo llamaran así: era barón, y mi abuela, baronesa. De hecho, madame Baumgartner me recordaba a mi abuela, a la que adoraba, de modo que empecé a ir a verla a menudo en la residencia y a darle conversación. Hasta que un día sugerí que el barón y aquella nueva baronesa se conocieran: mi abuela había muerto el año anterior, y yo era consciente de que mi abuelo se sentía solo.

—Pero ¿sabías quién era ella? —preguntó Gamache.

—Para entonces sí, ya lo sabía.

—¿Y aun así propusiste que se conocieran?

Estaba inclinado hacia adelante y su tono seguía siendo cordial, como si aquello fuera una agradable reunión de amigos y no hubiera un asesinato de por medio.

—Sí.

—¿Y él lo sabía?

Katie sonrió por primera vez: ambos eran conscientes de que ésa era la pregunta clave.

—Lo sabía: era la baronesa Baumgartner.

Gamache volvió a reclinarse en el respaldo del sofá sin molestarse en ocultar su asombro.

—¿Y ella sabía quién era él?

—No. Me temía que se negara a verlo. No se enteró hasta que se lo presenté.

—¿Y quién era? —quiso saber Myrna.

—El barón Kinderoth —explicó Jean-Guy—: Katie es una Kinderoth.

Lo había descubierto al repasar el expediente de los Kinderoth en Taylor & Ogilvy. Contenía notas sobre la herencia y sobre quién se había quedado con la pequeña cantidad de dinero de la cuenta de inversiones. Los Kinderoth tenían dos hijas, y una de ellas se había casado con un tal Burke y se había mudado a Ontario. Allí nació su hija Katherine: Katie Burke.

Jean-Guy había empezado a tirar del hilo por el lado de los Kinderoth e ido a parar a Katie; Isabelle, por su parte, había empezado por Katie y llegado hasta los Kinderoth.

Ella también había llamado a Gamache para contarle su descubrimiento, confirmando lo que Beauvoir acababa de decirle.

Dos sendas distintas y el mismo destino: aquel lugar y el presente.

Myrna miró fijamente a Jean-Guy, asimilando lo que acababan de contar. Luego se volvió hacia Katie.

—¿Eres una Kinderoth?

La joven asintió.

—¿Y conocías la historia entre los Kinderoth y los Baumgartner?

—Sí. Me crié con esa historia: la de que mi tatarabuelo era el hijo varón mayor, de modo que el dinero, el título y las propiedades nos pertenecían; pero los Baumgartner... los sucios, avaros, timadores y mentirosos Baumgartner llevaban más de cien años intentando robárselo.

—Ciento treinta y dos —puntualizó Benedict.

—¿Qué pasó cuando se conocieron? —preguntó Myrna.

—Presenté a mi abuelo como el barón Kinderoth. Estaba en silla de ruedas, pero consiguió levantarse y le ofreció las flores que me había pedido que comprara: unas Edelweiss. Luego hizo una reverencia y la llamó baronesa.

El único sonido en el salón de los Gamache era el crepitar de los troncos en la chimenea. Las llamas proyectaban sombras macabras y distorsionadas en las paredes.

—¿Y que hizo madame Baumgartner? —preguntó Gamache.

—Se quedó mirándolo durante un rato que me pareció una eternidad —repuso Katie.

—Ciento treinta y dos años —dijo Benedict.

—Luego también se levantó. Me acerqué para ayudarla, pero no me lo permitió. Se quedó ahí de pie, mirando al barón. Pensé que iba a decir o hacer algo horrible, pero entonces alargó la mano, cogió las flores y le dijo: «*Danke schön*, barón Kinderoth.»

Katie sonrió y todos guardaron silencio imaginando aquel momento.

Y entonces, muy suavemente, como si viniera de muy lejos, Myrna oyó que alguien tarareaba:

—«Edelweiss... Edelweiss...»

Miró a Benedict.

—«Edelweiss...» —siguió canturreando él.

—¿Y qué pasó entonces? —quiso saber Myrna.

—Ojalá pudiera decir que todo quedó perdonado desde el principio por ambas partes, pero no fue así —prosiguió Katie—. Me pasé una semana llevando a mi abuelo al solárium a tomar el té con la Baronesa sin que intercambiaran una sola palabra. Después, sin embargo, poco a poco empezaron a hablar.

—¿Se hicieron amigos? —preguntó Reine-Marie.

—Tardaron un poco —contestó Katie—, pero sí.

—¿Y cómo superaron toda aquella historia? —quiso saber Myrna.

Cuando ejercía como psicóloga había tenido pacientes que no conseguían superar resentimientos con mucha menos historia.

—Fue la soledad —explicó Katie—: se necesitaban. Y se comprendían uno al otro de una forma que ninguna otra persona habría podido entender.

—Claro —dijo Myrna—: no hay nada como el dolor del presente para curar el dolor del pasado.

—Al cabo de un mes, más o menos, eran casi inseparables. Comían juntos todos los días. Ella lo sacaba al jardín y él le enseñaba a jugar al cribbage.

—¿Se lo dijeron a sus respectivas familias? —preguntó Gamache.

Si era el caso, los hermanos Baumgartner habían preferido no mencionarlo.

—Tenían previsto hacerlo —dijo Katie—, pero les preocupaba que las heridas fueran demasiado profundas. Sabían que pronto se celebraría el juicio en Viena y a ambos les inquietaba que, cuando se anunciara la sentencia, la familia ganadora no quisiera compartir la herencia y la perdedora viera consolidarse definitivamente su resentimiento. Pero se les ocurrió una solución.

—Decidieron casarse —intervino Benedict, y no por primera vez vio cómo un grupo de personas lo miraba como si hubiera perdido la chaveta.

—¿Casarse? —repitió Myrna—. ¿Por el dinero?

—Porque se amaban —puntualizó Katie—. Creo que él la quería incluso más: ella lo hacía reír. No tuvo una vida fácil y eso lo había endurecido, pero con ella podía ser él mismo: un barón taxista.

—Y ella podía ser una baronesa mujer de la limpieza —añadió Reine-Marie.

—Sí. Pensaban que, si adquirían esa clase de compromiso, no sólo con palabras sino con hechos, el resto de la familia tendría que aceptarlo y dejar atrás la enemistad.

—¿Y compartir la fortuna sin importar quién ganara el juicio? —preguntó Myrna.

—Eso es. El plan era dejárselo todo el uno al otro con la condición de que se repartiera a partes iguales entre ambas familias cuando el último de los dos muriera. Pero, por supuesto, querían que sus hijos aceptaran de corazón, como habían hecho ellos, y no sólo de dientes afuera.

—Pero... —dijo Myrna.

—Pero mi abuelo murió antes de que pudieran casarse.

—¡Oh! —exclamó Reine-Marie como si hubiera encajado un golpe físico—. Tuvo que ser horrible para la Baronesa.

—Lo fue. No se lo había dicho a sus hijos y ya era demasiado tarde. La muerte del abuelo la hizo caer en picado: sufrió un bajón físico, anímico y mental. Se sentía aturdida. Llamó al notario con la intención de cambiar su testamento, como mi abuelo y ella habían acordado, y pensaba dividir la herencia en partes iguales entre las familias si ella ganaba el juicio en Viena.

—Pero el notario se negó —dijo Benedict.

—Cuando vio el estado en que se encontraba dijo que, sinceramente, no podía permitirle cambiar el testamento —continuó Katie—. Le pareció que no estaba «en total posesión de sus facultades». Conocía la historia de la familia y las innumerables impugnaciones judiciales, y pensó que la habían coaccionado de algún modo. Él creía que la Baronesa, tan resentida por la cuestión durante toda su vida, jamás compartiría nada voluntariamente con un Kinderoth.

—Justo lo que el barón y la Baronesa habían temido que acabarían pensando sus respectivas familias —apuntó Reine-Marie.

—Sí —dijo Katie—: confirmó sus temores. Si el notario creía que estaba loca, seguro que su familia también. Pero Mercier le permitió cambiar una cosa.

—A los albaceas —dijo Myrna—. ¿Fue entonces cuando nos incluyó en el testamento?

—Sí.

—Pero ¿por qué? —quiso saber Gamache.

—Para que pudierais supervisar que se cumplieran no sólo el testamento, sino sus verdaderos deseos. Ella sabía que sus hijos nunca lo harían: la historia pesaba demasiado para ellos. Pero con nuevos albaceas no tenía por qué ser así. El notario tenía razón, por supuesto: no estaba del todo bien, pero sí tenía una cosa muy clara: el plan que había trazado con mi abuelo debía seguir adelante. Se convirtió en una *idée fixe*, en una especie de obsesión. No se trataba del dinero, sino de dejar atrás el resentimiento. Eran conscientes de todo el daño que habían hecho al transmitírselo a sus hijos; liberarlos constituiría su verdadera herencia.

—Pero, si era tan importante para ella —intervino Reine-Marie—, ¿por qué no redactó su propio testamento y lo firmó? ¿No es legal hacer eso?

—Un testamento ológrafo —confirmó Gamache—. Siempre y cuando sea de puño y letra del testador y esté firmado por testigos, sí, en Quebec es legal. Pero el notario ya la había visto y había decidido que no estaba en sus cabales.

—Exactamente —confirmó Katie.

Cuando asentía, como en ese momento, las albóndigas de su jersey se balanceaba arriba y abajo.

El efecto era divertido, desconcertante y un pelín asqueroso: una mezcla entre arte escénico y menú de la cena.

Henri se incorporó y empezó a babear.

Gamache le hizo un gesto con la mano para que volviera a tumbarse, cosa que el perro hizo a regañadientes.

—De modo que lo único que pudo hacer la Baronesa fue cambiar a los albaceas —concluyó Myrna.

—Sí: quitó a sus tres hijos y os puso a vosotros.

—Pero insisto —dijo Myrna—, ¿por qué a nosotros? Ni siquiera la conocíamos.

—Por eso mismo: necesitábamos a alguien que no tuviera ni idea de aquella historia.

—¿«Necesitábamos»? —repitió Gamache.

—Quería decir que madame Baumgartner lo necesitaba, en singular.

—Entiendo —dijo Gamache—. Pero ¿por qué nombrarnos albaceas a madame Landers y a mí en concreto?

—La Baronesa se había enterado de que el jefe de la Sûreté se había mudado al pueblo vecino, y era lo bastante esnob como para que le gustara la idea de que alguien tan importante supervisara la ejecución de su testamento, sin contar con que eso mantendría a su familia a raya. Si he de ser franca, sus siguientes opciones eran la reina y el papa, pero cuando oyó hablar de ti... —Se volvió hacia Myrna—... enseguida pensó que serías perfecta.

—Un agente de policía de alto rango y una psicóloga respetada... —comentó Myrna asintiendo—. Tiene sentido.

—¿Eres psicóloga? —preguntó Katie—. Uy, pues por lo visto madame Zardo le había dicho a la Baronesa que eras mujer de la limpieza como ella. Por eso te quería a ti: a alguien que la entendiera.

Myrna entrecerró los ojos y paseó una mirada furibunda entre los presentes desafiando a cualquiera a reírse.

El único que no sonreía era Gamache.

—¿Cómo sabía la Baronesa que podía cambiar de albaceas? —preguntó.

—Acabo de decirlo: el notario no le permitió cambiar el testamento en sí...

—Sí, lo he oído, pero ¿alguien de los que estamos aquí sabía que existe la posibilidad de cambiar los albaceas? —Miró alrededor y todos negaron con la cabeza, incluido Benedict, aunque este último dejó de hacerlo tras un fuerte apretón en la mano—. Así que déjame preguntarte otra vez —prosiguió—: ¿cómo es posible que a una persona mayor y ciertamente confundida se le ocurriera siquiera preguntar por los albaceas?

Hubo una pausa antes de que Katie respondiera.

—Fue idea mía: lo busqué y se lo sugerí, y ella estuvo de acuerdo en que valía la pena intentarlo.

—¿Y la elección de los albaceas? —preguntó Gamache.

—Eso fue idea suya.

Aquellas palabras quedaron en el aire, adoptando el tufillo de una mentira. Antes de volver a hablar, Gamache dejó que la pausa se prolongara y que el olor fuera calando en todos.

—¿Incluyendo a Benedict?

Reine-Marie observaba atentamente, pero no miraba a Katie, sino a su marido, y sólo para atestiguar cómo iba eliminando cada puntal de la historia de la joven con una cortesía que casi daba miedo.

Hasta que la historia se derrumbó.

—Fue idea mía —admitió Katie—. La Baronesa en realidad me quería a mí como tercera albacea, pero le dije que eso no funcionaría: si descubrían que el apellido de soltera de mi madre era Kinderoth, su familia me acusaría de influir en ella.

Jean-Guy arqueó las cejas, pero prefirió no decir lo que todos los demás estaban pensando también.

—Así que acordamos que mi novio, Benedict, sería testamentario en mi lugar —concluyó Katie—. Yo podía responder por él, dar fe de que es honesto y amable y de que haría lo correcto.

«De que haría lo que ella le dijera», pensó Jean-Guy.

—Pero rompisteis —dijo Reine-Marie—. Benedict nos lo contó.

—Eso estaba planeado —explicó la joven—: no podía haber ninguna conexión, ni siquiera el notario lo sabía.

—De modo que en realidad no rompisteis —dijo Jean-Guy mirando a Benedict—. Parecía que sí, pero no: otra mentira.

Una capa sobre otra, una mentira sobre otra, para encubrir alguna verdad podrida que todavía no había salido a la luz.

—¿No pensaste que lo descubriríamos? —preguntó Gamache.

—En realidad, no pensé ni siquiera en que alguien pudiera plantéarselo —repuso Katie.

—No creíamos estar haciendo nada malo —añadió Benedict.

Gamache se volvió hacia él.

—Por regla general, si tienes que mentir es que estás haciendo algo malo.

—Me dijiste que te gustaba mi gorro, jefe —dijo Benedict mirando fijamente a Gamache—, ¿era verdad?

Aquella pregunta y el inequívoco desafío que entrañaba flotaron en el aire mientras Gamache lo miraba a los ojos. Una vez más, tenía que plantearse si se había equivocado con aquel joven.

—Era sólo una opinión —respondió finalmente—, no un hecho: si mientes sobre los hechos, algo va mal. Y vosotros dos habéis estado mintiendo mucho. ¿En serio os sorprende tanto que pongamos en duda lo que decís?

—Me parece mucho esfuerzo sólo por ayudar a una anciana —dijo Myrna.

Gamache, que seguía observando a Benedict, se mostró de acuerdo, aunque la palabra que le venía a la cabeza no era «esfuerzo», sino «premeditación».

—No me limitaba a ayudarla —repuso Katie—: había visto el daño que les había hecho esa disputa a mis abuelos, a mi madre, a mi tía... incluso a mí misma. ¿Teníamos que pasarnos la vida creyendo que nuestra existencia podría ser mejor, que debería serlo? ¿Pensando que los Baumgartner nos habían jodido? ¿Esperando un juicio en otro continente para llegar a ser felices? Era horroroso. —Se llevó una mano al vientre, como si se sintiera mal, y Benedict le acarició la rodilla—. Yo estaba de acuerdo con el barón y la Baronesa —concluyó—: había que ponerle fin a todo eso.

—¿Y asegurarte, convenientemente, de que, fuera cual fuera la sentencia en Viena, tú acabarías heredando? —preguntó Gamache.

Reine-Marie se percató de que había bastante menos cortesía en esa pregunta, pero al fin y al cabo aquello no era una fiesta: no se trataba de ser amigable, sino de llegar al meollo de un asesinato.

—Ambos sabemos que no hay nada que heredar —replicó Katie—. Después de todo este tiempo, ya no. Sólo las costas de las demandas ya serían ruinosas, por no hablar de lo que hicieron los nazis con las propiedades de los judíos. Lo único que acabaría heredando sería indignación, y yo no quiero eso ni para mí ni para mi familia.

Gamache miró a la joven y se preguntó si realmente era tan inmune a la plaga que tanto daño había hecho a su familia, a la enfermedad rastrera del odio: la enredadera invasora del jardín.

Benedict le acarició la mano de un modo que expresó apoyo e intimidad.

—Aun así —dijo Gamache—, eso no lo explica todo. Como albaceas, nuestra misión es velar por el cumplimiento de las disposiciones del testamento, no hacer lo que nos parezca justo.

—Por eso escribió la carta —dijo Katie.

—¿Qué carta? —quiso saber Gamache.

—La Baronesa escribió una carta para que se la entregaran a su hijo mayor tras la lectura del testamento, en ella lo explica todo.

—¿Y por qué dársela a él y no a nosotros? —preguntó Myrna.

—No quería que sus hijos lo supieran por unos desconocidos —repuso Katie—, y pensaba que él lo entendería.

—¿Lo de compartir la fortuna? —intervino Jean-Guy.

—Lo de acabar de una vez con la disputa.

—¿Y qué le hacía creer que Anthony lo entendería mejor que los demás? —preguntó Myrna.

—Tenía algo que ver con un cuadro —respondió Katie—, un retrato de una vieja loca que en realidad no lo estaba, o algo así. Al parecer, a los demás les parecía un horror, pero a él le gustaba. La verdad es que no entendí muy bien lo que quería decir: divagaba; creo que se confundía a sí misma con la loca del cuadro. No lo sé, pero por alguna razón el cuadro era importante para ella, y supongo que para él también. Sea como fuere, decidió que su hijo mayor era quien debía recibir la carta.

—¿Ah, sí? —preguntó Myrna.

Gamache y Jean-Guy intercambiaron miradas.

—No encontramos nada parecido entre sus papeles —dijo Jean-Guy.

Gamache se levantó.

—¿Me acompañáis, por favor? —les dijo a Jean-Guy y a Myrna.

Fueron con él a su estudio y, tras cerrar la puerta, Gamache hizo una llamada.

34

—¿Sabe qué hora es? —dijo Mercier.

Gamache miró su reloj.

—Las ocho y diez —respondió.

—De la noche.

—*Oui*, siento llamar fuera del horario de oficina. Myrna Landers está conmigo, así como el inspector jefe Beauvoir. Hemos puesto el altavoz, tenemos unas preguntas que hacerle.

—¿No puede esperar?

—¿Le parece que estaríamos llamando si pudiéramos esperar? —intervino Jean-Guy.

—¿Dejó madame Baumgartner una carta para que se la entregara a su hijo Anthony? —preguntó Gamache.

La televisión que se oía de fondo enmudeció.

—Sí: la encontré en el archivo de mi padre adjunto al testamento.

—¿Y por qué no nos lo dijo? —preguntó Myrna.

—¿Por qué iba a decírselo? Su tarea consistía en ejercer de testamentarios, esa carta no formaba parte de sus responsabilidades.

—Aun así, podría haberlo mencionado... —insistió Myrna.

—¿Y después de que mataran a Baumgartner? —preguntó Jean-Guy—. ¿Cuando quedó claro que había sido un asesinato, no se le ocurrió mencionarlo?

—Se le cayó una casa encima —repuso Mercier—, ¡no lo mató la carta!

—¿Cómo lo sabe? —preguntó Gamache—. ¿Acaso la leyó?

—No.

—Díganos la verdad, *maître* Mercier —exigió Gamache.

—No leí esa carta. ¿Por qué iba a importarme lo que pudiera decir?

Eso al menos sonaba a verdad.

A no ser que la carta tratara sobre él mismo, y estaba claro que no era así, a Lucien Mercier no le habría interesado lo más mínimo.

—¿Cuándo se la dio? —preguntó Beauvoir.

—Justo tras la lectura del testamento, después de que los demás se fueran.

—¿Estaban los dos a solas?

—No, creo que Caroline y Hugo Baumgartner todavía estaban allí.

—No: Caroline se fue con nosotros —recordó Myrna.

—¿Leyó Anthony la carta delante de ustedes? —preguntó Gamache.

—Yo simplemente se la entregué y me fui. No tengo ni idea de cuándo la leyó ni de si lo hizo siquiera. ¿Por qué es tan importante?

—Es importante porque el hijo de madame Baumgartner ha sido asesinado —repuso Beauvoir—, y usted, unas horas antes de que ocurriera, le dio una carta que podría haberlo llevado a ponerse en contacto con alguien, a conocer a alguien. Eso explicaría por qué fue a la casa de labranza y podría ayudarnos a averiguar con quién se encontró allí. ¿Tiene alguna idea de por qué podría haber ido a la casa aquella noche?

—No, ninguna.

—¿Sabe qué decía la carta, *maître* Mercier? —preguntó Gamache una vez más.

—No.

Los tres intercambiaron miradas: no estaban seguros de creerle.

Aunque no se les ocurría por qué iba a mentir.

• • •

—Lucien Mercier, el notario, ha confirmado que, tras la lectura del testamento y después de que nos fuéramos, le entregó a Anthony Baumgartner una carta de su madre —explicó Gamache cuando volvieron a la sala de estar.

—¿Y sabe qué decía esa carta? —preguntó Reine-Marie.

—Dice que no —respondió Jean-Guy sentándose de nuevo.

—Así que nadie lo sabe —concluyó Reine-Marie.

—Creo que uno de nosotros sí —dijo Gamache.

Se volvió hacia Katie, y ella miró a Benedict, que asintió con la cabeza.

—Tienes razón —dijo Katie—. Yo estaba allí cuando la escribió. En la carta explicaba que había conocido a mi abuelo, que escuchó su versión de los hechos y pudo comprobar que no era ningún monstruo codicioso, sino sólo un anciano que seguía enzarzado en una pelea más vieja que él mismo. Decía algo sobre un horizonte, aunque no sé a qué se refería con eso... pero también que, si Anthony la quería, y ella sabía que sí, haría una última cosa por ella: si ganaban el juicio, compartiría la herencia con los Kinderoth.

—Parece que era una carta preciosa —opinó Reine-Marie.

—Y muy clara —añadió Gamache, que seguía observando a Katie.

—Me pregunto si Anthony llegó a leerla —dijo Myrna—, y cómo se sintió si fue el caso.

—Y si se lo contó a sus hermanos —intervino Jean-Guy—. Ése sería un buen móvil para el crimen: sin Anthony y sin esa carta, el dinero sería para ellos. Hay gente que asesina por veinte dólares, aquí hablamos de millones.

—Unos millones que no existen —puntualizó Myrna.

—Pero ¿cómo sabemos eso? —preguntó Jean-Guy—. ¿Cómo lo saben ellos? Hasta que se resuelva el caso, ni nosotros ni ellos lo sabremos a ciencia cierta. Y en realidad no importa si existe el dinero, sólo que ellos crean que existe o tengan la esperanza de que exista.

Myrna asintió: la gente era capaz de creer casi cualquier cosa, y la esperanza podía resultar incluso más arrolladora y poderosa que la creencia.

Reine-Marie estaba escuchando ese intercambio, pero observó a Gamache levantarse para echar otro tronco al fuego, que luego atizó levantando chispas en la chimenea.

Cuando se volvió, tenía el atizador en la mano.

—¿Quién escribió la carta? —preguntó.

—La Baronesa —respondió Katie—, ya te lo he dicho.

Pero las albóndigas de su jersey se estremecían levemente.

Era por efecto del corazón, como bien sabía Gamache: latía con tanta ferocidad que las estaba haciendo vibrar.

Aun así, ella seguía mirándolo con aparente calma, con aparente frialdad.

«Es valiente», pensó él: sólo alguien capaz de tanta valentía podía mirarlo a los ojos y soltarle semejante mentira. Pero era una pena que usara su valentía para eso.

—¿Una anciana en franco deterioro mental y físico empuñó un bolígrafo y escribió una carta como ésa, dejándolo todo así de claro? —preguntó.

Su voz, en lugar de ser dura y acusadora, sonaba razonable, suave; la invitaba, una vez más, a salir del bosque.

—Sí, yo misma vi cómo lo hacía.

Benedict le cogió la mano y se la apretó.

—Katie —dijo simplemente.

Sólo una palabra.

«Katie.»

La joven bajó los ojos hacia la alfombra y el perro que la miraba babeante.

—La Baronesa me la dictó.

—*Merci* —susurró Gamache volviendo a colocar el atizador en su lugar y sentándose de nuevo—. Supongo que sabes qué significa eso, ¿no?

—Significa que, aunque encuentren la carta, es de mi puño y letra: no hay pruebas de que fueran sus palabras.

—*Exactement* —dijo él.

Lo que no dijo, aunque para él era evidente (y sospechaba que para Jean-Guy también), era que no había pruebas de nada de aquello: todo podía ser mentira.

La reconciliación, el deseo de la Baronesa de casarse, la intención de compartir la herencia...

Todo podía ser mentira.

Cualquiera que hubiera podido confirmar la historia estaba muerto: el supuesto barón, la Baronesa, y ahora también Anthony Baumgartner.

Otra cosa que quedaba clara era que Benedict no era quien aparentaba ser: el niño bonito vestido, peinado, moldeado y manipulado por Katie Burke.

Con una sola palabra, había conseguido que ella dijera la verdad, y no porque creyera en la verdad, sospechaba Gamache, sino porque había entendido que mentir ya no funcionaba.

—Y la carta decía algo más... —dijo Katie.

—Déjame que se lo cuente yo —pidió Benedict.

El joven miró a Gamache.

—La Baronesa quería que derribaran la casa de labranza.

—¿Por qué?

—Porque quería que sus hijos rompieran limpiamente con el pasado y volvieran a empezar sus vidas desde cero. Sabía que nunca pasarían página mientras esa casa siguiera en pie: era donde los había criado y donde les había contado todas esas historias sobre la herencia. Quería que desapareciera.

—¿Por eso fuiste allí? —preguntó Gamache.

—Sí —contestó Benedict—. Quería ir por la noche, cuando no hubiera nadie. Necesitaba comprobar cuánto costaría echarla abajo. Sé que dijiste que harías que la derribaran, *patron*, pero supongamos que llevara su tiempo, o que sus hijos decidieran no hacerlo. Tenía la sensación de que era yo quien debía asegurarme de que se hiciera.

—Yo le pedí que fuera —añadió Katie.

—Encontré la viga maestra en la cocina y le di un par de buenos golpes con un mazo sólo para probarla.

—¿Y no pasó la prueba? —preguntó Myrna.

—Pues no. Se vino abajo. Eso no estaba planeado.

Katie le cogió la mano con fuerza mientras él miraba a Myrna, Jean-Guy y Gamache.

—Vinisteis en mi busca —dijo Benedict—, gracias.

—Gracias —añadió Katie.

Reine-Marie vio a un joven, Jean-Guy vio la nube de hormigón, yeso y nieve y oyó el rugido, y los chillidos.

Y sus propios gritos mientras luchaba por liberarse de quienes lo retenían.

Myrna vio las enormes vigas y losas cayendo a su alrededor, volvió a sentir los escombros acumulándose en torno a ella, y el terror abrumador, y la incredulidad al darse cuenta de que estaba a punto de morir, y volvió a sentir cómo Billy Williams la cogía de la mano.

Gamache miró a Benedict sentado frente al alegre fuego y volvió a notar aquel cuerpo joven encima del suyo, intentando protegerlo, mientras la casa de los Baumgartner caía y el mundo llegaba a su fin.

Y luego vio el rostro ensangrentado y cubierto de polvo de Benedict, y más allá la mano que surgía entre los cascotes.

La mano de Anthony Baumgartner.

Amelia había empezado a temblar de forma casi incontrolable.

Llevaban horas así, y sabía lo que estaba ocurriendo: los estaban desgastando a propósito, los manejaban a su antojo arrastrándolos por las calles heladas hasta que no les quedara un ápice de voluntad ni ganas de luchar.

Tenía los pies empapados y, a su lado, Marc sollozaba, suplicaba, aunque ella no sabía lo que intentaba decir.

Probablemente que aquello se detuviera, que se detuvieran.

Pero ella no podía permitírselo. Aunque era consciente de que estaban manipulándola, tenía que llegar hasta el final.

Un poco más adelante, el chico se volvió e hizo un gesto.

—Ahí está.

35

El asesinato era, en esencia, un acto simple, pensaba Jean-Guy mientras entraba con su suegro en la cocina.

Los motivos, incluso el método, podían parecer complicados hasta que uno los descifraba.

Y los estaban descifrando.

Gamache cerró la puerta.

—¿Qué te parece?

—Creo que todo son sandeces: creo que no había amistad entre el barón y la Baronesa, y mucho menos amor. La historia de Katie Burke casi da risa, parece un cuento de hadas.

—La mayoría de los cuentos de hadas son bastante oscuros —dijo Gamache mientras sacaba la tarta Tatin de la nevera y se la pasaba—. ¿Le has leído alguno a Honoré? *Rumpelstiltskin*, por ejemplo, empieza con una mentira y acaba con una muerte...

—Estaré atento por si aparece un duende en algún libro —repuso Jean-Guy.

—Es un diablillo —dijo Gamache.

Enchufó el hervidor de agua y observó a Jean-Guy mientras cortaba la tarta. Habían ido a la cocina supuestamente en busca del postre, pero cuando Reine-Marie entró para ayudarlos, vio la expresión en la cara de su marido y volvió a salir.

—Creo que Katie está embarazada —dijo Gamache.

—¿Qué te hace pensar eso? ¿Te lo ha dicho el duende?

—No es un duende, es un diablillo; y no: es por la forma en que se ha puesto la mano en el vientre cuando hablaba de acabar con el legado de odio que arrastraba la familia. Y luego él la ha tocado de una forma muy tierna, con la misma ternura con la que tú tratabas a Annie cuando estaba embarazada de Honoré. Ese muchacho quiere a esa chica.

—Sí, parece que se quieren de verdad... —coincidió Jean-Guy, que se lamió los dedos ensimismado—. Si está embarazada, incluso podría haber mayor motivo.

—Pero ¿cuál? —preguntó Gamache—. ¿Querían acabar con la disputa o mantenerla? Una cosa les permitiría vivir felices, pero en la pobreza; la otra traería consigo una fortuna, pero con un precio. ¿Qué quieren para su hijo, paz o dinero?

—Dinero —contestó Jean-Guy—: siempre quieren dinero. La paz es para la gente con una cuenta bancaria que da dividendos. Míralos. Se supone que él es carpintero, pero en realidad es conserje, y ella es una... ¿qué? ¿Una aspirante a diseñadora? Nunca va a hacer dinero, a menos que sea diseñando trajes de payaso, y él tampoco. ¿Y ahora esperan un bebé? No, su única esperanza, su última esperanza, es el juicio en Viena.

—Ella ha dicho que no creía que supusiera ningún dinero...

—¿Y qué va a decir? Sí, es posible que su parte más cuerda le diga que ya no hay ninguna fortuna, pero la criaron dentro de un cuento de hadas bastante oscuro, uno en el que la esperaban enormes riquezas. ¿Quién no sueña con eso? No, no puedes decirme que Katie Burke no cree, en el fondo, que hay una fortuna... y que les pertenece a ella y a Benedict. —«Delirio y locura», pensó, «como en la mayoría de los cuentos de hadas»—. Créeme —añadió—: esos dos están metidos en esto hasta el cuello.

Gamache le contó lo que había pasado en la camioneta.

—¿Crees que pretendía que os estrellarais? —preguntó Jean-Guy conmocionado por lo que acababa de oír.

—No, creo que se ha sentido acorralado y se ha dejado llevar por la ira cuando lo he interrogado sobre Katie.

Aunque ambos sabían que en la raíz de la ira estaba el miedo, y que el miedo estaba detrás de la mayoría de los asesinatos.

—¿Crees que ellos mataron a Anthony Baumgartner? —preguntó Gamache.

—Sí: creo que la carta decía algo que hizo a Baumgartner ir a la casa de labranza, y Benedict se encontró allí con él y lo mató.

—Pero ¿para qué matarlo? —repuso Gamache—. Si la carta le decía a Baumgartner que compartiera la fortuna, ¿por qué necesitarían matarlo?

—Porque la carta no decía eso: Katie nos está mintiendo. No tenemos ni idea sobre el contenido. La Baronesa pudo haber dictado una cosa, como que Anthony debía compartir, pero Katie acabó escribiendo lo que le vino en gana, como que Anthony debía ir a la vieja casa la noche que se leyó el testamento. Y eso es lo que hizo: ir solo hasta allí pensando que era el deseo de su madre.

—Eso no lo sabemos.

—No, a eso me refiero precisamente. No tenemos ni idea de lo que decía esa carta. Katie incluso podría estar diciendo la verdad —dijo Jean-Guy, aunque era evidente que no creía en esa posibilidad—. Lo único que sabemos es que Baumgartner la leyó y luego fue a la casa de labranza.

—Haces que parezca una cuestión de causa y efecto —repuso Gamache—. Pudo haber ido allí por cualquier otro motivo.

—Eso es verdad.

—Es interesante que Katie supiera lo del cuadro de Ruth. La única forma que tenía de saberlo era a través de la Baronesa.

—Pero eso no significa que figurara en la carta.

—No, no significa eso —admitió Gamache—. De modo que, recapitulando, tenemos dos teorías: la primera es que Katie escribió exactamente lo que la Baronesa le dictó; la segunda, que no lo hizo.

Jean-Guy asintió.

—No parece que estemos mucho más cerca de resolver este asunto.

Sin embargo, eso era a menudo lo más curioso de una investigación de asesinato: podía parecer que se alejaban cada vez más de la verdad, perdidos en el polvo que levantaban todo tipo de declaraciones contradictorias, de pruebas y de mentiras.

Pero entonces alguien decía algo o ellos reparaban en algo, y todo lo que parecía contradictorio encajaba.

—Ese maldito cuadro sigue apareciendo una y otra vez —dijo Jean-Guy—. Incluso Bernard Shaeffer lo ha mencionado hoy, cuando he hablado con él.

Le explicó a Gamache cómo había ido el interrogatorio en cuestión.

—De modo que estaba presente cuando Baumgartner lo colgó en su estudio —dijo Gamache— y luego lo ayudó a configurar el portátil...

—Se supone que estaba allí por eso —señaló Beauvoir—, pero luego la cosa dio paso a algo más.

—Has dicho que Shaeffer te contó que a Baumgartner le costó encontrar una nueva contraseña... ¿lo consiguió?

—Sí, y fue lo bastante inteligente como para no revelársela a Shaeffer.

—Eso según Shaeffer, claro —repuso Gamache.

—Cierto. Seguimos intentando descifrarla. Hemos registrado la casa, por supuesto. Incluso miré detrás de ese maldito cuadro, pero lo único que vi allí fue el número de la litografía.

Gamache asintió y luego frunció el ceño.

—¿Qué has dicho que viste?

—Es una litografía numerada: escriben el número correspondiente para que los compradores sepan en qué...

—Sí, sí —repuso Gamache—, lo sé. Aquí tenemos algunas, incluida una de Clara.

Se acercó a la pared junto a la larga mesa de pino. Jean-Guy había visto ese cuadro muchas veces, incluso el original en el estudio de Clara.

Clara lo había titulado *Las tres Gracias*, pero en lugar de mostrar a tres hermosas mujeres jóvenes, desnudas y entrelazadas de un modo más que ligeramente erótico, había pintado a tres ancianas del pueblo completamente vestidas, incluida la antigua dueña de la casa de los Gamache, Emilie.

Tres mujeres arrugadas, flácidas y frágiles que se sujetaban la una a la otra no porque tuvieran miedo o fueran débiles, sino todo lo contrario. Reían a carcajadas. La obra irradiaba alegría, amistad, compañerismo, poderío...

—El número de la litografía va escrito en el dorso —dijo Jean-Guy cogiendo la enorme obra de la pared.

—En realidad... —empezó a decir Gamache, pero su advertencia no llegó a tiempo: Jean-Guy lo había descolgado y le había dado la vuelta.

Efectivamente, allí había algo escrito, pero con la familiar letra del jefe.

«Para Reine-Marie, mi propia Gracia. Con amor eterno, Armand.»

Jean-Guy se ruborizó y, tras colgarlo de nuevo rápidamente en la pared, se volvió para mirar a Gamache, que lo observaba y sonreía.

—No es exactamente un secreto —dijo Armand—, y tampoco una contraseña. Quería enseñarte esto.

Señaló la esquina inferior derecha del cuadro, donde estaba la firma de Clara acompañada de los números «7/12».

—Eso ya lo había visto —dijo Jean-Guy—, pero siempre pensé que era la fecha en la que lo había terminado.

—No, es el número de la litografía: séptima de doce.

—¿Sólo grabó doce?

—Fue antes de que empezara a tener éxito —explicó Gamache—: no creía que pudiera vender ni siquiera una docena.

—De modo que esto debe de valer... —empezó a decir, pero se interrumpió y se quedó mirando *Las tres Gracias*... y el número, y soltó un gruñido.

—Entonces... ¿qué se supone que es el número escrito en el dorso de la pintura de Baumgartner?

Gamache enarcó las cejas, al igual que él, que se dirigió rápidamente al teléfono de la cocina y llamó.

—¿Cloutier? El cuadro del estudio de Baumgartner... sí, el de la vieja loca. Tiene un número escrito en la parte de atrás, ¿lo anotaste? ¿Puedes ir a la casa a echar un vistazo? Mejor incluso, coge el cuadro y llévatelo. No, no estoy bromeando... No, no lo quiero en mi despacho, déjalo junto a tu escritorio... Vale, de acuerdo, entonces ponlo de cara a la pared, me da igual, sólo consigue ese número y pruébalo como contraseña de su portátil, estaré ahí dentro de una hora.

Colgó y se volvió hacia Gamache.

—No tardaremos en saberlo. No sé qué encontraremos en ese ordenador, pero sigo apostando a que esos dos de ahí fuera... —dijo, e hizo un gesto con la cabeza señalando la sala de estar—... están metidos en esto de los ridículos cortes de pelo hasta los pies. Creo que Anthony Baumgartner era codicioso y maquinador, y también un delincuente, no me parece que tuviera intención de compartir la riqueza.

—¿Y crees que por eso lo mataron?

—Sí, eso creo. ¿Tú no?

Gamache miró hacia la puerta cerrada y Jean-Guy, que lo conocía bien, fue capaz de adivinar sus pensamientos.

—Mira, jefe, sé que no quieres que Benedict sea el elegido. Te cae bien y a mí también; te salvó la vida, pero...

—¿Crees que por eso no creo que fuera él? —preguntó Gamache—. ¿Porque hizo una buena obra?

—Fue más que buena —opinó Jean-Guy.

—Cierto, pero hemos detenido a demasiados asesinos aparentemente buenos como para dejarnos engañar. Se trata tan sólo de que no veo ninguna prueba en su contra. Han mentido, sí, pero si todos los mentirosos fueran asesinos habría verdaderas matanzas en las calles. No consigo creerlo, nada más.

—No quieres creerlo.

—Muéstrame las pruebas y lo haré.

—En este mismo caso, has hablado más de una vez de separar los hechos de las mentiras que nos han soltado.

Bueno, pues ahí va un hecho: Benedict estaba en esa casa de labranza al mismo tiempo que Baumgartner. Tuvo la oportunidad y tenía un móvil. Apuesto a que bajo los escombros encontraremos el mazo o el arma que utilizó, y entonces su historia se derrumbará igual que el edificio, con ellos dentro.

Gamache tenía claro que Jean-Guy y él solían debatir los casos así: desafiándose el uno al otro, poniendo teorías en entredicho, cuestionando pruebas... Aquello no era nada nuevo, pero esta vez tenía un matiz levemente distinto, y él sabía por qué.

Tal vez se negaba a ver lo que para Jean-Guy era evidente, y que quizá también lo sería para él si no recordara la sensación del cuerpo tembloroso de Benedict sobre el suyo y oyendo sus sollozos, el cuerpo de un joven al que le horrorizaba morir, pero que instintivamente protegía a otra persona: a un auténtico desconocido.

¿Podía un hombre así haber segado una vida apenas unas horas antes?

Por desgracia, conocía la respuesta: sí. Un acto había sido instintivo; el otro, bien planeado, premeditado... y quizá también instintivo, aunque en un nivel mucho más profundo.

Un padre llegaría muy lejos con tal de asegurar el porvenir de su hijo, y si eso significaba matar a un Baumgartner sucio, avaro, timador y mentiroso, pues que así fuera.

Sí, tenía que admitirlo: podía haber sido Benedict.

Volvieron a la sala de estar y Jean-Guy se despidió tras explicar que debía volver a Montreal.

Myrna se levantó.

—Yo también me voy: esos brownies no se comen solos.

—Creí que habías dicho que lo que habías dejado a medias era un cuenco de sopa —comentó Reine-Marie acompañándola hasta la puerta.

—Habrás oído mal —repuso Myrna.

—¿Y nosotros? —quiso saber Katie.

—Podéis iros —dijo Jean-Guy.

—¿Yo también? —preguntó Benedict.

Jean-Guy dudó unos instantes y luego asintió.

Ambos jóvenes agradecieron a los Gamache su hospitalidad.

—Y los neumáticos —añadió Benedict con una sonrisa que, un día antes, Gamache habría encontrado encantadora, pero que ahora le parecía posiblemente calculada—. No lo olvidaré.

—Y yo tampoco —contestó él estrechándole la mano.

Luego se volvió hacia Katie.

—La verdad es que sí me gusta ese gorro, ¿sabes?

Jean-Guy esperó a que se marcharan y luego le dijo al jefe:

—La próxima vez que los vea será con una orden de detención.

Gamache se puso las botas, el abrigo y el gorro.

—¿Vas a sacar a los perros? —preguntó Jean-Guy mientras se ponía las manoplas.

—*Non*, yo también voy a Montreal.

—Bien —repuso él—, pues te llevo. Y puedes quedarte en casa con nosotros si quieres.

—*Non, merci*. Iré en mi coche, tengo previsto volver aquí.

—¿Tus ojos ya están bien?

—Están mejor.

Jean-Guy hizo una pausa estudiando a su suegro.

—¿Estás seguro?

—No me estarás acusando de estar ciego otra vez, ¿verdad?

—Sólo ante pruebas tan evidentes que incluso tu nietecito podría verlas —contestó Beauvoir—. Pero creo que estás bien para conducir.

Gamache se echó a reír y le dio las buenas noches a su yerno. Luego fue a explicarle a Reine-Marie que se veía obligado a volver a la ciudad, pero que regresaría más tarde.

—¿Quieres que te acompañe? —le preguntó ella.

—*Non, mon coeur...*

En ese momento sonó el teléfono.

—Yo lo cojo —dijo entrando en su estudio.

Cuando descolgó el teléfono, se detuvo un instante: reconocía el número que aparecía iluminado en el dispositivo inalámbrico.

Miró hacia la sala de estar y cerró la puerta con el pie.

—*Oui, allô?* —contestó. Su voz sonó rara a sus propios oídos, extrañamente tranquila pese a que su corazón latía a toda prisa.

—¿Monsieur Gamache? —preguntó el hombre al otro lado de la línea—. ¿Arnold Gamache?

—Armand. *Oui.*

—Soy el doctor Harper, médico del equipo forense de Montreal. Me temo que tengo malas noticias para usted.

Gamache se sintió mareado, al borde del desmayo.

«¿Annie y Honoré habrán tenido un accidente?», pensó.

Siguió en pie, pero alargó la mano para apoyarse en el escritorio preparándose para el golpe.

—Dígame.

—Hemos encontrado una nota con su nombre y su número de teléfono en un cadáver que acaban de traer y que no llevaba encima ninguna identificación.

—Continúe, por favor —pidió él. Notaba cómo se enfriaban y le hormigueaban las extremidades, y se preguntó si llegaría a desmayarse.

—Es un varón de más de metro ochenta, delgado... más que delgado, en realidad: famélico. Va vestido con ropa de mujer...

Gamache se sentó, cerró los ojos llevándose una mano temblorosa a la frente y suspiró aliviado.

No se trataba de Annie ni de Honoré.

—...parece un transexual preoperatorio —siguió diciendo el forense—. Como le he dicho, este hombre llevaba los datos de usted en un papel que hemos encontrado en uno de sus bolsillos.

—Esta mujer —dijo Gamache con un suspiro.

—¿Perdón?

—Esta mujer. ¿Lleva un abrigo rosa con volantes?

—No, no lleva abrigo, ni botas, ni guantes. Estaba prácticamente desnudo.

—Desnuda.

—Perdón, sí, desnuda. ¿La conocía?

—¿La encontraron sola? —preguntó Gamache dándose cuenta de lo que aquello podía significar—. ¿No estaba con alguien más?

—¿Otro cadáver, quiere decir?

—Una niña de unos seis años.

—No lo sé, sólo me ha llegado este cuerpo.

—Pues compruébelo... por favor —pidió Gamache luchando por no ser desagradable con el forense.

Normalmente el doctor Harper, nuevo en el puesto, no habría aceptado órdenes de un desconocido por teléfono, pero aquel hombre hablaba con tanta autoridad que se encontró diciendo:

—Deme un segundo.

Y fue a comprobarlo.

Gamache quedó a la espera, se puso en pie y se paseó de un lado a otro.

Finalmente, Harper volvió a coger el teléfono.

—No, no hay ninguna niña, al menos en el depósito de cadáveres. ¿Es usted ese Gamache, el jefe de la Sûreté?

—Sí, soy yo.

—¿Sabe quién es la... fallecida?

—Creo que sí, pero tendría que verla. ¿De qué murió?

—Parece una sobredosis, estamos haciendo pruebas.

—Estaré ahí dentro de una hora.

—De acuerdo.

Gamache se encaminó hacia la puerta, pero cambió de idea, volvió a su estudio y cogió unas jeringuillas que guardaba bajo llave en un cajón de su escritorio.

Y luego salió de casa.

De pie junto a la mesa metálica de autopsias, Gamache observaba la ropa etiquetada y amontonada sobre una mesa auxiliar: una blusa de nailon morada y brillante (adquirida por su parecido con la seda, supuso), una minifalda de piel sintética, medias de rejilla rotas...

Luego centró su atención en el delgado cuerpo y advirtió el cuidado que había invertido en su aspecto... para gente a la que poco le importaría. Tenía una peluca rubia, ahora torcida, y un espeso maquillaje, que sin duda se había aplicado con destreza, completamente corrido. De todas formas, no bastaba para ocultar las costras y llagas de su rostro.

En aquellas calles miserables, Anita había intentado ser bella.

Contempló el cadáver y sintió una tristeza abrumadora.

El médico forense y el técnico, al oír al jefe de la Sûreté murmurar lo que parecía la extremaunción, se apartaron, más por vergüenza que por respeto a la intimidad. Gamache se persignó y se volvió hacia ellos.

—Se llama Anita Facial —dijo.

Cuando el técnico empezó a soltar lo que parecía un bufido, Gamache lo sofocó con una mirada severa.

—No es su nombre real, por supuesto; no sé cómo se llama en realidad. Si necesitan ayuda para encontrar a su pariente más próximo, díganmelo, haré lo que pueda.

Se fijó en la piel moteada, en las venas azules, en el terror que reflejaban sus ojos inyectados de sangre. No había tenido una muerte dulce, no se había ido en una nube de éxtasis: había sido arrancada de la vida por la fuerza.

—Ha muerto por una sobredosis de carfentanilo —dijo.

—¿De qué? —preguntó el forense.

—Es un opioide análogo del fentanilo.

—Tiene razón, señor —confirmó el técnico que se había acercado al ordenador—: acabamos de recibir los análisis de sangre. Este hombre...

—Esta mujer —corrigió el médico forense.

—...tiene carfentanilo en la sangre, aunque no mucho.

—No hace falta mucho —dijo Gamache.

—Nunca había oído hablar de este nuevo opioide —comentó el doctor Harper—. ¿Usted sí?

—No es nuevo —contestó Gamache—, pero acaba de llegar a las calles.

El forense suspiró y dijo:

—Malditas drogas.

—¿Me permite? —Gamache extendió la mano y tocó respetuosamente el brazo de Anita.

Su cuerpo lucía lo que parecían tatuajes caseros: corazones, mariposas... y en el dorso de una mano llevaba escrita la palabra «Esprit».

Espíritu.

Y en la otra, «Espoir».

Esperanza.

«Esprit» y «Espoir»...

Pero era su antebrazo izquierdo lo que le interesaba. Ahí llevaba escrito algo más, con una letra distinta, aunque le resultaba familiar.

No era un tatuaje, se había trazado con rotulador indeleble:

«David.»

Y después del nombre, un número: «2.»

El doctor Harper se acercó al ordenador y le dijo algo al técnico, que escribió algo y luego soltó:

—¡Hostia!

Volvió hacia el forense, que estudió la pantalla y luego miró a Gamache.

—Ha habido seis muertes en Montreal en los últimos tres días, cuatro de ellas esta misma mañana, todos sin techo, todos yonquis, todos con la misma droga. ¿Qué clase de veneno es éste?

Gamache no respondió. De todos modos, la pregunta era retórica. El forense sabía exactamente lo que era: una verdadera pesadilla.

Notó una presión en el pecho.

Había llegado demasiado tarde, estaban distribuyendo el carfentanilo en las calles y seis personas habían muerto ya.

Siete, contando a Anita.

Pero aún no tenía noticias de los policías encubiertos, Amelia todavía no había encontrado la droga, de modo que aquello era sólo una especie de anticipo.

El grueso de la droga estaría pronto en las calles, tal vez en cuestión de horas, pero todavía no.

—¿Pueden mostrarme las fotos de las autopsias? —pidió Gamache acercándose a la pantalla.

El técnico tecleó en el ordenador.

—Acerque la imagen de cada antebrazo izquierdo.

—¡Mierda! —exclamó el técnico—. Eso lo habíamos pasado por alto.

Gamache no dijo nada. Se quedó mirando las imágenes de la pantalla.

Tenían varias cosas en común: todos yonquis, todos víctimas del carfentanilo.

Todos con el nombre «David» escrito en el antebrazo izquierdo, aunque los números eran diferentes.

—¿Qué significa? —preguntó el forense.

—No tengo ni idea —respondió él todavía estudiando la pantalla.

El doctor Harper se lo quedó mirando.

—¿Y qué pasa si un chaval sufre una sobredosis de este carfentanilo? ¿Existe un antagonista, un medicamento de rescate?

—La naloxona —contestó Gamache—. La Sûreté y las fuerzas locales la están suministrando, pero...

Pero si el cargamento entero de carfentanilo salía a la calle no habría, ni de lejos, suficiente medicamento de rescate ni tiempo para administrarlo: el carfentanilo mataba demasiado rápido como para que hubiera esperanzas de revertir los efectos, a menos que se llegara de inmediato.

Gamache volvió a acercarse al cuerpo de Anita Facial y oyó su dulce voz en el mensaje que le había dejado esa misma tarde.

Había encontrado a la niña, la mantendría a salvo hasta que él acudiera en su busca. Pero él no lo había hecho y ella no había podido cumplir su palabra. Y la niña seguía ahí fuera, sola.

«Por la noche triste y oscura / bajo el aguacero y la nieve...»

—«Que Dios nos libre de una muerte como ésta...»
—murmuró en voz baja cuando salía del depósito para
regresar a su coche.

Pero sabía que Dios no era el responsable, sino él, y que
la oración, por ferviente que fuera, no detendría aquello.

Una vez en la intimidad de su coche, hizo una llamada.

—¿Qué coño pasa? —soltó una voz grave.

—Soy Gamache.

—Hostia, lo siento, jefe... —susurró el joven—. No
debería hablar por teléfono.

—¿Has visto algún indicio del carfentanilo, cualquier
señal de que haya llegado a las calles?

—Ninguna, pero hay mucha expectación.

—Quiero que busques a una niña de cinco o seis años
con un gorro rojo, y que la encuentres.

—No puedo.

—No es una petición, es una orden.

—Pero, jefe, Choquet está en movimiento. Creo que es
aquí, creo que lo ha encontrado.

—¿A David?

—Sí. No puedo hablar: si alguien me ve...

Gamache sabía que llamar suponía un riesgo terrible:
ningún vagabundo podía ser visto arrastrando los pies con
un teléfono en la oreja.

Y él tenía que tomar una decisión.

Tenía que elegir entre la niña o la droga.

Aunque en realidad no había elección posible.

—Quédate con Choquet —dijo—. Te estaremos siguiendo el rastro. ¿Llevas la naloxona encima?

—*Oui*.

—Buena suerte.

Llamó a su colega de la policía de Montreal y lo puso
sobre aviso.

—Tenemos la señal del móvil —contestó el comandante del equipo de asalto—. Estamos listos para pasar a la
acción en cuanto recibamos la orden.

—Necesitaréis máscaras.

—Las tenemos. ¿Estás ahí ahora?

—Cerca.

—Dios, esperemos que con esto acabe todo.

El comandante colgó y Gamache condujo hacia el núcleo corrompido de la ciudad que tanto amaba.

Pasada la medianoche, cuando Jean-Guy llegó a la jefatura de la Sûreté, la agente Cloutier seguía sentada ante su escritorio, y Ruth, apoyada contra la pared y aferrando la fina y desgarrada tela azul que le ceñía el cuello.

—Lo siento —le dijo Jean-Guy, y le dio la vuelta al cuadro.

—Tengo el número —le dijo Cloutier—, pero no he querido probar hasta que usted llegara.

—Gracias por esperarme —dijo él acercando una silla y haciéndole un gesto con la cabeza.

—¿Dónde está? —preguntó Amelia mirando alrededor.

Se hallaban en el ramal de un callejón que a su vez derivaba de una callejuela: un sitio imposible de encontrar salvo para quienes se hubieran perdido. Ella estaba segura de que no aparecía en ningún mapa.

Pero una vez dabas con él, ya nunca lo olvidabas... y probablemente ya nunca salías de allí.

Todos sus sentidos estaban alerta, procuraba aguzar la vista y el oído.

—¿Quién?

La voz era profunda y tranquila, y sonaba como si brotara de alguien que se estuviera divirtiendo.

No provenía del chico negro, sino de otra persona que hablaba desde un umbral. Ella se dio la vuelta y vio una figura con los brazos cruzados y las piernas separadas, observándola.

Era un hombre joven, por lo que podía adivinar, y bastante distinto a la gente que rondaba por ahí.

Igual que ella.

Tenía carne en los huesos y vida en la voz: estaba completamente vivo.

Y, como ella, muy alerta.

—David —dijo ella.

—Había oído decir que lo andabas buscando.

—¿Eres tú?

El tipo se echó a reír y salió de las sombras del umbral, pero el callejón estaba oscuro y ella no pudo verlo con claridad. Le lanzó un paquetito al chico negro, que lo atrapó y se esfumó.

—No —respondió—, no soy David. A él ya lo conoces, y bastante bien.

El cerebro de ella iba a toda velocidad. ¿Se había perdido algo?

—Enseñádselo —ordenó, y los yonquis y camellos, que hasta ese momento habían estado apoyados contra la pared que olía a orina congelada, se incorporaron y se levantaron las mangas.

Todos llevaban escrito «David» en el antebrazo.

Entonces, el joven también remangó e, incluso a varios metros de distancia, ella distinguió sus tatuajes, pero no vio ningún nombre.

¿Qué significaba aquello? Su mente daba vueltas y más vueltas buscando la respuesta. Sin duda significaba algo...

Todos los demás llevaban escrito «David» en el brazo, incluida ella.

Todos menos él.

«Probablemente me ha mentido: tiene que ser David... No iba a escribirse su propio nombre en el antebrazo, ¿verdad?»

Pero al mismo tiempo sabía, instintivamente, que el tipo no había mentido: no lo necesitaba porque... tenía el control.

Si decía que ella ya conocía a ese tal David, sin duda era así, pero ¿quién era y cuándo lo había conocido?

Cuando le había escrito su nombre en el brazo, por supuesto, pero ella no recordaba nada de ese momento: su mente estaba completamente en blanco, había perdido el conocimiento, estaba demasiado colocada para acordarse de nada.

Se había despertado horas después con el nombre escrito con tinta indeleble en el brazo.

«David.» Y los números «1» y «4», aunque en realidad era «1/4».

¿Por qué iba ese tipo por ahí escribiendo su nombre en los brazos de los yonquis?

—Ay, Dios mío —susurró.

David no era un hombre, ni siquiera un ser humano... David era la droga.

36

—Maldita sea —soltó Jean-Guy.

Se reclinó en la silla sin dejar de mirar fijamente la pantalla.

No había funcionado: el número del cuadro de Clara no era la contraseña.

Estaba tan seguro...

Incluso había hecho que la agente Cloutier volviera a introducirlo dos veces más.

Pero nada.

—Lo siento, jefe. La idea era buena... —dijo ella.

Y él pensó que, si Cloutier se mostraba tan condescendiente con él, era porque la situación empezaba a ser desesperada.

—Al final lo conseguiremos —añadió la agente Cloutier sin que eso hiciera que él se sintiera mejor—. Pero tengo más noticias: Bernard Shaeffer nos ha entregado la información y el acceso al dinero del paraíso fiscal. Es una cuenta numerada de una sucursal del Líbano. Déjeme que se la enseñe.

Tecleó algo y Jean-Guy leyó en la pantalla el nombre de Anthony Baumgartner y la cantidad total que guardaba la cuenta: algo más de siete millones.

Enarcó las cejas.

—Es mucho, pero en realidad no tanto como esperaba.

—Yo pienso lo mismo —repuso ella—: los números no cuadran. Según los estados de cuentas, los clientes acabaron entregándole a Baumgartner varios cientos de millones en total. ¿Dónde está el resto?

—En otra cuenta —respondió él pensativo—, a nombre de otra persona.

—¿Shaeffer? —preguntó la agente Cloutier.

El inspector jefe Beauvoir asintió, ensimismado.

Un motivo más para el asesinato. Quizá Baumgartner se había dado cuenta de que su antiguo amante no era tan estúpido ni estaba tan intimidado como creía. ¿Y si había descubierto que Shaeffer le estaba robando parte del dinero?

Se habría enfrentado a él, y el otro lo habría matado. Tenía que hacerlo si quería librarse de Baumgartner y quedarse con lo robado.

Miró el cuadro y luego le dio la vuelta para que Ruth volviera a mirarlo con el ceño fruncido.

—Una contraseña puede estar formada por números y letras, pero también por símbolos, ¿verdad?

—Sí. Incluso es mejor si se utilizan algunos símbolos: es más segura. ¿Por qué?

—Porque ahí tienes un símbolo... y varios números —dijo señalando la esquina inferior derecha.

Gamache conducía lentamente por la calle Santa Catalina escudriñando las aceras.

Encontró un espacio libre, aparcó y se apeó del coche. Su teléfono móvil estaba conectado a los de los agentes que seguían a Amelia, cada vez más cerca del laboratorio del callejón.

Pero ahora él tenía otro objetivo.

—Una niña de cinco o seis años —le dijo a una prostituta—. Lleva un gorro rojo de los Canadiens...

—Tú no necesitas a una niña pequeña —respondió la chica—, sino a una niña grande —respondió agarrándose los pechos.

—No, no me refería a eso —repuso él en un tono tan severo que la mujer bajó las manos y detuvo el numerito.

—¿Eres su padre, su abuelo? —preguntó la prostituta.

—Soy un amigo. ¿La has visto?

—Sí, con Anita, esta tarde.

—Anita está muerta.

—¡Ay, no! ¿Anita también? —Miró calle arriba y calle abajo—. No puedo ayudarte, sólo intento seguir viva.

—¿Quieres seguir viva? —dijo él dándole un billete de cincuenta—. Pues sal de la calle.

—¿Y adónde voy, cariño? ¿A tu casa? ¿Tú y tu encantadora mujercita vais a echarme una mano? Quítate de en medio y déjame trabajar.

—Hablo en serio —insistió él—. Hay una nueva droga que está matando a la gente, que ha matado a Anita. Mantente alejada de ella.

—Pareces un buen hombre. Deja que yo también te dé un consejo: mantente alejado de aquí.

Pero, por supuesto, Gamache no podía irse. Anduvo calle arriba por una acera y luego bajó de nuevo por la otra ante la atenta mirada de la prostituta.

El frío le entumecía el rostro. De vez en cuando incluso tenía que darle la espalda al viento para poder respirar, pero siguió caminando.

Hablaba con yonquis, transexuales y putas casi congelados.

Y, a pesar de que la mayoría sabían de qué niña les estaba hablando, ninguno sabía dónde estaba.

Y entonces vio un destello de rojo al fondo de un callejón, desapareciendo en un umbral.

Corrió hacia allí y, cuando llegó a la puerta, la abrió de golpe y vio a un hombre que llevaba a la pequeña de la mano por un pasillo hasta detenerse ante una habitación.

Gamache gritó, y el hombre, al mirar atrás y verlo, tiró de la niña hacia dentro y cerró de un portazo.

Gamache corrió hasta llegar a la puerta. Estaba cerrada con llave. La aporreó.

—¡Abre!

Al ver que no obtenía respuesta, arremetió contra ella una y otra vez.

Finalmente consiguió echarla abajo y entró a trompicones en la habitación.

El hombre estaba allí, de pie. Era de mediana edad, o por lo menos no era joven. Tenía el pelo alborotado y los ojos hundidos y enrojecidos.

Sostenía a la niña ante él con una mano enorme alrededor de su pequeño cuello.

—Suéltala —exigió Gamache dando un paso hacia ellos.

—Yo la he encontrado primero. —Apretó un poco más el cuello de la niña—. Es mía.

—Tienes que soltarla.

—No lo haré.

Gamache se puso en cuclillas y miró a la niña a los ojos: tenía la mirada perdida, la boca apenas entreabierta y la respiración entrecortada. Se le había caído el gorro de los Canadiens. Vio que tenía el pelo rubio, aunque sucio y enmarañado.

—¿Puedes cerrar los ojos un momento? —le preguntó en voz baja, pero ella siguió mirando al frente—. Todo va a salir bien... nadie te hará daño...

Pero sospechaba que la niña ya habría oído eso con anterioridad, justo antes de que le hicieran daño.

Un daño probablemente irreparable.

—Estoy aquí para ayudarte —dijo él—. Sé que quizá no me creas, pero es verdad.

Entonces se incorporó de nuevo.

—No le haré daño —le dijo al hombre—, pero a ti sí que te lastimaré si no la sueltas ahora mismo.

—Vete a la puta m... —fue lo único que el tipo llegó a decir.

Gamache dio una larga y veloz zancada y golpeó al hombre con tanta fuerza que le rompió la nariz. El tipo cayó al suelo sangrando mientras Gamache cogía a la niña en brazos.

—No pasa nada... —susurró estrechándola entre sus brazos y haciendo que desviara la mirada del hombre que yacía en el suelo—. No pasa nada... estás a salvo.

Oyó gritar al hombre a sus espaldas, pero el sonido se volvió cada vez más tenue a medida que él y la niña se alejaban pasillo abajo y salían a la noche fría.

La metió en el Volvo, le puso el cinturón y le dio una chocolatina de la guantera. Jean-Guy creía que no conocía la existencia de ese alijo, pero él sabía que su yerno las escondía allí.

La niña se limitó a sostener la chocolatina ante ella como un sacerdote sosteniendo la hostia.

—Me llamo Armand —dijo retrocediendo hasta Santa Catalina con el coche. Su voz sonaba tranquila, pero también intencionadamente autoritaria—. Soy de la policía. Ahora estás a salvo, te lo prometo... Tengo una nieta de tu edad que vive en París. Se llama Florence, pero nosotros la llamamos Florie. Tiene una hermana pequeña que se llama Zora. ¿Tú cómo te llamas?

La niña siguió muda, paralizada. Apenas parpadeaba.

Justo en ese momento el móvil de Gamache cobró vida.

—Ya está —dijo el agente—. El laboratorio clandestino se halla en un edificio abandonado al fondo de una travesía lateral de Saint André, al norte de Santa Catalina. La chica ha entrado allí, ¿entramos también nosotros?

Gamache se detuvo y pulsó el botón del teléfono dispuesto a decir que no, pero el comandante de Montreal se le adelantó.

—¡No! —gritó con voz crispada—. Esperadnos. Estamos a cinco minutos. Superintendente jefe, tú estás aún más cerca.

Gamache conocía exactamente la zona de la que hablaban los agentes, y quedaba muy cerca.

Miró a la niña. No podía dejarla sola en el coche, pero tampoco podía llevarla con él.

Recorrió la calle con la mirada y encontró la solución.

—¿Superintendente jefe Gamache? —dijo la voz del comandante táctico de Montreal.

—Estaré ahí en dos minutos —respondió él, y luego, deteniendo el coche en doble fila, cogió a la niña en brazos y, con mucha suavidad, le susurró—: Todo va bien, ya estás a salvo.

Pero, mientras pronunciaba esas palabras, se preguntó si aquélla no sería la mayor mentira que había dicho hasta el momento.

Abrió la puerta de la cafetería de un empujón, miró a su alrededor y se acercó a la camarera que lo había atendido dos días atrás.

—Me llamo Gamache, soy de la Sûreté. Tengo que irme. Por favor, cuide de ella hasta que yo o alguien de la Sûreté vengamos a buscarla.

—¿Me está tomando el pelo?

—Hágalo. —Dejó a la niña en un reservado y se volvió hacia la marchita camarera—. Por favor.

Ella lo miró a los ojos unos instantes y asintió con la cabeza.

—*Merci.*

Sacó la cartera y le dio todo lo que llevaba. Luego se puso en cuclillas y sostuvo la carita sucia de la pequeña entre sus grandes manos. Sacó un pañuelo, la limpió un poco y le dijo en voz baja:

—Todo irá bien. Esta amable señora te dará chocolate caliente y algo de comer. Nadie te hará daño.

Se levantó y miró a la camarera.

—Todo irá bien, ¿verdad?

Ella frunció el ceño. Parecía mosqueada, pero él se dio cuenta de que fingía.

La niña estaría a salvo.

Salió, cruzó la calle corriendo, esquivando el tráfico, y se metió en Saint André.

Sacó el teléfono y llamó a Jean-Guy.

Oyó el tono de llamada sin dejar de correr.

—¿Jefe...?

—Han encontrado la fábrica: está en Saint André, al norte de Santa Catalina. Podéis rastrear mi señal... Ah, y otra cosa: hay una niña en la cafetería donde estuvimos, en Santa Catalina. Que Isabelle venga a buscarla lo antes posible.

Sin esperar respuesta, volvió a poner el mapa en la pantalla y volvió a mirar el parpadeante punto azul: el lugar al que se dirigía estaba cada vez más cerca.

Jean-Guy se levantó e instintivamente se llevó la mano a la cadera para palpar el arma.

—Tengo que irme.

—Pero acabamos de introducir la contraseña correcta, estamos dentro...

Pero para entonces Cloutier ya sólo hablaba con Ruth, que la miraba con el ceño fruncido aunque parecía estar viendo algo a lo lejos.

—¿Cómo que vas a salir? —preguntó entonces el marido de Isabelle.

—Y tú también: tienes que... llevarme.

Dejaron a los niños al cuidado de la vecina y se dirigieron en coche al centro de Montreal.

—No tengo claro que este lugar sea muy seguro... —dijo el marido paseando la mirada por las calles.

—Bueno, podría ser peor —respondió ella mirando por la ventanilla y pensando en lo que estarían haciendo los demás.

Amelia por fin notaba un poco de calor.

El frío que se le había metido hasta la médula y le atenazaba los huesos empezaba a aflojar.

Sentía que se descongelaba.

Sentía que el calor la recorría lentamente, irradiando a lo largo de sus arterias y venas.

Y notaba cómo se le relajaban los músculos, cómo se aflojaban. Era una sensación... maravillosa.

Se había resistido y forcejeado, pero la habían inmovilizado. Y ahora estaba allí, en la fábrica que tanto le había costado encontrar.

Siguió al hombre al sótano del edificio y se encontró con algo que sólo había visto en una clase de la academia, en los vídeos de entrenamiento de las redadas en laboratorios.

Cientos de personas trabajaban ante largas mesas. Llevaban equipo de protección: mascarillas, guantes de goma, batas... Cada uno tenía delante una balanza lo bastante sensible como para pesar microgramos.

—Mejor quédate atrás —dijo el hombre—. ¿Sabías que los rusos usaron carfentanilo para intentar liberar a unos rehenes hace unos años? Lo inyectaron en el suministro de aire para dejar a todo el mundo fuera de combate. Pero no tenían ni idea de con qué estaban tratando —añadió riendo—: mató a la mayoría de los secuestradores, pero también a cientos de rehenes.

—Lo único que sé es que era un tranquilizante para elefantes —dijo Amelia apartándose todo lo que pudo de las largas mesas y los montones de polvo blanco.

—Lo era, pero esto... —el tipo señaló hacia las mesas—. Esto es otra generación: la evolución. Es una sustancia maravillosa, aunque también puede confundir un poco. Cuando esta mierda cayó en nuestras manos hace unos meses sabíamos lo que teníamos, pero no cuánto poner en cada dosis. —Hablaba con naturalidad, como quien explica la receta de una sopa—. Así que experimentamos. Antes de sacarla a las calles, empezamos a administrarla a diferentes personas para ver qué pasaba.

Amelia se miró el brazo y luego lo miró a él.

—Eso es lo que significa este número: lo escribiste en todos tus conejillos de Indias.

—Sí. El nombre de la droga, David, y la dosis. A ti te dieron un cuarto de gramo, otros no tuvieron tanta suerte. Pero ahora sabemos cuál es la dosis adecuada: no queremos matar a demasiados de nuestros clientes. Por supuesto, si son tan estúpidos como para tomar más de una dosis a la vez... en fin, entonces son demasiado tontos para seguir viviendo, supongo. Es la evolución.

—Serás cabrón... ¿me diste una dosis?

—Tú te lo buscaste apareciendo así, de la nada, haciendo preguntas y dándoles palizas a mis camellos. No creerías que podías llegar a las calles y tomar el control de buenas a primeras, ¿no? ¿De verdad pensabas que te lo permitiría? —Volvió a reírse, pero un segundo después se puso muy serio—. Sé quién eres en realidad: no eres el Tuerto. Eres tan ciega y estúpida como los demás. Amelia Choquet, cadete de la Academia de la Sûreté.

—Ex cadete: me echaron.

—Mmm, sí. Por tráfico. ¿Y, sin embargo, en lugar de arrestarte simplemente te echaron? Vaya, ¿y a qué se debió eso?

—¿Y tú qué crees...? Eh, espera un momento... ¿crees que esto es una trampa? Sí, claro, tiene sentido, imbécil de mierda. Así podía dejarme echar a patadas, mudarme a una pocilga con un yonqui y congelarme el culo. Mi vida es como un sueño. Te crees muy listo, pero los dos sabemos que esto... —añadió señalando con la cabeza las largas mesas—... te ha caído del cielo, y vas a necesitar ayuda para mantenerlo. Una vez que esa mierda llegue a las calles, cada policía corrupto, cada capo de la mafia, cada pandillero, cada aspirante a jefe de cártel estará detrás de ti. Tienes razón, no soy el Tuerto: tengo dos ojos buenos, y lo que veo es que acabarás destripado en algún callejón. Me necesitas.

Él asentía, pero entonces miró más allá de ella y arqueó las cejas.

Unas manos agarraron a Amelia de los hombros y la arrastraron hasta el suelo.

Ella luchó y forcejeó, y en un momento dado incluso creyó haberse liberado, pero justo en ese instante un golpe la derribó y la dejó casi inconsciente. Aturdida, la volvieron boca arriba, de modo que quedó mirando a un hombre a los ojos.

—Me parece que no —susurró él arrodillándose sobre ella para inmovilizarla—. Eres demasiado peligrosa, Amelia Choquet. Traicionas a todos y a todo, y al final me traicionarías a mí también.

Se levantó y le hizo un gesto a alguien con la cabeza.

—Hazlo, y luego échala de aquí.

Amelia se encogió, se revolvió y gritó, y notó cómo la aguja penetraba en su piel.

Luego sintió una pequeña oleada de calor que fue recorriendo todo su cuerpo. La sensación era cada vez más intensa... hasta que empezó a arder, hasta que sintió que su sangre se había convertido en lava.

Abrió la boca para gritar, pero los ojos se le pusieron en blanco y después se le enrojecieron.

Gamache encontró a los agentes con las armas desenfundadas.

Señalaron hacia una puerta donde dos hombres bien armados montaban guardia.

Y luego señalaron hacia arriba: había más gorilas en una escalera de incendios y en los tejados de los edificios circundantes.

Gamache asintió y retrocedió cautelosamente por el callejón. Se volvió y se encontró con el comandante táctico y su equipo de asalto.

—Dos al frente —susurró Gamache—, dos en la escalera de incendios y tres en los tejados.

Hizo un gesto y el comandante asintió.

—Entendido. —Le dio a Gamache una máscara antigás—. ¿Llevas un arma?

—No.

—Podrían meterme un buen puro por esto, pero...

Le puso una automática en la mano.

—*Merci*.

—Déjanos entrar primero.

—Por supuesto.

El comandante les hizo una señal a los hombres que esperaban detrás de él. Alzaron las armas y, tras unos rápidos disparos con silenciador, los guardias cayeron.

Gamache estaba a punto de avanzar detrás del comandante cuando notó una mano en el hombro.

Era Jean-Guy, con su arma desenfundada.

—*Patron* —susurró.

—¿Y Lacoste?

—De camino a buscar a la niña.

Mientras hablaba, clavaba sus sagaces ojos en la puerta por la que estaba entrando el equipo táctico.

Empezó a avanzar, pero Gamache lo detuvo.

—Amelia Choquet está ahí dentro.

—Así que ella te ha guiado hasta la mercancía —dijo Jean-Guy—. Maldita yonqui... ¿qué te decía yo...?

—Amelia está con nosotros, siguiendo mis órdenes. Tenemos que encontrarla. Toma. —Le dio la máscara—. Póntela.

La lucha fue brutal.

El equipo táctico llegó en masa y no dudó en aprovechar su ventaja numérica disparando a los guardias armados con precisión.

Se movieron rápidamente por el laboratorio, la primera oleada apuntando a los que llevaban armas, la siguiente apartando a los trabajadores de las mesas. Los empujaban contra la pared, cacheaban a los que obedecían y reducían a los que no.

Jean-Guy, con la máscara antigás puesta, se adelantó a Gamache y casi tropezó con el cuerpo de Amelia.

Le hizo un gesto al jefe para que retrocediera y, agarrando el cuello del abrigo de Amelia, la arrastró de regreso a través de la puerta, lejos de cualquier droga que pudiera estar flotando en el aire levantada por el ataque al laboratorio.

Una vez fuera, se arrancó la máscara y se arrodilló junto a Amelia. Mantuvo su pistola apuntando hacia la puerta abierta, por la que salían ráfagas de armas automáticas. Gamache llegó hasta ellos ignorando las balas y no perdió el tiempo en tomarle el pulso a la joven cadete: se arrodillo también, sacó la jeringuilla del bolsillo y se la clavó.

Tenía los ojos abiertos, rojos y vidriosos como si estuviera poseída.

Sólo entonces intentó encontrarle el pulso. Jean-Guy, sin dejar de apuntar a la puerta abierta, llamó al equipo médico.

—¿Cómo está?

—Sin pulso.

Gamache le abrió el abrigo mientras las balas impactaban en los ladrillos sobre ellos. Jean-Guy se agachó instintivamente, pero él no dejó de darle masaje cardíaco. Contaba por lo bajo, apretando la mandíbula, totalmente concentrado, ignorando los disparos a su alrededor.

—Tres... cuatro... cinco...

Beauvoir notó un movimiento en el umbral del laboratorio en el mismo instante en que oyó un *clic*. Se volvió rápidamente y vio un arma apuntándolos.

Un joven sostenía el arma como un experto.

Pero Jean-Guy era más experto todavía y disparó sin pensar. Tres tiros en rápida sucesión: *pam, pam, pam*. El joven cayó.

Cuando el eco de los disparos dejó de reverberar en las paredes, oyó a Gamache a su lado, todavía contando sin perder el ritmo:

—Veintinueve... treinta...

Llegó el equipo médico.

Gamache se inclinó y le hizo el boca a boca a Amelia, insuflándole aire dos veces.

—Carfentanilo —dijo dirigiéndose al médico, y continuó con el masaje mientras Jean-Guy vigilaba la puerta de entrada al laboratorio y contaba por él.

—Siete... ocho... nueve...

—Le he administrado el antagonista —explicó Gamache meciéndose adelante y atrás para mantener el ritmo.

—¿Cuál? —preguntó el médico arrodillándose a su lado y preparando el desfibrilador.

—Naloxona, hace menos de un minuto.

—De acuerdo —dijo el médico—, hágase a un lado.

Gamache obedeció y se puso a observar a los médicos que atendían a Amelia. A pesar de que todavía silbaban los disparos, otros médicos entraron en la fábrica para atender a los heridos.

Que seguían cayendo al suelo.

Miró a Jean-Guy, que se había arrodillado junto al joven al que había disparado...

Y matado.

37

—Tenéis un aspecto horrible —dijo el marido de Isabelle sonriendo con afabilidad—. Tomad, os sentará bien.

Le ofreció un whisky a Gamache y un café a Beauvoir.

—*Merci* —dijo el primero aceptando la bebida, aunque la dejó a un lado—. ¿Dónde está?

Era más de medianoche y se sentía como si lo hubiera atropellado un camión, pero la velada aún no había terminado.

—Está en la habitación de nuestra hija —contestó Isabelle—. ¿Quieres verla?

—Por favor. ¿Sabéis ya cómo se llama?

—No, aún no ha dicho ni una sola palabra.

—¿Y los servicios sociales?

—Pensaba esperar hasta mañana.

—Bien hecho.

Gamache y Jean-Guy siguieron a Isabelle por el pasillo.

Su marido se quedó en la sala de estar, observando cómo se alejaban los tres. Era consciente de que, aunque él y los niños siempre serían lo más importante en la vida de Isabelle, esos tres también formaban una familia.

La puerta estaba abierta y había una luz encendida en la mesilla de noche. Sophia, la hija de Isabelle, dormía profundamente en una de las camas.

En la otra estaba la niña, de costado, hecha un ovillo bajo el edredón con la mirada fija, aferrando la almohada...

Gamache entró sin hacer ruido y se arrodilló junto a ella.

La última vez que la había visto tenía el pelo enmarañado y lleno de mugre, ahora lucía limpio y cepillado. La habían bañado y olía levemente a lavanda.

—Soy Armand, el oficial de policía —dijo en voz baja—. Nos hemos conocido antes.

Ella se encogió un poco y abrió los ojos de par en par, asustada.

—No pasa nada, no te haré daño; nadie te hará daño, ahora estás a salvo. —Tuvo cuidado de no acercarse más, de no tocarla—. Vamos, duérmete.

Sonrió de una manera que esperaba que no revelara la pena que sentía por ella.

Pero la niña siguió mirándolo con ojos de susto.

—¿Puedo? —preguntó él volviéndose hacia Isabelle y señalando un libro que había en la mesilla de noche.

Ella asintió.

Él acercó una silla y abrió el libro.

—«... en el que se nos presenta a Winnie-the-Pooh y a unas abejas» —leyó con voz profunda, suave y tranquila. Levantó la vista y la miró a los ojos—. «Y empiezan los cuentos.»

—¿Y Amelia? —le preguntó Isabelle a Jean-Guy.

Habían dejado al superintendente jefe con la niña y volvían hacia la sala de estar.

—Acabamos de llegar del hospital —explicó Jean-Guy dejándose caer en un sillón—. Su corazón ha respondido bien y respira por sí sola.

—¿Tiene daños cerebrales? —quiso saber Isabelle.

—Le están haciendo pruebas, pero no lo sabremos hasta que despierte. Vamos a volver en cuanto salgamos de aquí.

Ella asintió.

—Si hay algo que yo pueda hacer...

—Gracias, te lo haré saber.

—¿De modo que ha estado trabajando con el jefe todo el tiempo? ¿Alguien lo... sabía?

—No.

—¿Ni siquiera tú?

—No. Sabía que la había hecho expulsar con la esperanza de que lo condujera hasta el carfentanilo, pero no tenía ni idea de que ella estuviera implicada.

Isabelle lo miró atentamente.

—¿Te parece bien que no te cuenten esa clase de cosas?

Él levantó las manos de los brazos del sillón y luego los dejó caer. ¿Qué podía decir? ¿Qué podía hacer? Sabía que eso formaba parte de la naturaleza del trabajo.

El secretismo, los secretos.

Isabelle también los tenía: todos los oficiales de alto rango tenían cosas que no revelaban a los demás. Él mismo, Jean-Guy, tenía sus secretos, en particular uno...

Sabía que no podía tardar mucho en contárselo a su suegro, y ese secreto lo tocaba más de cerca y era mucho más personal que el secreto que su suegro le había ocultado.

—¿Y el carfentanilo? —preguntó Isabelle.

—Parece que lo tenemos todo, salvo el que se usó en los experimentos.

—¿Qué experimentos? —preguntó el marido de Isabelle.

—Este opioide en concreto es tan nuevo que nadie sabe realmente cuál es la dosis segura. Y, por supuesto, también depende del peso, de la constitución de la persona que lo toma y de su salud. Muchos adictos tienen el corazón débil y esta droga, incluso en pequeñas cantidades, los lleva al límite. Aquel tipo...

«Pam, pam, pam...» Beauvoir vio, en un breve flash, cómo aquel joven caía muerto. Era algo que nunca dejaría de ver: otro fantasma para la gran casa donde habitaban sus fantasmas.

—...aquel tipo experimentaba con los yonquis: les daba diferentes dosis y escribía en sus brazos la cantidad administrada. Un miligramo, dos... así podía ver quién sobrevivía y quién no.

Isabelle negó con la cabeza frunciendo el ceño.

—¿Por qué la llamó David?

—Es el nombre de su padre.

Isabelle se preguntó por qué haría alguien una cosa así. ¿Se trataba de un tributo o de un reproche? ¿Era una forma de agradecer o de hacer daño, de atacar a su progenitor?

Sospechaba que sería lo segundo.

—¿Estás bien? —le preguntó a Jean-Guy.

Podía adivinar lo que estaba pensando.

Que acababa de matar a un muchacho.

Sí, era un tipo peligroso, un criminal, un asesino. Había sido en defensa propia, pero igualmente lo había matado, y un día tendría que enfrentarse al padre del chico, el tal David.

—Estoy cansado —le confesó él, y ella advirtió que necesitaría mucho más que una ducha y una buena noche de sueño para recuperarse.

—El crepitar de los troncos de arce en una hoguera —dijo ella en voz baja—, un perrito caliente en un partido de los Canadiens, la mano de Honoré cogiendo la tuya...

—Sí, son las cosas que amo —susurró Jean-Guy—. *Merci.*

Isabelle miró hacia el pasillo, hacia la habitación donde dormían los niños. De allí salía un sonido delicado, casi un susurro.

Jean-Guy y ella se acercaron sin hacer ruido y observaron desde la puerta.

Gamache había cerrado el libro y estaba inclinado hacia la niña con los codos apoyados en las rodillas desgarradas y mugrientas de los pantalones.

Tarareaba algo, y la niña, en la cama, tenía los ojos cerrados.

«Edelweiss... Edelweiss...»

Unas horas más tarde, Amelia Choquet abrió los ojos y los entornó bajo la luz radiante.

Notó una mano en el hombro y se sobresaltó.

—No pasa nada, estás en el hospital. Soy el doctor Boudreau. Cuidaré de ti.

Hablaba despacio, con claridad.

—¿Puedes decirme tu nombre?

Hubo una pausa.

—Amelia... Choquet.

—Correcto, ¿y sabes quién es éste?

El doctor Boudreau se volvió a mirar al hombre que estaba a su lado.

—Un cabrón —murmuró ella.

—¿Qué...? —empezó el médico, pero Gamache soltó una carcajada ronca.

—También ha acertado con eso, doctor —dijo.

Gamache miró hacia el otro lado de la cama, a Jean-Guy, que sonreía aliviado.

—Lo siento, Amelia —añadió—. Siento todo esto.

—¿Habéis...?

—Sí, la tenemos toda.

Cerró los ojos y Gamache pensó que se había quedado dormida, pero volvió a hablar con los ojos aún cerrados.

—La niña...

—También la tenemos. Está a salvo —explicó Jean-Guy—. Tu amigo Marc también está aquí, en el hospital. Están cuidando de él.

Amelia asintió y luego se quedó callada.

Gamache se llevó al médico a un aparte.

—¿Se pondrá bien?

—Creo que sí. Está sana y le han administrado la medicación de rescate a tiempo. Ha tenido suerte.

—Sí, bueno —intervino Jean-Guy—, estoy deseando oír su versión cuando esté totalmente despierta.

Antes de marcharse, Gamache sacó un pequeño y gastado libro del bolsillo y se lo puso en las manos.

—Erasmo —susurró, aunque no estaba seguro de que ella pudiera oírlo—, para que te haga compañía.

Salieron del hospital, pero todavía les quedaba una parada más antes de que acabara el día, o más bien la noche.

La agente Cloutier estaba dormida en su silla, pero se despertó rápidamente y se puso en pie junto a su mesa cuando vio entrar al superintendente jefe con el inspector jefe Beauvoir.

Ambos parecían agotados, iban sin afeitar y estaban un poco despeinados.

La agente se había enterado de lo ocurrido, y ya había dado un paso hacia ellos cuando de pronto se detuvo.

Y esbozó una amplia sonrisa al ver quién caminaba lentamente detrás.

—Inspectora jefe —le dijo a Isabelle y se acercó para darle un abrazo.

—¿Nosotros nos saludábamos así cuando eras el jefe de Homicidios, *patron*? —preguntó Jean-Guy.

—Sólo en privado.

Jean-Guy se echó a reír y acercó dos sillas más a las dos que ya había frente al portátil que esperaba sobre el escritorio de Cloutier.

Isabelle se sentó y se tomó unos segundos para mirar a Ruth, que le devolvía la mirada desde el cuadro.

—Es alucinante —comentó—, parece que fuera a soltar lo de «tonto del culo» de un momento a otro.

—¿Por qué iba a decir algo así la Virgen María? —quiso saber Cloutier.

—Déjalo, no tiene importancia —zanjó Jean-Guy—. Enséñanos lo que tienes.

A medida que la agente Cloutier los guiaba por los archivos que había encontrado en el ordenador de Anthony Baumgartner, iba surgiendo un patrón.

Los tres se miraron entre sí y luego miraron a la agente Cloutier.

Jean-Guy ya había visto algo de aquello cuando tuvo que irse, pero la mayor parte la había descubierto Cloutier al quedarse sola.

—Es la obra de un genio —dijo la agente con admiración—: es tan simple que resulta casi increíble, por eso costaba tanto descubrirlo —añadió negando con la cabeza.

Isabelle, Gamache y Jean-Guy estaban inclinados hacia adelante y examinaban lo que iba apareciendo en la pantalla.

—Parece francamente sugerente —dijo Gamache.

—Es más que eso, jefe —repuso Cloutier—: lo dice todo.

—No, dice sólo una cosa, pero no hay pruebas de que eso fuera lo que realmente ocurrió.

—Necesitamos pruebas, agente Cloutier —dijo Jean-Guy—, aunque esto al menos nos señala dónde buscar.

—Ya tengo pruebas —contestó ella—, sólo hay que seguir el dinero.

Sonrió y empezó a teclear a toda velocidad. En la pantalla aparecieron y desaparecieron diferentes páginas.

—Ésta es la misma ruta que siguió Anthony Baumgartner —dijo mientras tecleaba—, una ruta tortuosa, pero así tenía que ser.

Finalmente apareció la página de inicio de una sociedad en las Islas Vírgenes Británicas.

—¿Es ahí donde Baumgartner ocultó el resto del dinero? —preguntó Beauvoir.

—Con la ayuda de Shaeffer. Pero esto es sólo un punto de partida, no la parada final —explicó Cloutier—. La gente que quiere esconder dinero crea una sociedad en un paraíso fiscal como las Islas Vírgenes Británicas y luego lo canaliza hacia una cuenta numerada. Suiza solía ser el país elegido, pero entonces llegaron las restricciones. —Abrió otra página—. Y este lugar tomó el relevo.

Apareció un banco de Singapur.

—¿Cómo sabes que es allí donde Baumgartner escondió su dinero? —preguntó Beauvoir.

—Porque he encontrado la cuenta.

—¿Cómo? —preguntó él.

La agente Cloutier señaló con la mirada a Ruth.

—Con un poco de ayuda de la señora loca.

Isabelle y Gamache parecieron perplejos, pero Jean-Guy asintió con la cabeza.

—El número en la parte posterior del cuadro... —dijo.

—Sí. No era su contraseña, sino el número de cuenta: lo escribió ahí para no olvidarlo.

La agente introdujo los números y la cuenta a nombre de Baumgartner apareció ante ellos.

—Trescientos setenta y siete millones de dólares —leyó Isabelle en la pantalla.

—Un buen móvil para un asesinato —opinó Jean-Guy, que se levantó y realizó una llamada para dar la orden a sus agentes de que detuvieran a Bernard Shaeffer.

El sol había salido e inundaba las oficinas de Inversiones Horowitz cuando Jean Guy llegó. Había tenido tiempo de ducharse y cambiarse, y les había pedido a Hugo y a Caroline Baumgartner que se reunieran con él en el despacho de Hugo.

El despacho era tan impresionante como poco impresionante resultaba el hombre que trabajaba ahí. Las ventanas del suelo al techo asomaban a la ciudad. Allí dentro se respiraba éxito, pero no un exceso de riqueza: era sobrio, y simplemente transmitía lo que era necesario transmitir.

Jean-Guy tomó nota preguntándose si no podría decorar así su propio despacho.

Los hermanos estaban sentados uno al lado del otro, la princesa y el sapo. Caroline, contenida y elegante; Hugo, rechoncho y un tanto desaliñado: ningún sastre era capaz de hacer que su traje pareciera hecho a medida, pero sus ojos saltones eran cálidos y alentadores. Apoyaba una mano en la de su hermana.

—¿Dicen que tienen noticias?

—Sí —contestó Beauvoir.

Había llevado consigo a la agente Cloutier. También había invitado a Gamache, pero, una vez duchado y cambiado, éste había tenido que asistir a una reunión... con el primer ministro de Quebec.

La comisión disciplinaria había tomado una decisión.

Justo antes de entrar en la reunión con los Baumgartner, Jean-Guy había recibido una llamada de su suegro.

—Me ha llegado un mensaje del Kontrollinspektor Gund de Viena: el tribunal ha tomado una decisión sobre el testamento.

Jean-Guy había escuchado y luego, tras desearle buena suerte a Gamache, había colgado y entrado en su propia reunión.

—¿Ya saben quién mató a Anthony? —preguntó Caroline.

—Sí, esta mañana temprano hemos detenido a Bernard Shaeffer.

Ella cerró los ojos y suspiró.

—¡Pobre Anthony!

—Pero ¿por qué lo mataría Shaeffer? —preguntó Hugo—. ¿Como venganza por lo del despido? Eso pasó hace un par de años ya.

—Le sorprendería saber hasta qué punto la gente es capaz de aferrarse a ciertas cosas, señor Baumgartner.

—¿Seguían viéndose? —preguntó Caroline.

—No, al menos hasta donde sabemos —contestó Beauvoir—, y menos aún como amantes. Pero hay pruebas de que su hermano le consiguió un trabajo en la Caisse Populaire después de que lo despidieran.

—¿En un banco? —preguntó Hugo—. ¿Por qué haría Tony algo así? No tiene sentido.

—Lo tiene si necesitas crear cuentas falsas y esconder dinero.

Hugo abrió la boca para replicar, pero la cerró enseguida y se quedó mirando al inspector jefe.

—¿Tiene pruebas de eso?

Beauvoir asintió.

—Shaeffer admitió que, a cambio del empleo y de su silencio, había creado una empresa fantasma y una cuenta numerada en el Líbano a nombre de su hermano. Hemos encontrado varios millones.

Caroline miró a Hugo.

—¿Qué significa esto? ¿De verdad estaba robando Anthony?

—Eso parece —repuso Hugo—. Pero ¿está seguro de que era él, inspector jefe? Tal vez Shaeffer abrió una cuenta a nombre de Tony para desviar su propio dinero, Tony lo descubrió, se enfrentó a él y Shaeffer lo mató.

—También consideramos la posibilidad de que su hermano en realidad no supiera nada —admitió Beauvoir—. Pero la cantidad de dinero que había en esa cuenta nos pareció extraña: apenas poco más de siete millones.

—A mí me parece mucho —comentó Caroline.

Pero Hugo lo comprendió y miró a Beauvoir con aquella cara suya, tan fea y expresiva.

—Según los estados de cuentas que me enseñaron, se había llevado cientos de millones. ¿Dónde está el resto?

—Exacto, ésa era la cuestión.

Le hizo un gesto con la cabeza a la agente Cloutier, que puso el portátil de Anthony Baumgartner sobre la mesa y lo inició.

—Nos ha llevado un tiempo, pero por fin hemos entrado en el ordenador de su hermano... —dijo Beauvoir mirándolos fijamente—. Espero que lo que van a ver no los perturbe demasiado.

Los dos hermanos se miraron y Caroline asintió muy brevemente.

—Más vale que lo sepamos, supongo que todo se hará público muy pronto.

—Lo interesante de su hermano —dijo Beauvoir mientras Cloutier ponía los archivos en pantalla— es que la gente, casi sin excepción, lo describía como una persona decente y brillante, un gran mentor y un hombre íntegro que, al descubrir una fechoría, había delatado a la persona en cuestión pese a saber que se vería salpicado.

—Ése era el Tony que conocíamos —confirmó Hugo.

—Pero sus actos nos han contado una historia diferente. Era un hombre brillante, sí, pero también deshonesto, que malversó no sólo decenas, sino cientos de millones, que traicionó a un joven cómplice y lo delató cuando parecía que los iban a pillar. Para los que trabajamos en homicidios no es una historia sorprendente: hay gente que lleva una doble vida. Aparentan ser una cosa y en realidad son algo totalmente opuesto a lo que los otros piensan.

—¿Cómo si no iban a salirse con la suya? —comentó Hugo.

Beauvoir asintió.

—Salvo que la mayoría no lo consigue. Permítanme mostrarles lo que encontramos en su portátil.

El primer ministro se levantó de su escritorio y Gamache hizo otro tanto.

Llevaba menos de diez minutos en el despacho del primer ministro en Montreal: esas cosas no solían llevar mucho tiempo.

—Lo siento, Armand —dijo el primer ministro mirando el sobre sin abrir que tenía sobre la mesa—. Si hubiera otro camino posible, lo habría tomado.

—Le agradezco que me lo haya dicho usted mismo, y en persona. Cuando tomé esas decisiones, sabía a lo que me exponía. Y podría haber sido peor: podría estar usted ordenando que me detuvieran.

—Ha hecho algunos enemigos, Armand, pero sus amigos son muchos más. Espero que sepa que me cuento entre ellos.

—Lo sé.

—Y ha recuperado la droga, eso es lo que importa. He estado leyendo el informe preliminar sobre lo ocurrido. Sin duda sabrá que, si no estuviera ya suspendido, lo habrían suspendido por lo que acaba de hacer. —Miró detenidamente a Gamache—. ¿Nadie más sabía que había hecho expulsar a una cadete de la academia que trabajaba con usted?

—Nadie.

—¿Ni siquiera Beauvoir?

—Ni siquiera él, sólo la cadete Choquet y yo.

El primer ministro asintió lentamente, pero decidió no hacer más preguntas: cuanto menos supiera... Se adelantó para acompañar a Gamache hasta la puerta.

—¿Cómo está ella?

—Recuperándose. Algún día dirigirá la Sûreté.

—Ya, bueno, el puesto está vacante y al parecer hay que estar medio loco para aceptarlo, así que la muchacha promete. Sólo espero llevar mucho tiempo jubilado para cuando haya una superintendente jefe Choquet.

Gamache sonrió y se detuvo en el umbral.

—Hay algo en lo que puede ayudarme.

—Dígame.

—Hay una niña...

Gamache llamó a Reine-Marie y le contó lo sucedido, luego cruzó la ciudad en coche hasta el bloque de apartamentos y pulsó el botón de la vivienda del conserje.

Benedict lo hizo pasar y, unos minutos más tarde, estaba sentado en un viejo sofá del minúsculo apartamento del sótano con Katie y Benedict frente a él, sentados en cajas.

—¿Has averiguado quién mató a monsieur Baumgartner? —preguntó Benedict—. La verdad es que ayer, en tu casa, pensé por un momento que sospechabas de nosotros.

—Durante algo más que un momento —señaló Katie.

—No estoy aquí por eso. El inspector jefe Beauvoir vendrá esta misma mañana a hablar con vosotros.

Los dos jóvenes intercambiaron miradas y Katie preguntó:

—¿Por qué has venido, entonces?

—Ya hay una resolución en el caso judicial de Viena, ha llegado esta mañana.

Benedict le cogió la mano a Katie y los dos se lo quedaron mirando.

—Han fallado a favor de los Baumgartner.

La pareja permaneció inmóvil durante unos instantes; luego, Benedict rodeó a Katie con el brazo y ella asintió.

—Es lo que esperábamos —dijo—, y sin aquella carta no se cumplirán los deseos del barón y la Baronesa: se lo quedarán para ellos.

—Les corresponde a ellos —repuso Benedict abrazándola más fuerte—. Hiciste cuanto pudiste, Katie. Nos irá bien.

«... los pecados que, según ellos, arrastro desde la cuna / Y por una antigua culpa heredada», iba pensando Gamache después de dejarlos, mientras cruzaba el puente de Champlain hacia su casa y Reine-Marie.

Quizá todo eso acabaría con el hijo de ambos.

Hugo Baumgartner miraba fijamente el portátil con el labio inferior un poco fruncido en señal de concentración.

—¿Me sigue? —preguntó la agente Cloutier.

—Sí, gracias —respondió él con una sonrisa paciente.

Volvió a concentrarse en la pantalla y, al cabo de unos minutos, lanzó un suspiro.

—Así que Tony y Shaeffer estaban trabajando juntos al fin y al cabo. Me equivoqué, lo siento. La verdad es que nunca creí que Tony fuera capaz de algo así.

—Me temo que es lo que parece —dijo Beauvoir, que movía la rueda del ratón hacia arriba mientras hablaba.

Hugo estudiaba la pantalla y asentía.

—Han tomado las rutas habituales para esconder dinero.

—¿Sabe mucho sobre eso? —preguntó Beauvoir.

—Más que algunos —admitió Hugo—, pero tampoco tanto. El señor Horowitz me pidió que dirigiera un comité para investigar las cuentas en paraísos fiscales.

—¿No para crearlas? —quiso saber Beauvoir.

Hugo le dirigió una mirada divertida.

—Para asegurarnos de no estar ayudando a los clientes a ocultar dinero sin querer. Fue por una cuestión moral en parte, pero también práctica: el señor Horowitz ya es lo bastante rico, no necesita ese dinero y necesita aún menos los problemas que traería consigo que los reguladores y los medios de comunicación se enteraran.

—¿Encontraron a algún cliente que lo hiciera? —preguntó Beauvoir.

—Más de los que esperábamos, inspector jefe. Los ricos tienen una manera muy particular de justificar las cosas. Viven en una realidad distorsionada: si todos los del club lo hacen, debe de estar bien.

—Habla como si no se considerara uno de ellos —comentó Beauvoir.

—¿Un rico, yo? —Se echó a reír—. Tengo una buena posición económica, supongo que soy adinerado según muchos estándares, pero hablamos de gente que tiene cientos de millones. Yo no estoy en ese club, y tampoco quiero formar parte de él. Soy feliz donde estoy. —Volvió a centrarse en la pantalla—. Una cosa que sí sé es que les hará falta encontrar el número de la cuenta en Singapur, ¿se lo ha dado Shaeffer?

—Dice que no lo tiene. De hecho, cuando le dijimos que existía una segunda cuenta pareció sorprendido.

—Tiene que estar mintiendo —opinó Hugo—. Por desgracia, el banco de Singapur no les revelará ninguna información, y no se les puede obligar a darla. Pero Tony tuvo que haberlo anotado en alguna parte.

—Bueno —respondió Beauvoir—. En eso tiene razón: estaba escrito.

—¡¿Lo han encontrado?! —preguntó Hugo sorprendido.

—Detrás del cuadro —confirmó la agente Cloutier.

—¿Qué cuadro? —quiso saber Caroline.

—El que está encima de la chimenea de su estudio —contestó Beauvoir.

—¿El de la vieja loca? —preguntó Caroline—. ¿Anthony lo escondió ahí? —Se quedó pensativa y finalmente añadió—: Fue una decisión inteligente, en realidad. Allí estaría bastante seguro: puedo asegurarles que nadie se acerca a ese cuadro. Dios sabe qué pudo ver mi madre en esa cosa; un triste ejemplo de presunto arte. Tú opinabas lo mismo, ¿verdad?

Hugo asintió.

—Al pobre Anthony no le quedó más remedio que quedárselo —continuó Caroline—. Le dijo a mamá que le gustaba por no sé qué de un punto blanco en la distancia, pero sólo pretendía ser educado, y ya ven adónde lo llevó tanta educación. Mi madre se lo regaló y él tuvo que colgarlo. Da igual lo que usted diga que hizo: no era malo.

—No he dicho que hiciera nada —repuso Beauvoir—, al menos nada ilegal.

—¿Qué quiere decir? —Caroline señaló el portátil—. ¿No es ésa la prueba?

Beauvoir le hizo un gesto con la cabeza a Cloutier, que empezó a introducir los números.

—Tras todas nuestras pesquisas, ha sido un número garabateado en el dorso de una pintura lo que finalmente nos ha proporcionado la prueba que necesitábamos.

Cloutier pulsó la tecla «intro» y la cuenta apareció ante ellos.

Caroline abrió los ojos de par en par.

—Trescientos setenta y siete millones... —susurró.

Luego levantó la vista un tanto confundida.

—Pero no lo entiendo, ahí pone... Hugo Baumgartner. —Se volvió hacia su hermano—. ¿Anthony intentaba que pareciera que habías sido tú?

Y entonces lo comprendió.

Jean-Guy Beauvoir se puso de pie y la agente Cloutier experimentó otra primera vez:

Su primera detención por asesinato.

38

—Vamos a ver... —La quejumbrosa voz de Ruth flotó de la sala de estar a la cocina, donde Gamache y Reine-Marie preparaban entremeses calientes—. ¿La idea es correr por la plaza del pueblo a veinte bajo cero, en bañador y con raquetas de nieve?

—Sí —respondió Gabri—, fue idea de Myrna.

—Mentira podrida.

—Verdad de la buena.

—Me parece brillante —concluyó Ruth—, contad conmigo.

—Vamos a hacer esto por la noche, ¿verdad? —le susurró Clara a Gabri.

—Sí.

—¿Has sabido ya algo de Justin Trudeau? —quiso saber Myrna—. ¿Va a venir?

—Por extraño que pueda parecer, la baronesa Bertha Baumgartner aún no ha recibido noticias de la oficina del primer ministro —repuso Olivier.

—¿Usaste su nombre? —preguntó Ruth.

—Fue idea de Myrna —repuso Gabri.

—Mentira podrida.

—Verdad de la buena.

—Eso es... es... —Ruth se esforzó por encontrar la palabra adecuada—... Brillante también. A la Baronesa le habría gustado. Pero no puedo creer que a Justin Trudeau no le apetezca desnudarse y correr por un pueblecito. Se ha quitado la camisa varias veces, y una al menos por una bolsa de ganchitos, según tengo entendido.

—Todavía queda tiempo —dijo Gabri—, aún puede llegarnos su respuesta. El carnaval de invierno no será hasta el fin de semana.

—Si dieran un premio al más débil rayo de esperanza, sin duda lo ganaría Gabri —comentó Olivier con orgullo.

—Bueno, ahí va una pregunta —dijo Ruth—, una que los filósofos llevan siglos planteándose: ¿qué preferiríais ser, un tonto del bote o un tonto del culo?

—Dios mío —susurró Reine-Marie asomándose a la puerta de la cocina—. ¿Qué hemos hecho para merecer esto?

—¡Aaah, la eterna cuestión! —respondió Stephen Horowitz, sentado junto a Ruth en el sofá—. Tengo entendido que Sócrates les preguntaba lo mismo a sus alumnos.

—Era Platón —aseguró Ruth.

—Mentira podrida.

—Verdad de la buena.

—Creo que deberíamos estar atentos por si aparecen dos Jinetes del Apocalipsis más —le dijo Gamache a su mujer.

—Bueno, él es tu padrino —repuso ella—, y fue idea tuya invitarlo a conocer a Ruth.

—Me pareció que podrían anularse mutuamente.

—Más bien parecen Godzilla contra Mothra —dijo Gabri entrando en la cocina y cogiendo una rebanada de *baguette* con parmesano fundido de la bandeja que estaban preparando—. Tokio no es seguro. Nosotros, por cierto, somos Tokio.

—Ah, aquí estás, Armand —dijo Horowitz cuando volvieron a la sala de estar—. Tengo algunas preguntas para ti.

—Un tonto del culo —respondió él.

—No, no se trata de eso. Aunque sí, es la respuesta correcta. —El anciano miró la bandeja de entremeses y preguntó—: ¿Caviar?

—Son unos provincianos —soltó Ruth—. Vente luego a mi casa, allí tengo un tarrito y una botella de Dom Pérignon bien frío.

—Que nos robaste en Nochevieja —murmuró Olivier todavía furioso.

—El tarro de caviar ya estaba abierto —intervino Clara—, a estas alturas probablemente la mataría.

—Ése fue el que te llevaste tú —le recordó Myrna—. Nos lo comimos al día siguiente, ¿no recuerdas esas tostadas con huevo picado encima?

—Ah, claro. Bueno, da lo mismo.

Horowitz le tendió el vaso y Gamache volvió a llenárselo.

—Ya sabes lo que voy a pedirte.

—Dejaré que Jean-Guy te lo explique —repuso Gamache adivinando correctamente qué era lo que quería preguntarle Stephen Horowitz—. Es el jefe de Homicidios, él lo descubrió.

Jean-Guy pareció incómodo, y no sólo porque tenía a *Rosa* sentada en el regazo.

A su lado, encajado en el hueco del codo, Honoré, totalmente cautivado, miraba fijamente a la pata, que iba murmurando «caca, caca, caca».

Y entonces, Jean-Guy oyó otra voz que repetía la misma palabra.

Sus ojos se abrieron de par en par y miró a Annie, que tenía la vista clavada en su hijo.

Su primera palabra.

Y no había sido «mamá» ni «papá».

—Chist —lo acalló Jean-Guy, pero a esas alturas los demás ya habían reparado en el extraño eco procedente del sillón.

—Creo que es la hora del baño —declaró Annie acercándose para coger a su hijo en brazos.

Y fue entonces cuando Honoré se desató a lo grande y soltó un largo y sonoro: «¡Caica!»

Incluso *Rosa* pareció asustarse, aunque a los patos les pasa a menudo.

—Ay —exclamó Reine-Marie clavando la mirada en el fuego.

Gamache, por su parte, alzó la vista hacia el techo, fascinado de repente por el artesonado.

Ruth dejó escapar un aullido de placer y Horowitz dijo:

—¡Eso es, Ray-Ray!

Gamache bajó la vista y miró a su padrino.

—Muy bonito, *merci*.

—Sólo tú, mi querido muchacho, podías tener un nieto cuya mayor influencia sea un ánade real.

—¿Es un ánade real? —le preguntó Clara a Ruth, que se encogió de hombros y le dio un largo trago a la bebida de Horowitz.

—Vale, nos retiramos ya... —dijo Annie mientras Honoré, ya en brazos de su madre, captaba la reacción generada por su primera palabra y procedía a repetirla a voz en grito por todo el pasillo.

—Dios mío —susurró Reine-Marie.

—Buenos pulmones —comentó Horowitz.

Jean-Guy intentó no fijarse en cómo Clara, Myrna, Gabri y Olivier contenían la risa. Incluso Gamache y Reine-Marie parecían estar divirtiéndose con aquello.

—¿Tenía alguna pregunta, señor? —le dijo a Stephen Horowitz.

Había pasado un día desde las detenciones de Bernard Shaeffer y Hugo Baumgartner; uno por desfalco, el otro por asesinato.

—Sí, sobre Hugo, concretamente. ¿Qué ocurrió? Me hago una idea del plan general —aseguró Horowitz—, pero ignoro los detalles. No sólo era mi empleado, sino un vicepresidente ejecutivo. Confiaba en él. Debo de estar haciéndome viejo.

—Ya lo eres —replicó Ruth.

—Puedo contarle a grandes rasgos lo que pasó —ofreció Jean-Guy.

Todos se inclinaron hacia adelante, incluso Myrna, que ya lo sabía porque Gamache se lo había contado, y ella, en confianza, se lo había contado a Clara, que a su vez se lo había contado a Gabri, quien, por supuesto, no tardó mucho en contárselo a Olivier, aunque haciéndole jurar que guardaría el secreto.

Olivier, sin embargo, se lo contó a Ruth poco después, a cambio de la jarra de cristal que también les había birlado en Nochevieja.

—Sí —dijo Clara—. Cuéntanoslo, por favor.

—Todo empezó cuando Anthony delató a Shaeffer, éste fue despedido y a Anthony le retiraron la licencia para operar en bolsa —explicó Jean-Guy.

—El desfalco original —confirmó Horowitz.

—Sí. Hugo sabía que Anthony no tenía la culpa, pero también que su reputación había quedado dañada. La calle, como la llaman, creía que Anthony Baumgartner estaba en el ajo desde el principio y que sólo su alto rango en la compañía lo había salvado: creían que tenía las manos tan sucias como Shaeffer. Hugo vio su oportunidad. Se acercó a Bernard Shaeffer, que era claramente un sinvergüenza, y le ofreció conseguirle un empleo en la Caisse Populaire a cambio de ciertos favores.

—Entonces fue Hugo quien escribió la carta de recomendación a la Caisse —dijo Myrna—, no su hermano.

—¿Y cuáles eran esos favores? —preguntó Olivier. Conocían las líneas generales del crimen, pero no los detalles.

—Shaeffer utilizaría las facilidades y conexiones del banco para abrir una cuenta a nombre de Anthony.

—Querrás decir a nombre de Hugo, ¿no? —preguntó Clara.

—No, he ahí el toque brillante en la estrategia de Hugo: le estaba tendiendo una trampa a su propio hermano. Si alguien se enteraba de lo que estaba pasando, en la cuenta numerada del Líbano sólo encontraría el nombre de Anthony Baumgartner.

—Y depositaron siete millones —intervino Stephen Horowitz, que estaba escuchando con atención aunque hasta ese momento no había nada que no supiera ya.

—*Merde* —soltó Olivier—, ojalá me hubiera incriminado a mí.

—Eso no era nada —explicó Beauvoir—: el dinero de verdad iba a parar a una cuenta numerada en Singapur. Pero eso Shaeffer no lo sabía: no tenía ni idea del alcance del desfalco.

Jean-Guy miró a Gamache invitándolo a participar y éste se inclinó hacia adelante con su vaso de whisky entre las manos.

—Funcionó bien durante unos años —contó—. Como casi todo, empezó a pequeña escala, con un pellizco de dinero de un par de inversores, pero cuando Hugo se dio cuenta de que ninguno de ellos cuestionaba nada mientras siguieran recibiendo sus cheques de dividendos, fue aumentando las cantidades y el número de clientes.

—Se volvió codicioso —señaló Clara.

—En parte la causa es la codicia, sí, pero he visto antes este tipo de cosas —intervino Horowitz—: se convierte en un juego de lo más emocionante, se vuelve una especie de adicción y tienen que aumentar constantemente la dosis. Nadie necesita trescientos millones: podría haber parado en cincuenta y pasar el resto de su vida seguro y cómodo. No, ahí había algo más, y yo no supe verlo.

Parecía no sólo disgustado, sino exhausto.

A pesar de que había estado bromeando con su marido, Reine-Marie sabía perfectamente por qué éste había invitado a su padrino a pasar unos días fuera y por qué le había presentado a Ruth.

Para que no estuviera a solas con sus pensamientos, con sus heridas.

No debía de estar muy fina la situación si Ruth era el único antídoto disponible.

—¿Y qué salió mal? —quiso saber Gabri.

—El verano pasado, Anthony se encontró casualmente con uno de los supuestos clientes —explicó Beauvoir—. El hombre le agradeció el gran trabajo que estaba haciendo y Baumgartner no le dio mucha importancia, hasta que empezó a revisar su lista de clientes y advirtió que el tipo en cuestión no figuraba en ella. Entonces se puso en contacto con él y le pidió su estado de cuentas.

—Y así fue como que se enteró de que alguien estaba robando en su nombre... —dijo Horowitz—. Lo entiendo, pero ¿cómo se percató de que era su hermano?

Ruth, sentada entre Gabri y Horowitz, se había quedado dormida y roncaba suavemente con la cabeza apoyada en el hombro del anciano, sobre cuyo jersey de cachemira caía un hilillo de baba.

Aun así, él no la apartó.

—No se percató, al menos al principio —respondió Jean-Guy—. Cuando accedimos a su portátil y empezamos a estudiar su historial de búsquedas, vimos que trataba de seguir un rastro. Inicialmente supusimos que estaba buscando un sitio en el que esconder el dinero, pero luego comprobamos la cronología y nos dimos cuenta de que no era eso.

—Intentaba rastrear los pasos que había seguido el responsable de la estafa para averiguar quién era —dijo Gamache.

—Empezó por su propia empresa —continuó Jean-Guy—, por madame Ogilvy concretamente, pero luego amplió el radio de acción, y cuando todo lo demás falló, empezó a buscar más lejos.

—O más cerca de casa, en realidad —puntualizó Gamache: en un jardín aparentemente sano, pero lleno de enredaderas invasoras.

Intentó imaginarse la enorme impresión que se llevaría Anthony Baumgartner cuando descubrió quién estaba robando ese dinero y quién le había tendido una trampa.

Mateo 10:36.

Gamache había deseado muchas veces no haberse detenido nunca en ese pasaje de la Biblia y no estar al corriente de la verdad que encierra.

—Lo que no entiendo es cómo encontró ese rastro —dijo Horowitz—, Hugo tuvo que haberlo escondido bien.

—Déjame preguntarte una cosa —repuso Gamache—. Si fueras a cometer un desfalco, ¿usarías tu propio ordenador?

Horowitz puso cara de sorpresa e incluso soltó un gruñidito.

—No: utilizaría el de otra persona y, de paso, aprovecharía para implicarla, por si alguna vez se descubría: Hugo el listo.

—Hugo el listo —confirmó Beauvoir—. Anthony y él se veían una vez a la semana para comer o cenar y, mientras Tony cocinaba, Hugo usaba su portátil supuestamente para ponerse al día de los mercados.

—Pero en realidad transfería dinero —dijo Horowitz.

—¿Y eso no era muy evidente? —preguntó Olivier—. Llevo nuestra contabilidad online y todo está ahí bien visible.

—No es difícil ocultar ese tipo de cosas cuando tienes intención de hacerlo —explicó Jean-Guy—, y Hugo tenía esa intención. Pero tampoco las enterraba demasiado hondo porque también quería que fueran relativamente fáciles de encontrar de ser necesario. Y acabamos por encontrarlas. Y sí: hizo que pareciera que era Anthony quien estaba haciendo ese desfalco, ¿por qué no? Sin la contraseña de la cuenta numerada de Singapur, no habría prueba alguna de que lo hiciera una persona distinta del propio Anthony.

—¿Y Anthony lo descubrió? —preguntó Clara.

—*Oui* —continuó Beauvoir—. Encontramos las búsquedas de Anthony. No había intentado ocultarlas, y está claro eran cada vez más frenéticas, pero luego, en septiembre del año pasado, se detuvo.

—Ya tenía lo que buscaba —dijo Gamache.

—¿Sabía desde meses atrás que Hugo estaba robando? —preguntó Horowitz—. ¿Y por qué no lo paró entonces? ¿Por qué esperar hasta ahora para decir algo? ¿Se negaba a aceptarlo?

—Tal vez —contestó Gamache—, pero creo que pudo haber sido otra cosa.

—Su madre —intervino Clara—: esperó a que su madre muriera.

—Sí —confirmó Gamache.

—Entiendo que Hugo necesitara a otro a quien echarle la culpa, pero ¿por qué no utilizar a Shaeffer también para eso? —preguntó Olivier—. ¿Por qué meter a su propio hermano en el asunto?

—Es difícil saberlo: Hugo sigue sin admitir su implicación —explicó Jean-Guy—. Pero hay que tener en cuenta la conveniencia de poder utilizar portátil y el hecho de que Anthony ya se hubiera arrastrado por el barro a ojos de la calle.

—Creo que había algo más: celos —intervino Myrna—. ¿Y quién puede culparlo?

—¿Por matar a su hermano? —preguntó Clara—. Creo que yo sí.

—No, quiero decir por sentirse celoso, por abrigar resentimiento. Su hermano era alto, guapo, respetable, decente; casado y con hijos... Él, rechoncho, físicamente poco atractivo, incluso un pelín repulsivo. ¿Os imagináis cómo sería crecer juntos?

—Pero no es una situación nada fuera de lo común —dijo Gabri—. Yo mismo tengo un hermano menor que no es ni de lejos tan atractivo como yo, y eso no lo ha empujado al asesinato.

—De momento —ironizó Olivier.

—Pero vayamos más allá —insistió Myrna—. ¿Quién era el favorito de la Baronesa? ¿Quién entendía el cuadro de Clara? Puede que Hugo heredara los rasgos físicos de su madre, pero Anthony se parecía más a ella en todo lo que importaba. Por eso Hugo metió a Anthony en todo este asunto.

—«... por los pecados que, según ellos, arrastro desde la cuna» —declamó Horowitz mirando a la mujer que babeaba en su jersey—. «Y por una antigua culpa heredada.»

Ruth se despertó soltando un bufido.

—¿Culpa? ¿Pecados?

—Has entonado su canción preferida —bromeó Gabri.

—Un momento... —dijo Horowitz—. Sé cómo funcionan esas cuentas numeradas. Ese Shaeffer os dio los datos de la del Líbano, pero ¿y los de la otra?

—Los encontramos en el dorso del cuadro de Clara —explicó Jean-Guy.

—Sí, sí, pero ¿cómo lo descubrió Anthony Baumgartner? Esos datos están muy protegidos: el banco sólo los envía por correo electrónico cifrado y seguro. No puedo creer que lo haya descubierto por casualidad y luego lo haya escrito detrás de ese cuadro... Por cierto... —Se volvió para mirar a Clara—... Me gustaría ver el original. ¿Está a la venta?

—Diez pavos y es tuya —respondió Gabri señalando a Ruth.

—Podemos hablarlo —repuso Clara.

—Tienes razón —dijo Jean-Guy—: Anthony jamás habría podido encontrar por azar esos datos, que eran lo único que incriminaba a su hermano, puesto que la única cuenta que estaba a su nombre era la de Singapur, con trescientos setenta y siete millones.

Olivier soltó un gemido.

—Entonces, ¿cómo los consiguió? ¿Cómo logro entrar en la cuenta de su hermano? —quiso saber Horowitz.

—No lo hizo.

Todos se quedaron mirando a Jean-Guy.

Gamache cruzó las piernas y se reclinó en el respaldo, maravillado ante Jean-Guy, su protegido, que ahora ya no necesitaba protección.

Ya volaba solo.

—Anthony Baumgartner no fue quien escribió los datos de la cuenta detrás del cuadro —explicó Jean-Guy—: fue Hugo.

—¿Y Anthony los descubrió? —preguntó Myrna.

—No: cuando se enfrentó a Hugo aquella noche en la antigua casa familiar, no tenía la prueba definitiva. Creo que debió de pedirle a Hugo que le diera explicaciones, y que, cuando Hugo se negó, amenazó con entregarlo.

—Y por eso Hugo lo mató —concluyó Ruth.

—*Oui*.

—¿Crees que tenía intención de matarlo? —preguntó Gabri.

—¿Cómo voy a saberlo? —soltó Ruth.

—Se lo preguntaba al jefe de Homicidios —repuso Gabri—, no a la poeta chiflada.

—Ah —dijo ella—. Bueno, sigue, tonto del culo.

—Es difícil decirlo —respondió Jean-Guy—. Era un hombre que preveía las cosas. Debía de tener alguna clase de vía de escape, una estrategia para salir indemne por si se descubría el desfalco, pero dudo que su plan fuera matar a su hermano.

—Estaba acorralado —dijo Gamache—, y cuando Anthony se negó a hacer la vista gorda, arremetió contra él.

Horowitz se lo quedó mirando.

—¿Te das cuenta de adónde conducen la integridad y la decencia, Armand?

—Menudo padrino —soltó Myrna.

—La decencia no lo mató —repuso Gamache—, sino la indecencia, los celos, la codicia, el resentimiento...

—Nos estábamos centrando en una enemistad, la de las dos familias, cuando fue otra la que hizo más daño al final —opinó Myrna.

Todos se quedaron callados hasta que Gabri rompió el silencio.

—¿Es de mala educación decir que tengo hambre?

—Pues yo también tengo hambre —se apuntó Horowitz—. ¿Qué hay de cenar?, ¿langosta?

—Estofado —puntualizó Olivier.

—Eh —repuso Horowitz—, mejor lo llamamos *boeuf bourguignon*, ¿no?

Cuando se levantaron, Ruth señaló la mesita y le dijo a Jean-Guy:

—Veo que estás leyendo el libro que te regalé.

—¿Le has regalado *Los pequeños macabros* de Edward Gore? —preguntó Horowitz. Creo que te quiero de verdad.

Mientras el anciano leía el libro en voz alta, Jean-Guy se volvió hacia Myrna.

—Hemos encontrado la carta.

—¿En los restos de la casa de labranza?

—Sí, desgarrada y sucia. Decía exactamente lo que Katie Burke nos contó y estaba escrita con su letra, aunque el sobre parecía escrito por la Baronesa. En ella, le pedía a Anthony que compartieran la fortuna si los jueces fallaban a su favor, y así ha sido.

—Gracias por contármelo —dijo Myrna.

Annie llamó la atención de su marido. Jean-Guy respiró hondo y luego, excusándose ante Myrna, se acercó a su suegro.

—Voy a darle las buenas noches a Honoré, ¿quieres venir? Así nos libramos de preparar la cena.

—Sería mejor después de cenar, para no tener que fregar los platos... —contestó Gamache, aunque siguió a Jean-Guy hasta su habitación.

Cuando se alejaban, vio que Annie llevaba a su madre al estudio y cerraba la puerta.

—¿Por qué no aceptaste el puesto que te ofrecieron? —preguntó Jean-Guy una vez en el dormitorio y con la puerta cerrada.

El día anterior, después de llamar a Reine-Marie para contarle sobre su reunión con el primer ministro y la decisión del comité disciplinario, Gamache había telefoneado a Jean-Guy para informarlo de que le habían pedido que dimitiera como superintendente jefe.

Y así lo había hecho: tenía la carta a punto y en el bolsillo.

—Me contaste lo de la dimisión —continuó Jean-Guy en susurros para no despertar a su hijo—, pero no me dijiste que te habían vuelto a ofrecer tu antiguo puesto como jefe de Homicidios.

—Cierto —dijo Gamache—. Pero fue una cuestión puramente formal: jamás habría aceptado.

—¿Por Isabelle?

—No. Antes de presentar mi dimisión puse como condición que Isabelle ocupara el puesto de superintendente a cargo de Delitos Graves. Lo reservarán para ella hasta que esté lista. ¿Sabías que ella y su marido ya han puesto en marcha el papeleo para acoger a la niña?

—No, no me había enterado. Eso es estupendo.

Jean-Guy se sentó al borde de la cama, miró la cuna donde Honoré dormía profundamente y lanzó un largo suspiro.

—Espero que acepte —dijo Gamache sentándose a su lado—: la Sûreté la necesita.

—Y también te necesita a ti, *patron*. Entonces, si no es por Isabelle, ¿por qué rechazas el puesto de inspector jefe de Homicidios? ¿Por puro ego?

Gamache se echó a reír y le dio una palmadita en la rodilla.

—Me conoces demasiado bien para decir eso, *mon vieux*.

—Pues dime, ¿por qué?

—Ya sabes por qué: es tu trabajo, tu departamento. Estás más que preparado: eres el inspector jefe Beauvoir, el jefe de Homicidios de la Sûreté y yo no podría sentirme más feliz... —La sonrisa se borró de su rostro y se puso serio—... Ni más orgulloso.

—Acepta ese puesto.

—¿Por qué? —preguntó Gamache entrecerrando los ojos para estudiar a Jean-Guy.

—Porque me voy.

Beauvoir vio su firma, garabateada rápidamente antes de que pudiera cambiar de opinión, en los papeles que habían empujado hacia él a través del pulido escritorio.

—He aceptado un puesto como jefe de Planificación Estratégica en un organismo de clasificación de sustancias y productos químicos dependiente de Naciones Unidas.

Se hizo un largo silencio que Gamache rompió finalmente con un simple:

—Ya veo.

—Lo siento. Me hubiera gustado decírtelo antes, pero no encontraba el momento.

—No, no, de verdad lo comprendo, Jean-Guy: tienes una familia y eso es lo primero.

—Es más que eso: estos últimos años han sido brutales, *patron*. Y lo de vernos suspendidos e investigados por nuestra propia gente ha sido la gota que colma el vaso. Me encanta mi trabajo, pero estoy cansado de tanta muerte, cansado de matar.

Siguieron sentados en silencio mirando al pequeño que dormía, escuchando su suave respiración, disfrutando de su aroma.

—Es hora de vivir —dijo Gamache—. Has hecho más de lo que nadie podría pedirte jamás, más de lo que yo mismo podría pedir o esperar. Estás haciendo lo correcto. Mírame.

Jean-Guy apartó los ojos de la cuna para mirar a su suegro y vio asomar una sonrisa que empezaba en la boca y recorría las arrugas de la alegría hasta llegar a los profundos ojos castaños.

—Me alegro por ti: es una noticia maravillosa.

El rostro de Gamache irradiaba auténtica felicidad.

—Hay una cosa más —dijo.

—*Oui?*

—El trabajo es en París.

—Ah —dijo Gamache.

—De modo que ése es el famoso cuadro —dijo Horowitz tomando asiento junto a Ruth y señalando el cuadro de Clara.

—No, ése es el de *Las tres Gracias* —repuso Ruth—, el mío es el que tenía la Baronesa.

—La Virgen María —puntualizó Clara.

—La Virgen María como yo —añadió Ruth.

—Al revés —señaló Clara.

—Ya estás aquí —dijo Gabri cuando Jean-Guy volvió—. ¿Nuestro pequeño ha aprendido alguna palabra nueva? ¿«Merde»? ¿«Tabernac»?

—No, ya duerme. El abuelo lo está arropando —respondió él sirviendo una ración de estofado y de cremoso puré de patatas para Annie.

—Y la abuela ha ido a ayudar —añadió Annie cogiendo el plato y mirándolo a los ojos.

—¿Estás bien? —le preguntó Gamache a su esposa.

Ella había cerrado la puerta de la habitación y le había puesto la mano en el hombro mientras él sostenía al bebé dormido.

Acercó la nariz a la cabecita del niño e inhaló con fuerza. Era una suerte que aquel olor fuera tan exclusivo de Honoré. Si alguna vez lo captaba de improviso en un paseo, en un restaurante o de paso en otro bebé, lo abrumaría la misma pena que lo atenazaba ahora.

Pero también se sentía feliz.

Era maravilloso y terrible, alegre y devastador al mismo tiempo.

Y sentía cierto alivio.

Jean-Guy dejaba atrás todo aquello. Estaba a salvo, y también lo estarían Annie y Honoré. A salvo... y lejos.

Le pasó el pequeño a su abuela y luego los abrazó a los dos, inhalando de nuevo el aroma del niño mezclado con el sutil perfume de las rosas inglesas. Cerró los ojos y pensó: «*Croissants*... el primer fuego de leña del otoño... el aroma de la hierba recién cortada... más *croissants*...»

Pero haría falta una lista muy larga de las cosas que amaba para superar aquello.

Reine-Marie sostuvo a su nieto, inhaló su aroma y sintió el abrazo de su marido y el leve temblor de su mano derecha.

Nunca habría pensado que París les rompería el corazón.

Después de cenar, Horowitz se llevó a Gamache a un aparte.

—Tengo noticias para ti.

—Primero déjame darte las gracias —dijo él—. Jean-Guy ha aceptado el trabajo, y lo hará muy bien: planificación estratégica es precisamente lo que lleva haciendo en la Sûreté desde hace años.

—Sólo que ahora nadie le disparará —señaló Horowitz.

—Exacto, pero nunca debe saber que esto vino de ti y de mí.

—Soy una tumba.

—No me dijiste que el trabajo era en París.

—¿Hubiese importado?

Gamache se lo pensó unos segundos antes de contestar.

—*Non*, pero aun así habría estado bien que me avisaras.

—*Désolé*, debería habértelo dicho.

—¿Qué noticias tenías para mí?

—¿Recuerdas que te comenté que se me había ocurrido una idea y que indagaría un poco sobre lo del testamento?

—Sí, me acuerdo, pero ya no hace falta: la balanza se ha inclinado a favor de los Baumgartner.

—Sí, eso tengo entendido. Les pedí a mis colegas de Viena que lo investigaran. Ese tal Shlomo Kinderoth era una buena pieza. Tuvo que haber sabido los problemas que causaría al dejar la misma herencia a ambos hijos.

—Quizá simplemente no conseguía decidirse —sugirió Gamache.

—O tal vez era un estúpido. Ciento treinta años de acritud. Mi gente me ha comentado que no queda ningún dinero; lo que no se fue en honorarios legales lo robaron los nazis.

Gamache negó con la cabeza.

—No supone ninguna sorpresa, aunque es realmente trágico.

—Sí, bueno, pero hay más. Además del dinero, la Baronesa también les dejó a sus hijos un gran edificio en el centro de Viena.

—Sí.

—Y, a diferencia del dinero, ese edificio es real. Todavía está allí y, en efecto, en otro tiempo perteneció a la familia. La mujer no deliraba del todo. Ahora es la sede central de un banco internacional.

Gamache asintió, pero Horowitz seguía mirándolo fijamente: había más.

—¿Y?

—Los nazis, Armand. El expolio trae consigo una reparación. El gobierno austríaco está indemnizando con miles de millones a las familias que puedan demostrar que los nazis les arrebataron sus propiedades, y en este caso la titularidad está muy clara.

—¿Qué estás diciendo?

—Ese edificio vale decenas de millones, tal vez más. Si los Baumgartner y los Kinderoth se ponen de acuerdo y presentan una demanda conjunta, el dinero será suyo.

—Dios mío... —susurró Gamache, y luego se quedó un momento en silencio, pensando en la joven pareja del sótano—. Dios mío...

Después de cenar, Ruth invitó a Stephen Horowitz a su casa.

—Para ver sus reproducciones —dijo él con un brillo en los ojos y un ánade real bajo el brazo.

—No vuelvas tarde —dijo Gamache—, te esperaré despierto.

—Mejor no —lo avisó Ruth.

Myrna se había ido con Clara.

—¿Una última copa? —preguntó Clara en la puerta del bistró.

—No puedo.

Clara estaba a punto de preguntar por qué cuando comprendió.

Billy Williams, todo limpito, afeitado y bien vestido, estaba sentado junto a la chimenea. Sobre la mesa había dos copas de vino tinto y un tulipán rosa.

—Ya veo —dijo Clara.

Después de darle un abrazo a su amiga, regresó a su casa sonriendo y canturreando.

Myrna se detuvo unos segundos en la puerta, miró hacia arriba y contempló el cielo nocturno y todos los puntitos de luz que derramaban su resplandor sobre ella.

Y luego dio un paso adelante.

Agradecimientos

Yo no iba a escribir este libro, pero en el camino ocurrió una cosa curiosa:

Empecé a escribir.

La verdad es que, desde el instante en que empecé *Naturaleza muerta*, supe que, si Michael moría, no podría continuar con la serie, no sólo porque él fue la inspiración del personaje de Gamache, y sería por tanto demasiado doloroso, sino porque formaba parte de los libros en todos los aspectos: el proceso de escribir, la promoción, las conferencias, los viajes, las giras... Era el primero en leer cada nuevo libro (siempre me decía que cada entrega era genial, incluso cuando el primer borrador era clarísimamente una *merde*), y el último en criticarlo.

Éramos, de verdad, dos socios.

¿Cómo podía seguir adelante cuando me faltaba la mitad de mí misma? Apenas era capaz de levantarme de la cama.

Tanto a mi agente como a los editores les dije que me tomaría un año sabático. Es muy posible que les mintiera: en el fondo, sabía que no podría volver a escribir sobre Gamache (y, por desgracia, tendría que devolver el siguiente anticipo).

Pero entonces, unos meses más tarde, me encontré ante la larga mesa de pino del comedor en la que siempre me sentaba a escribir. Tenía el portátil abierto y escribí dos palabras: «Armand Gamache.»

Y al día siguiente escribí: «...redujo la marcha hasta ir a paso de tortuga...»

Y al otro: «...y finalmente se detuvo en la carretera cubierta de nieve.»

El reino de los ciegos había comenzado, y no con tristeza: no porque estaba obligada a escribir, sino con alegría: porque deseaba hacerlo.

Sentía el corazón ligero. Incluso cuando escribía sobre temas muy oscuros, lo hacía con alegría, con alivio por ser capaz de seguir haciéndolo.

Lejos de dejar atrás a Michael, él pasó a formar parte todavía más de estos libros. Todas las cosas que tuvimos juntos vinieron a unirse en Three Pines: el amor, el compañerismo, la amistad; su integridad y su coraje; las risas.

También me di cuenta de que los libros son mucho más que Michael, mucho más que Gamache: son el anhelo común de crear una comunidad, de pertenecer a un lugar. Tratan sobre la bondad y la aceptación, sobre la gratitud; no hablan tanto de la muerte como de la vida y de las consecuencias de nuestras decisiones.

Lo cierto es que mis editores, unas personas maravillosas, no tenían ni idea de que estaba escribiendo otra vez. No se lo dije hasta seis meses más tarde, pero incluso entonces les advertí que el libro podría no quedar listo a tiempo.

Mi maravillosa agente, Teresa Chris, y Andy Martin, mi editor estadounidense de Minotaur Books, respondieron con enorme afecto: me dijeron que no me preocupara, que me tomara el tiempo que me hiciera falta, que dejara de escribir si era lo que necesitaba.

Y eso era cuanto me hacía falta: seguir adelante.

Y así nació *El reino de los ciegos*: es un hijo que no planeaba concebir, un hijo natural o, como se dice en inglés, un *love child*, un «hijo del amor».

Quiero darles las gracias a muchas personas por su paciencia y amabilidad.

A mi ayudante, Lise, la gran amiga que me ayudó a seguir adelante cuando más me costaba.

A Andy Martin, responsable de Minotaur Estados Unidos; a mi correctora, Hope Dellon, a quien he dedicado este libro; a Paul Hochman y Sarah Melnyk; a Sally Richardson y Don Weisberg. Todos ellos son mucho más que colegas.

Gracias también a Kelley Ragland por venir corriendo en mi ayuda siempre que era necesario.

A Teresa Chris, mi sufrida y apasionada agente y amiga; a Ed Wood, Kirsteen Astor, David Shelley y a todo el equipo de Little, Brown Books en Reino Unido.

Gracias a Louise Loiselle, de Flammarion Québec, por poner los libros en manos de tantos canadienses francófonos.

Gracias a Linda Lyall, por el gran despliegue de redes sociales desde Escocia y por responder a tantos correos electrónicos.

Y también a Kirk Lawrence y Walter Marinelli por su amistad y apoyo inquebrantables, y a Danny y Lucy, de Brome Lake Books.

Gracias a Rocky y Steve Gottlieb por su valentía al permitirme utilizar la historia de sus propias vidas.

Gracias a Stephen Jarislowsky, un gran personaje él mismo, por ser, con tan buen humor, la inspiración para un nuevo personaje.

A Troy McEachren, que me ayudó con un aspecto legal de la trama: allí donde aparece un testamento...

Y a mi familia: Rob y Audi, Doug y Mary, mis sobrinas y sobrinos por invitarme a sus vidas. Prometo no armar mucho estropicio.

Mientras estoy aquí, sentada ante una larga mesa de pino, escribiéndote a ti, veo bosques y oigo pájaros, y diviso un banco con la inscripción: «Te sorprendió la dicha», y justo al final de ese camino flanqueado de árboles hay un café y una librería.

He elegido vivir en el hermoso pueblecito quebequés de Knowlton por la sencilla razón de que éste es mi hogar.

Quiero dar las gracias a mis vecinos por su paciencia y amabilidad, y por guardarnos un sitio en la mesa a Michael y a mí.

Y quiero darte las gracias a ti, lector, por tu compañía.

Somos muy afortunados por habernos encontrado en Three Pines, ¿no es cierto?